QUASI MORTI DEL TUTTO

I MISTERI DEL CIMITERO DI GRIMDALE, 1

STEFFANIE HOLMES

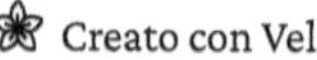 Creato con Vellum

QUASI MORTI DEL TUTTO

Cosa fare quando hai tre fantasmi sexy e possessivi che ti vogliono scopare in lungo e in largo?

Mi chiamo Bree, e vedo i morti.

Non tutti. Solo quelli che si sono lasciati dietro un conto in sospeso. Li vedo ovunque: un'ereditiera avvelenata mi guarda da sopra i Cheerios mentre faccio colazione, e non posso godermi la natura selvaggia senza essere avvicinata da ex escursionisti chiacchieroni che non sanno riconoscere i funghi commestibili.

Sono tornata nella mia città natale, Grimdale, per fare da cat-sitter ai miei genitori e intanto decido come muovermi. Non vedo l'ora di saccheggiare il loro frigorifero, di passare del tempo con i loro due gattini dispettosi e di stare lontana da tutto ciò che è soprannaturale.

Ma ho dimenticato che a Grimdale non sono mai da sola.
I tre fantasmi con cui giocavo da bambina sono tornati nella

mia vita. Solo che ora abbiamo la stessa età e loro sono *terribilmente* attraenti.

Ci sono il soldato romano, *leggermente* psicotico e che ama il *Great British Bake Off*, il principe, un prepotente aristocratico che pretende solo le cose più belle della vita (ehm, della morte), e il cieco gentiluomo, un avventuriero vittoriano che non ha un briciolo di cattiveria in corpo (e nemmeno un corpo, se è per questo).

Ma questi tre ospiti spettrali sono l'ultimo dei miei problemi. Ho trovato un lavoro che mi permette di frequentare lo storico cimitero di Grimdale e già il primo giorno mi imbatto in un cadavere fresco.

Il fantasma del poveretto ha bisogno che io risolva il caso del suo omicidio per passare all'aldilà, ma ficcare il naso negli affari degli spiriti potrebbe portarmi a morte precoce.

E i miei tre amici terribilmente sexy?

A quanto pare il loro conto in sospeso... sono io.

Quasi morti del tutto è il primo di una serie di romanzi paranormali infarciti di umorismo dark, dell'autrice bestseller Steffanie Holmes. Se amate le eroine sarcastiche, i fantasmi sexy, possessivi e leggermente squinternati, i misteri da risolvere e un po' d'amore spettrale e bizzarro, allora smettetela di fare gli spiritosi e iniziate a leggere!

ISCRIVETEVI ALLA NEWSLETTER PER RICEVERE AGGIORNAMENTI

Volete una scena bonus gratuita del ballo scolastico di Bree, insieme alla playlist di Bree? Se vi iscrivete alla newsletter di Steffanie Holmes riceverete una copia gratuita di *Gabinetto delle Curiosità*: un compendio di racconti e scene bonus di Steffanie Holmes.

https://www.steffanieholmes.com/newsletteritalian

Ogni settimana, nella mia newsletter, parlo di vere e proprie infestazioni, strani avvenimenti, rovine fatiscenti e fatti inquietanti che ispirano le mie storie. Con la newsletter riceverete anche scene bonus e aggiornamenti esclusivi. Adoro parlare con i miei lettori, quindi unitevi a noi per un po' di spettrale divertimento :)

A mio padre,
il mio primo eroe

Ma molto più forte era il nostro amore
Di quello di altri, di noi più anziani,
di noi più saggi assai.
E né angeli lassù nel cielo
Né demoni sotto il mare
Potranno la mia anima separare
Dall'anima della bella Annabel Lee;

— EDGAR ALLAN POE

I

BREE

«Forza, cara. Fammi annusare un po' di questa bontà salata.»

«No» dico sottovoce. Poi prendo i pretzel dal tavolino e me li infilo in tasca.

Per vostra informazione, non è che stia frequentando il sex club più disgustoso del mondo (cosa che è veramente successa due anni fa ad Amsterdam: le scarpe mi rimanevano incollate al pavimento). Sono seduta al mio posto su un volo da qualche parte nel cielo sopra gli Emirati Arabi Uniti. Mi sto facendo gli affari miei e cerco di ignorare il fantasma di una vecchia befana dai capelli blu che è fastidiosamente affascinata dai miei snack.

«Ti prego! Tira fuori il sacchetto, così posso dare un'annusatina.»

La guardo e poi mi giro verso il finestrino. Fuori è tutto buio, quel tipo di oscurità profonda e inquietante che ti fa ricordare che stai sfrecciando nello spazio a un miliardo di chilometri all'ora, guidata solo da un computer e un pilota che si spera non sia ubriaco, e con le leggi della fisica che si frappongono tra te e una morte impetuosa e drammatica. Siamo da qualche parte sopra il Medio Oriente, ma le nubi sono così fitte che sembra che ci stiamo tuffando dentro un buco nero.

La maggior parte delle persone in cabina si sta sistemando per dormire, ma io non avrò pace finché Cathy Laciarlona continuerà a commentare i miei spuntini.

«So che mi vedi, cara» mi dice con un sospiro. Con la coda dell'occhio la guardo aleggiare sul sedile vuoto accanto a me. «Il mio buon amico, il pilota senza testa, mi ha detto tutto di te. Beh, non è che me l'abbia detto, però mi ha fatto dei gesti. Ha detto che un tempo le tue cosce erano molto più grosse. Dovresti mangiare di più, mettere un po' di ciccia su quelle ossa, e potresti cominciare proprio da quei pretzel che hai in tasca.»

Gemo. Stupidi fantasmi. Non hanno nessun diritto di comunicare a gesti sulle dimensioni delle mie cosce, che vanno benissimo così come sono, grazie mille.

Pare che i fantasmi degli aerei si parlino tra loro. Non ce ne sono molti rispetto agli ospedali, ai vecchi manicomi e ai negozi di Starbucks, tanto per fare qualche esempio. In genere rimangono sull'aereo in cui sono morti, ma quando arrivano in un aeroporto possono saltare giù e fluttuare in giro per i terminal in una sorta di addio al nubilato spettrale, mentre si scambiano gossip sui loro voli. Io e il Pilota Senza Testa ci siamo incontrati per caso sul mio volo da Bali l'anno scorso, e non è stata un'esperienza piacevole. Ero al WC che leggevo uno sconcio romanzo rosa sul cellulare mentre mi godevo la terza ora consecutiva di *assenza assoluta di persone morte*, quando lui infilò il busto nella porta del bagno e mi puntò addosso il suo collo monco, muovendolo in su e in giù. Io urlai come una pazza, perché è così che si fa quando ci si trova con un moncone di collo semi-trasparente davanti al viso. L'hostess dovette sfondare la porta perché pensava fossi preda di una specie di crisi nervosa. Nessuno credette alla mia storia di un ragno spaventoso, e mi bandirono a vita da quella compagnia aerea.

I fantasmi non sono altro che rogne.

Di solito, gli aerei sono uno dei pochi posti al mondo in cui posso starmene in pace, libera dai fantasmi per un po'. Statisticamente, non sono molte le persone che muoiono sugli aerei. E questo fu uno dei motivi per cui, appena finiti gli esami per il GCSE, decisi di lasciare il mio piccolo villaggio britannico di Grimdale e di intraprendere un viaggio intorno al mondo con lo zaino in spalla. Non era la motivazione più urgente, ma era sicuramente in cima alla mia lista di "motivi per allontanarmi il più possibile da Grimdale".

E ora, dopo tutto questo tempo, sto tornando proprio a Grimdale (un posto in cui non vorrei affatto stare) a causa di una cosa terribile...

No. Strizzo gli occhi. *Non voglio pensarci. Se scoppio a piangere su questo aereo, Cathy Laciarlona non smetterà mai di rinfacciarmelo.*

«Mi scusi, signora?»

Apro gli occhi sul finestrino e vedo il riflesso di un uomo in giacca e cravatta. I fantasmi non hanno riflesso, quindi quella che mi parla è una persona in carne e ossa. Non succede spesso: la mia faccia perennemente scocciata è così leggendaria che qualcuno ci ha anche scritto dei sonetti.

Mi giro. L'uomo d'affari McArmaniPants si scusa con un gran sorriso. Poi si sporge e appoggia il braccio sullo schienale del sedile della fila davanti a noi, proprio in mezzo alla testa spettrale della vecchia signora.

«Argh, e stai attento a dove metti quelle zampe goffe, brutto idiota!» E si scosta di scatto per poi mettersi a saltellare rabbiosa lungo il corridoio, con le mani in testa. I gomiti ossuti che si muovono su e giù all'impazzata la fanno sembrare una gallina. Tossicchio e mi copro la bocca con una mano per dissimulare la mia risata.

L'uomo McArmaniPants mi fa un sorriso da qualche megawatt. «Non volevo spaventarla. Ho notato che questo posto è vuoto. Mi chiedevo se potevo sedermi accanto a lei. Il mio posto è verso il fondo e un bambino ci ha rovesciato del succo d'arancia, e ora è tutto appiccicoso...»

«Certo.» Do un colpetto con la mano al sedile, grata della sua presenza. Farà da cuscinetto tra me e la vecchia signora fantasma. «Prego, faccia come se fosse a casa sua. Rimanga pure quanto vuole.»

«Non osare fare come se fossi a casa tua!» gli grida infastidita Cathy Laciarlona, e poi lo fissa mentre lui si accomoda sul suo sedile. «Questo è il mio posto. Sono arrivata per prima. Trovati degli altri snack da annusare.»

«Vuole dei pretzel?» Apro il sacchetto e li offro al mio nuovo vicino di posto, sapendo che la donna fantasma non oserà avvicinarsi per annusarli.

«Certo.» Ne prende una manciata. «Ehi, perché sta facendo uno sberleffo?»

«Oh.» Un rossore mi tinge le guance mentre la vecchia befana si allontana sbuffando. «No, niente di che.»

Siete pronti per un po' di fantasmerie? Sono alla seconda tratta delle mie trentadue ore di volo dalla Nuova Zelanda a Londra, quindi ho del tempo da ammazzare.

Tempo da ammazzare. Ah, ah. Sono proprio buffa.

Ecco un po' di informazioni sugli spiriti dei morti, ovvero le Regole dei Fantasmi di Bree:

1. Non tutti coloro che muoiono diventano fantasmi. Bisogna avere delle questioni in sospeso. Spesso non ci si ricorda quali siano tali questioni, e ciò è sicuramente fastidioso.

2. I fantasmi aleggiano intorno al luogo in cui sono morti. C'è una forza invisibile che io chiamo *fantasmaticità* (è un termine altamente tecnico che mi sono inventata quando avevo otto anni, quindi silenzio) che agisce come un elastico, e li riporta al luogo della loro morte. Possono allontanarsi da dove sono morti, ma più si allontanano più la fantasmaticità peggiora, finché per loro rimanere lontani diventa doloroso e così vengono scaraventati di nuovo nel luogo della loro morte.

3. Alcuni fantasmi, come il mio amico d'infanzia Ambrose, non sono legati a un luogo di morte, ma a un luogo che per loro è importante. Non so bene come funzioni, quindi attribuisco anche questo dettaglio alla fantasmaticità.

4. La fantasmaticità è anche il motivo per cui i fantasmi possono passare attraverso le porte dei bagni degli aerei, ma non crollano dal pavimento, finendo in cielo. La fantasmaticità fa sì che gli spiriti possano stare con i piedi ben piantati a terra, come quando erano vivi.

5. Solo i fantasmi molto potenti, o quelli che sono molto arrabbiati, possono interagire con il mondo umano e muovere oggetti, fare tremolare luci o scrivere sugli specchi. Ma, in genere, si limitano a fluttuare di qua e di là per infastidire la gente.

6. Nonostante non abbiano il naso, riescono comunque a percepire gli odori forti, quindi si aggirano sempre nei paraggi di gente che mangia, e chiedono di annusare le mie noccioline salate.

7. I fantasmi odiano quando gli esseri umani li attraversano. Lo detestano. A volte io lo faccio solo perché so che li fa arrabbiare molto.

Per quale motivo so così tanto sui fantasmi?

Perché sono l'unica persona che può vederli.

Quando avevo cinque anni ho avuto un incidente: sono caduta dalla bicicletta e mi sono spaccata la testa su un sasso, e da allora sono in grado di vedere i morti. Vederli, parlare con loro ed essere terribilmente infastidita da loro...

«E dai, tesoro» dice la vecchia signora che fa capolino dal portabagagli. «Solo un'annusatina.»

Sono Bree Mortimer. E sarà un lungo volo.

2

BREE

Scendo dall'aereo a Heathrow, con gli occhi assonnati e la pelle così avvizzita che sembra il buco del culo di un elefante. Alla terza ora di viaggio sono crollata e ho lasciato il sacchetto di pretzel aperto sul tavolinetto, così che quella vecchia gallina lo annusasse. Ma l'uomo d'affari ha allungato un braccio proprio davanti a me per regolare il flusso dell'aria e l'ha accidentalmente urtato, così ho passato il resto del volo a togliermi pezzetti di pretzel dai calzini a compressione graduata.

Una giornata normale nella vita della donna che sussurra ai fantasmi.

Prendo lo zaino dal nastro bagagli e salgo in metropolitana, che a quest'ora della sera è relativamente vuota di persone reali. Su un sedile nell'angolo più remoto c'è un fantasma, con la testa china, che si fissa le scarpe da ginnastica, così anni Ottanta che se fossero reali varrebbero una fortuna.

Mi butto sul sedile nell'angolo opposto e accendo il telefono per controllare i messaggi.

Come prevedibile, c'è un lunghissimo messaggio di mia madre.

7

> Mamma: Ciao tesoro! Spero che vedrai il messaggio dopo il tuo atterraggio. Mi dispiace molto che non abbiamo potuto essere lì a salutarti, ma sai come si dice: chi tardi arriva a Parigi, si perde tutti gli amici! La tua vecchia stanza è ancora esattamente come l'hai lasciata. La chiave è nello scoiattolo e ti chiamiamo tra un paio di giorni. Albert e Maggie saranno lieti di aiutarti per tutto ciò di cui puoi avere bisogno. Cerca di non bruciare la casa e ci vediamo presto!

E c'è una foto di lei con mio padre, sotto la Torre Eiffel. Lui indossa la sua solita maglietta dei Led Zeppelin e sorride come un idiota. Mi si forma un nodo in gola, così metto via la foto e inizio a giocare a Woodoku.

Devo cambiare treno tre volte, e il secondo è in ritardo. Ah, Inghilterra, quanto mi è mancato il tuo approccio così distaccato nei confronti degli orari dei treni. Mi fa rimpiangere i quattro mesi che ho passato ad Amburgo. I tedeschi sì, che sanno come far funzionare le ferrovie.

Quando arrivo allo scambio di Crookshollow, per poco non investo una suora nel precipitarmi al binario 4 per prendere l'ultimo treno della sera per Grimdale.

Fantastico. Come se Dio avesse bisogno di altri motivi per colpirmi.

Scendo dal treno proprio mentre le campane della chiesa del villaggio di Grimdale suonano le dieci. I negozietti lungo High Street sono tutti chiusi. Le uniche luci accese provengono dal pub del villaggio, il Cackling Goat, che si trova all'angolo, in un vecchio edificio Tudor tutto storto, e che è pieno di gente. *Ah, il famoso Torneo-di-Zia-Sally-del-Lunedì-Sera. Alcune cose non cambiano mai.*

Quando passo davanti alla porta, sento un profumo di roast beef con contorni.

Il mio stomaco, che era entrato in sciopero dopo quasi due giorni di cibo da aereo, si rianima e mi ordina di entrare. Ma dopo due pinte non sono ancora sicura di essere pronta ad affrontare l'intero villaggio che litiga sul fatto che Davey Jenkins abbia superato o no la linea quando ha lanciato le bacchette. Così taglio per il parcheggio, nella speranza che nessuno mi veda, e sto per svoltare in Railway Row quando vengo distratta dalla vista di tre fantasmi che hanno il naso schiacciato contro le finestre.

«Oh, stasera c'è merluzzo nel menu» esclama Lottie Bishop saltellando su e giù, mentre i lacci della cuffietta le sbattono sul viso. «Erano almeno due lune che non lo servivano.»

«Forza, forza, sediamoci vicino alla finestra» invita Mary Kemp, strofinandosi allegra la pancia. «Andiamo ad annusare l'odore delle deliziose patatine fritte e del purè di piselli...»

«Bleah, chi è che vuole annusare un mucchio di moccio verde?» esclama schifata Agnes Waterhouse, il cui lungo naso adunco passa attraverso il vetro mentre sniffa in giro, ansiosa di trovare qualcosa di suo gradimento. «Sembra una palla di pelo vomitata da Walpurgis sul piatto.»

Walpurgis è il gatto di Agnes. È nero come la notte e anche lui è un fantasma, perché Agnes rappresenta tutti gli stereotipi delle streghe morte. Agnes, Lottie e Mary furono impiccate come streghe nel parco del villaggio nel sedicesimo secolo. Sono abbastanza vecchie da avere una discreta fantasmaticità, e riescono a viaggiare fino ai confini di Grimdale senza problemi. Combinano un bel po' di marachelle in giro per il villaggio. Di tutti i fantasmi che incontro, loro sono tra le poche che considero... amiche.

Naturalmente, in questo momento sono troppo distratte dal merluzzo per notarmi. La storia della mia vita: Bree Mortimer, invisibile persino ai fantasmi.

Al suono del suo nome, Walpurgis sguscia fuori da sotto l'orlo delle sue gonne e miagola di gioia nel vedermi.

«Ehi, Walpurgis.» Mi guardo alle spalle per assicurarmi che nessuno stia guardando, poi mi tolgo il pesante zaino dalle spalle, mi accovaccio e gli passo la mano sulla schiena.

Ricordate quello che ho detto sul fatto che i fantasmi odiano essere attraversati? È vero: per loro è un evento molto intenso e doloroso e accade sempre quando sono impreparati. Ma a volte toccare leggermente la loro pelle fantasmosa è una sensazione piacevole. Toccarli potrebbe produrre un piccolo formicolio, o un po' di caldo, o di freddo, a seconda di ciò che pensano di voi, e lo sentono anche loro.

Non chiedetemi come faccio a saperlo: è una lunga storia che riguarda un'ingenua Bree adolescente e i suoi immaginari amici d'infanzia, e al solo pensiero mi si scaldano le guance. Quindi non ci penserò. Soprattutto perché...

No. Non ci sto pensando.

Walpurgis fa le fusa e si sdraia a pancia in su, lasciandosi grattare sotto il mento. Mi guardo di nuovo alle spalle, ma sono ancora sola. Nessuno può vedermi che faccio il solletico al cemento.

«Walpurgis, smettila» sbotta Agnes. «Dovresti essere un servo di Satana, non un cucciolo farfuglione.»

Agnes, che sia benedetta la sua anima immortale, è ancora un po' scocciata per il fatto che è stata impiccata come strega. Una volta mi ha detto che se avesse saputo che sarebbe stata accusata di aver collaborato con il diavolo, in vita sarebbe stata molto più malvagia. Ora è decisa a rimediare nella morte.

«Miao!» Walpurgis non si offende se lo chiamano cucciolo. Ci ha fatto l'abitudine con Agnes. Strofina la guancia fantasma contro le mie dita e mi sento pervasa da un morbido calore.

«Chi ha fatto diventare Walpurgis così mieloso?» Lottie si

volta dalla finestra. Appena mi vede, sgrana i suoi morbidi occhi d'ambra.

Io mi alzo e faccio un piccolo cenno di saluto. «Ciao, Agnes, Lottie, Mary. È bello veder...»

«Bree Mortimer!» esclama Mary strappando via il viso rotondo da dentro la finestra. «Pensavamo che fossi scappata per seguire una compagnia di menestrelli itineranti.»

«Ve l'avevo detto, io, che la nostra Bree non si sarebbe fatta trovare manco morta a cantare *Trallallero trallallà*. È chiaro che sei diventata una donnaccia» dichiara giuliva Lottie, guardando il mio abbigliamento con un cenno di approvazione. «Hai delle caviglie che farebbero piangere gli uomini.»

«Non essere ridicola» sbotta Agnes. «Non potrebbe mai essere una donna facile, con quegli orrendi vestiti che indossa. Come fa un uomo a trovarle la bernarda sotto quei pantaloni così attillati?»

Rido, e mi porto le mani sui fianchi, facendo una specie di sfilata per mettere in mostra i leggings più comodi che ho, con tanto di stampa a gatti neri. Agnes ha chiarito in diverse occasioni che non capisce l'amore delle donne moderne per i leggings.

«È vero, sono scappata, ma non per diventare un menestrello itinerante, *né* una donnaccia.» Parlo a voce bassa, nella speranza che nessuno passi di lì e mi veda conversare da sola con il muro del Cackling Goat. «Esploro il mondo, visito posti, percorro sentieri, scalo montagne, mangio cose esotiche...»

«Spero che ti sia tenuta ben alla larga dalla *Francia*» esclama Agnes tirando su con il naso. «Ci vivono i francesi!»

Decido di non raccontarle delle sei meravigliose settimane che ho trascorso a lavorare in un vigneto mentre mangiavo formaggio a sazietà e ogni notte mi scopavo il fornaio del paese sotto le vigne.

«Sono stata in posti di ogni tipo: in Germania, nella Repubblica Ceca, nei Paesi Bassi, in Vietnam, in Cambogia, in Perù, in Bolivia, in Cile...»

«Quelli non sono nomi di Paesi» dice Agnes con una risatina. «Il giorno del mio processo sopra la scrivania del magistrato c'era una mappa del mondo, e sulla Terra non ci sono neanche, tutti quei Paesi. Ti stai inventando tutto.»

La ignoro, che è il modo migliore per trattare con Agnes. «... Bali, Nuova Zelanda, Australia...»

«Oooh, dell'Australia sì, che ne ho sentito parlare!» Lottie si sfrega le mani, tutta eccitata. «La signora Doolhan dice che suo figlio è andato lì per una cosa che chiamano surf. Tu hai mai fatto surf? E hai mai abbracciato un koala?»

«Hai dovuto travestirti da ragazzo per sfuggire ai pirati?» Mary sembra preoccupata. «È per *questo* che indossi questi vestiti?»

«No, Mary. Questi sono i suoi vestiti normali» commenta Agnes, esasperata. «Ti abbiamo spiegato un milione di volte che adesso, nel *mondo moderno,* le donne possono vestirsi da uomo e nessuno batte ciglio, né ti impicca perché ti considera una strega. Ti prego, almeno fai finta di prestare attenzione, cara.»

«Siamo così felici che tu sia tornata» strilla Lottie. «Vogliamo sapere tutto dei tuoi viaggi. La cosa più lontana che io ho fatto da Grimdale è stata la raccolta delle mele nel frutteto di Tilby, il contadino...»

Si stringono intorno a me, premendomi addosso i loro corpi spettrali finché non sento un caldo formicolio. Un'altra importante regola dei fantasmi è che i sentimenti di uno spirito alterano la sua temperatura. Ecco perché nelle case infestate ci sono punti freddi: sono fantasmi incazzati. I fantasmi felici, invece, creano nuvole calde. Però nessuno attribuisce tali macchie di calore alle infestazioni, perché se si vive in Inghilterra si apprezza ogni minima fonte di calore.

«Sei stata ad Amsterdam?» chiede Mary. «Abbiamo visto un documentario su Amsterdam dalla finestra di Lizzie Duncan. Non crederesti mai alle cose che fanno da quelle parti...»

«Ho visitato Amsterdam, ma ovviamente non sono andata in giro con fantasmi fighi, perché non ho fatto niente di folle» mi affretto a dire, non volendo imbarcarmi in una lunga discussione sulle *coffee houses* e quell'orribile spettacolo sexy in quel locale dal pavimento appiccicoso. «Sentite, mi piacerebbe stare con voi per aggiornarvi, ma sono appena arrivata dopo un volo di trentasei ore dalla Nuova Zelanda e ho bisogno di dormire...»

«Ai miei tempi le donne che volavano venivano impiccate» sbotta Agnes, incrociando le braccia. «Bene. Ora vai pure a letto, ma sarà meglio che torni da noi con storie di tutti gli uomini stranieri che hai sedotto con i tuoi *leggings*. E spero che tu ci abbia portato dei regali.»

«Io...» *Oh, porca vacca.* «Certo che sì. Non dimenticherei mai il mio terribile trio preferito. Domani vi porterò i vostri regali.»

Dovevo pensare a dei regali? Quale souvenir si potrà regalare a un fantasma?

«Sarà meglio» ringhia Agnes. Walpurgis mi lancia un'occhiataccia e poi si rituffa sotto la sua gonna.

«Prometto che ve li porto. Possiamo andare al parco e vi racconterò tutto del fotografo australiano con un serpente lungo quanto...»

Vengo interrotta da uno sghignazzo alle mie spalle. Un brivido freddo mi corre lungo la schiena. Mi giro e sulla porta del pub vedo tre donne, che mi fissano mentre parlo al vuoto e cercano, senza riuscirci, di nascondere le loro risate.

E non sono donne qualsiasi: Kelly Kingston, Leanne Povey e Alice Agincourt, le tre perfide regine che mi hanno rovinato gli anni del liceo. Era *ovvio* che stasera fossero qui, al pub. È il modo in cui Dio me la fa pagare per quella storia della suora.

«Oh, guarda, è Cheddar Cheese!» Kelly scoppia a ridere e io mi ritrovo catapultata di nuovo alla Grimdale Comprehensive, ai tempi in cui queste tre mi tormentavano.

Il loro scherzetto preferito era quello di riferirsi a me solo con i nomi di diversi formaggi. Capito, perché mi chiamo Bree? Esilarante. John Cleese dei Monty Python: prendi nota.

Beh, questo succedeva quando non mi rubavano qualcosa, non disegnavano fantasmi sul mio armadietto, non mettevano in giro delle voci su di me, non mi filmavano di nascosto quando parlavo con i miei *amici invisibili*, per poi condividere i video su Internet...

Non dovrebbe farmi male, ma ho già da gestire il jet lag e una overdose di non-morti, e poi... beh, *non ne posso più di* questa storia. Tra tutte le persone che ci sono in giro, perché deve essere stata proprio Kelly Kingston a vedermi impegnata a chiacchierare con un lampione?

E in quale universo è giusto che lei abbia l'aspetto di una star del cinema con quei capelli perfettamente lisci e il suo abito di maglia griffato, mentre io sono un gremlin che indossa dei leggings cascanti e dei calzettoni a compressione graduale, pieni di pretzel salati, e sembro essere stata investita da un autobus?

Faccio un sorrisetto e mi butto indietro i capelli, ben consapevole che ormai la situazione non è più salvabile. «Signore, non vi avevo viste. Ero troppo impegnata con questo lampione qui, che mi stava aggiornando sui pettegolezzi del villaggio.»

«Ehi, scusa tanto, ma non sono un lampione!» sbotta Mary, sculettando. «Io ho delle bellissime curve. Il migliore amico di mio marito lo ha sempre detto.»

«Parli ancora con gli spiriti, Camembert?» chiede Kelly con un sorrisetto. «O è il tuo nuovo ragazzo? Non mi sorprende che l'unico ragazzo che riesci a convincere a uscire con te sia inanimato. Scommetto che *ti accenderà.*»

«Guardalo, è tutto duro per la qui presente Gouda» dice Leanne. Le due si aggrappano l'una all'altra, e ridacchiano come due brutte stronze ubriache. Mary fa il giro intorno a loro, e si avvicina per annusarle.

«Sciocche» sbotta con rabbia e fa un passo indietro. «Avete ordinato la Caesar salad. Nessuno ordina Caesar salad.»

«Forza, voi due.» Alice cerca qualcosa nella borsa. Poi tira fuori un mazzo di chiavi tintinnanti: «Voglio portarvi a casa prima che mi vomitiate nella macchina.»

Alice sembra non essersi nemmeno accorta della mia presenza, e questo è il suo particolare stile di guerra psicologica. Mentre le sue due amiche erano della scuola di bullismo "a insistenti colpi di saccenza" Alice mi ha sempre ignorata. Anzi no, non è che mi ignorasse: mi guardava senza vedermi, in un modo che mi ha sempre fatta sentire come se il fantasma fossi *io.*

A volte però, quando ci trovavamo insieme per una ricerca di storia, oppure recitavamo l'una di fronte all'altra nel festival di Shakespeare della scuola, vedevo un altro lato di Alice. Era intelligente e sarcastica da morire, e avevamo anche avuto un paio di conversazioni normali su gruppi musicali e programmi televisivi che ci piacevano, però poi tornava da Kelly e Leanne e quei piccoli momenti di connessione venivano dimenticati.

«Non voglio andare a casa, Alice. Sei proprio una *guashtafeshteee*» geme Leanne. Sembra ubriaca. «Voglio stare qui a sentire i consigli di Bree sull'acconciatura. Ho sempre sognato avere il suo look da furetto incastrato in una presa di corrente.»

E giù, una risata ancora più crudele. Io raddrizzo la schiena e mi passo le dita tra i capelli. Mi sento come quando ho fatto hiking sulle Ande a piedi e non ho fatto la doccia per una settimana. *Fantastico.*

Agnes schiocca la lingua. «Non permetterai a una che indossa quella bigiotteria da quattro soldi di parlarti in questo modo?»

«Miaoooo» concorda Walpurgis.

In effetti, gli orecchini di Leanne sono piuttosto grandi e vistosi.

«Sono appena scesa da un aereo» rispondo di getto. «Un aereo è un grosso aggeggio volante che porta le persone lontano dal merdoso villaggetto in cui sono cresciute, così piccolo che c'è un solo cavallo, verso posti dove possono vivere avventure, mangiare cibo squisito e andare a letto con uomini stranieri e sexy da morire. Ma dimenticavo, voi non sapete cos'è un aereo, perché nessuna di voi ha mai messo piede fuori da Grimdale.»

«Oooooooh» Lottie si sfrega le mani allegra. «Mi piace un sacco quando Bree diventa spiritosa!»

«Invoca Satana!» si intromette Agnes. «Sai che le fa sempre scappare via.»

«Io sono andata a Parigi, in luna di miele» commenta Leanne sulla difensiva. «Era sporca, e la creme brûlé sapeva di vomito.»

«Uellààà!» esclamo, dando un calcio al mio zaino malconcio per enfatizzare. «Perdonami se non salto per l'entusiasmo. Fammi indovinare, la cosa più eccitante della vostra vita è incontrarvi al Goat dopo il lavoro e lamentarvi di tutte le persone che conoscete, di sicuro più interessanti di voi. E voi, invece, cosa avete fatto di bello nella vostra vita? Ah, aspetta, te lo dico io. Leanne ha sposato quello sfigato di Simon con cui usciva ai tempi del liceo, ed è sicura che lui la tradisca con la segretaria dell'ufficio londinese di suo padre, però non vuole fare ulteriori indagini, perché ha paura di averne la conferma. Kelly probabilmente sta ancora cercando di farsi notare da Riley

Jenson e lavora in un negozio di abbigliamento per taglie forti in High Street, che è la cosa più vicina alla settimana della moda di New York a cui potrà mai arrivare...»

«Ora sono assistente manager» dice Kelly con un sorrisetto. «E *sto* con Riley, che è diventato il capitano della squadra di calcio di Grimdale ed è ancora più sexy di quanto non fosse al liceo. Alice, invece, lavora al museo di Grimdale e ha studiato a Cambridge. E tu, che cosa hai fatto, fenomeno? Hai passato gli ultimi cinque anni a dormire con hippy strafatti, a meditare sulle cime delle montagne e a beccarti cimici in lerci ostelli della gioventù?»

È fastidiosamente vicina alla verità. Serro i pugni. Odio che Kelly riesca a infilarsi così tanto sotto la mia pelle e a farmi sentire come se tutti i miei sogni fossero strambi e stupidi.

«Non può parlarti così» sbotta Agnes. «Lanciale una maledizione!»

«Non può farlo, Agnes!» esclama Lottie con un sussulto. «Non vorrai che la nostra Bree venga impiccata...»

«D'accordo. Allora almeno pizzicale il naso» urla Agnes.

«Non le pizzico il naso» sbotto. «Stai *zitta e smettila*.»

Cosa sbagliata da dire. Kelly mi scruta studiandomi.

«Vedo che parli ancora con i fantasmi.»

«No, io...»

«Dovresti smetterla con questa storia, Groviera» dice Leanne sporgendo un fianco. «Non sei speciale. Sei solo stramba.»

«Spingila giù dai gradini!» urla Agnes.

«Vattene, Erborinata» mi dice Kelly con un ghigno. «Stai appestando il villaggio con il tuo odore di formaggio marcio e i tuoi inquietanti amici invisibili...»

«Bree Mortimer, ma sei tu?»

Ottimo. Non vedevo l'ora che altre persone si unissero alla festicciola. «Ciao, Albert, Maggie.»

Mi volto verso la coppia che è uscita dal pub dietro Kelly, Alice e Leanne. Albert e Maggie Fernsby sono i vicini di casa dei miei genitori. Una coppia adorabile: Albert è in pensione dalla banca di Grimdale, e Maggie produce prodotti da bagno alle erbe e gestisce tutti i comitati e gli eventi di beneficenza del villaggio (e ce ne sono parecchi). Si tengono per mano mentre si fanno strada tra Kelly e le sue amiche, e Maggie appoggia la testa sulla spalla di Albert. Anche se sono sposati da undici milioni di anni, sono ancora adorabilmente innamorati. In cuor mio, ho sempre desiderato poter incontrare un giorno un ragazzo che mi prendesse così tanto.

«È meraviglioso rivederti, cara.» Maggie si china a posarmi un bacio sulle guance. Profuma di salvia bruciacchiata, petali di rosa e miele, senza dubbio uno dei suoi intrugli. Con la coda dell'occhio noto che Mary si avvicina per annusarla per bene. «Tua madre ci ha detto che questa settimana saresti tornata a casa, per occuparti dei gatti. Abbiamo promesso di tenerti d'occhio mentre sei qui, vero, Albert?»

«Sembri sconvolta, cara.» Albert mi afferra le spalle e si avvicina per ispezionarmi il viso. «Hai dormito abbastanza? Forse hai bisogno di un po' di crostata di prugne di Maggie. Sai che quelle che fa lei sono assolutamente deliziose e ti mantengono regolare...»

Arrossisco ancora di più, e le ragazze alle loro spalle ridacchiano. «Sto bene, grazie. Non ho bisogno di crostate di prugne. È che ho il jet-lag per il volo. Credo che ora andrò alla villa...»

Albert si sistema la giacca. «Ti accompagniamo noi a casa.»

«Oh, no, tranquilli. Mi piace stare da sola...»

«Insistiamo. È notte fonda. Non si sa mai quali estranei inquietanti potrebbero nascondersi nell'oscurità.»

Agnes saltella arrabbiata, puntando un dito gibboso contro

la coppia. «Stanno parlando di me? Sarà meglio che non sia così!»

Albert grugnisce qualcosa, si carica il mio zaino in spalla e intanto Maggie mi afferra il braccio e mi trascina lungo la strada. Nelle orecchie mi risuona la risata di Kelly. Prego Giove di mandare un bel fulmine nella sua direzione, ma lui deve essere occupato a guardare la televisione o qualcosa del genere, perché non risponde alle mie preghiere.

«Devi raccontarci tutto dei tuoi viaggi» mi dice con entusiasmo Maggie mentre giriamo l'angolo e iniziamo a percorrere le stradine tortuose del villaggio, su per la collina verso Grimwood Crescent. «Per le nostre nozze d'argento io e Albert abbiamo fatto il giro del mondo in crociera, ma il povero Albie soffriva così tanto il mal di mare che non siamo mai usciti dalla cabina! Una volta siamo andati a Glasgow in autobus, vero, Albert?»

«Certo, tesoro» conferma Albert dietro di noi, sbuffando mentre lotta con la mia borsa. Faccio per prendergliela, ma lui non ne vuole sapere.

«Già. Però Glasgow non mi è piaciuta molto.» Maggie scuote la testa. «Era sporca e non riuscivo a capire una sola parola di quello che dicevano. Io e Albert ci ripetiamo sempre: perché viaggiare, quando già si vive in paradiso?»

«Non potrei essere più d'accordo, tesoro.»

Passiamo davanti al vecchio tunnel ferroviario chiuso, nella collina, con il suo fantasma che conosco bene: il Muratore Schiacciato. Si volta dall'altra parte mentre passiamo, il che è carino da parte sua, dato che ha l'intera parte destra del viso maciullata, e da bambina ne ero terrorizzata. Mia madre non ha mai capito perché ogni volta che passavamo lì davanti scappassi urlando, e ormai avevo imparato che non potevo dire a nessuno quando vedevo dei fantasmi, perché le mie storie mettevano a disagio gli adulti e mi facevano portare da dei medici *speciali*.

Per fortuna le tre streghe hanno deciso di rimanere al pub e di annusare ancora un po' di merluzzo. Stasera ho chiuso con i fantasmi.

«...Naturalmente siamo rimasti sconvolti quando abbiamo saputo di tuo padre.» Maggie mi riporta di colpo alla conversazione. «Ma è un bene che lui e Sylvie stiano vivendo la loro piccola avventura. Se lo meritano. Hanno lavorato davvero tanto per mandare avanti il B&B in tutti questi anni. E sarà bello per te rivedere la vecchia casa di famiglia, ne sono certa.»

«Hai scelto il periodo dell'anno perfetto per tornare a Grimdale. So che quando eri piccola non hai passato dei bei momenti qui, ma credo che la vita del villaggio ti piacerà.»

«Non mi fermo a lungo» borbotto. «Solo finché non tornano i miei.»

Nel dirlo, però, sento una fitta che mi attraversa lo stomaco. In realtà non so quanto tempo resterò. Il vero motivo per cui sono tornata non è nemmeno qui ora, e non so per quanto tempo potrò vivere in quella casa con...

Per fortuna, Maggie e Albert non ne sanno nulla. Loro continuano a chiacchierare. «La prossima settimana abbiamo la raccolta fondi Grimdale Bake Off per riparare il tetto della chiesa. Maggie cucinerà i suoi pluripremiati scones...»

«Oh, Albert, ma non ho ancora vinto.»

«Beh, lo farai, mio piccolo petalo di fiore. Tu vinci sempre. Da ventidue anni, la mia Maggie e i suoi scones sono imbattuti. E hai sentito che il *Maggie's Bath and Body* sta decollando? I suoi oli curativi e i suoi burri per il corpo sono ora in vendita da Basic Witch in paese, e vanno a ruba. Sono fantastici: i prodotti hanno un profumo così delizioso, oltre ad avere proprietà curative grazie alle erbe antiche che utilizza. Ne prepara uno speciale, per la mia artrite, e ogni sera me ne spalmo una generosa dose in tutto il corpo.»

Rabbrividisco all'immagine raccapricciante di Albert ricoperto di burro per il corpo.

«Oh, Albie.» Maggie gli dà un bacio sulla guancia. «Non serve che mi faccia tu da promotore. Bree, domani ti porterò qualcuno dei miei prodotti. Hai l'aspetto di una che ha bisogno di un po' di coccole. Ho un balsamo che farà miracoli per il tuo jet lag. Ti unirai alla nostra squadra per il pub quiz, mercoledì? Abbiamo sempre bisogno di giovani per rispondere alle domande sulle celebrità. Pensa che Albert non ha la più pallida idea di cosa sia una Kardashian.»

Albert e Maggie non la smettono di chiacchierare mentre camminiamo per le stradine acciottolate del villaggio, e mi aggiornano su tutti i gossip di Grimdale. Io ascolto a malapena una parola. Sono troppo impegnata a tenere gli occhi aperti e a impedire che il mio cuore impazzito mi salti fuori dal petto per il terrore.

Perché ogni passo mi avvicina alla mia casa d'infanzia.

Mi avvicina a... *loro*.

E dopo sette anni, non sono del tutto sicura di essere pronta ad affrontare ciò che ho lasciato.

3

BREE

Svoltiamo in Grimwood Crescent e in pratica cammino trascinando i piedi. Qui le case sono più distanti tra di loro, e arretrate rispetto alla strada, e sono parzialmente o del tutto oscurate dal fitto bosco che circonda questa parte del villaggio. Un tempo Grimwood era considerato un luogo di villeggiatura per l'élite londinese: i boschi erano il luogo di caccia preferito di conti e duchi, e molte famiglie terriere avevano case intorno a Grimwood Crescent. Oggi sono state per lo più vendute, e le case più imponenti sono state divise in appartamenti o affittate su Airbnb.

Sotto i miei passi, scricchiolii di foglie secche. Il cuore mi batte forte nel petto. *Non posso farlo. Non posso tornare lì dentro. E se li vedessi? E se non li vedessi? È un grosso errore...*

Ma i Fernsby non smettono di trascinarmi, di spingermi verso il mio destino.

Svoltiamo l'ultimo angolo ed eccola lì, in tutto il suo splendore trascurato: Grimwood Manor.

Casa.

Sì, sono cresciuta in un maniero. La Famiglia Addams si sarebbe sentita a casa, a Grimwood, con tutte le sue torrette in pietra, le bifore gotiche, l'edera rampicante, le scale in legno intagliato, le pesanti travi di quercia e i passaggi segreti.

Grimwood appartiene alla famiglia di mia madre da generazioni: pare che la mia bisnonna Elsie l'abbia vinta giocando a poker con il precedente proprietario, lord Van Wimple. Noi non siamo affatto una famiglia nobile. Nessuno di noi va a letto con il cugino di nessuno, né beve il tè con il mignolo sollevato.

Il problema dei manieri è che, a meno che non si disponga di un mucchio di denaro e di una quantità infinita di tempo, è piuttosto difficile mantenerli in buono stato. C'è sempre qualcosa che si rompe, crolla, o viene mangiato dai roditori. Quando ero ancora in fasce, i miei genitori erano al verde e la banca bussava alla porta, così decisero di prendere provvedimenti drastici per mantenere la casa e la trasformarono in un B&B.

I viaggiatori più eleganti che vengono a Grimdale alloggiano nel lussuoso Queen Elizabeth Hotel sulla High Street, oppure nell'instagrammabile Honeysuckle House all'altro capo della Crescent, ma i turisti bohémien, bizzarri e stravaganti soggiornano a Grimwood, spesso per settimane o anche per mesi. Per tutta la mia infanzia ho visto viaggiatori andare e venire dalle camere dell'ala ovest, e ogni mattina mia madre cucinava montagne di salsicce e sanguinaccio, in modo che, prima di partire per le loro gite, gli ospiti facessero un'autentica colazione all'inglese. Noi viviamo nell'ala est, ma io ho passato la maggior parte del tempo rannicchiata accanto al fuoco nel salotto degli ospiti, ad ascoltare i racconti dei viaggiatori e sognando il giorno in cui sarei stata abbastanza grande da dire addio a Grimdale e partire per le mie avventure...

E come è andata a finire?

«Beh, che ne pensi? Come la trovi, questa giovanotta?» Albert si fa scivolare lo zaino dalla spalla e si appoggia al cancello, scrutando la casa con un'espressione di stupore. «Scommetto che non è cambiata per niente.»

A parte la nuova verniciatura della veranda vittoriana, struttura aggiunta dal bisnonno della mamma, e alcuni gnomi più colorati che mio padre ha dipinto per il giardino davanti, Grimwood ha l'aspetto identico al giorno in cui sono partita. Gli stessi alti muri, di pietra e mattoni, che spuntano dalla cima della collina: una fortezza che protegge chi vi è dentro. Ma non me.

E non ha protetto nemmeno mio padre.

«Se quei muri potessero parlare, scommetto che questa casa ci racconterebbe un sacco di storie» aggiunge Maggie.

È proprio questo il problema. Questa maledettissima casa non se ne sta zitta.

Deglutisco a fatica, nel tentativo disperato di trattenere il panico che mi sale dentro.

Ora, o mai più.

«Grazie mille per avermi accompagnata.» Stringo con così tanta forza la maniglia del mio bagaglio a mano da farmi sbiancare le nocche. «Vi lascio a godervi il resto della serata. I poveri gattini devono essere disperati, in attesa della loro cena.»

«Sì, sì, entra in casa, che fa freddo.» Maggie si fa avanti per darmi un caldo abbraccio e un bacio sulle guance. «Domani farò un salto con una *shepherd's pie* e alcuni dei miei prodotti da bagno. Ora dormi un po'.»

Improbabile.

Saluto e aspetto di vederli entrare in casa loro, un grazioso piccolo cottage in pietra che un tempo faceva da guardiola al maniero, ma che i miei genitori hanno venduto per pagare parte dell'ipoteca. Poi salgo i gradini fino alla porta d'ingresso di Grimwood. Sono così esausta che salire quei ventidue gradini mi sembra come scalare l'Everest (cosa che volevo fare, ma era troppo costoso e mi faceva paura, così mi sono tirata indietro e, invece, sono andata a Bali).

O magari è il freddo terrore che mi si è infiltrato nelle ossa.

Prendo in mano la statua scheggiata dello scoiattolo dallo zoo di animali in cemento davanti alla porta e afferro la chiave. I miei passi scricchiolano mentre attraverso il portico. Inserisco la chiave antica nella serratura e giro la maniglia.

Mi irrigidisco tutta.

Cosa troverò?

Una parte di me vorrebbe la pace e la tranquillità del silenzio, e un'altra parte vorrebbe disperatamente rivederli...

Smettila, Bree. Sei ridicola. Troverai quello che troverai. Apri la porta e basta.

Faccio un respiro profondo e spingo la porta per aprirla. I cardini scricchiolano forte.

Fisso il buio. È vuoto.

Supero la soglia.

Lascio cadere a terra lo zaino, che fa un tonfo pesante. Socchiudo gli occhi, cercando di distinguere nella penombra la forma familiare dell'ampia scala intagliata, il lampadario ricoperto di ragnatele che non riusciamo mai a spolverare e la sedia antica che mia madre usa per riporre le sue borse da rigattiere.

Casa dolce casa. Grimwood Manor. È strano sentirla così silenziosa: niente ospiti che urlano tra di loro litigando per il bagno, niente genitori che corrono di qua e di là con asciugamani di ricambio e bevande calde a base di alcol. Nessun sussurro che sento solo io.

Sono abituata ai vivi e ai morti, che qui fanno molto rumore. *Mi chiedo se...*

«MIAOOOOOOO!»

Urlo appena un piccolo mostro rossiccio salta fuori dall'oscurità, gli artigli affilati tesi verso il mio viso. Riesco a schivarlo in tempo e quel demone peloso va a sbattere contro il muro dietro di me prima di cadere sul marmo e atterrare stordito su quattro zampe.

«Tu devi essere Entwhistle. Sei un vero rompiscatole, eh?» chiedo, studiando i segni degli artigli che ha lasciato sul legno. «Mamma ti ucciderà quando vedrà quello che hai combinato.»

«Miao.» Entwhistle si avvicina a passo svelto e strofina la guancia contro la mia gamba, come se non avesse appena cercato di cavarmi gli occhi.

«Anch'io sono felice di conoscerti. Dov'è tua sorella?» Prendo in braccio il piccolo birbante e lo coccolo mentre mi addentro nella casa, accendendo le luci man mano che vado avanti. Sento un miagolio lamentoso da qualche parte. A sentire mio padre, questo è il gioco preferito di Moon: si diverte molto a infilarsi in angoli impossibili e a farsi salvare dagli sfortunati umani.

Ho un solo compito, quello di tenere in vita questi due gatti fino al ritorno di mamma e papà. Per favore, non ditemi che ho fallito prima ancora di iniziare.

Mi muovo per le stanze del piano terra di entrambe le ali, accendo le luci e scruto dietro le tende e sotto ogni sedia. Mi dico che sto cercando Moon, ma è una bugia. Tutto il mio corpo freme per l'attesa. Ogni volta che accendo una luce mi aspetto di vederli... ma niente.

Non ci sono.

Stanno rispettando il nostro accordo.

Nel maniero di Grimwood non ci sono fantasmi.

Finalmente trovo Moon in cucina, nascosta nel secchio del carbone. La pulisco meglio che posso e do a entrambi i fratelli pelosetti un po' di cibo umido, poi trascino lo zaino su per la tortuosa scala elaborata e lungo il corridoio est, fino alla mia vecchia stanza nella torretta. Sopra la mia testa, qualcosa scricchiola e sbatacchia. *È solo qualche bestiolina che è entrata in soffitta, niente di cui preoccuparsi.*

In questa casa, nessun suono è innocente, soprattutto quando sono sola, ed è buio, e...

Sbam, sbadabam, *BANG*.

«Merda!» Faccio un salto di tre metri e spalanco la porta.

La stanza è un reliquiario della me stessa diciassettenne. Le pareti sono adornate di poster delle mie band preferite, con gli angoli che si sono arricciati dove si è staccato il nastro adesivo. Qua e là un mucchio di terribili fotocopie di poesie di Voltaire e pubblicazioni del National Geographic sui siti UNESCO che sognavo di visitare. Il letto è coperto da un gigantesco piumone con un pentacolo, e da un mobile vicino alle avvolgenti finestre gotiche penzola un gruppo di pipistrelli di feltro.

Sì, ero un'adolescente goth. Provate voi a crescere con la dote di vedere i morti, in una villa inquietante attaccata a un cimitero, e a *non essere* attratti dall'heavy metal e dai ragazzi emo con l'eyeliner. È impossibile.

Mi butto sul letto e guardo il soffitto. Vi avevo incollato altri poster: cose su cui fantasticavo prima di addormentarmi. Tra una fotografia delle piramidi di Giza e di Machu Picchu c'è una serie di iniziali scolpite nell'intonaco.

B + P + E + A = 4EVA.

No.

Salto giù dal letto come se fosse di lava incandescente. Mi si riempiono gli occhi di lacrime.

Non posso farlo. Non posso dormire qui. Perché sono tornata?

So perché sono tornata. Ma il motivo del mio ritorno al momento è in Francia, che probabilmente sta cercando di ordinare escargot con Google Translate facendo ridere mia madre così tanto da farle sputacchiare vino dal naso. E io sono qui, tutta sola in questa casa con ricordi di *loro* dappertutto...

È un errore.

Non posso. Me ne andrò da qui domattina presto.

Dirò ad Albert e a Maggie che devo vedere i miei genitori in Francia. Loro capiranno e sono sicura che saranno ben felici di pensare ai gatti al posto mio. Passerò un po' di tempo con mio padre, mangerò del formaggio e poi mi rimetterò in viaggio dimenticandomi di questo posto...

Do un'occhiata al telefono. Sono quasi le undici. A quest'ora non ci sono più treni, la reception del Queen Elizabeth sarà chiusa e l'altro hotel più vicino è a diverse miglia di distanza, nel villaggio di Argleton. Anche se domani riuscissi a prendere un volo o un treno presto, sarei bloccata qui a Grimwood Manor per la notte.

Sbatto la porta della mia camera da letto e trascino lo zaino giù per le scale fino all'ala ovest. Apro la porta della stanza degli ospiti più vicina. Era il vecchio salotto dove le signore di Grimdale Manor giocavano a carte, facevano il ricamo e ricevevano visite. Mia madre ha sostituito i mobili pesanti con un letto enorme preso da una delle altre stanze e l'ha arredato con i toni neutri della terra e le texture naturali di cui vanno matti gli appassionati di Airbnb. Butto a terra lo zaino accanto alla scatola delle coperte e mi sdraio sul letto. Il soffitto è dipinto di fresco e non ci sono graffiti.

Loro non ci sono.

Loro non ci sono.

Sono tutta sola e non so come sentirmi al riguardo.

4

EDWARD

«Cosa vedi, Edward?» mi chiede Ambrose sgomitando, mentre cerca di sistemarsi accanto a me dietro la balaustra.

«Smettila di sbavarmi nell'orecchio, demonio.» Lo spingo via. «Osi toccare un reale senza permesso? Sappi che è mio diritto tagliarti la mano.»

«Non puoi farlo.» Ambrose mi sventola in faccia l'appendice incriminata. «La mia mano non è corporea.»

«Bene. Allora chiederò a Pax di infliggerti qualche macabra punizione romana. Solo perché sei un fantasma non significa che non puoi provare dolore, e sai che lui si divertirà a infliggerlo. Magari fa quella cosa in cui ti scortica...»

«Perché sei così perfido?» Ambrose mette il broncio, e si aggiusta il colletto del frac. Lo odio per essere morto nel suo abito migliore, perché, se devo essere sincero, con quella giacca è piuttosto elegante, e (tra l'altro) essendo cieco non può nemmeno apprezzarsi, mentre io, un principe d'Inghilterra...

No. Non voglio pensare alla mia mancanza di accessori di pregio ora, non in questo momento in cui la nostra Brianna si aggira al piano di sotto...

«Ho sentito il mio nome.» Pax esce a passo di marcia dal salotto del piano superiore, con i sandali romani che sbatacchiano sui suoi piedi enormi. Un fantasma non dovrebbe essere in grado di fare un tale baccano, ma Pax ci riesce. «Per lo scroto peloso di Saturno, se mi stai accusando di aver spaventato di nuovo i gatti, non l'ho fatto. Non è colpa mia se non sanno apprezzare l'odore delle vere flatulenze romane...»

«Sssssh.» Alzo la mano per mettere a tacere questo zotico. «Vuoi che ti senta?»

«Voglio che tutti mi sentano. È questo il problema, quando sei un fantasma. L'unica che potrebbe sentirmi è Bree, e non è qui...»

«Invece sì» sibilo, puntando il dito contro la figura che trascina un enorme bagaglio verso il salotto. «Brianna è tornata.»

«Per la fica dorata di Venere, è davvero lei?» Pax si piazza subito accanto a me, piegandosi in modo che la sua corta tunica si apra e mi dia una visione piuttosto sgradevole dei suoi mostruosi gioielli romani. «Non riesco a vedere il suo volto sotto quei capelli scompigliati. Ha uno zaino enorme... io non portavo nemmeno la metà di quel bagaglio quando andavo nelle campagne! Scommetto che è pieno di scarpe. Ha sempre amato le scarpe. Sembra stanca, come se avesse marciato per molti chilometri. Ma guarda, è diventata formosa! E i capelli... sono così lunghi che potrei avvolgerglieli in un pugno e...»

Urla quando gli sbatto la testa contro la balaustra. La attraversa, ma la fastidiosa sensazione del cranio che attraversa un oggetto solido lo zittisce momentaneamente.

Puah. Antichi romani. Che rozzi!

«Se rimani in silenzio per *un momento*, scopriremo perché è tornata» sbotto. «E *chiudi quelle gambe*. Sei peggio di lady Pendelyn con la squadra di cricket del Loamshire.»

Guardiamo tutti Brianna che scompare nella stanza... beh,

Pax e io guardiamo. Ambrose si aggira ansioso sul pianerottolo, nell'attesa che gli raccontiamo ciò che vediamo. Lei, però, non si chiude la porta alle spalle. Se allungo il collo, riesco a vederla, sdraiata sul letto su cui una volta ho fornicato proprio con lady Pendelyn e tutta la squadra di cricket, e ha i ricchi capelli che si aprono sul cuscino come un'aureola. Mi fremono le dita per la voglia che avrei di dipingerla, di metterla in posa su cuscini di seta e di rendere le sue curve con colori a olio come ho fatto con la contessa de Boufflers...

E poi ricordo quello che abbiamo fatto io e la contessa durante quella particolare seduta di ritratto, tutta quella pittura in posti strani e meravigliosi, e il suo uso creativo della mia pipa d'oppio... e sono sopraffatto da una sensazione che durante i miei anni spettrali mi è diventata sempre più sfuggente.

Sono *eccitato*.

Concupiscente.

Lussurioso e libidinoso.

No, sono parole grossolane, troppo primitive per le sensazioni che assalgono il mio essere fantasma. Certo, nelle mutande ho un frate calvo che desidera ardentemente recitare le sue preghiere sull'altare tra le sue cosce. Ma la gola secca e le mani tremanti suggeriscono qualcosa di più... soprattutto perché io non la possiedo nemmeno una gola.

Sto vibrando di magia, traboccando di vigore, *straripando* di desideri che coinvolgono questa nuova, formosa Brianna e una pipa d'oppio...

Sono *incantato* da lei. Oh, Brianna.

La nostra Brianna è tornata da noi.

Mi alzo in piedi. «Mi avvicino di soppiatto. Non rompete nulla mentre sono via.»

«Perché devi andare tu?» chiede Ambrose.

«Perché sono un principe del regno, e questa casa è mia» rispondo. È il mio asso nella manica e lo uso ogni volta che ne ho voglia. Che senso ha essere intrappolati come spettri se non si può comandare i propri simili al proprio capriccio?

Prima che possano fermarmi, scendo le scale, facendo attenzione a rimanere nell'ombra. Mi sono abituato a non nascondermi ai Viventi, ma Brianna non è un Vivente qualunque. Se ora esce dalla stanza, mi vedrà e io... non sono pronto alla sua reazione.

Per quanto in questo momento il mio palo della cuccagna abbia voglia di ballare con lei, non sono preparato a scontrarmi di nuovo con il suo odio.

Una volta giunto vicino alla porta, mi infilo nel muro e passo attraverso l'intonaco e il groviglio di fili elettrici e cavi internet. Afferro i fili e sono attraversato da un formicolio. Poi, appena la mia testa spunta dall'altra parte del muro, le luci tremolano.

È uno dei miei modi preferiti per passare il tempo da quando la casa ha ricevuto l'elettricità nel 1936: vado in giro per le pareti, lasciando che l'elettricità mi vibri nel corpo e provando un piacere crudele nel guardare gli umani che cercano invano il filo allentato che fa sfarfallare le luci in quel modo così furioso. Se rimango collegato abbastanza a lungo, a volte sento il mio scettro che mi si allunga e mi si indurisce... ma non riuscirò mai a raggiungere nulla di simile a quest'asta di delizia principesca che ora è scattata sull'attenti.

Non giudicatemi. Essere morto da quattrocento anni e stare con la sola compagnia di un centurione romano babbeo e un avventuriero vittoriano cieco diventa piuttosto noioso. Devo divertirmi come posso.

Sono sospeso nella parete sopra la testa di Brianna, con solo il volto e la punta del mio scettro che spuntano dal muro, ma lei si è girata verso la parete opposta, raggomitolata. Il suo respiro è costante, le sue lunghe ciglia si muovono leggermente. Sembra che stia opponendo resistenza al sonno.

Perché sei qui? Perché sei tornata?

Il desiderio di raggiungerla, di sfiorarle una guancia calda con le dita, è irrefrenabile. Allungo una mano e mi sento avvampare di gioia nel ricordare il suo calore, il piacere di tenerle la mano mentre passeggiavamo in giardino e lei ascoltava le mie poesie...

La mia mano è sospesa a mezz'aria. Sono immobile, combattuto tra ciò che il mio cuore desidera disperatamente e l'unico giuramento che ho promesso di non infrangere mai.

Sarò anche un libertino di prima categoria, ma ho fatto una promessa a una ragazza spaventata, e non intendo rimangiarmela solo perché è tornata e...

...perché è...

...la donna più bella su cui abbia mai posato gli occhi.

Dopo il suo incidente, noi parlavamo sempre con Brianna. La toccavamo, scherzavamo con lei e inventavamo giochi da fare insieme. Quando tornava da scuola arrabbiata perché Kelly Kingston la prendeva in giro, noi la tiravamo su di morale. Io e Pax organizzavamo degli elaborati combattimenti con la spada e Ambrose le raccontava storie di quando aveva cavalcato un elefante o era stato inseguito in Russia dagli uomini dello zar.

Dopo tanti anni passati in compagnia di quei due idioti, era bello avere un Vivente che potesse interagire con noi, anche se era una bambina. Bree poteva toccare il mondo in un modo che noi non potevamo. Accendeva la televisione per noi, richiedeva i nostri cibi preferiti e ci spiegava cos'erano i telefoni cellulari e i popcorn a microonde.

E ora... ora non è più una bambina. Ora i miei ricordi di lei sono distorti dal modo in cui la sua maglietta attillata le aderisce ai seni, e l'asta nei miei pantaloni è più dura di quanto sarebbe se avessi passato un'intera mattinata seduto nella scatola dei fili elettrici...

Smettila, Edward. Quella è Brianna. Non puoi provare questi sentimenti per la tua Brianna. Non è cavalleresco. Non che tu sia mai stato cavalleresco in vita tua. È così che sei finito dove sei. Perciò è meglio che cominci adesso, perché se poi passi oltre, non ti piacerebbe finire in un posto infuocato con un forcone su per il buco del culo. Lei è Brianna e non è giusto...

Brianna sospira e si gira. Io mi scaglio all'indietro attraverso il muro prima che possa vedermi e torno di corsa al piano di sopra per raggiungere gli altri, il cuore inesistente che mi batte forte nel petto.

«Ebbene, cosa hai scoperto?» chiede Pax, agitando la spada. «Perché è tornata? Perché è triste? Chi devo infilzare per farla sorridere di nuovo?»

«Come fai a sapere che è triste?»

«Da qui vedo il suo volto.»

Scruto il viso di Brianna da oltre la ringhiera e la porta. Pax ha ragione. In effetti sembra triste, e io ero troppo distratto dal suo seno per notarlo.

Questa non è la Brianna che conoscevamo. La nostra Brianna era piena di vita, piena di voglia di avventure, di sperimentare tutto ciò che poteva, prima di incontrare la sua fine. La nostra Brianna non se ne stava a letto a piangersi addosso.

Cosa le è successo? Come ha fatto il mondo a indurirla così? Se qualcuno le ha fatto del male, gli infesterò il culo così tanto che non riuscirà a sedersi per un *mese*.

«Vado a parlarle.» La faccia di Pax si illumina. «La tirerò su di morale con una delle mie storie, come quella di quando Marcus Septus si è ubriacato così tanto da svenire, e allora io l'ho messo a letto con una scrofa e quando si è svegliato...»

«Niente storie.» Lo fulmino con lo sguardo. «Abbiamo fatto una promessa, ricordi? Un principe non si rimangia mai una promessa.»

«E quando hai promesso a tutti quei contadini che

avrebbero avuto acqua potabile fresca?» chiede Ambrose. «E poi invece hai prosciugato il loro pozzo per creare una piscina a palazzo?»

«O quella volta che hai raccolto tutti i soldi dai tuoi amici con la promessa di spenderli per i regali di Natale per l'orfanotrofio dei bambini» aggiunge Pax. «E poi ti sei comprato quel cappello con piume di pavone?»

«Era diverso.» Incrocio le braccia. «Io sono un principe del regno. Sono io che ho il comando qui, e ora dichiaro che dobbiamo stare lontani da Brianna.»

Pax annuisce, ma sembra infelice. «Mi manca.»

«Manca a tutti noi.» Gli occhi di Ambrose nuotano nel dolore: tra tutti, credo che sia quello a cui Brianna manca di più. Avrebbe dato qualsiasi cosa per seguirla nelle sue avventure, invece di essere legato a questa casa. «Ma Edward ha ragione. Abbiamo fatto una promessa e dobbiamo mantenerla.»

Bene. Mi fa piacere che siamo d'accordo. Sto per suggerire di tornare in salotto e annusare l'armadietto dei liquori per festeggiare, ma poi mi viene in mente quanto sia impossibile il compito che ci siamo dati.

Sono passati sette anni da quando abbiamo fatto la nostra promessa a Brianna, e cinque anni dal giorno in cui è uscita dalla porta di Grimwood per non tornare più. Ci siamo abituati a vivere qui senza che nessuno dei Viventi ci veda. Pax siede con Mike e Sylvie ogni sera a guardare il *Great British Bake Off*, e nessuno batte ciglio quando inizia a urlare che Deborah ha usato la crema pasticcera di Howard invece della sua. Ambrose ascolta gli audiolibri sconci di Sylvie mentre lei fa le pulizie, e io passo le giornate a guardare gli ospiti che si fanno la doccia e scopano, e ad annusare le bottiglie di liquore finché non sento l'ombra di una sbronza.

Ma ora cambierà tutto. Non possiamo fare nulla di tutto ciò se vogliamo mantenere la nostra promessa a Brianna.

Dovremo tornare a vivere in soffitta, e avevo giurato di non metterci più piede dopo l'ultima volta. Avete mai vissuto in un piccolo spazio chiuso con un centurione romano che pensa che scherzare con le scoregge sia il massimo della cultura?

Per non parlare dell'orrore che ci attende lassù: il demone dagli occhi gialli che ci ha tenuti in un costante stato di terrore per due lunghi anni. Avevo giurato che non avrei mai più incrociato il suo cammino, ma ora...

Come faremo a mantenere la promessa fatta a Brianna?

5

BREE

Apro gli occhi di scatto. La luce filtra dalle tende, e arriva al letto. Mi trovo in una stanza grande e sconosciuta, cosa non rara nei miei viaggi. Mi ci vogliono un paio di istanti per ricordare dove mi trovo.

Sono a Grimwood.

Sono a casa.

Mi alzo e mi stiracchio il collo, che scrocchia in segno di protesta. Ho dormito in una posizione strana, raggomitolata, ancora con i vestiti che indossavo sull'aereo. Puzzo in un modo *delizioso*. Prendo il telefono dal comodino e controllo l'ora.

1:47pm.

È già pomeriggio.

Ho dormito per oltre dodici ore.

Il mio stomaco brontola, ricordandomi che l'ultima cosa che gli ho dato da mangiare è stato del cibo da aereo. Trascino fuori dal letto quel che è rimasto di me e arranco fino al bagno. Prima la doccia, poi il cibo.

Apro l'acqua, butto i vestiti nel cesto della biancheria e mi infilo sotto il getto. Urlo per lo shock: è ghiacciata. Avevo dimenticato il problema dell'acqua in questa casa. La doccia

39

degli ospiti al piano di sotto ha due impostazioni: fredda come il ghiaccio e rovente come l'inferno. Stringo i denti per resistere al freddo mentre sposto il miscelatore un millimetro alla volta finché l'acqua non diventa caldissima, poi mi sciacquo e me ne vado il più in fretta possibile.

Mi avvolgo nell'asciugamano e torno in camera mia. Mi guardo intorno: dietro le tende, sotto il letto, nelle applique, ma non li vedo da nessuna parte.

Sono passati sette anni dall'ultima volta che li hai visti. Forse sono passati oltre.

O forse stanno mantenendo la promessa che ti hanno fatto.

Ho quasi voglia di chiamarli. So che se solo pronunciassi i loro nomi, arriverebbero di corsa. Dal giorno in cui mi sono svegliata dopo l'incidente e li ho visti che incombevano su di me, ho capito che potevo contare sulla loro presenza, qualunque cosa fosse successa.

Almeno se li chiamo, saprò che sono ancora qui. Potrei mettere a tacere questa solitudine che mi attanaglia e mi contorce le viscere.

Ma poi non avrei più questo silenzio. Grimwood non sarebbe più un rifugio dal rumore dei morti inquieti. Non sarebbe più il posto di cui ho bisogno per rilassarmi, fare il punto della situazione per sopportare il dolore di ciò che verrà, e capire cosa diavolo fare della mia vita.

Chiudo la bocca di scatto. *Non oggi.*

Quando scendo le scale per raggiungere la luminosa cucina sul retro della casa, sono di nuovo impressionata da quanto sia strana e silenziosa. Tutti i miei ricordi di questa cucina sono quelli di mia madre e mio padre che corrono freneticamente per preparare le ordinazioni degli ospiti, o di Pax che sfreccia come un pazzo attraverso ogni cosa, agitando la spada nella pretesa che io gli prepari il suo piatto preferito, spaghetti con polpette, per poterlo annusare.

È *troppo* silenzioso. Non riesco a sopportarlo.

Accendo il bollitore e verso il caffè in un thermos. Mi infilo un libro sotto il braccio e mi avvio verso la porta sul retro, che dà sul sentiero fatiscente che si snoda attraverso un piccolo lembo di bosco di Grimdale e sbuca nell'angolo orientale del cimitero. È uno dei miei posti preferiti al mondo.

Una ragazza goth, ricordate?

Grimdale non è un cimitero qualunque. È uno dei più grandiosi cimiteri vittoriani del Paese. A metà del diciannovesimo secolo, i cimiteri del centro di Londra traboccavano di corpi al punto da costituire un pericolo per la salute, soprattutto durante l'inverno, quando fiumi di... *roba* umana... percolavano dal terreno dei cimiteri e scorrevano per le strade. Per i ricchi e i benestanti divenne una moda far trasportare i propri resti terreni dalla metropoli infettata verso un piacevole luogo di campagna per l'eterno riposo. E Grimdale, con i suoi boschi pittoreschi e i suoi legami con la famiglia reale, era il luogo ideale per stare, da morti.

Grazie alla sua illustre clientela, il cimitero di Grimdale è pieno di ogni sorta di grandiose lapidi, statue sacre e meravigliosi mausolei. Archeologi e storici vengono da tutto il mondo per studiare l'architettura funeraria ed è l'attrazione turistica più importante del villaggio.

È anche il mio posto preferito al mondo, e sono stata lontana da qui per troppo tempo.

Mi infilo nel buco nella recinzione posteriore che il signor Pitts non ha riparato e mi aggiro tra gli imponenti mausolei e lungo le file ordinate di tombe vittoriane. Respiro l'aria fresca e umida e il profumo di muschio e foglie marce.

Ricordi.

Alla fine di questa fila, una coppia di angeli (una femmina con un abito fluente e un maschio con le ali spiegate) tengono la testa chinata l'uno verso l'altro come se stessero conversando.

Da bambina inventavo storie in cui gli angeli spettegolavano sulle altre statue quando pensavano che nessuno li ascoltasse e si prendevano gioco dei turisti che scattavano foto di cattivo gusto mettendosi in posa sulle tombe.

A volte Ambrose mi accompagnava nelle mie gite al cimitero. I fantasmi non amano stare nei cimiteri, perché riaccendono il ricordo delle loro morti dolorose. Edward e Pax avevano buoni motivi per evitare il cimitero. A Edward non piaceva trovarsi di fronte alla sua tomba grandiosa e vistosa eretta dai suoi amici, dal momento che la sua famiglia lo aveva disconosciuto (anche se di tanto in tanto si degnava di stare ai margini del camposanto per dare uno sfondo adatto alle sue cupe e terribili poesie).

E quando Pax era vivo, il terreno era stato il luogo di una sanguinosa battaglia tra le forze romane e le tribù celtiche, in cui lui era rimasto ucciso, e sente ancora le grida di guerra dei Celti che falciavano i suoi amici...

Anche Ambrose è sepolto nel cimitero di Grimdale, ma non so se aveva problemi a stare vicino alla sua tomba: con me non si è mai lamentato. Gli piaceva stare all'aria aperta, dove c'erano meno cose che poteva attraversare per sbaglio, e aveva frequentato gli stessi ambienti di alcuni dei famosi vittoriani sepolti qui. Aveva delle storie sulla famiglia Van Wimple che non erano di certo adatte a una bambina di otto anni.

Vorrei che fosse qui ora... Vorrei che tutti fossero qui...

No. Scuoto la testa. *No, non è vero.*

Ho passato tutta la mia vita a scappare dai fantasmi, a cercare di essere normale. Finalmente ho una parvenza di pace e tranquillità, e ho questo enorme, orribile senso di tristezza che mi rode, e non ho intenzione di rendere la mia vita ancora più difficile solo perché...

«Bree Mortimer, ma sei davvero tu?»

Mi giro di scatto, risvegliata all'improvviso dai miei sogni a occhi aperti. «Oh, salve, signor Pitts.» Saluto il guardiano del cimitero che cammina zoppicando lungo il sentiero verso di me. Il signor Pitts è una di quelle persone di età indefinita che sembrano scolpite nella stessa pietra delle tombe. «Certo, sono io. Sto dai miei genitori per un po'.»

Lui piega la testa di lato e mi guarda. «Pensavo che fossero in Europa, per la loro grande avventura.»

«Esatto. Beh, io sto a casa loro, mi occupo dei nuovi gattini di mio padre. Prima o poi torneranno.»

Spero.

«Ah, bene. È positivo che si stiano godendo tutto quello che possono. Che notizia triste. Non potevo crederci quando l'ho saputo. Tu stai bene?»

Deglutisco a fatica. «Sto bene.»

«Bene, bene. Sei sempre stata una ragazza tosta. Che cosa fai in questi giorni, Bree Mortimer?»

«Oh... niente.» Mi sento avvampare. «Cioè, magari aiuto i miei genitori a gestire il B&B durante l'estate. Al momento però sono un po' indecisa tra un lavoro e l'altro. Non so per quanto tempo resterò a Grimdale...»

«Oh, carissima» dice schioccando la lingua. «Non sto cercando di metterti in imbarazzo. Te lo chiedo perché sono un po' nei pasticci e mi chiedevo se potessi aiutarmi. Vedi, ho assunto una giovane ragazza del villaggio come guida turistica per la stagione, ma è scappata a Londra con quel Fitzwilliam e quindi non ho nessuno che gestisca le visite. E ho pensato che, visto che conosci così bene queste vecchie storie, forse ti piacerebbe...»

«Mi piacerebbe molto.» Mi rallegro all'istante. Meglio di quanto potessi sperare. Avevo giusto bisogno di un lavoro, e lavorare nel cimitero di Grimdale significa non avere morti che mi fanno ramanzine in ogni minuto della mia giornata lavorativa.

Inoltre, mi piace molto questo posto.

«Grazie, Bree. Mi faresti un enorme favore. Temo di non poterti pagare molto...»

«Non c'è problema, ho l'affitto gratis per l'estate, quindi non mi serve tanto denaro.» *Quanto basta per portarmi lontano da Grimdale il prima possibile.* «È un piacere. Quando dovrei iniziare?»

«Domani è troppo presto? Ho in arrivo un pullman di turisti americani e speravo di non doverli disdire.» Si appoggia al rastrello. «Vieni in ufficio con me. Ho delle mappe e degli opuscoli. Ne abbiamo stampato uno nuovo proprio l'altro mese: ti piacerà.»

Non ho bisogno di nessun opuscolo, perché quelle storie ormai fanno parte di me, ma seguo il mio nuovo capo attraverso il Viale delle Lacrime, oltre il monumento alle streghe e il mausoleo di Van Wimple, fino al minuscolo cottage in pietra dove viveva il guardiano nei tempi vittoriani, che ora funge da biglietteria e riparo per gli attrezzi.

«Se queste pietre potessero parlare, eh?» Il signor Pitts batte con il rastrello sull'angolo del monumento alle streghe. «Questi vecchi fantasmi sono felici quanto me di riaverti con loro.»

Non ne sarei così sicura.

6

AMBROSE

«Cosa sta facendo adesso?» chiedo disperato.

«Sta passeggiando per il cimitero con il signor Pitts» risponde Edward con quella sua voce distaccata di quando finge di essere completamente annoiato dalla situazione. «Forse vuole portarsela a letto ora che ha visto il suo ampio seno...»

Gli faccio la linguaccia. Non è una cosa da gentiluomini, ma oggi non mi sento ben disposto nei confronti di Edward.

Siamo nascosti nel bosco dietro il maniero, sui gradini che portano al sentiero pubblico vicino al canale, e osserviamo Bree nel suo primo giorno da quando è tornata a Grimdale. E nonostante la sua finta indifferenza, so che Edward è curioso del suo ritorno quanto me.

Okay, se devo essere onesto (e uno scrittore dovrebbe essere sempre onesto, almeno con se stesso) io sono più che curioso. Sono pieno di una rabbiosa *disperazione* che non conoscevo dal giorno in cui un mio amico mi ha messo in groppa a un elefante, mi ha passato le redini e mi ha detto *tieniti forte, vecchio mio*.

Bree è *a casa*, e sa di tristezza e di avventure. Tutto quello che vorrei fare è parlarle in quel modo semplice in cui abbiamo sempre parlato, ma *non ci riesco*. Quindi non posso fare altro che spiarla come un guardone.

«Che succede adesso?» chiedo a denti stretti. Edward sa che ho bisogno che mi descriva lui cosa sta succedendo: viviamo insieme a Grimwood Manor dalla mia morte, avvenuta centoquarantotto anni fa. Ma lui si diverte a lasciarmi all'oscuro. Credo che sia abituato a che le persone intorno a lui esistano solo per il suo divertimento, perché di certo prova piacere nella mia infelicità.

Almeno io sono morto con dignità, a differenza del nostro principe, che se ne è andato a metà di un'abbuffata di oppio dopo essere inciampato nei suoi stessi pantaloni ed essere precipitato dalla finestra della torretta. Quando si diventa fantasmi, si va in giro per l'eternità indossando i vestiti con cui si è morti. Edward è condannato a passare l'eternità con quella camicia bianca aperta, la brachetta tutta storta per la caduta, e un grosso pezzo di vetro che gli esce dal deretano.

Se c'è da andare a fare una gita, preferisco di gran lunga la compagnia di Pax. Lui adora spiegare ogni dettaglio e scoprire cosa è cambiato nel mondo da quando ha comprato il suo biglietto di sola andata sull'espresso di Caronte. Ma purtroppo Pax non può venire con noi nella nostra missione segreta, perché dobbiamo rimanere nascosti, e la voce roboante e le spalle massicce del nostro amico romano sono tutt'altro che discrete.

«...stanno solo parlando... e poi c'è un tipo con uno strano dispositivo a forma di disco volante all'estremità di un bastone che sta camminando lungo il sentiero, agitandolo avanti e indietro sul terreno...»

«Non mi interessa di lui. Parlami di Bree.» In una giornata normale, l'uomo con il disco volante sul bastone mi interesserebbe molto. Va in giro per il bosco quasi tutte le settimane, e spesso si allontana dal sentiero per spingere il disco sotto i cespugli e per smuovere la terra con un coltello. Una volta ho sentito Silvie che imprecava contro di lui e gli diceva di togliere il *metal detector* dal suo terreno. Ma oggi riesco a pensare solo a Bree.

«...ah, ora Pitts ha consegnato a Bree una pila di opuscoli» dice Edward con un sospiro. «Forse è la sua nuova assistente. È così che i Viventi di quest'epoca amano portare avanti le loro tresche: l'ho visto nella scatola animata. Naturalmente, ai miei tempi, non dovevamo nascondere le nostre relazioni illecite. Più donne portavo in camera da letto, più la mia stima aumentava agli occhi del mio popolo...» si allontana di scatto e mi afferra la nuca, spingendomi in giù. «Abbassati. Viene da questa parte.»

Io mi appiattisco a terra e trattengo il fiato, anche se tecnicamente non ho nessun fiato da trattenere. Sento Bree che sbuffa mentre risale il sentiero. In cima, incontra i suoi vicini, i Fernsby, che si avviano alla loro passeggiata quotidiana nel bosco per raccogliere erbe e fiori selvatici che riforniranno la farmacia di Maggie. Maggie dice a Bree che le ha lasciato una shepherd's pie e delle candele profumate sul bancone della cucina. Bree la ringrazia e si dirige verso la casa, mentre i Fernsby proseguono verso l'altro bivio sul sentiero, addentrandosi nel bosco.

Aspetto finché non sento più le risate sguaiate di Maggie, né gli sbuffi di Bree. Mi alzo a sedere, e mi strofino il punto della nuca dove Edward mi aveva tenuto fermo. Anche se i fantasmi non sono in grado di interagire con il mondo vivente in modo significativo, di certo possiamo sentirci l'un l'altro.

«C'è mancato poco. Mi fa ripensare a quella volta che mi sono unito a un circo in Francia e sono entrato per sbaglio nella gabbia della tigre mentre andavo al gabinetto...»

«Sì, sì, ne ho sentito parlare mille volte» sbuffa Edward. «Ma hai ragione, c'è mancato poco. Ho visto la falla nel nostro piano: sarà molto difficile evitare Brianna finché sarà qui.»

«Stavo pensando la stessa cosa, vecchio mio» dico, con meno entusiasmo del solito. «Potremmo dover considerare la possibilità di...»

«No» ribatte Edward con fermezza.

«Ma credo che sia l'unico modo per evitare di...»

«*Non* torneremo in soffitta, e questo è definitivo. Consideralo un decreto reale.»

«Okay, okay.» Mi sistemo il foulard al collo. Non ho molta voglia di trasferirmi in soffitta. Abbiamo vissuto lì per due anni dopo aver fatto la nostra promessa a Bree, e all'inizio era angusto e deprimente. Ma ora che ci vive Lui... beh, è *terrificante*.

«Anche se...» dice Edward pensieroso e, sono sicuro che si sta sfregando il mento, nonostante non lo veda. «La soffitta mi dà un'idea. Se ci adattiamo a un orario notturno potremmo evitare Brianna. Dormiremo di giorno, e mentre lei dorme noi possiamo alzarci e fare le nostre cose da fantasmi.»

Ma poi non la vedremo, vorrei dire. Ma, ovviamente, il punto è proprio questo. Annuisco. «Un piano molto ingegnoso. Anzi, credo che inizierò subito il mio pisolino serale.»

«Ambrose, aspetta! Ehi, Ambrose, devi stare attento a non incrociarla...»

Come se non lo sapessi. Sono più in sintonia con lei di quanto lo sarai mai tu.

Supero Edward lungo il sentiero e fluttuo attraverso il muro del giardino d'inverno, attento alla presenza di Bree. È in cucina, che canticchia tra sé e sé mentre sposta i piatti, inforna la shepherd's pie e taglia le verdure per l'insalata. Facendo più piano possibile, scivolo via lungo il corridoio dell'ala ovest, diretto verso la mia camera da letto.

Non era facile essere cieco nel diciannovesimo secolo: la maggior parte delle persone pensava che avrebbero dovuto rinchiudermi in un istituto, invece di lasciarmi viaggiare per il mondo e scriverci dei libri. Portavo con me un bastone da passeggio con una punta di ottone che battevo a terra. Il suono prodotto dall'eco mi aiutava a distinguere gli ostacoli e a trovare la strada, e potevo anche passare il bastone davanti a me per percepire le ondulazioni e la consistenza della superficie del terreno e quindi schivare gli ostacoli.

Ma essere un cieco vivente è una sciocchezza, rispetto a essere un cieco morto. Per quanto ne so, sono l'unico fantasma cieco esistente, ma baso questa conclusione solo sulle poche ricerche che ho potuto condurre: i discorsi con gli altri fantasmi che si aggirano per Grimdale e i podcast che ascoltava Bree sulle infestazioni.

Per qualche ragione che non comprendiamo, ma che attribuiamo alla fantasmaticità, il mio bastone mi ha accompagnato nell'aldilà. Anche Pax porta ancora con sé la sua spada. Sebbene le mie mani non riescano a interagire con gli oggetti, la punta del mio bastone lo fa, e così mi muovo in giro per la casa nello stesso modo in cui lo facevo in vita: spazzando e picchiettando. Questo produce dei suoni che sono udibili dai Viventi, ma che loro attribuiscono a dei colpi nelle tubature o al fatto che la casa si sta *assestando*.

Ho anche un senso del tatto più sviluppato rispetto agli altri fantasmi: mentre Edward e Pax attraversano qualsiasi oggetto senza sentirlo, io riesco a percepire i bordi delle cose con le dita, a volte anche abbastanza da spostare cose molto, molto leggere. Non credo di essere più potente degli altri fantasmi, soprattutto perché sono il più giovane. Di certo non posso fare quella cosa piuttosto sconcia che Edward fa con la corrente. Però avevo bisogno di percepire le pareti e gli oggetti, quindi ho sviluppato questa capacità.

Rimango ad ascoltare in cucina per un po', odiando questo mio essere così sinistro. La sento uscire dalla cucina, percorrere il corridoio ed entrare in camera da letto. La seguo. Sono attratto da lei come una falena dalla fiamma.

Mi fermo davanti alla porta della stanza degli ospiti che Bree ha scelto, e mi concedo qualche istante per assorbire il suo profumo. Anche se ormai è cresciuta, Bree ha ancora l'odore che ricordo: il profumo di un fuoco caldo e scoppiettante in una notte di tempesta, di una crostata di pere e mandorle e del vin brûlé preso direttamente dalla pentola, la fragranza di una casa accogliente e delle parti più intriganti di un buon libro.

Vorrei davvero tanto accoccolarmi sul letto e parlare con lei. Vorrei sapere tutto delle sue avventure. Mi chiedo se sia stata in Australia. Abbiamo sempre parlato di andare in Australia...

Ma le ho *promesso*.

Devo allontanarmi da lei, dalla tentazione. Sto diventando pazzo, a stare qui ad annusarla. E lei potrebbe girarsi e vedermi da un momento all'altro.

Mi stacco dalla porta e percorro il corridoio, verso la mia camera da letto.

Il secolo scorso, tutti e tre abbiamo scelto le nostre stanze in angoli lontani della casa, rifugi segreti dove poter andare per stare lontani l'uno dall'altro. Non ci è permesso entrare nelle stanze degli altri, pena una dolorosissima punizione.

(Non c'è molto con cui si possa minacciare un fantasma, e di certo non con la morte, ma tutti noi conosciamo modi per far provare dolore ai corpi degli altri, quindi questa è la minaccia che ci facciamo).

Edward ha reclamato per sé la suite padronale nell'ala degli ospiti, perché... perché sì. È la suite per gli ospiti più costosa della casa, il che significa che di solito è vuota, tranne quando è occupata da sposi. Edward dice di aver imparato molti nuovi giochini che fanno rabbrividire anche la sua sensibilità libertina.

Sono troppo gentiluomo per chiedergli i dettagli.

La stanza di Pax è al piano superiore della torretta. È proprio sopra la vecchia camera da letto di Bree e ha finestre a tutta altezza che danno sul cimitero e sul bosco. Dice che gli piace avere una posizione difensiva sul paesaggio, ma io sono certo che ha scelto quella stanza perché è vicina a Bree.

E forse anche perché era proprio la stanza da cui Edward è caduto morendo. Pax era molto irritato con Edward il giorno in cui abbiamo scelto le nostre stanze.

Il mio spazio è accessibile attraverso il retro dell'armadio in una delle camere degli ospiti: è una stanza segreta che Bree ha trovato un giorno mentre esplorava la casa. Pensa che possa essere una cosa chiamata *buca del prete*: Grimwood Manor era la residenza di un'importante famiglia cattolica durante il regno di Elisabetta I, al tempo in cui ai cattolici era proibito praticare la loro fede. Qualsiasi prete trovato a praticare i riti cattolici veniva mandato nella torre. Si dice che molti sacerdoti si siano nascosti tra le mura di Grimwood per sfuggire ai soldati di Elisabetta, prima che i proprietari venissero imprigionati e la casa ceduta a Edward, che non perse tempo a trasformarla in un covo di peccato e dissolutezza.

Quando ci parlavamo ancora, Bree aveva messo nella buca del prete alcune cose che pensava mi sarebbero piaciute. Alcune candele e saponi profumati, i cui aromi sono svaniti da tempo. Uno strano dispositivo chiamato lettore MP3, che dovrebbe essere carico di audiolibri, anche se non sono mai riuscito a premere i pulsanti abbastanza forte da farlo funzionare. E un mappamondo tattile: i continenti sono in rilievo e se mi concentro molto posso sentirne i bordi con le dita. Bree ha tracciato il percorso dei miei viaggi usando spilli e spago, e posso sentire anche questo. Pronuncio ad alta voce i nomi dei luoghi che ho visitato e ricordo tutte le mie avventure, anche se questo mi procura un enorme dolore al petto.

Essere un fantasma sarebbe splendido, se solo potessi viaggiare oltre i confini del villaggio di Grimdale! Ahimè, avere un tempo infinito per esplorare le gioie del mondo e non poter andare da nessuna parte è la mia tortura personale.

E Bree ha capito. Mi ha capito come nessun'altra persona, viva o morta, ha mai fatto. Ma poi mi ha detto di smettere di parlarle, e se ne è andata per non tornare mai più...

Fino a oggi.

Mi infilo nel mio piccolo nascondiglio, poso il bastone e levito sulla pila di copripiumini impolverati che Bree teneva lì per potersi accoccolare a leggermi i libri.

Bree. Il suo profumo ardente di mandorla e pera mi danza ancora sui sensi. Il suo odore mi trascina a fondo mentre mi abbandono a un sonno pieno di sogni...

7

BREE

Mamma: Bree, tesoro. Spero che ti stia ambientando bene! Solo un paio di stranezze della casa che forse non ricordi.

1. Se senti un rumore metallico, non preoccuparti: sono solo le tubature.

2. La corrente sembra avere dei problemi. Ho chiesto a Sam di darci un'occhiata e dice che non c'è niente che non vada. Quindi non spaventarti se vedi le luci che vanno e vengono.

3. Se senti strani rumori provenire dalla soffitta, è solo Ozzy. È un pipistrello che ha deciso di vivere lassù, e tuo padre lo lascia fare. Oggi andiamo a Versailles: speriamo che a tuo padre non venga tagliata la testa per una delle sue battute di cattivo gusto sulle persone a cui piace mangiare rane.

Ci sentiamo presto!

Mi immergo di più nella vasca e inspiro a fondo, lasciando che il profumo di lavanda e bergamotto delle candele *Calming and Relaxing* di Maggie mi sciolga la tensione dal corpo.

Ah, questa sì che è vita.

Non ricordo l'ultima volta che ho fatto un bel bagno. Negli ultimi cinque anni ho condiviso i servizi igienici con altri viaggiatori in giro per il mondo con lo zaino in spalla e, lasciatemelo dire, alla lunga stanca. Uno dei motivi che mi hanno spinto a tornare qui è stato proprio il bagno degli ospiti, con la sua enorme vasca con le zampe, gli asciugamani morbidi e le candele fatte in casa da Maggie, di cui sto approfittando in questo momento.

Incrocio i piedi sull'estremità della vasca, mi immergo ancora di più nelle bolle e apro uno degli sconci romanzi d'amore di mia madre. Ho un bicchiere di vino in mano e la musica di St. Vincent che esce dalla mia cassa portatile, e la cosa migliore di tutte è che non si vede nemmeno un fantasma...

Potrei abituarmici.

Giro la pagina, prendo il vino e...

«Argh!»

Mi trovo di fronte un paio di brillanti occhi azzurri e i nobili lineamenti di un gentiluomo vittoriano leggermente trasparente che è passato dal muro ed è atterrato per metà nella mia vasca piena di acqua.

«Argh!» grida il fantasma.

La temperatura dell'acqua sale di dieci gradi mentre lui fa di tutto per tirarsi fuori. Mi rendo conto che le sue braccia si agitano nell'acqua, pericolosamente vicine alle mie parti intime, e questo mi fa battere forte il cuore.

È l'acqua calda, tutto qui, l'acqua è troppo calda...

«Scusami! Scusa!» grida Ambrose mentre scappa lontano

da me. Purtroppo, dato che è cieco, non vede le candele e finisce per caderci dritto in mezzo, il che fa spegnere le fiamme e fa piombare la stanza in un buio quasi totale.

«Sono nuda!» Lo spruzzo con l'acqua, che però lo trapassa. «E ci sono delle fiamme libere! Cosa stai facendo?»

«Non volevo intromettermi. Stavo dormendo e ho sentito un odore delizioso. Devo aver attraversato il muro fluttuando, per errore. Ti lascio in pace. Ti prometto che non mi vedrai più. Da nessuna parte.»

Tutto mesto, si risistema un po' e torna verso il muro. Mi si stringe il cuore. Ecco Ambrose, il mio amico d'infanzia. È la prima volta che lo vedo da quando gli ho detto di lasciarmi in pace per sempre e lui...

...è maledettamente *sexy*.

«Ehi.»

Ambrose si blocca, con la *redingote* che gli sventola sulle cosce.

«Aspetta un attimo, ti va?»

Mi alzo dalla vasca, il cuore che batte all'impazzata. Mi sento rizzare tutti i peli del corpo mentre attraverso, nuda ed esposta, il pavimento scivoloso fino alla pila di asciugamani che ho appoggiato sul mobile.

Perché hai paura? È Ambrose, non ti farà del male.

Non ho paura di lui: il mio amico d'infanzia, il mio più intimo confidente, un'anima inquieta come me.

Ho paura dell'effetto che mi fa vederlo e parlargli.

Ho paura del modo in cui il mio corpo reagisce al fatto di rivederlo. Sono terrorizzata da come il mio cuore sta accelerando e dal profondo dolore che mi sento crescere dentro. Ho paura di come mi brucia la pelle nei punti dove le sue dita spettrali mi hanno sfiorata.

Non vai a letto con nessuno da quando sei partita dalla Nuova

Zelanda, ecco tutto. Sei in crisi di sonno e arrapata, e chiunque, uomo o fantasma, andrebbe bene. Ti passerà in un giorno o poco più.

Spero.

Mi avvolgo in un enorme e morbido asciugamano, e mi assicuro che sia ben sistemato, a coprirmi tutta. Sistemo le candele, e noto con sgomento le macchie di cera caduta sulle piastrelle, che prima di riaprire agli ospiti dovrò pulire.

«Posso andare» mormora Ambrose, con voce tesa. È ancora girato verso il muro. «Non volevo...»

«Ora sei qui. Senti...» Cerco le parole giuste. «Senti, aggiorniamoci un po'. Sono passati...»

«...sette anni, due mesi e ventiquattro giorni...»

Il mio cuore ha un sussulto. «Li hai contati.»

Lui annuisce. E mi accorgo che si è rattristato. «Ho iniziato quando vivevamo in soffitta. Non c'era molto altro da fare lassù.»

«Aspetta, quando hai vissuto in soffitta?»

Ambrose apre la bocca, ma io lo interrompo. «Sai una cosa, non è questo il posto per parlarne: in bagno, con acqua dappertutto. Ti va di bere qualcosa?»

«Sì.» Il suo viso si rasserena. «Un bicchiere di birra. Ora la puoi bere la birra, vero?»

Sorrido. «Certo che sì, e una birra mi sembra perfetta. Puoi aspettarmi fuori?»

Ambrose passa attraverso il muro, e il suo bastone che batte a terra fa il rumore che riconosco, il rumore che tutti gli ospiti della casa descrivono nelle loro recensioni come un evento fantasma. Noi diciamo a tutti che sono le tubature, ma per una volta l'eccessiva immaginazione dei turisti ha ragione.

Mi muovo rapida, per non avere il tempo di mettere in dubbio la mia sanità mentale. Indosso vestiti puliti: un paio di jeans neri attillati e una maglietta lunga con un'immagine dei Blood Lust sul davanti, perché nonostante sia quasi estate, siamo in *Inghilterra*. Quando apro la porta del bagno, Ambrose è ancora lì che mi aspetta. Si gira verso di me, gli occhi che riflettono la luce del sole e che sono dell'azzurro del mare intorno alla piccola isola greca dove sono stata per un mese e dove facevo il bagno nuda con una guida turistica spagnola. Sono occhi decisamente caldi ed espressivi per un uomo cieco.

Noto altre cose di lui, cose che avevano iniziato ad agitare la Bree adolescente, ma che con il tempo e la distanza mi ero convinta non avessero importanza. Noto le linee squadrate e la perfetta sartorialità dei suoi abiti vittoriani, che gli stanno in modo perfetto e gli accentuano la figura snella, la vita stretta e le spalle larghe. È così diverso dagli uomini trasandati in maglietta e infradito che ho trovato in giro.

Noto le sue dita lunghe e sicure, e sento un solletico sulla pelle al ricordo del suo tocco. Non è stato nemmeno un vero tocco, di pelle su pelle, eppure mi ha colpito più di tutti gli uomini vivi con cui sono stata negli ultimi quattro anni.

Noto *(e come non potrei?)* il sorriso ampio e genuino che gli illumina tutto il volto e gli ammorbidisce la mascella. Un sorriso che è per me e solo per me.

Il mio cuore fa quella cosa che non faceva da molto tempo.

Ti ha toccato le tette. Un fantasma ti ha toccato le tette.

È stato un incidente.

Sarà anche stato un incidente, ma non posso negare che al solo pensiero mi si rizzino i capezzoli sotto la maglietta. Com'è possibile? È un *fantasma*.

Ho la testa decisamente incasinata.

«Ciao» dice Ambrose, a voce bassa e insolitamente secca.

«Ehm... ciao.» Deglutisco una, due volte. La mia bocca mi sembra un oggetto estraneo. Lo sto fissando da chissà quanto tempo senza dire nulla. «Vogliamo... ehm, prendere quel drink?»

Ambrose si fa da parte e con la mano indica la cucina. «Dopo di voi, milady.»

Scendo in cucina e prendo una birra artigianale dal frigo. Ambrose si avvicina al bancone battendo il bastone e infila il viso nel bicchiere mentre io vi verso la birra.

«Aaaaah» dice con un sospiro. «Proprio quello che ci voleva.»

Ne verso un altro per me e porto entrambi in salotto. Non è esattamente un salotto, ma una piccola area appena fuori dalla cucina, con scaffali pieni di libri leggeri, da viaggio, opuscoli sulle attrazioni di Grimdale. È il miglior angolo lettura della casa. Un'intera parete della stanza è occupata da un bovindo che si affaccia sul bosco. La panca sotto la finestra è abbastanza grande che ci possono stare due persone sdraiate l'una accanto all'altra, ed è ricoperto con così tanti cuscini che potrebbe mandare in crisi il famoso designer Laurence Llewelyn-Brown.

Mi lascio cadere sulla pila di cuscini. Ambrose siede con delicatezza sul bordo, accanto ai miei piedi, ma rimane a fluttuare a mezz'aria, a circa un centimetro dalla superficie dei cuscini. È un po' sconcertante, ma sono abituata a questo genere di cose.

Posiziono il suo bicchiere sul davanzale della finestra accanto a lui, in modo che possa annusarlo a suo piacimento. Entwhistle salta su e mi si acciambella in grembo, dove esprime la sua felicità facendo le fusa. Mi porto il bicchiere alle labbra e bevo un lungo sorso, ma non credo che la birra possa placare la sete che mi è venuta a rivederlo.

È esattamente lo stesso fantasma che vedevo da piccola: lo stesso gentiluomo vittoriano con i capelli dorati ben pettinati, che gli lasciano scoperto il viso, e un'elegante redingote da cui pende la catena di un orologio da taschino. Eppure, non ricordo di essermi mai sentita come mi sento ora a guardarlo, quasi mi mancasse il pavimento sotto i piedi.

Quando ho deciso di tornare a Grimwood, non sapevo se volevo rivedere i fantasmi. Ma ora che sono seduta accanto ad Ambrose... mi rendo conto di quanto lo volessi.

Mi è mancato. Ho pensato a lui ogni volta che sono atterrata in un Paese nuovo o che mi sono trovata davanti a un panorama meraviglioso. Ai piedi della Grande Piramide di Giza ho pianto perché ero con quel ragazzo belga super fastidioso, e invece avrei voluto essere lì con Ambrose.

Ma non posso dirlo. Non ancora.

«Allora...» Bevo un altro lungo sorso di birra. «Come vanno... le cose?»

«Oh, eccellente, va tutto alla grande.» Ambrose fa un gesto verso la finestra. «Da queste parti è sempre tutto uguale. Pax fa la guerra contro un immaginario esercito celtico, Edward recita le sue terribili poesie e ci dà ordini, e io origlio i racconti d'avventura degli ospiti.»

«Sai...» gli dico con un sorriso. «Anch'io ho avuto delle avventure. Alla fine ce l'ho fatta, Ambrose. Ho fatto esattamente quello che ci siamo detti in tutti gli anni passati. Sono uscita da qui con lo zaino in spalla, sono andata all'aeroporto e ho prenotato il primo volo per un posto che non fosse questo. Ed è stato tutto come avevo sognato.»

Finché è durata.

Ambrose mi fissa negli occhi con troppa intensità per uno che non ci vede. Sento la pelle friggere come se avessi delle api al posto del sangue. Si avvicina con un altro sorriso stracciamutande, e il suo ginocchio sfiora il mio. Le api mi danzano sotto la pelle.

È una follia. Non dovrei provare queste sensazioni per un *fantasma*.

Soprattutto, non per un fantasma che mi ha visto piangere per i bulli della scuola e vomitare la torta del mio ottavo compleanno dopo che mi ero beccata una gastroenterite.

Le labbra troppo carine di Ambrose si schiudono e so che sta per chiedermi dei miei viaggi, di tutte le cose che gli facevano ribollire il sangue quando era vivo. Invece, si tira indietro di scatto e gira la testa dall'altra parte. «È bello» borbotta con il mento nascosto nel foulard che porta al collo. «Sono felice per te.»

È bello?

«Tu... tu non vuoi sapere dei miei viaggi?» Odio sembrare così disperata. Tutte le storie che mi sono raccontata su ciò che volevo da Grimdale si sgretolano mentre gli fisso le spalle tese.

Nei miei viaggi, ho sempre incontrato persone nuove. Negli ostelli della gioventù e nelle locande da viaggiatori on the road mi sono trovata spesso in mezzo a risate, feste e conversazioni eccitate. Ma sono tutti rapporti superficiali. Non c'è niente di vero. Nulla che *duri*.

Anche quando si pensa di essere in sintonia con qualcuno a livello di anima, poi uno dei due va avanti, e non appena ci si allontana dalla magia di un tramonto greco o di un remoto rifugio nel bush della Nuova Zelanda, il ricordo di quella persona sbiadisce e diventa di un antico color seppia. Diventa un'altra cartolina del viaggio, che esiste solo in due dimensioni, come se non avesse mai avuto un'anima, ma fosse solo un'estensione della ricerca.

Non con Ambrose.

Per me lui non è mai stato color seppia.

Vedo che gli tremano le spalle.

«Ambrose, per favore, girati.»

Lui scuote la testa. «Non posso.»

«Perché no?»

«Non dovrei essere qui, con te, in questo modo. Sto infrangendo la mia promessa.»

Mi fa male il cuore. Sono stata io a fare questo. A farlo sentire così. «Hai stretto quella promessa sette anni fa, e poi io me ne sono andata. Sei libero dal giuramento che mi hai fatto. Ti prego, Ambrose, parlami. Ti giuro che è quello che voglio.»

Le parole mi escono di getto prima che possa fermarle, ma non me ne pento.

Ambrose inclina la testa, concentrandosi sulle lunghe dita serrate sulle ginocchia, come se si stesse disperatamente trattenendo dal dire qualcosa. «Perché facciamo questa cosa, Bree? Perché stiamo bevendo insieme?»

«Mi sei mancato.»

Lui gonfia le guance ed emette un suono come se stesse soffrendo. «Ma hai detto...»

«So quello che ho detto» ringhio e sbatto il bicchiere sul davanzale. Ne esce un po' di birra. Ambrose trasalisce al suono, ma Entwhistle sa che potrebbe essere una buona occasione, così non muove un muscolo. «E ne sono convinto. Voi tre mi stavate rendendo la vita un inferno. Io volevo solo essere una normalissima adolescente. Ma voi continuavate a comparire ovunque, facendomi fare la figura del fenomeno da baraccone. E poi Trevor...»

Mi si accende, vivido, il ricordo. Era la sera del mio primo vero appuntamento: ero una quindicenne dal petto piatto nel pieno della mia fase goth, quando Trevor Sutcliffe mi invitò al ballo della scuola. Rimanemmo in un angolo per quasi tutta la serata, lui che rideva con i suoi amici mentre mi teneva un braccio sulla spalla, e Kelly Kingston che, dall'altra parte della stanza, mi lanciava sguardi fulminanti. Fu la serata più bella di sempre, anche se per tutto il tempo fummo inseguiti da un imponente centurione romano che teneva la punta della spada pericolosamente vicina all'inguine di Trevor.

Poi Trevor mi accompagnò a casa lungo il sentiero nel bosco. In fondo al giardino, si girò, mi tirò vicino a sé e mi baciò. Non fu un bacio sconvolgente, Anzi, fu piuttosto disgustoso, con tutta quella saliva. Però era il mio *primo bacio*. E

Trevor era popolare, mi faceva ridere ed era un ragazzo normale e *corporeo*.

Ma poi quei Tre Fantasmettieri si presentarono alle mie spalle e cominciarono a parlare di come lui fosse troppo poco per me. Pax cercò di infilzarlo e io urlai loro di lasciarmi in pace e Trevor pensò che stessi parlando con lui. Mi diede della pazza e scappò via. Sapevo che il giorno dopo a scuola l'avrebbe detto a tutti e non avrei mai più ricevuto un altro invito per il ballo.

E fu così che ordinai a Edward, Ambrose, e Pax di lasciarmi in pace. Dissi loro che avevano avuto il controllo della casa per troppo tempo. Per tutta la vita avevo assecondato i loro capricci. Avevo preparato le loro merendine preferite perché le annusassero, avevo giocato con loro e ascoltato le loro storie. Ma ormai volevo un po' di tempo per me. Volevo silenzio.

Volevo che se ne andassero.

E loro obbedirono.

Per due anni mi lasciarono in pace. Non so dove andarono, ma non li vidi più a Grimwood Manor. Edward non si esercitava più nella poesia, disturbandomi mentre io cercavo di memorizzare le formule di fisica. Ambrose non stava più seduto in un angolo della sala degli ospiti ad ascoltare i discorsi dei viaggiatori. E la sera, quando andavo a dormire, Pax non era più ai piedi del mio letto, a proteggermi dai mostri.

Mi mancavano terribilmente, ma avevo bisogno di una pausa. Iniziai ad andare meglio a scuola. Frequentai qualche festa. Risparmiai ogni centesimo che guadagnavo pulendo le stanze del B&B, e il giorno dopo la maturità feci le valigie e salii su un aereo per la Germania.

E ora mi trovo di fronte ad Ambrose, e a tutti questi ricordi complicati, e a nuovi sentimenti, e vorrei spiegare, ma è difficile, troppo difficile...

«Non credo che tu capisca quanto brutto sia stato per me.» Accarezzo il corpicino di Entwhistle con più forza di quanto forse sia necessario. «Era come se la mia testa stesse per esplodere, con tutto quel rumore. A volte mi sembrava di non sapere chi fosse più reale: se i ragazzi a scuola o i fantasmi. È che avevo bisogno di esistere nel mondo vero per un po' e...»

«Bree, va tutto bene. Non devi spiegarti, né fingere di volere parlare con me. So come ti senti. Ho fatto un errore stupido, a passare dal muro. In futuro starò più attento. Stiamo cercando di non intralciarti...»

«Voi? Tutti quanti?» È per questo che non li ho né visti né ho sentito una parola da parte loro, da quando sono tornata? «Anche Edward e Pax sono ancora qui? Pensavo che dopo tutto questo tempo uno di voi fosse passato oltre, oppure che non vi importasse di me, o...»

«Non succederà ma che non ci importi di te» dice Ambrose burbero.

Si gira verso di me e mi sento stringere il petto. I suoi occhi si riempiono di fuoco blu e mi fissano come se potesse vedermi. Ambrose ha sempre questo modo di perforarmi con lo sguardo, come se fossi io quella trasparente e non lui. Come se lui, più di tutti gli altri, potesse vedermi direttamente le ossa.

«Vorrei che fossi venuto con me.» Mi si riempiono gli occhi di lacrime.

Ambrose deglutisce, e il suo fantasmatico pomo d'Adamo va su e giù. «Anch'io.»

Rimaniamo in silenzio. Io e Ambrose stiamo raramente in silenzio. Abbiamo sempre un sacco di cose di cui parlare: luoghi in cui vorremmo viaggiare, persone che riteniamo interessanti, storie che abbiamo sentito e che vorremmo condividere. Lui legge montagne di libri e sa un sacco di cose, ed è sempre interessato a ciò che è cambiato da quando è morto. Ma ora è così... *presente* che tutte le parole mi muoiono sulla lingua.

Faccio un respiro profondo e cerco di vincere le mie emozioni più forti, sperando di trovare qualcosa di neutro a cui aggrapparmi. «Allora, vuoi sapere di quella volta che sono rimasta bloccata a Istanbul senza passaporto, e con un solo cambio di biancheria intima?»

Mille emozioni gli attraversano i lineamenti. Io trattengo il respiro, nel timore che se ne vada di nuovo o che scompaia nel muro. Invece si china verso di me e il suo ginocchio mi fa ronzare le api che ho nelle vene, nel punto esatto in cui sfiora il mio. «Ti prego, Bree, dimmi *tutto*.»

8

PAX

«Mi ha parlato! Mi ha parlato! Lei... argh!»

Ambrose entra in scivolata nella stanza, così su di giri che fa roteare il suo bastone di qua e di là come fosse un gladiatore al Colosseo, durante una tipica giornata da *uccidine-uno-e-uno-è-gratis*. La punta del bastone va a sbattere sul bordo del tavolo e lui viene scagliato sulla sedia sulla quale fluttua Edward.

«Miaoooo!» Moon esce di corsa da sotto la sedia, salta sul mobile dei liquori e ci guarda con i suoi occhi brillanti da strega.

«Lasciami, demonio!» grida Edward spingendo via Ambrose.

Io scoppio a ridere. È sempre esilarante quando qualcuno mena Edward il perfettino.

«Come osi toccare un membro della famiglia reale, babbeo?» Edward cerca di lisciarsi la camicia bianca sgualcita. «Non credere che non ti taglierò di nuovo la mano...»

«Provaci, e io ti taglierò di nuovo quello stelo di *mentula*» borbotto, scrocchiandomi le nocche. «E sai quanto fa il solletico, quando lo faccio.»

Edward impallidisce e si rimette a sedere, le mani strette a coppa sulla brachetta tutta schiacciata.

«Mi ha parlato!» esclama Ambrose camminando avanti e indietro in preda all'eccitazione, troppo preso dal suo discorso per accorgersi che sta attraversando il caminetto. «L'ho vista in bagno e mi ha invitato...»

«Sei stato in bagno con lei?» Scambio un'occhiata con Edward. Non è *giusto*. Eravamo tutti d'accordo che non avremmo spiato Bree quando andava al bagno.

Non è giusto che l'unica persona che ha avuto un incontro con Bree nuda sia quella che nemmeno può apprezzare quel suo seno splendido.

«Smettetela! Ho attraversato per sbaglio il muro sbagliato. È stato del tutto innocente.» Ambrose agita una mano, ma le sue guance pallide arrossiscono lievemente, e per far arrossire un fantasma ci vuole molto.

«Che cosa hai fatto a Bree?» Balzo in piedi, portando rapido la mano sull'elsa della spada. «Per le gonadi nodose di Giove, se hai insidiato la sua virtù con la tua *verpa* fantasma, te la trituro e la do in pasto a Entwhistle, e nessuno te la restituirà mai più.»

«Ve lo giuro: io non ho fatto nulla!» Ambrose leva in aria le mani. «Era nella vasca da bagno, tutta ricoperta di bolle. Io ci sono caduto dentro e la mia mano l'ha solo *sfiorata* e...»

«Com'era?» chiede Edward a voce bassa.

«Sembrava la più liscia seta cinese di tutti i tempi» spiega Ambrose con voce sognante.

Incrocio le braccia. Non voglio parlare dell'effetto che fa toccare Bree, perché noi non riusciremo mai a sentirla veramente. Non in nessun modo che conti. E ora sono io che ho la verpa sull'attenti, e i fantasmi non possono smenarsi il cetriolo da soli, così è davvero molto fastidioso. Quando sono infastidito, mi sfogo infilzando la mia spada di qua e di là. «Vuole vederci?»

Ambrose ha un'aria imbarazzata. «Non le ho chiesto.»

«In che senso, non le hai chiesto?»

«Eravamo troppo impegnati a parlare dei suoi viaggi. Oh, Edward, è stata *dappertutto*. È persino andata al Partenone a Roma, solo perché le avevo detto che le sarebbe piaciuto...»

«È andata a Roma?» Alzo la testa di scatto. «Ha parlato con il console della mia paga? Perché mi spettano settantacinque denari e...»

«I soldati morti non vengono pagati, Pax. Ne abbiamo già parlato. Perché Brianna è tornata?» si intromette Edward. Lui l'ha sempre chiamata con il suo nome completo; dice che nella storia nessuno ha mai scritto una struggente poesia d'amore per una persona di nome Bree. «Se ha avuto una vita così straordinaria, perché è tornata nel luogo in cui le abbiamo causato tanto dolore?»

«Non abbiamo parlato nemmeno di quello.» Ambrose si incupisce. «Io mi sono limitato a fare un riferimento a Mike e lei è ammutolita, è scoppiata in lacrime ed è scappata in camera sua.»

È arrabbiata?

L'ha fatta arrabbiare?

No, no, no, no. Non va bene. Bree non può essere turbata. Non so perché il nome di suo padre la turbi, ma non è questo che conta, ora. La nostra Bree non dovrebbe essere triste, *mai*.

Se è arrabbiata, se ne andrà di nuovo. Io non voglio che vada via di nuovo. Gli ultimi sette anni senza di lei sono stati i più terribili di tutta la mia vita ultraterrena, compresi i cinquantotto anni dopo la mia morte, quando i druidi usavano il campo di battaglia per i loro rituali sacri, e ho visto abbastanza culi nudi di druidi da procurarmi incubi per tutta l'eternità.

«Voglio parlare con lei!» Ripongo la spada nella guaina e mi dirigo verso la porta.

Ambrose allunga il bastone, io ci inciampo sopra e volo dritto dentro il poggiapiedi. *Ahia! Che male!*

«Sta dormendo.» Ambrose incrocia le braccia. «E credo che nessuno di voi due dovrebbe parlarle. Non finché non dice che lo potete fare.»

E dovremmo lasciare la felicità di Bree nelle mani di un fantasma cieco? No: se un centurione romano ha un problema, lo affronta in prima persona, con decisione. E spesso anche con una lama.

«Che ne dici, principe?» chiedo a Edward. «Abbiamo i nostri modi per farla parlare. Ricordi quando le facevamo il solletico finché non ci diceva quello che volevamo sapere?»

«Per quanto mi dispiaccia dirlo, Ambrose ha ragione. Abbiamo fatto una promessa e non la infrangerò, a meno che non sia ciò che Brianna desidera.» Edward si passa una mano sul bordo della camicia aperta. La sua solita espressione altera ora è pensosa. «Adesso, se volete scusarmi, sono dell'umore giusto per scrivere qualche poesia...»

«Fallo in camera tua» borbotto. «Lontano da noi.»

Le poesie di Edward sono come le chiappe nude dei druidi: se proprio non si possono evitare, meglio prenderle in quantità estremamente ridotte e quando si è molto, molto ubriachi.

«Devo farlo qui» dichiara Edward, balzando in piedi. «L'illuminazione è perfetta, e questa atmosfera cupa eccita la mia essenza creativa...»

«D'accordo, d'accordo.» Non ci tengo per nulla ad avvicinarmi all'essenza eccitata di Edward. Eseguo la solita ronda di controllo intorno al perimetro della casa e mi dirigo verso la mia camera da letto, che si trova nella torretta, proprio sopra la vecchia stanza di Bree. Però non dorme nella sua vecchia stanza, e anche questo mi rende nervoso. Ha scelto la stanza degli ospiti più vicina alla porta d'ingresso, per scappare più in fretta, in caso di necessità. È un vecchio trucco militare che le ho insegnato io.

Ma io non voglio che scappi di nuovo.

Mi fermo davanti all'uscio della sua vecchia stanza, per eseguire il mio rituale notturno e controllare che non ci siano mostri sotto il letto o babau nell'armadio. Mi chiedeva di farlo quando aveva sei anni e aveva paura del buio, e da allora non ho mai smesso. Ho vegliato accanto al suo letto ogni singola notte.

E gli altri non sanno che sono sempre sceso di nascosto dalla soffitta a fare la guardia davanti alla sua finestra anche dopo che ci ha detto che non voleva più vedere le nostre facce sfumate.

Un soldato esegue sempre gli ordini. Soprattutto illuminano la faccia del suo *Imperator*.

Levito sul letto e vado a toccare con la mano l'iscrizione nell'intonaco: Bree l'ha incisa una notte in cui non riusciva a dormire e noi tre le stavamo raccontando delle storie per tirarla su di morale.

B + P + E + A = 4EVA.

«Per lo scroto spinoso di Giove» impreco, mentre svolgo il mio rituale notturno. «Io ti proteggerò sempre.»

Niente mostri. Così ascendo fino alla mia camera, nota anche come *ripostiglio*, o *stanza della polvere e della disperazione*. Edward la definisce un cesso tetro e infestato dai topi, e si rifiuta di metterci piede. A me, invece, dà una sensazione di casa. Mi ricorda la mia tenda quando eravamo in qualche campagna. E a differenza del *boudoir* di Edward (non so bene cosa significhi, ma lui insiste che chiamiamo così la sua camera da letto), non è piena di sposini che copulano.

Tuttavia, sta diventando sempre più piena di oggetti vari che Mike e Sylvie non usano più. Prima li mettevano in soffitta, ma da quando è venuto a viverci Ozzy, salire fin là li innervosisce.

Non li biasimo.

Sui vari campi di battaglia ho affrontato i nemici più terrificanti. Sono stato in inferiorità numerica di dieci a uno, e sono sopravvissuto.

Ma Ozzy mi terrorizza.

Mi avvicino a una montagna di strumenti a corda chiamati *chitarre*. Mike usava questa stanza come studio musicale. Suona la batteria, cosa che approvo, perché produce un ritmo piacevole per tenere il passo durante la marcia! Le chitarre, invece, non le tocca da un paio d'anni, e di questo gli sarò eternamente grato. È molto più facile trovare il sonno, ora che non cerca più di suonare una certa canzone chiamata *Stairway to Heaven*, che mi ricorda troppo quella musica orrenda e discorde dei druidi nudi.

Mi affaccio alla finestra e scruto il bosco. Sotto la casa, nel cimitero tutto è silenzioso e immobile. A volte ci vengono dei giovani brufolosi per bere. Io urlo loro che se hanno tempo per bighellonare avrebbero dovuto arruolarsi nell'esercito, ma naturalmente non mi ascoltano.

Sbatto le palpebre. Quando osservo di nuovo, non vedo più le lapidi, né la piccola bancarella di souvenir accanto al cancello. Non scorgo il folto bosco di alberi antichi. Vedo invece un campo di battaglia aperto, i guerrieri celtici schierati dall'altra parte, con la pelle dipinta di blu dalla tintura di guado, e le spade affilate a forma di foglia che reclamano sangue. Odo il mio generale che impartisce ordini, sento il peso del mio elmo piumato mentre lo calzo, e il peso della mia spada in mano...

Sbatto di nuovo le palpebre e abbasso lo sguardo sulle mani. Senza rendermene conto, ho estratto la spada. Non pesa più.

Non ha alcun peso.

Prendo lo scudo che porto legato alla schiena e con pochi

salti sono dall'altra parte della stanza. Ripasso le manovre. Dopo tutti questi secoli, ho ancora freschi nella mente i movimenti, i fendenti e le pugnalate che ho usato sul campo quel giorno al fianco dei miei fratelli, dei miei camerati... Sferzo l'aria, rivivendo la gioia sanguinaria dell'infilare la spada nel cuore dei miei nemici. Però tutto ciò mi fa pensare a infilare la mia *altra* spada dentro Bree...

CRASH.

BANG.

SMASH.

«Piantala, brutto mascalzone!» urla Edward dalla sua camera da letto. «Con il tuo fracasso mi hai rovinato un distico perfetto!»

Io sposto lo sguardo dalla spada che ho in mano al mucchio di chitarre scheggiate. A volte, se riesco a chiamare a raccolta tutta la mia voglia di combattere, la mia spada entra davvero in contatto con gli oggetti del mondo vivente. Ma non è mai stata così potente da colpire e tagliare uno strumento di legno.

Fino a oggi.

È solo grazie a lei. Perché lei è qui.

Voglio parlare con Bree. Ma loro dicono di no, che ora sta dormendo. Bene, le parlerò domani. Le farò capire che il suo posto è qui, con noi.

Ma stasera ho un dovere. Mi fisso lo scudo alla schiena con le cinghie di cuoio, infilo la spada nella cintura e fluttuo al piano di sotto, per poi attraversare la porta d'ingresso. Il legno spesso fa un male feroce quando lo varco, e il dolore mi riporta alla realtà.

Devo stare all'erta.

Mi piazzo sotto la sua finestra e alzo leggermente la testa. È sdraiata a letto, lo sguardo concentrato sul rettangolo magico che ha tra le mani, lo schermo che brilla con la sua potente stregoneria. Approfittando del fatto che la sua attenzione è su altro, mi infilo nel muro, facendo una smorfia di dolore appena attraverso le pietre, e mi nascondo dietro le pesanti tende.

Un soldato esegue sempre gli ordini.

Ho un dovere nei confronti della mia Bree.

Nessun mostro riuscirà a superare la mia guardia. Veglierò *sempre* su di lei.

QUESTO LAVORO È PIÙ duro di quanto ricordassi.

E il lavoro non è l'unica cosa dura.

La mia lancia testicolata è pronta a scendere in guerra. Ce l'ho più duro di quanto l'abbia mai avuto da quando sono un fantasma, eppure l'unica cosa che faccio è stare dietro questa tenda, ad ascoltare Bree che dorme e osservare il campo di battaglia del cimitero in attesa del nemico.

Va bene, d'accordo. Se devo essere sincero, forse ho lasciato vagare lo sguardo su di lei. Ma appena un paio di volte! E solo per controllare che nessun mostro le si fosse avvicinato.

Non di certo per concentrarmi sul modo in cui i suoi ampi seni si alzano e si abbassano con ogni suo respiro.

Non per meravigliarmi dell'espressione serena sul suo viso, così diversa dalla tristezza che la avvolgeva quando è entrata in casa, poco fa.

Sicuramente, assolutamente, non per immaginare di scostarle le coperte e bearmi della vista del suo corpo femminile, per poi infilarmi accanto a lei e accarezzarla fino a farle urlare il mio nome...

Mentre dorme fa piccoli rumori, squittii, gemiti e mormorii che mi fanno maledire Venere per tutte le cose sbagliate e libidinose che immagino di farle.

Impugno l'elsa della mia spada. La mia *vera* spada. E ignoro le richieste della mia verpa.

Compirò il mio dovere, nonostante la tentazione di fare altrimenti.

Fuori qualcosa si muove. Scatto sull'attenti, ma è solo Albert, l'anziano vicino di casa, che si avvia lungo il sentiero del giardino verso il cimitero, e lo percorre a uno scatenatissimo passo di danza. È senza dubbio sotto l'effetto dei funghi di Bacco. Nei boschi intorno al campo di battaglia ne crescono alcune varietà deliziose. Io e i miei uomini ci siamo divertiti a mangiarli, la vigilia della battaglia, e a brindare alla caduta dei Britanni.

Se avessi saputo che sarebbe stata la mia ultima battaglia, ne avrei mangiati il doppio!

Purtroppo, dato che sono un fantasma, non posso unirmi ad Albert nel suo spasso notturno. Però mi ha dato un'idea.

Ho bisogno di bere qualcosa, giusto per smorzare la tensione.

Per smussare la lama della mia *piccola spada*, per concentrarmi.

Un bicchiere di buon vino aiutava un soldato romano a sopportare una lunga guardia o un avamposto solitario. Purtroppo, non possedendo più uno stomaco, né una gola, non posso bere. Però Edward ha imparato che un fantasma può ancora...

Noto lo strano aggeggio nell'angolo. Contiene l'esperimento fallito di Mike di fare il gin in casa. Aveva avuto la geniale idea di vendere agli ospiti delle bottigliette da portare a casa come ricordo, con il logo di Grimwood Manor e la scritta *souveGIN* sull'etichetta. Però poi, quando ha capito che il prodotto era più simile a carburante per razzi che gin, ci ha rinunciato.

Non so bene cosa sia il carburante per razzi, ma direi che è proprio quello di cui ho bisogno per superare questo turno di guardia.

Controllo un'altra volta che Bree stia dormendo, poi svolazzo sopra l'alambicco e ci infilo dentro la testa.

MI SVEGLIO DI SOPRASSALTO. Ho i capelli tutti umidi e appiccicati al viso. La testa mi pulsa come se avessi un druido che mi sta danzando sulle tempie. Che cosa mi succede? Siamo stati attaccati? Dov'è la mia spada...?

«Uff...» Inciampo nel cinturino dei sandali e cado a terra all'indietro. Vedo tutto girare e per un attimo non so dove mi trovo. Balzo in piedi, con la spada sguainata, e mi guardo intorno. Vedo le tende di velluto che sbattono, il letto degli ospiti sgualcito, abiti femminili sparsi su ogni superficie, e l'alambicco del gin. Gli eventi di ieri sera mi assalgono all'improvviso, come il colpo di un'ascia da guerra gallica.

Mi blocco quando mi accorgo che il letto di Bree è vuoto. Lei non è in camera. Vado verso il bagno e infilo la testa nella porta, provando solo un leggerissimo senso di colpa. Bree ci aveva detto che non dovevamo assolutamente spiarla in bagno, ma ora si tratta di vita o di morte...

Bree non è neanche in bagno.

Il panico mi attanaglia. Se n'è già andata? Ma c'è ancora il suo zaino, e i suoi vestiti sono disseminati per la stanza. Questo non sarebbe mai permesso in un campo: un soldato deve sempre tenere i propri effetti personali nel massimo ordine.

Bree è venuta qui. Bree ha parlato con Ambrose, e poi si è arrabbiata. Dovevo tenerla d'occhio, invece mi sono riempito la testa di carburante da razzi e ora se n'è andata. Ci ha abbandonati di nuovo.

No, non è troppo tardi! No, se la prendo prima io! Sono bravissimo a prendere le cose.

Mi volto verso la porta e per poco non crollo di nuovo. Devo essermi addormentato dentro l'alambicco. È vergognoso, per un soldato di guardia.

Quando è apparso per la prima volta in questa casa dopo essere morto, Edward si è addormentato in una vasca da bagno piena di champagne e ha capito che possiamo arrivare a un leggero senso di ebbra invincibilità se immergiamo nell'alcol i nostri corpi spettrali. Non riusciamo a raggiungere una sbornia vera e propria perché l'aldilà è crudele e Plutone è uno stronzo... però riusciamo ad arrivare a una piccola e gioiosa sbronza.

Da allora, l'obiettivo successivo di Edward è stato quello di tentare di ingabbiare il suo gladiatore monoculato usando i circuiti elettrici. Invece io... beh, io sono un uomo che apprezza il tradizionale passatempo romano di bere fino all'oblio.

E me ne pento mentre mi scrollo di dosso le poche gocce di gin che sono rimaste attaccate alla mia pelle di fantasma. Scendo al piano di sotto a passo deciso, pieno di buoni propositi. Bree non può essere andata lontano senza le sue cose. Sono Pax Drusus Maximus, e mi sto dirigendo verso il campo di battaglia per riconquistare la mia donna...

«Pax?» mi grida Ambrose quando lo incrocio all'ingresso. «Cosa stai facendo?»

«Dov'è?» gli chiedo. «Le sei apparso, e l'hai allontanata.»

«Non è andata via, Pax. Beh, sì, ma solo per la mattinata» dice Ambrose stringendosi nelle spalle. «È andata al lavoro.»

«Lavoro? Che lavoro?»

Gli unici lavori che le donne potevano fare nella Roma dei miei tempi erano la serva e la prostituta.

Le mie mani si trasformano in pugni all'idea di uomini

disgustosi che toccano il seno di Bree. «Ucciderò l'uomo che l'ha assunta per questo *lavoro*! Ucciderò tutti coloro che la toccheranno, o anche solo la guarderanno, o...»

«Non sei così potente, Pax.» Ambrose mi afferra i polsi. Io mi agito, pronto a scaraventarlo oltre un muro per poi correre a salvare la virtù di Bree, ma lui aggiunge rapido: «E anche se lo fossi, il suo lavoro non è quello che pensi. Ti ricordi di quella cosa chiamata femminismo di cui una volta ci ha parlato Bree? Ecco, significa che non deve servire gli uomini per guadagnarsi uno stipendio. Ora fa la guida turistica nel cimitero di Grimdale.»

«Sembra una cosa inventata! Perché la gente dovrebbe pagare per visitare un campo di ossa polverose?»

Non mi piace. Mi sembra sbagliato. So cosa sono i turisti, perché molti di loro soggiornano nel maniero. Sono rumorosi e hanno dei rettangoli magici che proiettano fasci luminosi, poi fanno delle pose stupide, fanno domande a non finire e lasciano rifiuti ovunque. Non voglio che camminino sulle ossa dei miei fratelli!

E se stessero camminando sulle mie ossa non sepolte e io nemmeno lo sapessi?

Sono scosso da un brivido. A volte, in quei giorni bui dopo che Bree ci aveva detto di lasciarla in pace, avevo desiderato che qualcuno trovasse le mie ossa, magari esposte da un temporale oppure dissotterrate da un cane. Speravo che qualche Vivente potesse avere pietà di un soldato romano morto lontano da casa e mi potesse dare degna sepoltura, in modo da permettermi, finalmente, di passare oltre e raggiungere i miei fratelli nell'Ade.

Ora che Bree è tornata, non sono pronto a rinunciare al *ghosting*. Ma il campo di battaglia è sacro a Marte: va rispettato!

«Non è una cosa inventata. La gente viene a visitare il cimitero perché è antico e interessante» dice Ambrose. «Bree verificherà che siano rispettosi. E scommetto che la puoi vedere dalla finestra. Quindi non preoccuparti per lei: sta bene e tornerà.»

«No! Tu non capisci nulla di quel posto. Ti trasforma.» Rivedo tutti i miei compagni, i loro corpi calpestati dai cavalli dei Celti, le loro ossa trascinate via dai Druidi per i loro riti sanguinari. «Le persone non tornano da lì. Devo salvarla!»

Edward e Ambrose non capiscono che Bree ha bisogno di me. Sono *io* che le ho insegnato come pugnalare i nemici nelle budella in modo da farli sanguinare lentamente. Sono io che l'ho convinta a salire in cima all'albero più alto, anche se poi si è spaventata così tanto che non riusciva più a scendere. Sono io ad averle tenuto la mano quando esplorato per la prima volta il passaggio segreto nel retro dell'armadio di sua madre. Ambrose sarà anche il suo amico di avventure, ma sono io quello che la protegge.

E ora la proteggerò. È triste, e non so perché. Ha bisogno di conforto! E io do il miglior conforto che esista! Lo dicono tutti, sotto minaccia della mia spada!

«Pax, torna indietro!»

«Io non ho paura delle ossa morte!» grido di rimando. «Riporterò a casa la nostra amica!»

9

BREE

«...E qui entriamo nel Viale dei Poeti. Quella grande statua di angelo custodisce la tomba del famoso poeta inglese Robert LeBeau. Robert era amico e contemporaneo di Byron e Shelley, e alcuni sostengono che all'epoca la sua opera fosse molto più influente della loro, anche se adesso è svanito nell'oblio. Per un breve periodo è stato il proprietario di Grimdale Manor, che potete vedere là, sulla collina...» spiego indicando il tetto della casa, visibile oltre le cime degli alberi mentre i turisti fanno i loro *oooh* e *aaah*. «Ecco, spesso intratteneva i letterati e i libertini londinesi in sontuose feste nella proprietà. Molti degli uomini e delle donne sepolti lungo il viale dei Poeti soggiornarono nella casa.»

Mi faccio da parte per permettere al gruppo di scattare un po' di foto. Il mio primo tour come guida ufficiale del Cimitero di Grimdale è un pullman di turisti americani e un paio di ragazze goth che arrivano da Londra. Immediatamente, un americano anziano, che indossa una maglietta a stelle e strisce e un paio di sandali con calzini bianchi, inizia a tempestarmi di domande sulle tombe militari. «Non mi piacciono tutte queste stupidaggini così sentimentali sui poeti» sbotta. «Voglio sentire di armi e guerre!»

«Oh, Gary, non puoi lasciare in pace questa povera ragazza?» lo rimprovera la moglie. Decido che la donna mi piace, peccato che poi si sdrai sulla tomba di LeBeau e si scompigli i capelli mettendosi in posa per il suo amico, che le scatta un milione di foto.

«Ma certo, signore.» Cerco di soffocare una risatina a quelle loro buffonate. «Ci sposteremo nella sezione militare verso la fine del tour. Prima devo mostrarvi un'altra tomba.»

Mi si stringe il petto quando passiamo davanti al mausoleo di Edward, la struttura più imponente del Viale dei Poeti, se non dell'intero cimitero. In realtà lui è stato il primo a essere sepolto qui, quando il terreno su cui si ergono il cimitero e Grimdale Manor faceva parte della sua proprietà. Per i suoi modi libertini, Edward diventò la pecora nera della famiglia reale, così, dopo la sua morte prematura nel maniero, venne sepolto qui senza nessuna cerimonia, invece che a Westminster a Londra. Il suo imponente monumento funebre è ricoperto di putti paffuti e di scheletri danzanti, e le due ragazze goth lo guardano con un'espressione desolata.

Ma in questo tour riesco a trovare le forze per parlare solamente di uno dei miei amici d'infanzia e, dopo la conversazione di ieri sera, so di chi parlerò oggi.

Mi sento in colpa per come sono scappata da Ambrose ieri sera, ma lui ha nominato mio padre e all'improvviso ho avuto una specie di illuminazione; mi sono accorta che stavo parlando di nuovo con lui, che ero di nuovo a Grimdale, e mi sono ricordata del motivo per cui sono qui. Così sono andata in camera mia e ho cercato di chiamare i miei genitori, ma non hanno risposto, probabilmente impegnati a ballare in qualche locale parigino.

Sempre che papà riesca ancora a ballare.

No. Non posso permettermi di scoppiare a piangere per questo, adesso. Non nel bel mezzo del mio tour.

Conduco il gruppo fino a una tomba senza pretese in fondo alla fila e indico la semplice citazione attribuita a Sant'Agostino, che è incisa sotto il nome.

IL MONDO È UN LIBRO, E CHI NON VIAGGIA LEGGE SOLO UNA PAGINA.

Traggo un respiro profondo. Mi sembra in qualche modo importante raccontare nel modo giusto questa storia. Riuscire a fare in modo che la *vedano*.

«Questa è la tomba del famoso avventuriero vittoriano Ambrose Hulme. Hulme si stava preparando per una carriera da ufficiale di marina quando, all'età di diciotto anni, divenne cieco a causa di una malattia degenerativa. Le persone cieche non erano trattate con benevolenza nell'epoca vittoriana, e Hulme rischiò di trascorrere la sua vita in povertà, ricoverato in un istituto. Ma lui scelse di intraprendere una vita di avventure e scoperte. Si imbarcò sulla prima nave che partì dall'Inghilterra e trascorse i cinque anni successivi in giro per l'Europa, il Medio Oriente e la Russia. Viaggiava a piedi, da solo, con un bastone dalla punta d'ottone che, battuto sul terreno, lo aiutava a individuare oggetti e ostacoli. In questo modo, divenne uno dei più grandi viaggiatori a piedi che il mondo abbia mai conosciuto.»

«Wow!» Gli americani scattano foto. Io respiro di nuovo a fondo, e continuo.

«Il Braille non era ancora stato inventato, così, dopo essere diventato cieco, Ambrose Hulme imparò di nuovo a scrivere usando un telaio con pezzi di spago legati di traverso, che posizionava sopra una pagina bianca. Lo spago gli permetteva di scrivere in linea retta e di capire dove aveva già scritto. Con tale espediente produsse una delle prime guide di viaggi e avventure in Europa, che purtroppo non è più in circolazione, poiché l'unica copia conosciuta andò distrutta in un incendio nella sede del suo editore negli anni Cinquanta. Quando la morte lo colse, stava lavorando a un altro libro sui suoi viaggi in Russia.»

La gola mi si stringe e devo tossire un paio di volte prima di riuscire a continuare.

«Ambrose Hulme visse avventure di ogni tipo: camminò sui passi degli antichi in Italia e in Grecia, combatté la tratta degli schiavi in Africa e diede persino la caccia a elefanti impazziti a Ceylon. Sopravvisse a un viaggio straziante nelle gelide campagne della Russia, per poi venire ucciso in Siberia, quando lo zar non credette alla storia di un cieco che viaggiava tutto solo per il mondo, per puro amore del viaggio. Secondo lo zar, doveva essere una spia.»

I flash delle macchine fotografiche si scatenano e il gruppo si accalca per fotografare la tomba di Ambrose. Non posso fare a meno di provare un pizzico di orgoglio. Il libro di viaggio di Ambrose fu popolare ai suoi tempi, ma principalmente perché stuzzicava l'interesse dei lettori. Lo chiamavano "l'avventuriero cieco", e nonostante la sua ricca attività di esploratore, la gente lo vedeva più che altro come una curiosità. Nessuno lo prese mai veramente sul serio, e così morì nell'oscurità.

Raccontare la sua storia aiuta le persone a ricordarlo per la persona straordinaria che era. *Che è.*

«È davvero una fonte di ispirazione» sussurra la moglie alla sua amica mentre le conduco alla nostra prossima destinazione: un lungo e basso edificio in pietra decorato in stile neoclassico. «Voglio dire: se quell'uomo ha girato tutto il mondo a piedi, da cieco, io non ho nessuna scusa, no?»

Non è questo il punto della storia.

«Capisco alla perfezione» risponde l'amica. «È stato

davvero coraggioso da parte sua andare in giro a fare tutte quelle cose con la disabilità che aveva.»

Vorrei urlare a tutti loro che non sto raccontando di Hulme perché possa diventare oggetto della loro morbosità, e che Ambrose è coraggioso non tanto perché gli manca la vista ma perché ha letteralmente cavalcato degli elefanti. Voleva vedere il mondo e l'ha fatto. Ed è gentile, eccitabile, infinitamente curioso e sexy da morire e *molto, molto altro*. Non *solo* cieco.

Ma questo non fa parte del mio lavoro.

Così serro i denti e cerco le chiavi che ho in tasca. Finalmente, riesco a inserire quella giusta nella vecchia serratura arrugginita, salvo trovarla già aperta. Il signor Pitts non si ricorda mai di chiudere a chiave.

«Questa è una delle zone più interessanti del nostro cimitero» spiego, felice di cambiare argomento. Spingo il cancello di ferro battuto. «Devo avvertirvi che se siete claustrofobici o avete paura del buio, vi conviene aspettare fuori.»

Nessuno aspetta mai fuori.

«Oooh, è qui che tenete i fantasmini?» Gary si sfrega le mani. Le due ragazze goth si fanno strada fino alla testa del gruppo, i volti pallidi accesi per l'eccitazione.

«Queste sono le catacombe.» Mi addentro nel freddo dell'edificio a volta, e il gruppo mi segue timidamente. «Poiché il cimitero divenne così popolare e i ricchi londinesi volevano essere sepolti qui, il direttore del cimitero volle trovare un modo per vendere più lotti senza dover acquistare altri terreni. Così vennero costruite le catacombe per offrire alla gente il lotto che sognavano a Grimdale, a un prezzo più basso.»

«Bree, sei tu?» Qualcuno esce dalla penombra e viene verso di me. È Albert e sembra un po' confuso.

«Albert, ciao.» Gli faccio un piccolo cenno di saluto. «Non ti ho visto durante il tour.»

«Bree, devi aiutarmi!» mi dice con voce stridula e angosciata.

Ho un sussulto appena mi rendo conto di quello che può essere successo. Quando ieri Maggie mi ha portato la shepherd's pie e i prodotti da bagno, mi ha detto che Albert è ai primi stadi della demenza. Poiché è solo, e non va mai in giro senza sua moglie, sospetto che abbia sbagliato strada e si sia perso.

«Ho quasi finito il tour» gli dico. «Vieni con me e ti prometto che quando finisco ti porto a casa da Maggie.»

«Con chi sta parlando?» chiede la moglie al marito. «Maggie è una morta famosa?»

Mi rivolgo di nuovo al gruppo di visitatori e indico le nicchie situate lungo entrambe le pareti delle catacombe, sotto archi di mattoni. «Ogni nicchia ospita nove bare: le bare sono sigillate dietro queste pietre, ma alcune di esse si sono rotte, così possiamo intravedere le bare sottostanti. Ogni bara è composta di tre strati: un rivestimento in legno massiccio, una bara in piombo e uno strato esterno di legno finemente decorato.»

Le parole mi muoiono sulle labbra quando un'enorme sagoma esce dalla parete e si precipita verso di me.

«Bree Mortimer» tuona la sagoma, e riconosco l'armatura di cuoio, le spalle incredibilmente larghe e l'elmo piumato del mio amico fantasma d'infanzia, Pax. Il centurione romano oltrepassa il gruppo di turisti, incurante del fatto che sta attraversando i loro corpi. È un fantasma così vecchio ed è così agitato che con il pomo della spada riesce a far cadere l'americano fastidioso. «Voglio parlare con te! Perché tu non vuoi parlarmi? Perché parli solo con Ambrose?»

Non ora, ti prego.

Scuoto la testa, nella speranza che capisca. Però Pax non è bravo a cogliere i segnali sottili. *Finisci la visita e poi potrai occuparti di questa storia.* «Queste tombe erano estremamente popolari tra le classi mercantili, che volevano dimostrare la loro nuova ricchezza seppellendo i loro morti in un luogo così ricercato...»

«Perché continui a ignorarci? Siamo tuoi amici. È l'unica cosa che abbiamo sempre voluto. Siamo sempre stati bravi a tirarti su di morale quando eri triste. Ora lo sei, e non vuoi che ti tiriamo su?» Estrae la spada e si mette a colpire a casaccio. «Ucciderò tutti i tuoi nemici, pur di farti tornare a sorridere!»

«...e si potrebbe anche pre-acquistare una tomba per assicurarsi un luogo per il riposo eterno...»

«Lui è un tuo nemico?» Pax si avvicina ad Albert e gli punta la spada in faccia. «Perché se ti ha fatto del male, lo crocifiggo. No, la crocifissione è troppo bella per lui. Lo darò in pasto a un leone affamato, basta solo trovare un leone fantasma affamato da qualche parte...»

«Argh!» Albert si copre la faccia con le mani e si rannicchia sotto la furia di Pax.

«Pax, fermati» sibilo. «Senti, perché non vai a casa e mi aspetti lì, così poi parliamo?»

«Io non ci vado, a casa. Il tour non è ancora finito!» sbotta Gary, che si avvicina a me e mi si mette proprio davanti, sfidandomi. «Non ci hai portato alle tombe militari. E hai parlato più che a sufficienza senza mai rispondere alle mie domande. Ho la gola secca, a forza di cercare di attirare la tua attenzione. Sarà meglio che nel tuo negozio di souvenir ci sia della Coca Cola, altrimenti lascio una recensione con una sola stella!»

«Non torno a casa» esclama Pax sbattendo un piede a terra. «A casa ci ignori, come hai fatto prima di andartene. Ignori tutti, tranne Ambrose. Come facciamo a essere sicuri che non te ne andrai di nuovo? Io resto qui finché non mi darai delle risposte.» Incrocia le braccia e rimane lì a fissarmi.

Signore, aiutami. Però, appena lo fisso anche io sperando

che si allontani, non posso fare a meno di notare come l'armatura di cuoio gli accentui le enormi spalle e quell'espressione fiera e feroce che assume quando fa quello che ha sempre fatto: proteggermi.

Accidenti, perché non ho mai notato quanto fossero sexy i miei vecchi amici fantasmi?

Il problema di Pax è che a volte è un po' psicotico, però è un soldato. Risponde agli ordini. Lo fulmino con uno sguardo e punto il dito in direzione di Grimwood Manor. «Ora, dietro front, con quelle chiappe romane, e su per la collina a passo di marcia! A te ci penserò più tardi. Se mi disobbedisci, la pena sarà una sofferenza acuta. Non basta essere non-morti per non venire uccisi.»

«Ehi, ma ti sembra il modo di trattarci!» sbuffa la moglie di Gary. «Verrai contattata dai nostri avvocati! Portaci subito alle tombe di guerra!»

«Bree, ti prego, devi aiutarmi» implora Albert.

Mi giro e gli urlo. «Tra un secondo!»

«No, *ora!*» urla Gary, sul punto di esplodere. Il resto del gruppo indietreggia spaventato. Io non ho paura, sono solo *incazzata nera*.

Non riesco nemmeno a fare una visita guidata senza che i fantasmi mi creino problemi, e che tutti mi credano pazza.

«Ma c'è un uomo che agita una spada» mi dice Albert tremando. «Non è un po' pericoloso?»

Mi blocco. «Tu... tu riesci a vedere Pax?»

«Se è il tizio armato, allora sì, lo vedo» mi dice Albert annuendo con vigore. «Ora mi vuoi aiutare?»

Aspetta un attimo...

Ero così distratta che non me ne sono nemmeno accorta...

Prima, quando Pax si è avvicinato ad Albert, lui lo ha schivato. Si è rannicchiato come se potesse vedere Pax. Ma è impossibile, le uniche persone che possono vedere i fantasmi siamo io e gli altri fantasmi...

Trattengo il respiro e guardo Albert. Lo guardo con attenzione. E mi rendo conto che il mio sguardo lo attraversa e vedo anche la parete dietro di lui, dove una delle ragazze goth sta toccando un oggetto che è stato infilato in una nicchia vuota.

«Questo manichino è molto realistico» commenta passandosi la treccia nera dietro l'orecchio. «Approvo.»

No, non è un manichino.

È un corpo.

Un corpo umano.

Un corpo umano che indossa il solito maglione a righe di Albert.

La moglie di Gary inizia a urlare.

Sembra che per la prima volta in oltre settantotto anni, il cimitero di Grimdale abbia un cadavere fresco.

Albert passa lo sguardo tra il suo corpo e il mio viso. «Visto? Te l'avevo detto che avevo bisogno del tuo aiuto.»

IO

BREE

Mamma: Ciao tesoro, vedo una tua telefonata persa, di ieri sera. Tutto bene? Ozzy ha rosicchiato di nuovo i cavi? Dobbiamo sistemare quella cosa prima che arrivino i primi ospiti tra due settimane.

Abbiamo fatto amicizia con un'adorabile coppia di tedeschi che ci ha portato a fare una crociera notturna con cena, ed è stato molto divertente. Cercheremo di chiamarti oggi, ma abbiamo un programma molto intenso di gallerie d'arte! Non vedo l'ora!

Tuo padre, quel selvaggio, è entusiasta del vino che hanno alla caffetteria nella galleria d'arte.

«Grazie, Bree, per ora non ci serve altro.» L'ispettore Hayes annuisce con saggezza, mentre la sergente Wilson chiude il taccuino con uno scatto. «Per favore, non lasciare la contea per i prossimi giorni. Potremmo aver bisogno di convocarti in centrale per rilasciare una dichiarazione formale.»

Albert è morto.

Quello che ora stanno sollevando con cura dalla nicchia e mettendo in un sacco bianco è il cadavere di Albert.

È da una vita che sono circondata dalla morte. Ma questa è la prima volta che mi trovo faccia a faccia con un vero cadavere. È così... alieno, un guscio vuoto. Gli occhi aperti e vuoti: un vuoto dove ci dovrebbe essere una persona.

Albert è morto.

E in questo momento il suo fantasma sta cercando di rubare il cappello dell'ispettore.

Mi alzo per andarmene. «Grazie. Spero che prendiate presto il colpevole.»

Perché *deve* esserci un colpevole. Non può essere che Albert sia semplicemente uscito per una passeggiata, sia arrivato alle catacombe, e dopo essersi arrampicato in una delle nicchie vuote sia morto nel sonno. La squadra della scientifica ha inibito l'accesso alle catacombe, e l'area è piena di uomini e donne in tute bianche che assomigliano a tanti spermatozoi, che spolverano, raschiano e prendono campioni, e io li ho sentiti distintamente parlare di omicidio.

Qualcuno ha ucciso *Albert*, il vecchietto più gentile di tutto il villaggio, dispensatore di saggi consigli finanziari al pub, capo della tombola a ogni festa del villaggio, capitano della squadra di cricket degli ultrasessantenni di Grimdale e l'uomo che ogni 14 febbraio fa sfacciatamente fare brutta figura a tutti gli altri mariti con le sue enormi sorprese di San Valentino che fa in pubblico a Maggie...

Oh, santi numi, qualcuno dovrà dirlo a Maggie. Sarà devastata. Dovrei trovarla e...

«Aiuto!» Albert agita le braccia davanti alla sergente Wilson. «Perché non mi vedete? Perché c'è la polizia? E perché c'era un tizio vestito come un centurione romano? Mia moglie sta bene? Avete visto mia moglie?»

«Sei morto, Albert» cerco di sussurrargli dall'angolo della bocca. «Ecco perché Wilson non può vederti. Hai tirato le cuoia, hai finito la tua corsa e hai fatto il check-in all'Horizontal Hilton.»

Ottimo. Ho parlato troppo forte e ora la sergente Wilson mi sta guardando male dall'altra parte delle catacombe, con la bocca arricciata.

Mi considera un sospetto. Ha senso, credo: solo io e il signor Pitts abbiamo accesso alle chiavi delle catacombe per aprirle. Ma allora perché avrei portato qui il gruppo di turisti se sapevo di averci nascosto il cadavere?

Ma so come funziona un villaggio come Grimdale. La logica non conta: se Wilson decide di chiedere in giro di me, tutti le racconteranno di quella pazza che parla da sola e sostiene di vedere i fantasmi. Quando Kelly Kingston e Alice Agincourt avranno finito di lanciarmi merda addosso, sarò la soluzione per ogni crimine irrisolto della sergente Wilson.

«Ma non posso essere morto» grida Albert svolazzando goffo verso di me. «Non ho fatto nessuna chiacchierata con San Pietro né ho visto una luce intensa. E tu mi vedi!»

«Questo perché sei un fantasma, e io vedo i fantasmi. Non sei passato oltre perché hai ancora qualche tipo di questione in sospeso in questo mondo. Ti prometto che ti spiegherò tutto, se vieni con me.» Faccio un cenno con la testa verso la squadra della Scientifica. «Probabilmente ha a che fare con il tuo assassino.»

Albert si porta le mani alla bocca. «Se qualcuno ha ucciso me, allora potrebbe dare la caccia anche a Maggie.»

«Questo non lo sappiamo. Vieni, Albert, dobbiamo andarcene...»

Ma Albert è in piena modalità panico. Sta saltellando di qua e di là così rapido che devo continuare a muovere la testa per non perderlo d'occhio, il che significa che Wilson mi vede fare strani gesti, come di *headbanging*, e immagino che mi crederà sotto effetto di droghe.

«Devi aiutarmi.» Albert cerca di afferrarmi le spalle, ma le sue mani mi attraversano, mandandomi una pugnalata di ghiaccio sotto la pelle. «Devi aiutarmi a tenere Maggie fuori pericolo finché la polizia non risolve l'omicidio. Sono sicuro che è per questo che sono ancora qui. Non appena saprò che è al sicuro, potrò passare oltre.»

«Certo, che ti aiuterò» rispondo tra i denti. «Ma non posso farlo finché non ci allontaniamo, in modo che la polizia non veda...»

«Bree!» mi chiama Pax. «Ho portato i rinforzi!»

Mi volto e vedo Pax che passa in volo la parete del tunnel, seguito da Edward e Ambrose.

«Oh, fantastico» borbotto sottovoce. «C'è tutta l'allegra brigata.»

«Ecco, vedi quel tipo in costume romano.» Albert punta il dito contro Pax. «Probabilmente è lui l'assassino. Guarda che spada affilata che ha! Dillo alla polizia!»

«Quello è Pax, e non è l'assassino. È un tuo collega fantasma.»

«Brianna, tutto bene?» mi chiede Edward. Di solito ha un atteggiamento distaccato, ma ora la voce gli trema per la preoccupazione. «Pax ci ha detto che Albert è stato ucciso. Oh, ciao, Albert.»

Edward. Oh, Edward. Deglutisco. Anche lui è sexy. Cavoli. È davvero sexy con quei lunghi capelli ondulati tutti scompigliati e disordinati, le labbra imbronciate e gli zigomi pronunciati, gli occhi di ossidiana nera e insondabile che in questo momento mi stanno studiando come se fossi una musa selvaggia che lui vuole assolutamente domare.

«Bree, perché questo tizio con la camicia aperta e i pantaloni imbottiti di calzini sta parlando con me?» chiede Albert con voce tremolante.

«È una brachetta.» Edward guarda Albert e si piazza una mano sull'inguine. «E ti assicuro che è il massimo della moda.»

«Albert? Albert è un fantasma? Albert, vecchio amico, è un piacere incontrarti finalmente in non-carne-e-ossa.» Ambrose allunga una mano, ma la sta tendendo nella direzione opposta. «Io sono Ambrose Hulme e sono lieto di fare la tua conoscenza, vecchio mio.»

«Ambrose Hulme, l'avventuriero?» Albert ha l'aria spaventata di un cerbiatto davanti ai fari di un'automobile. «Quello sepolto nel Viale dei Poeti?»

«Quindi hai sentito parlare di me? È incredibile! Quasi nessuno si ricorda di me. Diventeremo subito amici.»

«Dov'è questo assassino?» sbotta Pax, sguainando la spada. «Vorrei che le sue viscere facessero amicizia con la punta della mia spada.»

Edward si precipita verso di me e mi scruta in quel suo modo intenso che mi fa sempre venire voglia di spifferargli i miei segreti più oscuri e depravati. «Se c'è un assassino a piede libero, devi tornare subito a casa. Come tuo principe, ti ordino di andare subito in camera tua, di chiudere a chiave le porte, di indossare una camicia da notte molto succinta e di rimanere in attesa delle mie prossime istruzioni.»

Perché, perché, perché quando Edward parla con quella voce così altera e autoritaria, il mio corpo vuole disperatamente obbedirgli?

No, no, no. Sento il panico che mi cresce dentro. *Non può succedere. Non posso occuparmi di tutti loro, adesso.* «Vi ringrazio per la vostra preoccupazione, ragazzi, ma ho questo...»

«Bree?» Sento dire a una voce femminile. «Sei tu, vero? Ho

visto qualcuno che parlava con un muro e ho pensato che doveva essere Bree Mortimer.»

«Danny?»

Il mio vecchio amico del liceo mi corre incontro e mi stringe in un gigantesco abbraccio. Non parlo con Danny da quando me ne sono andata da Grimdale: non è su Facebook e ci siamo persi di vista. Ma aspiro il suo profumo di caffè e ambra e, anche se la sua voce è diversa, all'improvviso vengo trasportata indietro di cinque anni. Danny era l'unica nota positiva del liceo.

«Adesso mi chiamo Dani, con la 'i'.» Sì, ha decisamente cambiato voce, e non ha più quel tono maschile. Si tira indietro e io ho un sussulto quando la guardo per bene. «Ora uso ufficialmente i pronomi femminili. E guarda questi gioiellini.»

Dani si inclina all'indietro e sporge il petto per mettere in mostra il seno.

«Oooh, sono sexy da morire.» Nei suoi dolci occhi scuri vedo qualcosa che ai tempi della scuola intravedevo di rado. Dani è *felice*. Sta finalmente vivendo per quello che è veramente, e sta davvero bene. «Beh, cos'altro è successo oltre al fatto che hai abbracciato la tua favolosa essenza?»

«Oh, un sacco di cose. Mi piacerebbe chiacchierare con te, ma in realtà sono qui per lavoro.» Tiene in mano una valigetta. «Faccio l'impresaria funebre. Ho appena parlato con Maggie e sono qui per chiedere alla polizia il nulla osta per preparare il corpo di Albert alla sepoltura. Ma possiamo vederci stasera al Cackling Goat? Abbiamo un sacco di cose da raccontarci.»

«Mi piacerebbe molto.» Tiro fuori il telefono e ci scambiamo i numeri. Quando si china per abbracciarmi di nuovo, mi sussurra: «Mi dispiace tanto. Ho sentito la notizia di tuo padre. È orribile.»

Mi irrigidisco. «Già.»

Dani mi lascia andare e, con un piccolo cenno, si avvicina a

Hayes e a Wilson, e china la testa per parlare con loro. Parlano a bassa voce, così non riesco a sentire cosa dicono.

Non mi sorprende che Dani sia diventata un'impresaria di pompe funebri. Amava il cimitero di Grimdale quasi quanto me e aveva una specie di ossessione per i programmi televisivi di medicina legale e i podcast di *true crime*. Inoltre, è la persona più gentile che si potrebbe incontrare. Scommetto che è bravissima a parlare con le famiglie che hanno perso qualcuno...

Mi dispiace per tuo padre.

Mi si riempiono gli occhi di lacrime. Le ricaccio giù, ma una sfugge e mi scende sulla guancia.

Edward si fa più serio e allunga una mano per asciugarmi. Con il dito mi sfiora la guancia e io mi preparo a provare quella sensazione di calore e formicolio che ricordo.

Invece, al momento del contatto, quando le sue dita spettrali mi scivolano sulla pelle senza toccarla del tutto, avverto una scarica elettrica che mi attraversa il corpo: una scossa che mi pulsa nelle vene. Una scia di minuscole esplosioni che dalla guancia arriva dritta a *quel punto* tra le gambe.

Ehm, ma che cazzo?

Edward allontana la mano e fluttua via, gli occhi spalancati. L'ha sentita anche lui.

Non dovrebbe sentire queste cose.

È sorpreso, e nulla sorprende mai Edward.

Mi porto una mano alla guancia, con la pelle che ancora formicola per il contatto.

C'è qualcosa di diverso. L'ho percepito ieri, quando Ambrose è finito nella vasca da bagno e la temperatura è improvvisamente diventata più calda del deserto egiziano nel giorno in cui ti rendi conto che l'unico paio di pantaloni puliti che possiedi è foderato di pile. L'ho sentito nel momento in cui mi sono seduta con Ambrose e il suo ginocchio mi ha toccata. Ci siamo toccati. Siamo *entrati in contatto*.

Non è normale fantasmaticità. C'è qualcosa di diverso. I fantasmi non dovrebbero provare queste sensazioni. Non dovremmo essere in grado di *toccarci*.

«Brianna?» Edward mi studia con i suoi occhi da poeta.

Io deglutisco di nuovo e mi strofino la guancia. «Credo... credo che abbiamo un problema.»

II
BREE

Dobbiamo andare a fondo di quello che sta succedendo, e Albert ha un disperato bisogno di conoscere tutti i dettagli sulle regole dei fantasmi. Ma il cimitero è ancora pieno di gente e non posso intrattenere una chiacchierata con gli spiriti senza attirare attenzioni indesiderate. Con la massima disinvoltura possibile, conduco i fantasmi lontano dalle catacombe e parlo a voce bassa con Albert.

«Mentre ci muoviamo, potresti sentire dentro di te la sensazione di qualcosa che tira, che ti attrae verso il luogo in cui sei stato ucciso. È la tua fantasmaticità. È come un boomerang soprannaturale che ti riporta sempre nel posto che stai infestando. Ma non c'è nulla di cui aver paura, okay?»

Albert annuisce mesto. Poi ci segue su per la collina. Sta

cercando di salire i gradini come fosse ancora in vita, e sbuffa infastidito perché i suoi piedi si rifiutano di stare dove li mette.

«Ti ci vorrà un po' di tempo per abituarti a fluttuare» dice Edward con più gentilezza di quanta gliene abbia mai sentita.

«Il nuovo fantasma sta facendo una buffa danza» esclama felice Pax. «Una specie di evocazione druidica, solo con più frenesia e meno bevute di sangue.»

In qualche modo, riusciamo a salire la collina senza che io li strozzi tutti. Entriamo in cucina. Faccio cenno ad Albert di sedersi al bancone, poi però mi ricordo che non può più sedersi. Era da un bel po' che non interagivo così tanto con i fantasmi.

Albert rimane a mezz'aria al centro di uno sgabello e fissa fuori dalla finestra con espressione cupa, verso la sua casa.

«Andrà tutto bene, Albert» dico, prendendo il bollitore. «Edward, di' qualcosa di rassicurante.»

Edward arriva in volo, con i bordi della camicia bianca da poeta che si aprono a rivelare una porzione di petto pallido scolpito. Le brache gli scendono un po' sui fianchi quando si raddrizza per bene, scoprendo la parte superiore di una V di muscoli. Deglutisco: devo essere in grave astinenza, se sono attratta perfino dal lezioso Edward, con i suoi riccioli neri arruffati e quel ghigno da bravo ragazzo.

«Albert, ora sei morto» gli dice Edward in tono estremamente altero e principesco. «Quindi la buona notizia è che non ti beccherai mai la sifilide da una sgualdrina a Covent Garden.»

Albert tossisce che pare soffocare. Io sospiro, riempio il bollitore e lo accendo. «Grazie, Edward, molto utile, davvero. Albert, ti preparo una tazza di tè e ti racconto tutto su cosa vuol dire essere un fantasma...»

«Ma io non posso bere il tè!» A dimostrazione, Albert passa la mano attraverso una tazza vuota sul bancone. Fa una smorfia di dolore. La tazza traballa un po', ma non si rovescia. «Non berrò mai più una tazza di tè, né vincerò il quiz al Cackling Goat, né toccherò più mia moglie in intimità. Oh, Maggie.» Passa ripetutamente la mano attraverso la tazza, e la sua voce si fa sempre più agitata. «Non posso credere di averti lasciata sola...»

«Adesso smettila!» lo rimbrotto. È da un po' che non incontro un fantasma nuovo di zecca, ma ricordo che quando uno diventa un fantasma, il primo stadio è quello di essere un fastidioso idiota. «Se continui, ti farai solo del male. Non puoi bere il tè, ma puoi *annusarlo*. L'odore delle cose familiari è rilassante per i fantasmi, quindi lascia che ti...»

«Lo prepariamo noi il tè.» Ambrose salta in piedi e si becca un portaombrelli dritto sull'inguine. Per un attimo i suoi lineamenti sono contorti dal dolore, ma poi riacquista il solito sorriso rilassato.

Diamo sempre per scontato che tutte le nostre imperfezioni corporee saranno risolte nell'aldilà. Ma supporre che la cecità sia qualcosa che deve essere "aggiustata" è un atteggiamento tipico degli umani abilisti. Per Ambrose, essere cieco è del tutto normale, quindi è ovvio che anche da fantasma sia cieco, il che significa che cade in continuazione, e nel farlo attraversa gli oggetti, come per esempio i portaombrelli e le pareti del bagno.

«Non potete farmi voi il tè» dico.

«Perché no?»

«Perché siete *fantasmi*.»

«Quanta poca fiducia hai in noi» dice Edward strizzando l'occhiolino con fare malizioso. «Ci siamo esercitati.»

«Vi siete esercitati?» Lo scruto, gli occhi ridotti a due fessure. «Tu, il principe reale che dà ordini alla servitù come se fosse uno sport olimpico, hai imparato a rimboccarti le maniche e a preparare il tè per qualcun altro? Questo lo devo proprio vedere.»

Edward si scrocchia le nocche, come un pugile che sale sul ring. Si sposta in cucina e affonda le mani nel muro, lanciandomi uno sguardo che mi fa bagnare le mutandine. Un istante dopo si sente un rumore elettrico. *Zzzzz.* Le luci sfarfallano e il bollitore elettrico inizia a gorgogliare.

«Ehm, scusa ma che cos'è successo?» Non ricordo che Edward abbia mai fatto questo trucchetto prima d'ora.

«Con queste dita so fare cose notevoli» dice con un sorriso.

Deglutisco.

In pratica, ho letto tutti i libri e gli articoli che sono stati scritti su Edward. È difficile farne a meno, soprattutto perché molti scrittori amano soffermarsi sui dettagli piccanti del suo stile di vita libertino. Una cosa su cui i biografi sono piuttosto unanimi è che metà delle cortigiane di Londra faceva la fila per essere invitata nel suo boudoir. Una citazione afferma addirittura che fece urlare di piacere una donna in un modo così selvaggio che i segugi del re ne rimasero traumatizzati e per un mese si rifiutarono di uscire a caccia.

Per la tredicenne Bree, quelle storie erano pura volgarità. Ma ora, quando mi guarda come se volesse mangiarmi a colazione, sento lo stomaco che fa capriole, e penso che potrei anche permetterglielo.

«Tocca a me.» Pax si avvicina, sguainando la spada. Non capisco perché serva una spada per fare il caffè, ma poi Pax, che se si concentra abbastanza a volte riesce a usare la punta della spada per interagire con il mondo dei Viventi, la usa per togliere il tappo del contenitore del tè, estrarre una bustina e metterla nella tazza che avevo appoggiato sulla panca. Fa lo stesso con lo zucchero: immerge la spada nel vasetto e poi la sfila con cautela, con mucchietti di granella bianca in equilibrio precario sulla lama. Nell'avvicinarlo alla tazza, la maggior parte dello zucchero finisce sul bancone, ma qualche granello fa centro.

«Ehi, è stato più facile del solito. Latte?» grida Pax rivolto ad Albert.

«Ehm, sì, per favore...»

«*No.*» Non so come Pax intenda mettere il latte nella tazza usando solo la punta della spada, ma so già che sarà un macello.

Il bollitore fischia.

«Tocca a te, signor avventuriero» esclama Edward.

Ambrose si avvicina con il tap-tap-tap del suo bastone, e mi fluttua intorno. Avvolge con la mano il manico del bollitore, e Pax avvicina la tazza con la punta della spada. Ambrose ha la fronte aggrottata per la concentrazione. Fa un respiro profondo, si concentra al massimo ed emette un potente ululato.

Riesce a sollevare il bollitore di un centimetro dal suo supporto. Lo inclina. L'acqua esce dal beccuccio e una buona parte va a finire nella tazza.

Una buona parte.

«Ecco... fatto...» sbuffa Ambrose. Poi lascia cadere il bollitore con un botto sul bancone e scende al livello del pavimento.

Pax soffia sulla punta della spada come se fosse una pistola fumante.

Il povero Edward sembra ancora più pallido del solito.

«Io... non posso crederci.» Fisso la tazza, la spolverata di zucchero e gli schizzi d'acqua sul bancone. «Ce l'avete fatta. Ce l'avete fatta davvero.»

«Però dovrai portarla tu al tavolo per Albert» esclama Ambrose cupo. «Quella parte non l'abbiamo ancora imparata bene. Anche se Pax aveva ragione: questa volta è stato più facile. Forse sto diventando più forte.»

«Ma come hai imparato?» Sono allibita. «Non sei mai stato in grado di spostare gli oggetti in quel modo prima d'ora.»

Ambrose si batte un dito sulla fronte e fa un timido sorriso.

«Tua madre ascolta sempre podcast di meditazione, e io li ascolto insieme a lei. È tutta una questione di concentrazione.»

«A volte, io riesco anche ad afferrare le tazze infilando la punta della spada nel manico» dice Pax, ovviamente poco felice che Ambrose si prenda tutto il merito.

«E vogliamo parlare dei miei poteri legati all'elettricità?» aggiunge Edward, gonfiando il petto con orgoglio.

Io lo guardo incredula. «Lasciami indovinare, hai scoperto di avere poteri in campo elettrico solo perché te lo fa venire duro, vero?»

Edward incrocia le braccia. «Prova tu a essere uno spirito per trecento anni, senza nemmeno una duchessa che ti accarezzi lo scettro, e vedi un po' se ti piace.»

«Bree, cara» interviene Albert. «Anche se tutto questo è molto affascinante, potremmo tornare alla questione della mia prematura dipartita?»

«Giusto.» Afferro la tazza dal bancone e bevo un sorso, nel tentativo di non pensare a tutti i posti in cui è stata infilata la punta della spada di Pax. Sì, lo so, è sporca. «Bene. Allora, tu sei morto. Sei un fantasma e io ti vedo. Sono l'unico essere umano che conosco che può vedere i fantasmi, quindi non disturbarti nemmeno a cercare di attirare l'attenzione di qualcun altro. Ci sono solo io. Ora, essere un fantasma comporta alcune regole che imparerai a conoscere man mano che ti farai strada nell'aldilà. La prima regola, di cui abbiamo già parlato in qualche modo, è che sei un fantasma perché hai un conto in sospeso, e pensiamo riguardi il dover proteggere Maggie dal tuo assassino. La seconda regola riguarda il funzionamento della fantasmaticità...»

Mi squilla il telefono. Lo tiro fuori per rifiutare la chiamata, ma vedo chi mi cerca.

I miei genitori.

Il cuore mi balza in gola. «State tutti zitti. Devo

rispondere.» Mando i fantasmi dall'altra parte della stanza e appoggio il telefono sul bancone della cucina, puntellandolo con la saliera e la pepiera a forma di scheletro, e clicco ACCETTA sulla videochiamata.

Mia madre e mio padre si stringono per entrare nel piccolo schermo. Mi concentro su mio padre, coricato su una sedia a sdraio, con addosso una pessima maglietta con la Torre Eiffel. Ha la barba lunga, per niente ordinata come al solito: è storta da un lato. Mi fa un sorriso enorme che mi fa stringere la gola.

«Bonjour, dolce Bree» esclama salutandomi con una mano. Con l'altra si stringe il petto. Biascica un po', come se avesse bevuto un po'.

«Bonjour!» Mia madre si sventola con un grande ventaglio di carta da regali stampata con disegni di bulldog francesi.

«Ehi, ciao!» Li saluto anche io con una mano. «Ma guarda un po', già lì che parlate in francese! Sembrate locali, ormai.»

«Ci piace molto stare qui.» Mia madre mi indica i dintorni con un cenno del braccio. «Siamo in un resort a Marsiglia con i nostri nuovi amici, Hans ed Erina. Abbiamo visitato un castello, ho mangiato formaggio a volontà e non mi sono mai sentita meglio. E ieri sera ci siamo intrufolati in una spiaggia privata e abbiamo fatto il bagno nudi...»

«Argh.» Mi porto le mani alle orecchie. «Non credo di volerlo sapere.»

«Oh, tesoro, non ti facevo così puritana.» Mia madre mi manda un bacio. «Ci stiamo divertendo moltissimo. Ora capisco perché avevi tanta fretta di partire per i tuoi viaggi. È molto divertente. Non posso crederci: abbiamo vissuto accanto alla Francia per così tanti anni e nemmeno sapevamo dei suoi formaggi! Perché non siamo venuti prima?»

«Per via dei francesi?» chiede mio padre con un gran ghigno.

«Esatto. Proprio per via dei francesi.»

I miei genitori sono deliziosamente, e fastidiosamente, britannici.

«Allora, come vanno le cose al maniero?» chiede mia madre, sollevando il ventaglio per poi agitarlo sopra la testa. La vedo un po' sbarellata, ma a lei non sembra importare.

«A casa tutto bene. Entwhistle mi segue ovunque, per assicurarsi che io faccia tutto secondo i tuoi standard, e sappiamo che sono decisamente alti.»

Come se si fosse sentito chiamato in causa, il gatto rossiccio salta sul tavolo e inizia a dare dei colpetti al telefono con la testa. Me lo prendo in grembo e rimetto lo schermo in posizione verticale.

«Moon passa la maggior parte del tempo a nascondersi e a saltarmi addosso quando meno me lo aspetto. Ah, e oggi ho incontrato Dani...»

Poi mi zittisco, quando il mio sguardo cade su Albert. È in piedi vicino alla finestra e guarda oltre il giardino, giù per la collina, fino al portone ai margini del cimitero. Stanno arrivando altre auto della polizia. Il volto di Albert è l'immagine dell'infelicità.

Non voglio parlarne così, con lui nella stanza. Ma i miei genitori vorrebbero sapere.

«C'è anche una notizia triste» dico a bassa voce, sperando che Albert non stia ascoltando. «Albert Fernsby è morto.»

«Oh, no, ma è terribile!» gracchia mia madre. Sposta il ventaglio nell'altra mano e colpisce in faccia mio padre. «La povera Maggie deve essere sconvolta.»

«Immagino di sì. Vedo già arrivare le auto della polizia. Vado subito a parlarle. È appena successo. Io, ehm, in realtà... ho scoperto io il corpo...»

«Oh, dolce Bree.» Il volto di mio padre si irrigidisce un po'. So che sta pensando che la sua figlia stramba parla con i morti e frequenta troppo il cimitero. Tutti i miei insegnanti e i suoi amici gli dicevano che ero un caso patologico, che vivevo in un mondo di fantasia e che avrei dovuto farmi vedere da uno specialista, ma mio padre mi ha sempre difesa. *Avere immaginazione non è un crimine*, diceva loro con orgoglio. *Bree si diverte di più con i suoi amici finti che la maggior parte di noi con quelli veri.* «È terribile. Possiamo prendere il prossimo aereo e tornare a casa. Forse anche Maggie ha bisogno di aiuto.»

«Va tutto bene!» Incrocio le dita dietro la schiena. «Davvero. Sto bene. Non dovete accorciare le vacanze, o altro, per colpa mia. I morti non mi danno fastidio.»

È una bugia: mi danno sempre fastidio. In questo momento, Pax mi sta facendo delle facce stupide e Edward sta cercando di prendere in mano un barattolo di burro di arachidi, con l'unico risultato di avvicinarlo al bordo del bancone.

«Non essere sciocco, Mike. Non serve che torniamo a casa.» Mia madre dà qualche colpetto con il ventaglio sulla spalla di mio padre. «Albert è morto, quindi a lui non serviamo più. Maggie ha tutto il villaggio che l'aiuta e Bree vive da sola ormai da cinque anni: è perfettamente in grado di gestire le cose che succedono quando si diventa grandi. Ma, a proposito della nostra vacanza, ci chiedevamo se potevamo parlarti di un'idea che abbiamo avuto.»

«Ah, sì?» Mi sento sprofondare. Le idee di mia madre di solito comportano caos e scompiglio per tutte le persone coinvolte.

«Hans ed Erina vorrebbero farci visitare la Germania meridionale. A quanto pare, è piena di castelli e di paesini deliziosi. C'è meno formaggio, ma la birra è migliore, quindi tuo padre lo apprezzerebbe. E così abbiamo pensato: ma che diamine? Perché no? Solo che questo vorrà dire che staremo via un po' più a lungo del previsto. Ci chiedevamo se magari puoi gestire tu il tutto durante la nostra assenza. Dovresti occuparti da sola del check-in dei primi ospiti dell'estate, ma ho detto a Mike che ne sei più che capace...»

Deglutisco. «Certo. Sarei felice di dare una mano. Oppure, sai, potremmo lasciare in stand-by il B&B quest'estate così io verrei a trovarvi. Magari potremmo andare in giro per la Germania insieme. Sono anni che non facciamo una vacanza di famiglia...»

«Oh, no, tesoro, non vogliamo disturbarti. Non vorrai certo passare la tua vita con vecchietti antiquati. Inoltre, questa è come una seconda luna di miele per noi.» Mia madre si china in avanti e sussurra con fare cospiratorio: «Non hai idea di quanto arrapato diventi tuo padre dopo un paio di bicchieri di vino francese...»

Non per sfidare il destino, ma vorrei morire, ora!

«Sylvie!» Mio padre diventa paonazzo per l'imbarazzo.

«Beh? Ora Bree è adulta: può anche reggere un po' di chiacchiere spinte.»

«Non posso, davvero, davvero non posso.» Mi tappo di nuovo le orecchie.

«Non penserai che quelle siano spinte?» chiede Edward con una smorfia, avvicinandosi a me. Colgo una lieve nota del suo profumo persistente: zucchero caramellato, oppio e dolci fiori estivi. Raffinato ed elegante, ma con una nota contorta e corrotta.

«Oh, per l'amor del cielo, siete uno peggio dell'altro.» Mia madre fa una faccia incredula e si allontana dallo schermo. «Io vado a farmi un idromassaggio. Mike, quando hai finito vieni anche tu.»

Mia madre è così: ha la capacità di attenzione di un pesce rosso che soffre di ADHD.

Mi ritrovo a guardare mio padre e improvvisamente non so cosa dirgli. Da quando mi hanno dato la notizia, un mese fa, penso a lui ogni momento di ogni giorno. Ho letto tutto quello che internet può dirmi sull'argomento, ma di fronte alla realtà che ho davanti, non ricordo più niente di tutte quelle informazioni. Riesco solo a pensare a quella volta che mi ha costruito dei trampoli con il legno di scarto di una riparazione del tetto e abbiamo trascorso un'intera giornata a camminare caracollando in giro per la sala da ballo, mentre cercavamo di rimanere in equilibrio. Non so se ho mai riso così tanto in vita mia.

Non so se riderò mai più con lui.

Questa malattia mi sta privando di tutto, anche del rapporto con mio padre.

«Ciao, dolce Bree» mi dice, salutandomi con una mano.

«Ciao, papà.» La gola mi si è seccata di nuovo. Mi tossisco nella manica.

«Non badare a tua madre. Sai com'è fatta. Si sta divertendo un mondo qui. Avrei dovuto portarla in giro prima.»

Ha una nota malinconica nella voce che mi fa annodare lo stomaco, come se avessi la sensazione che abbia rinunciato a qualcosa. Odio questa cosa. Ho sempre ammirato mio padre perché si gode la vita. Per esempio, se è impegnato a fare le riparazioni in casa, fa andare a manetta i suoi album di rock classico e intanto canta, fuori tempo e completamente stonato. Ha sempre qualche nuovo hobby da provare e, quando mia madre esagera, si ritira in una delle tante stanze del maniero e si immerge nella lavorazione del vimini, oppure nella produzione di birra artigianale o nei suoi modellini di trenini. E quando ero qui abbandonava sempre qualsiasi cosa stesse facendo, per portarmi a fare una passeggiata nel bosco, per insegnarmi a intagliare il legno, o per preparare insieme una infornata di focaccine.

Quanto tempo ci vorrà prima che non faccia più niente di tutto ciò?

Deglutisco, nel tentativo di mettere a tacere quei ricordi.

Hanno un sapore aspro, amaro. «Raccontami un po' dei tuoi viaggi.»

Non voglio che smetta di parlare. Voglio godermi ogni momento in cui lui è qui, è vivo, ed è mio padre. Eppure, sentire il tono della sua voce che peggiora e vedere come gli tremola la mano, mi strazia.

Avrei dovuto essere qui, con lui.

Ci resta così poco tempo.

Mio padre continua a chiacchierare, di un concerto rock a cui andrà con Hans, in Germania. È un grande appassionato di musica. Mi ha portato al mio primo concerto quando avevo otto anni: abbiamo visto i Jethro Tull al Barsetshire Odeon, e ho ascoltato la maggior parte dello spettacolo con la faccia nascosta tra le sue braccia, perché mentre Ian Anderson suonava il suo flauto saltellando su una gamba sola, sul palco accanto a lui c'era un vecchio fantasma hippie con un lato della faccia tutto schiacciato, che ballava come un pazzo.

Altri ricordi mi provocano un pizzicorino in gola. Forse mio padre a volte non mi ha capita, ma quando ho avuto bisogno di lui, c'è sempre stato. Però non ho potuto ricambiare il favore. In tutti questi anni lui era qui che affrontava questa cosa enorme e terribile, e io ero in giro a vivere le mie avventure, completamente ignara del fatto che ogni giorno perdeva un po' di sé.

Ora è davvero doloroso guardarlo, così distolgo lo sguardo. Errore madornale. I miei occhi si posano su Albert alla finestra, con lacrime spettrali che gli scorrono sulle guance mentre guarda gli agenti di polizia che si dirigono verso la guardiola. Anche a me iniziano a venire le lacrime.

Pax si accorge che me le asciugo. «Stai piangendo di nuovo.»

«Non è vero» dico, prima di riuscire a fermarmi.

«Non ti piacciono più i Blue Oyster Cult, dolce Bree?» mi

chiede mio padre confuso. «È un peccato. Volevo portarti a casa una maglietta.»

«No, no, papà. Mi piacciono ancora. Non dicevo a te. Stavo...» Cerco una scusa, e quando vedo il gatto sul bancone lo afferro rapida e lo prendo in braccio. «Stavo parlando con Entwhistle.»

«Oh, ehi amico!» Mio padre si avvicina per salutare il gatto. Entwhistle riconosce la sua voce e colpisce di nuovo il telefono con la testa, facendo scivolare l'apparecchio sul tavolo. Lo afferro al volo, prima che si schianti sulle piastrelle.

«Papà, qui c'è un po' di confusione e giù da Maggie c'è la polizia. Dovrei andare.»

«Certo, dolce Bree. Ti voglio be...»

CLICK. Lancio il telefono dall'altra parte del tavolo e mi prendo il viso tra le mani.

Non è giusto.

Non è *giusto*.

«Bree, cosa c'è che non va?»

La voce morbida di Ambrose mi sfiora il lobo dell'orecchio. Tanto basta. Le lacrime iniziano a scendermi copiose lungo le guance e cadono sul libro di cucina di mio padre, tutto macchiato di pastella.

«Non è... niente» singhiozzo.

È *tutto*.

«Se non fosse niente, non staresti piangendo» dice Pax con aria di trionfo. «Questa battaglia a chi è più furbo l'ho vinta io, quindi adesso devi dirci chi ti ha fatto del male, così posso darlo in pasto al leone affamato.»

«Nessuno mi ha fatto del male.» Tiro su con il naso. «È solo che... se gli dèi esistono, hanno un senso dello humour davvero sadico.»

«Quale dio ti ha fatto del male?» Pax sguaina la spada e infilza il cielo. «È stato Giove? A volte è un vero stronzo. O

Mercurio, quell'imbroglione? Non mi interessa se sono esseri divini: gli schiaccio il cranio con le mani e poi uso i loro testicoli per il gioco delle pulci.»

Mi porto la tazza di tè alle labbra, in modo che Pax non possa vedere che mi scappa da ridere. Per quanto fossi triste, lui è sempre riuscito a farmi ridere. Se solo questa questione si potesse risolvere schiacciando crani!

Il tè è fantastico. Ne bevo un altro sorso. Edward e Ambrose mi guardano in ansia. Alle loro spalle Pax fa il suo balletto, fingendo di uccidere gli dèi per difendere il mio onore.

Questa bevanda mi riscalda lo stomaco e mi fortifica. Non c'è da stupirsi che la Gran Bretagna abbia fatto una guerra per il tè: è pura magia liquida.

Appoggio la tazza.

«Mio padre... ha il morbo di Parkinson.»

Ecco. L'ho detto ad alta voce.

Le parole rimangono sospese nell'aria, pesanti e tristi.

«Abbiamo sentito» dice Edward. «Lo abbiamo sentito che ne parlava con Sylvie. Non sappiamo cosa significhi questa parola.»

Certo che non lo sanno. Sono morti tutti giovani, prima dell'avvento della medicina moderna.

«È una condizione neurologica» spiego. «In pratica, il cervello di mio padre sta perdendo le cellule nervose che controllano il movimento e la coordinazione. Gli arti gli si stanno irrigidendo e sta sviluppando un tremore alle mani, per cui non può più svolgere compiti delicati che richiedono precisione. Il suo equilibrio è compromesso, la voce si sta abbassando e parla biascicando. Di sicuro ve ne siete accorti.»

«Ha smesso di studiare chitarra» commenta Ambrose. «Ma eravamo troppo felici, per chiedercene il motivo.»

«Era davvero terribile!» Edward agita una mano. «Senti, ha

fatto applicazioni di sanguisughe? Ha preso il laudano? Dovrebbe risolversi.»

«Non usiamo più le sanguisughe, Edward, e anche se le usassimo, non servirebbero. Non esiste una cura per il morbo di Parkinson. Non è una cosa da cui si guarisce. Continuerà a peggiorare sempre più e...» Deglutisco. «A un certo punto non sarà più in grado di camminare e dovrà usare la sedia a rotelle, non sarà più in grado di parlare, né di costruire oggetti, né di suonare la batteria nella band del pub... tutte le cose della vita che gli piacciono... non le avrà più.»

E io non avrò più mio padre.

I tre si scambiano uno sguardo. Posso leggere i loro pensieri sui loro lineamenti. Il volto sconvolto di Ambrose mi dice che sta pensando all'orrore di essere intrappolato in un corpo che non fa quello che vuoi tu. Edward sta calcolando quanto sesso può fare prima che il suo corpo si consumi e sparisca del tutto. E Pax... lui sta guardandosi in giro, alla disperata ricerca di qualcosa da infilzare, così da risolvere il problema.

Purtroppo, non tutti i problemi si possono risolvere spargendo sangue.

«Quanto tempo ha?» chiede Ambrose a bassa voce.

«Gli restano due anni prima che la situazione diventi davvero grave, forse tre. I miei genitori lo sanno già da tre anni e lui sta prendendo farmaci che aiutano il cervello a gestire i sintomi. Ma a un certo punto i farmaci non funzioneranno più e lui... lui...»

Mi sfugge un altro singhiozzo. Sento qualcosa di caldo sulla spalla. Alzo lo sguardo e vedo la mano di Ambrose (e, più in là, il bancone e la finestra) che mi disegna piccoli cerchi. La mia pelle formicola al contatto.

Mi porto dentro questo peso da un mese, quando i miei genitori mi hanno chiamato per darmi la notizia. Mi sento come se avessi ingoiato una pietra che si espande dentro di me, schiaccia ogni mio respiro, preme sul cibo che mangio e soffoca ogni pensiero felice che cerco di inseguire. Mi trascina giù, giù, giù fino al centro della Terra.

Ma nell'istante in cui le dita di Ambrose mi danzano con leggerezza sulla pelle, con un tocco che non è nemmeno un tocco, quella pietra si fa più leggera, come se lui si facesse carico di parte di quel peso e lo portasse al posto mio.

Sono stata sola per tanto tempo, lontana da chiunque mi conoscesse in modo profondo e intimo. Non ho parlato a nessuno della diagnosi di mio padre, l'ho ingoiata, e ho tenuto dentro di me quella pietra sulla quale si sta formando della muffa che si diffonde e mi contagia con la sua travolgente impotenza.

Solo parlare con loro tre mi fa sentire meno male. Forse... forse non devo più sostenere questo peso da sola.

«Non me l'avevano detto» sussurro. «I miei genitori lo sapevano da tre anni e non me l'hanno mai detto.»

«Sono certo che non volevano che ti preoccupassi mentre eri in giro per le tue avventure» mi sussurra Ambrose.

Sono parole così simili a quelle che mi ha detto mia madre ai tempi in cui mi hanno rivelato la notizia, che inizio a piangere più forte.

«Non avrebbero dovuto tenermelo segreto. Se l'avessi saputo, sarei tornata a casa. Invece di andare in giro per il mondo con tutte le mie cose dentro uno zaino, a fare lavori schifosi nel settore dell'ospitalità, mentre risparmiavo centesimo dopo centesimo e scopavo ogni ragazzo che respirasse e avesse un furgone dove poter dormire...»

«...quali ragazzi?» grida Edward, gli occhi in fiamme.

«Avrei potuto essere *qui*, a sfruttare al meglio il tempo che gli restava da vivere. Avrei potuto passeggiare con lui nei boschi ogni giorno, portarlo a tutti i concerti rock, fargli prendere lezioni di chitarra, aiutarlo a costruire il suo modellino di treno e...» Deglutisco per cercare di soffocare un altro singhiozzo. «Ho perso davvero tanto tempo. Avrei dovuto essere qui per lui, e ora che ci sono, loro sono andati via. Ma non li odio per questo, certo che no. Mio padre ha sempre voluto viaggiare e pensava di non poterlo fare perché doveva occuparsi della famiglia e della casa, e ora può farlo. Solo che vorrei...»

Sulla mia schiena la mano continua a disegnare dei cerchi, e un calore mi si diffonde sulla pelle, avvolgendomi il cuore e spingendo via quella pietra, con un inconfondibile profumo speziato ed estivo, un profumo che porta con sé un po' di ognuno dei luoghi in cui ha viaggiato.

Inspiro profondamente e... non so spiegarlo, ma la pietra dentro di me sembra rimpicciolirsi, come se quel peso si spostasse alla sua mano, e la sento così solida e sicura, così simile a una mano vera, che con un sussulto alzo lo sguardo.

Dritto negli occhi azzurri e gentili di Ambrose.

Mi sta guardando e, anche se non può vedermi, ha gli occhi pieni di lacrime, un riflesso del mio dolore.

«Vorrei poter fare qualcosa» sussurra. «Stai soffrendo, e non è come quando cadevi e ti sbucciavi il ginocchio e noi ti facevamo ridere finché il dolore non passava. Vorrei poterti prendere tra le braccia e dirti che le cose faranno male per un po', ma miglioreranno. Tuo padre è comunque tuo padre. Ha sempre trovato la gioia nella vita, indipendentemente da quello che succedeva. Continuerà a trovare tale gioia. Non ha ancora ceduto al suo fantasma: avete ancora tanto tempo da trascorrere insieme, molti bei ricordi da creare per il futuro, e altrettante avventure da vivere. Vi aiuteremo anche noi. Per qualsiasi cosa abbiate bisogno, noi ci saremo. Ci saremo sempre.»

«Bree? Corri, presto!» grida una voce angosciata, rompendo l'incantesimo della gentilezza di Ambrose. «C'è qualcosa che non va!»

Merda.

Albert. Mi ero completamente dimenticata di lui. Altro che donna che sussurra ai fantasmi. Mi asciugo gli occhi e mi precipito alla finestra. Albert va avanti e indietro, attraversando il lavello della cucina e stropicciandosi le mani.

«Albert, cosa c'è che non va?»

«È Maggie!» Punta il dito contro la finestra. «La polizia la sta trascinando fuori di casa.»

12

BREE

Mi asciugo gli occhi con il dorso della mano e scruto fuori dalla finestra. Hayes e Wilson sono sul sentiero che porta alla guardiola. Due auto della polizia sono parcheggiate dietro di loro, con i lampeggianti accesi, e c'è un gruppo di agenti che circonda la casa. Senza tante cerimonie due di loro trascinano Maggie lungo il sentiero del giardino e poi sotto il graticcio ricoperto di rose, fino alle auto. La luce del sole produce un lampo metallico sui suoi polsi.

È ammanettata.

«Non preoccuparti» dico ad Albert, anche se io mi sto preoccupando, e molto. «È un grosso malinteso. Sistemerò tutto io.»

Esco di corsa dalla porta d'ingresso e percorro il vialetto fino alla portineria, con quattro fantasmi alle calcagna.

«Mia cara, cosa ti hanno fatto?» Albert allunga un braccio verso la moglie, ma la sua mano la trapassa, da parte a parte. Il suo volto si contorce in una smorfia. Non ho mai visto un uomo con un'espressione così desolata.

«Posso avere una giacca, agenti?» chiede Maggie, spostando il braccio. «Ho un po' di freddo.»

Albert emette un grido così forte che io riesco a malapena a sentire i miei pensieri. «Potresti farlo stare zitto?» dico a Edward sottovoce, e mi precipito verso Hayes e la sergente Wilson.

«Io? E cosa pensi che possa fare?» Edward incrocia le braccia. «Immagino che potrei drogarlo, ma tu non hai mai fatto scorta di laudano, come ti avevo espressamente richiesto.»

«Recitargli qualche poesia?» suggerisce Pax. «Potrebbe farlo addormentare.»

«Oppure gli verrà una crisi esistenziale su cui concentrarsi» aggiunge Ambrose.

E poi si chiedono perché sono scappata?

«Mi scusi, sergente Wilson» dico ansimando quando li raggiungo. «Che succede?»

«Ti prego di tornare a casa, Bree Mortimer» dice Wilson con tono brusco. «Non sono cose che ti riguardano.»

«Bree, mi stanno arrestando!» grida Maggie. L'agente le mette una mano dietro il collo per farla salire in macchina. «Il mio caro Albert è stato brutalmente assassinato e pensano che sia stata io!»

13

BREE

Io e i fantasmi osserviamo tristi la polizia che si allontana, con la povera Maggie sconvolta. Albert per metà corre e per metà fluttua dietro di loro, ma arriva solo alla fine della strada prima che la sua fantasmaticità lo tiri indietro. Si accascia sul prato del maniero, la testa tra le mani.

«Questo è un incubo» geme. «Da un momento all'altro mi sveglierò, a letto, con Maggie che mi porterà una bella tazza di tè e un contenitore del suo balsamo curativo alla lavanda, e tutto tornerà normale.»

«Temo di no. Ma non preoccuparti. Sappiamo tutti che Maggie non ti farebbe mai del male. Sono sicura che dopo che l'avranno interrogata lo capiranno anche loro.» Cerco di sembrare rassicurante. La verità è che anch'io sono preoccupata.

Il mento di Albert tremola. «Come possono credere che la mia Maggie mi abbia anche solo toccato con un dito?»

«Tutti in paese diranno alla polizia quanto eravate affezionati l'uno all'altra. Andrò io stessa a rilasciare una dichiarazione.» I Fernsby vivono nella portineria del maniero da quando sono nata. Li vedevo quasi ogni giorno ed erano la coppia più gentile e affettuosa che si potesse incontrare. Si adoravano e si coccolavano a vicenda. Non li ho mai sentiti discutere alzando la voce.

Non è possibile che Maggie abbia ucciso suo marito. Sarebbe assurdo.

Albert si volta verso di me, sconvolto. «Questo è ciò di cui parlavi. È la mia questione in sospeso.»

«Che cosa?»

«Scagionare Maggie! Ti prego, Bree. Devi aiutarla. Non mi ha ucciso lei. Lo so per certo.»

«Lo so anch'io, Albert. Ma non sono un agente di polizia. Non so nulla di come si risolvono gli omicidi. Dobbiamo solo aspettare che la polizia metta insieme i vari indizi...»

«No! Io non aspetto! Non con Maggie in una cella di prigione per un crimine che non ha commesso.» Gli tremolano le labbra. «Cosa le faranno lì dentro? È una donna così bella, e se un detenuto, un bruto, decidesse di violentarla? Vuoi avere questo peso sulla coscienza?»

«Beh, no, ma non credo che sia probabile...»

«Stai dicendo che la mia Maggie non è abbastanza bella per essere violentata?» Albert mi fulmina con lo sguardo.

Alle spalle di Albert, Edward è piegato in due dal ridere.

«Non è affatto quello che sto dicendo.» Lancio un'occhiataccia a Edward, e lui si riprende e assume un'espressione di totale innocenza. «Sto semplicemente dicendo che dobbiamo lasciar fare agli esperti...»

«Sai» dice Ambrose strofinandosi il mento, «potremmo aiutarti noi a risolvere questo omicidio. Possiamo attraversare i muri e ascoltare le conversazioni che i Viventi pensano di fare in privato.»

«Io sono molto bravo a convincere le persone a fare cose che normalmente non farebbero, come invogliare fanciulle innocenti a togliersi gli indumenti e gentiluomini onesti a concedersi edonistiche scorpacciate di oppio» dichiara Edward sfregandosi le mani, tutto felice. «Se pensi che possa essere utile.»

«E io posso infilzare le persone, finché non confessano!» grida Pax. Per dimostrarlo, si gira e cerca di affettare la cassetta delle lettere dei Fernsby. Tutto ciò che riesce a fare è un minuscolo graffio al metallo.

«Oh.» Pax fissa sorpreso il graffio. «Non me l'aspettavo.»

Pax ha ovviamente affinato i suoi poteri di interferire con il mondo dei Viventi. Mi tocco la spalla, sentendo ancora il peso delle dita di Ambrose in quel punto, la sensazione che fosse così reale, così umano. Gli occhi di Edward sono delle pozze insondabili quando mi passa lo sguardo sul corpo, e quella pietra dentro di me diventa ancora un po' più piccola e il cuore mi si alleggerisce.

I miei tre amici d'infanzia. Mi sono mancati. La mia vita sarà anche completamente incasinata, ma ora sono qui con me. Se lavoriamo insieme, sarà come ai vecchi tempi, e forse è proprio quello di cui ho bisogno.

Albert singhiozza.

«Okay» esclamo con un sospiro. «Immagino che dovremo risolvere un caso di omicidio. Da dove cominciamo?»

IL PRIMO PASSO, il più ovvio, è scoprire esattamente cosa sa la polizia. I fantasmi si offrono volontari per andare alla caserma, attraversare il muro e ascoltare l'interrogatorio di Maggie. Purtroppo, la stazione di polizia si trova ad Argleton, il paese più vicino, e la loro fantasmaticità non permette loro di arrivare così lontano.

Ma ho un'altra idea. Guardo l'ora. «Voi state qui e prendetevi cura di Albert» dico ai fantasmi. «Spiegategli tutte le regole dei fantasmi. Io esco.»

«Non puoi» esclama Pax. «C'è un assassino in giro per il villaggio.»

Dovrei fargli una lezione sul femminismo e sulla necessità di lasciare che le donne prendano da sole le loro decisioni, ma è così adorabile lì tutto sull'attenti, con i muscoli che gli spuntano dall'armatura di pelle, che mi limito a fargli una linguaccia. «Vado al pub a cercare delle risposte, e tu non puoi fermarmi.»

«Vengo con te.» Pax dà qualche colpetto alla spada che porta legata al fianco. «Ucciderò chiunque ti guardi in modo strano.»

«Allora avrai il tuo bel da fare» commento con un sospiro. «In questo villaggio mi guardano tutti in modo strano.»

«Questo perché vorrebbero essere belli e speciali come te» interviene Edward.

Ehm...

Beh...

'Fanculo.

Edward diceva sempre cose del genere. È davvero un principe poeta. Ma non mi ero mai sentita così, come se avessi il sangue pieno di miele.

In Nuova Zelanda ho visitato la magnifica città di Queenstown, ai piedi delle spettacolari Alpi meridionali. Un gruppo di viaggiatori che stava nel mio stesso ostello della gioventù voleva andare a fare bungee jumping e io mi sono aggregata a loro. E così mi sono trovata in piedi, sferzata dal vento, sul bordo di una piattaforma, con vista su un canyon di una bellezza pazzesca. Ricordo che il mio corpo gridava *non se ne parla*, ma c'era qualcosa nel vento che mi chiamava. E così mi sono sporta in avanti e il mio cuore si è fermato e io cadevo...

...e cadevo...

...e cadevo...

E anche adesso sto cadendo, nell'attesa che la corda elastica arrivi alla massima estensione e torni indietro, ricordandomi che sono legata e che presto questo volo finirà e tornerò a terra sana e salva.

Invece il cavo non si tende.

Il silenzio dopo la dichiarazione di Edward diventa una creatura piena di zanne e spine, che occupa l'intera stanza. Mi sento avvampare. Ambrose dà una gomitata a Edward.

«Portati dietro Pax» mi dice Edward con aria svagata, distogliendo lo sguardo. «Ha ragione: c'è un assassino a piede libero. Ad Albert ci pensiamo io e Ambrose.»

Il mio cuore batte forte. Non so cosa dire, così annuisco. Poi ancora, e ancora. E mi chiedo se ho davvero perso la testa.

Lascio i fantasmi nella sala degli ospiti al secondo piano, faccio una doccia veloce, mi metto una canotta nera e una gonna a portafoglio a fantasia che ho preso a Bali e mi dirigo in centro per incontrare Dani, insieme a un soldato romano trasparente che mi marcia alle calcagna.

14

BREE

Il Cackling Goat è pieno di gente. Il giardino ha solo posti in piedi e io devo lottare contro le leggi della fisica per raggiungere il bar. La notizia della morte di Albert e dell'arresto di Maggie deve avere fatto il giro del paese, e infatti tutti sono convenuti qui per sentire i pettegolezzi. Mi si drizzano le orecchie nel sentire pronunciare il mio nome, ma non mi fermo a chiacchierare con nessuno.

«Bree, vieni qui!»

Mi volto e provo un'ondata di affetto per Dani che mi saluta da un tavolo di cui si è impossessata, sotto la finestra. Mi tuffo verso di lei e riesco a infilarmi nel posto di fronte. Ha già una pinta tra le mani e picchietta sul bicchiere con le unghie viola. «Sono arrivata presto. Sapevo che il posto sarebbe stato un manicomio. Scusa, non ti ho preso da bere, ma l'unica cosa che ricordo che bevevi è quell'orrenda schifezza di mela non filtrata, e spero che da allora il tuo palato sia diventato almeno un po' più raffinato.»

«Non sono sicura che raffinato sia il modo giusto per descrivermi» commento strappandole via il bicchiere per prendere un sorso della sua birra scura. «Ma sì, i giorni in cui bevevo sidro sono finiti. Sono così felice di vederti. Non mi aspettavo che rimanessi a Grimdale.»

«Nemmeno io. Ho frequentato per un paio d'anni la Business School a Londra, ma la vita di città non faceva per me. Mia madre continuava a cercare di convincermi a tornare a casa, e dopo due anni in cui non facevo altro che litigare con la metropolitana e in cui non mi sono mai potuta permettere più di un pacchetto di patatine, alla fine mi ha convinta.» La mamma di Dani l'ha avuta quando aveva solo sedici anni e sono più amiche, che madre e figlia. «Quando mi si è presentata l'opportunità dello stage da Wighams, l'ho colta al volo.»

«Ti piace il business della morte?»

«È brutto dire che lo adoro? Perché è così. È un privilegio essere lì con una famiglia che porge l'ultimo saluto all'anima di una persona cara che si avvia all'altra vita. Da quando io e te...» Dani abbassa la voce e mi fa un cenno con la mano, «sì, hai capito... beh, credo sia da allora, che sono affascinata dalla morte.»

Annuisco. A parte quando ero molto piccola e pensavo che tutti potessero vedere le varie persone trasparenti che si aggiravano nei paraggi, Dani è l'unica persona viva al mondo a cui ho detto che vedo i fantasmi. All'inizio non mi credeva, e abbiamo anche litigato e non ci siamo parlate per un anno. Ma poi sua nonna è morta e sono andata al funerale perché è quello che si fa per la propria ex migliore amica, quando se ne sente terribilmente la mancanza. Durante la funzione Pearl, la nonna di Dani, si è seduta accanto a me e mi ha detto che era lesbica, ma che aveva sempre avuto troppa paura di dichiararsi a causa dello stigma sociale della sua generazione.

«Perché mi dici queste cose?» avevo bisbigliato alla donna. Il prete mi aveva lanciato un'occhiataccia.

«Perché voi due non dovreste litigare» mi aveva detto. «Mia nipote ha bisogno di persone come te, persone che la capiscano e la accettino per quello che è, e anche tu hai bisogno di lei. Lascia che ti accetti per quello che sei, Bree. Smettetela di litigare per cose di poco conto. È tutto quello che ho da dire. E dille di mettersi quello smalto viola che adora. Le sta bene.»

Dopo la funzione, ricordo che l'ho trovata nel cimitero e le ho sussurrato tutto quello che sua nonna mi aveva detto. Eravamo tornate amiche, e da allora lo siamo sempre state.

«Sono davvero felice per te» le dico, con un sorriso radioso. «Allora, come sta il tuo ultimo... cliente? È così che li chiami, clienti? Cosa ha detto la polizia di Albert? Li ho sentiti commentare che ritengono si tratti di omicidio, però lui era affetto da demenza, quindi forse si è semplicemente perso nei dintorni del cimitero e...»

Dani piega la testa di lato e mi rivolge uno dei suoi sorrisi luminosi. «Albert è un fantasma, vero? È per questo che mi stai tempestando di domande. È qui in questo momento? Ciao, Albert!»

Si guarda alle spalle e saluta una pianta in un vaso. Un paio di clienti del pub ci fissano e io sento sulla pelle il pizzicore che riconosco, di quando la gente parla di me.

Che parlino pure. Sono qui con la mia amica, e questo è ciò che conta. Chi se ne frega se la gente pensa che siamo strambe? Ci divertiamo più di chiunque altro qui dentro.

Ah, e c'è anche Pax. Non può entrare nel bar (troppa gente che gli passerebbe attraverso e gli causerebbe molto dolore), ma ci sta guardando dalla finestra. Gli faccio un piccolo cenno e lui sfodera la spada, giusto per dimostrarmi che è al lavoro per proteggermi dagli assassini.

«Okay, mi hai beccata.» Sorrido, poi prendo il menu e scorro le opzioni degli hamburger. «Comunque no, Albert non è qui. È tornato a Grimwood con Edward e Ambrose. Però Pax è fuori dalla finestra. Vuole che risolva l'omicidio.»

«Chi, Pax?» Dani lo saluta con un cenno della mano, anche se non vede che lui ricambia il saluto.

«No: Albert. È convinto che non possa essere stata Maggie, e che ora lei sia in pericolo.»

Sento qualcosa che gratta la finestra. Alzo lo sguardo e vedo Mary, Lottie e Agnes che mandano via Pax a suon di gomitate per poter schiacciare la faccia contro il vetro. Mary indica con il dito il purè di piselli della sezione *contorni*.

Io richiudo di scatto il menu.

«La polizia sembra molto sicura che si tratti di omicidio» dice Dani. «E sai cosa dicono tutti i podcast di *true crime*: il veleno è l'arma delle donne.»

«È stato avvelenato?»

Dani fa una smorfia. «Non dovrei dirtelo.»

«Oh, ti prego, Dani. Se hai visto il corpo e hai parlato con la polizia, puoi aiutarmi. Aiuterà Albert a passare oltre. È convinto che la sua questione in sospeso sia quella di catturare l'assassino, in modo che Maggie non sia più in pericolo.»

«Che dolce.» Dani batte le unghie sul bicchiere. «Erano una coppia adorabile. Non credo proprio che possa essere stata Maggie. Ma non ho nessuna intenzione di parlare di omicidio a stomaco vuoto. Tu cosa prendi?»

«Patate e purè. E una pinta di sidro, grazie.» Le sorrido. «E che sia super-mega-slurposo.»

«Sei ridicola.» E se la ride mentre si fa strada tra la folla per raggiungere il bar e ordinare. Qualche minuto dopo torna con il numero dell'ordinazione e una pinta di sidro per me. Poi si china sul tavolo e abbassa la voce.

«Non puoi dire nulla di tutto quello che ti racconto adesso, né svelare dove hai raccolto queste informazioni, altrimenti io potrei perdere il mio lavoro. Albert è stato avvelenato con dell'atropina, sostanza che si trova nelle foglie e nelle bacche della pianta della belladonna.»

«Belladonna? Sembra una cosa da Agatha Christie.»

«In effetti, Agatha usava la belladonna nelle sue storie» conferma Dani, appassionata di gialli. «Si chiama anche bella dama e cresce ovunque, nel bosco di Grimdale. L'anatomopatologa, Jo, dice che nello stomaco di Albert non hanno trovato tracce di veleno. È difficile costringere qualcuno a ingerire la belladonna, perché ha un sapore amaro e terribile. Ritiene che il veleno possa essere entrato nel suo organismo in un altro modo, ma non ha detto come.»

«Perché pensano che lo abbia avvelenato Maggie?»

Dani alza le spalle. «Probabilmente perché conosce le erbe. Tutti sanno che le raccoglie nei boschi per fare le sue creme per il corpo.»

«Ma non possono basarsi solo su questo!»

«Lo dico anch'io. L'ultima volta che Albert è stato visto vivo, era fuori per la sua solita passeggiata mattutina lungo il sentiero del bosco, insieme a Maggie. I Fernsby erano rimasti a casa, da soli, tutto il giorno. Poi Maggie era andata al quiz al Goat e aveva detto a tutti che l'artrite di Albert si stava facendo sentire e che così lui aveva deciso di rimanere a casa. La polizia pensa che si stesse creando un alibi. Nessun altro ha visto Albert finché non è stato trovato morto nelle catacombe. A parte questo, non so quali altre prove abbiano.»

Io storco il naso. «Deve esserci un'altra spiegazione. Forse qualcuno si è intrufolato in casa quando Maggie era fuori, o magari Albert è stato attirato fuori per incontrare qualcuno nelle catacombe...»

«Se lo dici tu, Sherlock Bree. Ammettilo, non sopporti il pensiero che la loro storia d'amore finisca in un modo così infelice.» Dani si china sul tavolo e mi accarezza la mano. «È questo il vero motivo per cui sei così sconvolta da questa storia, eh?»

Mi scruta con i suoi caldi occhi scuri e so cosa mi sta

chiedendo in realtà. Mi sto buttando a capofitto nella soluzione di questo omicidio perché non voglio pensare alle condizioni di mio padre?

La risposta è: sì, certo. Sono un'esperta di meccanismi di adattamento, come ignorare completamente i miei sentimenti e fuggire dai miei problemi. Dovrei scrivere un libro di auto-aiuto.

«Certo che la cosa mi turba. A te no?» Arriva il cibo che abbiamo ordinato. Mary infila la testa dalla finestra e cerca di tuffare la faccia nel mio piatto, ma io le ficco una forchetta nel naso e infilzo la salsiccia. Lei si tira indietro di scatto e mi fa una faccia disgustata, poi sparisce. «Ho un fantasma dal cuore spezzato che ha dovuto vedere la polizia che portava via l'amore della sua vita, per sospetto omicidio. Se riesco a chiarire il tutto, Albert potrebbe passare oltre. Uno *spirito* errante che potrei effettivamente aiutare. Sempre che tu accetti di...»

«Certo che ti aiuto.» Dani dà un grosso morso al suo hamburger e mi sorride dall'altra parte del tavolo. «Qualsiasi cosa, nel nome dell'amore. Cosa posso fare?»

«Dobbiamo scoprire tutto sul veleno: cos'è, come è stato somministrato, chi poteva conoscere le proprietà della belladonna. E dobbiamo scoprire perché la polizia è così sicura che sia Maggie la responsabile. È possibile ottenere informazioni di questo tipo con il tuo lavoro?»

«Dovrò fare un po' di ricerche illegali sui dati che riguardano Albert, ma certo. Tu cosa hai intenzione di fare?»

«Io cercherò di scoprire tutto il marcio possibile» dico. «Albert deve pur avere avuto dei nemici, qualcuno che lo voleva morto e che la polizia non ha preso in considerazione. Per fortuna, sono in grado di andare direttamente alla fonte.»

15

BREE

Quando io e Pax torniamo dal pub, i fantasmi sono nel salotto al piano di sopra. Ambrose sta tenendo un'appassionata lezione sulle regole dei fantasmi e cammina davanti al caminetto (e a volte anche dentro). Edward, invece, si dondola sulla chaise lounge con fare molto teatrale, con un'aria da principe viziato e svogliato. Anche se lo conosco abbastanza bene da sapere che si è disteso in modo studiato per apparire il più carino possibile. Ha la camicia aperta, la brachetta lucidata di fresco e, da questa angolazione, non si vedono né le macchie di sangue, né il pezzo di vetro che ha nella chiappa.

Mi prudono le mani per la voglia che avrei di accarezzargli la pelle pallida del petto. Anche se... non è pelle. So che le mie dita lo attraverserebbero. Allora, da dove mi viene questa voglia?

Il sidro mi ha dato alla testa. È così. Ecco cosa sta succedendo.

«Ora ti mostro una cosa importante, che Ambrose non ti ha detto, sull'essere un fantasma.» Pax gonfia il petto, attraversa a grandi passi la stanza e affonda la testa nell'armadietto dei liquori.

Il tipico comportamento da fantasmi a cui sono abituata. Secoli fa, hanno scoperto che tenere la testa dentro una bottiglia di liquore li rendeva un po' brilli. Quando ero piccola, non lo facevano spesso in mia presenza, ma poi, quando sono diventata un'adolescente ribelle, prendevo di nascosto le bottiglie dall'armadietto dei miei genitori e le condividevo con loro.

«Sposta la testa. Devo aprirlo» dico a Pax. Lui toglie di scatto la testa dall'armadietto. Io frugo un po', finché non trovo una vecchia bottiglia di scotch. La spolvero e me ne verso un bicchiere.

«Non so come fai a bere quella roba» Edward storce il naso. «Che ne diresti di un buon vino francese? Una volta tenevo una cantina di vini d'annata squisiti, proprio in questa casa. Alcune bottiglie valevano ben due sterline! Mi chiedo che fine abbiano fatto.»

«Ho letto che i tuoi amici le hanno bevute tutte al tuo funerale» gli dico, e lui sospira.

Mi butto sul divano e do qualche colpetto ad Albert con il piede. Nel punto in cui lo attraverso sento la pelle che formicola, e lui si gira verso di me. Nel toccarlo la sensazione è quella che si prova di solito quando si tocca un fantasma. Non capisco perché con Edward, Pax e Ambrose sia diverso.

«Com'è andato il tuo primo giorno da fantasma?» chiedo ad Albert portandomi il bicchiere alle labbra.

«Terribile.» Fluttua verso il punto della stanza in cui Pax ha sepolto la testa nell'armadietto dei liquori. «Puoi farti da parte, figliolo? Vorrei provarci anch'io.»

«Deve essere andata meglio del mio primo giorno» dice Edward in tono amabile. «Dovevo andare a letto con la contessa Marie de Rothschild. Invece mi sono svegliato sul prato con un frammento di vetro nel culo, frammento che, per quante volte me lo tiri fuori, torna sempre qui» spiega allungando una mano verso il fondoschiena, da dove estrae un triangolo di vetro.

«O, e il *mio* primo giorno?» interviene Ambrose. «Ero seduto accanto al fuoco in una locanda a Irkutsk, che cercavo di riscaldarmi dopo una dura giornata di cavalcate tra i ghiacci, e stavo scrivendo un capitolo sulle mie avventure russe per il mio nuovo libro, quando gli uomini dello zar fecero irruzione e mi costrinsero a bere qualcosa di ripugnante. All'improvviso, tutto diventò buio e io mi risvegliai qui, senza il mio manoscritto, ma con un nuovo talento nell'attraversare i muri.»

«E vogliamo parlare del mio?» urla Pax. Sguaina la spada e attraversa la stanza a passo di danza in una drammatica narrazione dei suoi ultimi momenti. «Stavo infilzando Britanni a destra e a manca, spaccavo crani e scambiavo insulti, poi ho sentito un dolore acuto alla testa e tutto si è fatto buio.» Cade a terra attraversando il tavolino, e fa traballare il candeliere. «Quando mi sono svegliato, sul campo di battaglia non c'era più nessuno, solo montagne di cadaveri di Romani. Avevamo perso la battaglia in un modo così netto che i miei uomini non hanno nemmeno avuto il tempo di darmi una degna sepoltura romana. Ora non avrò mai pace finché le mie ossa non verranno ritrovate e non mi sarà dato il giusto rito...»

«Ehm, sì. Grazie per l'ospitalità» dichiara Albert che, con il mento tremolante, fissa inorridito Pax. «Ma credo che andrò a casa. In venticinque anni non ho mai dormito lontano da Maggie. Se questa deve essere la prima notte, almeno sarò nel nostro letto.»

«Fai quello che devi fare, Albert» dico io. «So che hai molte cose per la testa in questo momento, ma domani mattina presto ti voglio qui. Dobbiamo parlare un po' di chi potrebbe averti voluto morto.»

Scompare attraverso il muro e sento un suo rantolo appena finisce nel giardino sottostante. Ambrose scuote la testa. «Ecco il risultato, se non si presta attenzione alla mia lezione sulla gravità fantasma.»

Mi volto verso i miei tre amici d'infanzia, improvvisamente consapevole che, per la prima volta da quando sono tornata a Grimdale, sono sola con loro. Nell'aria c'è il peso dei nostri sette anni di lontananza, e anche qualcos'altro. Qualcosa che mi ribolle sotto la pelle da quando Ambrose ha varcato la parete del bagno.

È una sensazione che non vorrei riconoscere.

Ma sono diventati *sexy*.

Beh, per meglio dire: sono io che sono cresciuta, e che mi accorgo di quanto siano sexy. In passato erano un po' come fastidiosi fratelli maggiori che mi costringevano a guardare i loro programmi televisivi preferiti e mi facevano ridere per curare il dolore quando cadevo e mi sbucciavo le ginocchia. Ricordo che prima del ballo scolastico Edward cercava di insegnarmi come si balla, al chiaro di luna. E poi Pax, che sognava elaborate punizioni da infliggere a Kelly Kingston e alla sua banda di bulle.

Ma ora...

Edward aveva ventisette anni quando cadde dalla finestra, e Ambrose ne aveva venticinque quando fu trafitto dallo zar. Nessuno sa nulla dell'età di Pax. Credo che bisognerebbe aprirlo e contargli gli anelli, ma non credo abbia più di trent'anni. Ed è *uno schianto*. Se ci fosse un calendario con modelli in costume da legionario romano, lui sarebbe gennaio, febbraio *e anche* marzo.

Sono tutti e tre sexy, e mi guardano con interesse. E io ho la bocca che mi si è seccata... Cosa dovrei fare?

«Ehm... ciao» saluto timida.

«Bree! Bree è tornata!» Pax si precipita verso di me, a braccia aperte. Io mi preparo al suo abbraccio fantasma, e sono sorpresa quando mi mette le braccia intorno e il suo calore mi brucia la pelle. Se i fantasmi sono felici, emanano calore, ma il calore di Pax ha anche qualcos'altro... qualcosa di duro e pericoloso che mi fa formicolare la pelle.

Mi penetra con le mani, e il suo calore mi passa attraverso pelle, ossa e vasi sanguigni. Di solito non lascio che i fantasmi si avvicinino troppo, perché non sopporto l'idea di essere invasa da loro *pezzetti*. Ma di questi tre sono amica da così tanto tempo che so che non possono evitarlo, e sono abituata a questa sensazione.

Almeno, lo ero. In realtà, nel momento in cui le mani di Pax mi accarezzano la schiena e le sue dita mi si infilano sotto la pelle e mi toccano la spina dorsale, quel delizioso calore mi si irradia in tutto il corpo. E mi ritrovo a rilassarmi appoggiata a lui, mentre lascio che mi penetri.

Poi sollevo le braccia e lo abbraccio anche io, nella speranza di non fargli male. Sento la sua pelle, ma non riesco a stringerlo. È come quando si vuole far scoppiare una bolla di sapone: appena si prova a toccarla, è già sparita.

Chiudo gli occhi e provo a regolarizzare il respiro. Inspira. Espira. Inspira. Espira. Il profumo di Pax mi riempie: un profumo di bosco, di terra. Di cuoio e muschio. La dolcezza dell'uva che proviene dal vino che ha bevuto prima della battaglia. Il tutto venato di qualcosa di aspro e metallico. *Sangue.*

Mi gira la testa e sono presa da un ricordo. Sono seduta su uno sgabello a tre piedi all'interno di una tenda di pelle. Davanti a me c'è un uomo di nome Marco Flavio. Parla una lingua straniera, ma alle mie orecchie è perfettamente comprensibile.

«...dobbiamo muoverci in fretta per interrompere l'avanzata dei Druidi» mi dice, serio. Si gratta la cicatrice dove un tempo c'era l'occhio sinistro. «Hanno già unito le tribù dei Siluri, dei Briganti e degli Iceni contro di noi, e le loro forze aumentano di giorno in giorno. Non possiamo permettere che raggiungano Londra prima che arrivino i rinforzi da Roma.»

«Ma la Legione Caledoniana non è ancora arrivata. Il comandante Publio Scapula ha inviato una legione di uomini dal confine per aiutarci a proteggere la provincia, ma sono ancora a due giorni di marcia dalla nostra posizione attuale.

«Non credo che possiamo aspettarli. Siamo una legione di veterani temprati dalle battaglie e, sebbene in inferiorità numerica, siamo di fronte a rozzi barbari, armati di sassi e bastoni. Prevedo una nostra vittoria rapida e decisiva, che passerà alla storia. Forse perfino tu verrai portato in trionfo a Roma.» Flavio mi fa l'occhiolino, o forse ha solo qualcosa nell'occhio. Che poi, un uomo con un occhio solo... può fare l'occhiolino? «È una tua decisione, *Primus*. Gli uomini ti seguiranno fino alle porte dell'Ade.»

Io impugno la spada, e il peso dell'elsa mi è familiare, mi infonde sicurezza. «Combattiamo!»

Questo non è un ricordo mio.

Apro gli occhi e mi allontano di scatto da Pax. Il bicchiere mi vola via di mano e io cado oltre lo schienale del divano, atterrando con forza su un ginocchio.

«Bree, tutto bene?» grida Ambrose. Si precipita verso di me, ma attraversa il divano e si accascia a terra per il dolore.

«Che c'è che non va?» chiede Pax con una smorfia.

«Niente» mormoro e mi massaggio il ginocchio che pulsa. «Sono... sono solo un po' stanca per la giornata di oggi, ecco tutto.»

Non sono ancora pronta per raccontare loro quello che ho visto.

Ero all'interno della memoria di Pax.

Ero nel suo corpo.

Non mi era mai successo prima.

Confusa e scioccata, attraverso il tappeto gattonando e

raccolgo i cocci del mio bicchiere. Ora sul tappeto c'è una macchia marrone di whisky, ma il tappeto è in questa casa dai tempi di Edward e ormai è praticamente tutto una macchia. Una in più non farà nessuna differenza.

Mi raddrizzo. Ambrose fa un passo verso di me. «Non ti abbraccio, per non rischiare di far volare in giro altri vetri, ma sappi che siamo entusiasti che tu sia a casa, anche se per circostanze poco felici.»

Casa.

Mi sento avvampare al ricordo della mia piccola crisi di poco fa in cucina. «Non so quanto tempo mi fermo.» Abbasso lo sguardo. «È stato tutto molto improvviso. Mia madre e mio padre mi hanno chiamata un mese fa per darmi la notizia della diagnosi di papà. Nella videochiamata aveva fatto il coraggioso, ma io riuscivo solo a pensare a quanto dovesse essere affranto. In quel momento lavoravo in un ostello della gioventù a Queenstown, in Nuova Zelanda. Ero circondata da un paesaggio meraviglioso e mi sono sentita come se il mondo mi stesse inghiottendo...» Cerco di trovare le parole giuste. «Mi sentivo *sbagliata,* a stare dall'altra parte del mondo. Volevo abbracciare mio padre. Così ho deciso di tornare a casa. Però, quando ho dato loro la notizia, mi hanno informata che avevano comprato un biglietto del treno di sola andata per Parigi e che avrebbero svincolato il loro fondo pensionistico per farsi una bella vacanza, e che magari avrei potuto fare da cat-sitter mentre loro erano via. E sono felice per loro. Davvero. Hanno passato anni a cercare di mandare avanti questo posto, ad ascoltare viaggiatori che raccontavano di tutte le loro avventure, e loro non erano mai andati da nessuna parte, per prendersi cura di me e di tutte le mie stranezze. Ora voglio che si divertano da morire, solo che...»

«Ti manca» sussurra Ambrose.

«Mi manca.» Le lacrime tornano a pizzicarmi gli occhi. «Mi manca il mio papà. Non è patetico?»

«Non è affatto patetico» dice Ambrose. «Mio padre era un uomo distante e sgradevole, che lavorava dall'alba al tramonto. Per me era un estraneo e, dopo che sono diventato cieco e mi sono rifiutato di vivere in quell'ospizio infestato dai topi, mi ha disconosciuto e si è rifiutato di darmi anche un solo centesimo. Se avessi avuto Mike come padre, sarebbe mancato anche a me.»

«Mio padre era un soldato» interviene Pax battendosi il petto, la voce piena di orgoglio. «È salito fino al grado di *legato*, e ha vinto molte battaglie. Era un onore essere battuto da lui.»

«Mio padre non era un tipo molto affettuoso» commenta Edward. «Gli abbracci e le dimostrazioni di affetto non fanno parte dell'atteggiamento di un re, soprattutto di un re che sta impazzendo per la sifilide.»

«Forse se tuo padre ti avesse abbracciato di più quando eri piccolo, non avresti scritto poesie così insopportabili» sbotta Ambrose.

«Forse se tu fossi stato abbracciato, ora il tuo viso non assomiglierebbe al muso di un criceto maciullato» ribatte acido Edward.

«Io adoro gli abbracci!» esclama Pax prima di avventarsi su Edward e mandarlo a sbattere contro il mobiletto dei liquori con la forza del suo affetto.

Io non riesco a non sorridere. Mi è mancato tutto questo: cazzeggiare con questi quattro e prenderci in giro a vicenda.

Forse non avrò mio padre con me, ma non sono più sola.

«Devo andare a letto.» Mi alzo in piedi, in mano i cocci del bicchiere. «È stata una lunga giornata e domattina devo risolvere un omicidio.»

«Ti aiutiamo noi.» Il volto di Ambrose si illumina del suo caratteristico sorriso determinato. «Io e Sylvie abbiamo ascoltato un affascinante podcast su un uomo che *non* aveva spinto la moglie giù dalle scale. È come se mi fossi allenato per questo momento per tutta la mia vita ultraterrena.»

«Non essere così entusiasta. Gli omicidi sono un bel casino. A corte c'era sempre qualcuno che veniva assassinato, e la servitù impiegava anche settimane per rimuovere le macchie di sangue. Davvero poco dignitoso.» Edward fa un profondo inchino. «Buonanotte, milady.»

Io ridacchio e alzo una mano, come facevo quando eravamo piccoli. «Mi dai un cinque?»

Edward posa le dita contro le mie. Di nuovo, mi aspetto la sensazione che ricordo: un leggero sfioramento di aria calda.

Invece avverto quel formicolio caldo, di desiderio, che mi parte dalla punta delle dita e scende a razzo lungo il braccio. Il mio corpo risponde in modi che non mi aspetto: sento uno sciame di api che mi ronza sotto la pelle e mi si va ad annidare tra le gambe.

Faccio un balzo indietro per la sorpresa, ma me ne pento immediatamente. Quel formicolio era così bello...

Dall'espressione di Edward che si fissa la mano, capisco che anche lui ha provato qualcosa.

«È stato... diverso» sussurro.

«Vero» sussurra. «Molto diverso.»

Edward si avvicina di nuovo a me e ciò che leggo nel suo sguardo si trasforma in qualcosa di più simile all'Edward che ricordo. Porta una mano alla mia guancia.

Il mio cuore batte forte, perché Edward si avvicina. E so che sta per baciarmi. E voglio che mi baci...

THUD.

CRASH.

BANG.

«Ma che cazzo?» Guardo in alto, in direzione della fonte del rumore. Ambrose strilla e si tuffa nella libreria. Edward si allontana di corsa e si rannicchia dietro Pax, che sta tremando.

Il centurione romano, duro come una roccia, *trema*.

«Che caspita è stato?» Li fulmino con lo sguardo. Sento un dolore nel palmo della mano e quando abbasso lo sguardo mi accorgo che ho serrato il pugno sui frammenti di vetro. «È il pipistrello?»

«No... non è un pipistrello.» Per quanto sembri impossibile, Edward è più pallido del solito. Punta un dito tremante verso la porta. «Una creatura del male supremo. Devi andare a letto. Presto. E prendi la scala di servizio.»

«Ma...»

«Vai!» sbraita Edward. «È il tuo principe che te lo ordina! Terremo noi a bada quel demonio!»

«Okay, okay, me ne vado!» Corro fuori, ancora senza sapere esattamente da cosa sto fuggendo. Dietro di me i fantasmi strillano terrorizzati, e sento ancora rumore di colpi e schianti.

Un giorno come tanti, a Grimwood Manor.

Mentre corro giù per le scale, con il sangue che mi cola dal palmo della mano con cui stringo ancora i vetri, sono consapevole di questo formicolio sulla pelle delle dita e del dolore tra le gambe, che non può dipendere dal fatto che sono attratta da Edward. Perché, certo, è sexy. Però è anche un fantasma. È defunto. Deceduto. Si è scrollato di dosso le sue spoglie mortali... quasi del tutto. Ha calato il sipario e si è unito al coro invisibile. Non è più un numero del censimento. È diversamente vivo.

Non posso innamorarmi di un fantasma.

Non me ne innamorerò. No.

Sono di nuovo a casa, ho la mente costantemente occupata dalla malattia di mio padre, e ora anche l'omicidio di Albert da risolvere: sarebbe già più che sufficiente, senza aggiungere alla lista anche il bacio di un fantasma.

Per non parlare del fatto che si tratta di Edward. Il *mio* Edward. Edward, il libertino perdigiorno di prim'ordine. Un bacio complicherebbe tutto, e...

...e poi, che effetto avrebbe fatto baciarlo? Sarebbe stato come il formicolio che mi sento nella mano? Il calore che ho sentito dentro di me quando Pax mi ha abbracciata? Quel ronzio di api che ho avvertito nell'istante in cui una mano di Ambrose mi ha sfiorato un seno?

E Ambrose e Pax? Cosa avrebbero...

No. No no no no no.

NO.

Devo tornare indietro e parlare con loro. Risolvere la questione, subito. Però se guardo di nuovo gli occhi di ossidiana di Edward o sento il suo tocco spettrale, perderò tutta la mia determinazione.

Apro la porta, mi tolgo i vestiti e mi infilo nel letto, con la mente che è un groviglio di emozioni. Sono a Grimdale da due giorni e già mi trovo coinvolta in un omicidio, e per di più ho evitato per un soffio di baciare un fantasma.

E poi... cosa succede al loro tocco? E perché sono così diversi? Perché sono tanto più potenti di quanto siano mai stati?

Ma che diamine sto facendo?

16

EDWARD

Non dormo, per tutta la notte.

A dire il vero, non sono del tutto sicuro che quello che facciamo noi fantasmi si possa chiamare sonno. Se mi ritiro nelle profondità dei miei ricordi, entro in uno stato di trance e di riposo, che per diverse ore mi fa dimenticare il mondo dei Viventi. Non è uno stato di beatitudine come quello indotto dalla pipa d'oppio, ma non è molto diverso.

Però stanotte il riposo non arriva. Sono disteso al centro dell'enorme e lussuoso letto a baldacchino e penso a Brianna in fondo al corridoio, rannicchiata nel suo letto, con i capelli lucenti che le formano una specie di alone intorno al viso, e i seni che le si alzano e le si abbassano a ogni respiro.

Sento ancora le dita che mi formicolano dove l'ho toccata.

Ho fluttuato in giro per tutta la casa, sfiorando ogni oggetto che ho trovato, nel tentativo di ricreare la sensazione delle mie dita che danzano nelle sue. Ma sono riuscito a ottenere solo un freddo sgradevole, che risucchia ogni piacere dall'aria. Motivo per cui, immagino che se qualcosa tra noi è cambiato, e ha portato a questa sensazione di magia, non dipenda da me.

È *lei*.

Ho sempre saputo che Brianna è diversa. Da quando ha avuto l'incidente, ci vede. Nei quattrocento anni da quando sono morto, non ho mai conosciuto un altro essere umano in grado di vedere i fantasmi.

Anche prima del suo incidente, Brianna aveva una presenza in casa che mi richiamava. Nel suo piccolo petto di bambina batteva un cuore da poeta.

Ho trascorso tutta la vita a rincorrere ogni piacere che incrociasse il mio cammino, sempre alla ricerca, sempre con il desiderio di ciò che era nuovo, eccitante e diverso. Volevo solo una cosa: essere nella posizione opposta rispetto a tutto ciò che mio padre rappresentava. E non ho ottenuto altro che una nota a piè di pagina nel grande libro della storia, e una scheggia nel fondoschiena.

Brianna Mortimer è tutto ciò che ho sempre sognato di essere. Ma mentre io ho abbracciato tutto quello che era insolito, diverso e proibito, lei ha sempre desiderato essere normale. E ora...

...e ora il legame tra noi è più forte che mai...

L'ho quasi baciata.

Avrei baciato Brianna se quel maledetto mostro non avesse rovinato tutto scendendo dal camino per tormentarci. E se l'avessi baciata, avrei rovinato tutto. L'avrei spaventata così tanto che sarebbe scappata e non sarebbe più tornata.

Devo riprendere il controllo di me stesso.

Non che prima d'ora sia mai riuscito a tenere a bada i miei impulsi carnali, ma c'è una prima volta per tutto, giusto? Anche un vecchio principe può imparare nuovi trucchetti.

Alzo la mano e la giro, fissandomi le dita, e penso a come vorrei che le cose fossero diverse. Ma so cosa devo fare.

Devo cercare di *non* sedurre una donna.

Un paio d'ore dopo l'alba un prepotente profumo di burro e panna mi trascina fuori dal letto. Sono tutto scontroso e spettinato. Porto il mio volto principesco fino alla cucina e ci trovo Brianna che ha acceso il bollitore e sta rigirando dei pancake scozzesi nella padella.

«Buongiorno» cinguetta. «Ti ho preparato il tuo piatto preferito. Ho pensato che l'avresti apprezzato.»

Posa sul bancone di fronte a lei un piccolo piatto di pancake, tutti preparati con burro, marmellata e panna rappresa. Mi avvicino e ne aspiro il profumo. *Ahh, è delizioso. È quasi buono come...*

... come il profumo seducente e scandaloso di Brianna che riempie la stanza e fa fare cose strane al mio cuore fantasma.

In assenza degli altri sensi, l'olfatto è diventato per me un modo per esplorare il mondo. In un certo senso, tutti i fantasmi diventano come Ambrose. Impariamo a vedere in modi nuovi. Brianna ha l'odore di lenzuola stropicciate e della luce tremolante delle candele. Sa di notti scatenate e di unghie che mi graffiano la pelle. Il suo profumo scivola sulla mia pelle spettrale come fosse il filo di una lama.

Brianna si siede di fronte a me e si tuffa nei suoi pancake. Mangiamo e annusiamo in silenzio. Vorrei tanto tirare fuori il discorso del nostro quasi-bacio, ma negli occhi color miele ha *quello* sguardo... lo sguardo che aveva a volte quando tornava a casa da scuola e che significava che aveva avuto una dura giornata di scherzi e prese in giro da parte degli altri bambini. Lo stesso che avevano i miei cavalli quando mio padre usciva a cavalcarli con la frusta in mano: lo sguardo di chi voleva scappare via.

«Albert è già passato» dice. «Ci siamo fatti una bella chiacchierata. Non ha idea di chi potrebbe averlo voluto morto, ma crede che possa avere a che fare con il suo lavoro di consulente finanziario freelance. A quanto pare, integrava la pensione dando consigli agli abitanti del villaggio per i loro investimenti.»

«Magari è stata un'amante gelosa» commento. «È così che il mio amico Parsifal ha incontrato la sua prematura morte: la moglie di quel gentiluomo ha scoperto che aveva un'amante, così si è portata un coltello nel talamo e gli ha tagliato la salsiccia. E lui è morto dissanguato...»

«Albert non ha un'amante gelosa. Lui era fedele a Maggie.» Mi guarda di storto. «Ma che ne sai tu di fedeltà.»

«Chiedo scusa, milady, ma se proprio lo vuoi sapere, negli ultimi quattrocento anni, da quando ho avuto una discussione con la finestra del secondo piano, ho avuto una sola donna nella mia vita, se non contiamo Moon.» Sorrido alla gatta che sta entrando, con la coda di un topolino che le penzola dalla bocca.

Quando ero un Vivente, non ho mai avuto molto tempo per i gatti. Ne tenevamo alcuni nel palazzo per tenere alla larga i roditori, ma erano solo fastidiosissime palle di pelo che si infilavano sotto i piedi e saltavano sul letto mentre io ero *in flagranza*.

Invece Entwhistle e Moon intrattengono noi fantasmi, soprattutto durante i noiosi mesi invernali, quando il B&B è chiuso agli ospiti. Governano la casa con dignità regale e tengono Mike e Sylvie completamente in pugno, o *in zampa*: un risultato per il quale non posso che provare un senso di orgoglio.

Dei due, Entwhistle è quello più simile a me: è un intrattenitore, un buffone, quello che deve sempre fare le acrobazie più folli. Prima è lì che si lecca il buco del culo, e un istante dopo, all'improvviso, gli viene in mente di arrampicarsi sulle tende o di tuffarsi in una torta appena sfornata. Invece Moon è la Pax della coppia, quella assetata di sangue, la divoratrice di carne. Le dico spesso quanto ammiro la sua capacità di sporcarsi le zampe per proteggere la nostra piccola Grimwood, anche se al mio amico soldato romano non direi mai una cosa del genere.

«Albert era un manager alla Grimdale Bank» dice Brianna, indaffarata a mandare via Moon con il suo regalino. «Aiutava le persone con i loro investimenti e le loro pensioni. Ma è... *era...* affetto da demenza. Non avrebbe dovuto dare consigli finanziari a nessuno. Scommetto che c'è qualcuno che ci ha rimesso dei soldi e che ora dà la colpa a lui.»

«Dovresti parlare con le tre streghe» le suggerisco. «Conoscono tutti i pettegolezzi del villaggio. Loro hanno di sicuro visto qualcosa.»

«Edward, sei un genio.»

«Ovvio» esclamo, gonfiando il petto. «Non solo sono il personaggio più bello di questa casa, ma sono anche il più intelligente. Dovresti sentire la mia ultima poesia. Parla di Moon e della sua caccia al sole pomeridiano. Ci sono molti riferimenti ai corpi celesti e un paragone piuttosto affascinante con il cespuglio incolto di lady Penelope Londsdale.»

«Edward, sei... sei...» Brianna si china in avanti e le sue labbra mi sfiorano la guancia. È una cosa che faceva sempre da bambina: cercava di baciarci la pelle e ridacchiava per il calore o il freddo che sentiva.

Appena le sue labbra mi sfiorano, provo anche io lo stesso strano e delizioso formicolio, la sensazione di essere più solido e reale che mai. E quando si china verso di me, anche il suo seno mi sfiora il braccio.

Beh, questo riporta un po' di vita al mio scettro!

Ai miei tempi una donna non sarebbe mai stata così sfacciata da baciare un principe, a meno che non fosse una prostituta. E anche in quel caso, avrebbe rischiato di farsi tagliare una mano, se mi avesse contrariato.

Ma Brianna ha le sue regole, come sempre. E ora le regole sono cambiate, e il suo tocco... mi fa delle cose. Cose che non provavo da molto tempo.

Cose che desidero disperatamente sentire di nuovo.

Giro la testa, lentamente, cercando di non spaventarla, consapevole delle sue labbra appena sopra...

«Oh, cacchio.» Brianna si tappa la bocca con una mano e si allontana. I suoi occhi di miele volano verso la porta. Il panico mi assale. Devo tenerla qui.

«Ho interrotto qualcosa?» Ambrose è lì che levita, reduce dal suo giro mattutino nel bosco. «Ho sentito il profumo dei pancake e...»

«Va tutto bene!» Brianna balza in piedi e gli porge la sua sedia. «Siediti qui di fronte a Edward e prendi i miei pancake. Non... non ho più fame. Devo prepararmi per andare in centro. Oggi c'è il Great Grimdale Bake Off, quindi è una buona occasione per raccogliere gli ultimi pettegolezzi sul caso di Albert.»

«Veniamo anche noi. Vero, Edward?» Ambrose mi lancia un sorriso radioso. «A Pax piacerà la gara, e a noi farà bene uscire di casa e sgranchirci un po' le gambe.»

«Noi non abbiamo gambe.» Sprofondo il viso nel mio piatto di pancake e mi preparo per il dolore. Anche se i pancake non attenuano il fuoco del tocco di Brianna sulla guancia.

Devo trovare un modo per controllarmi, e in fretta. Prima che i miei modi lascivi finiscano per allontanare di nuovo Brianna... per sempre.

17

BREE

Dopo aver ripulito la cucina e controllato che Moon abbia mangiato il suo topolino, ci avviamo tutti e quattro verso il villaggio. Appena passiamo davanti alla portineria, alzo lo sguardo e vedo Albert alla finestra in alto, mezzo sprofondato nel davanzale, che fissa il cimitero con aria depressa. Vorrei invitarlo a venire con noi, ma devo dire la verità: è in uno stato un po' confusionale e se non ho anche l'ennesimo fantasma da tenere a bada forse riesco a fare qualcosa di più.

Il villaggio è pieno di gente che si prepara per il Bake Off.

High Street è decorata da festoni colorati, e il parchetto del villaggio è invaso da impalcature e tendoni bianchi per le giostre e le bancarelle che verranno allestite il fine settimana. Nonostante sia stata al festival internazionale dell'ukulele, dove i miei timpani hanno subito ogni tipo di assalto, e anche a La Tomatina in Spagna, dove sono stata bersagliata di pomodori, essere qui per questa ridicola tradizione di Grimdale mi infonde un certo senso di nostalgia.

I festeggiamenti iniziano domani. Aspiranti pasticceri che arrivano da tutto il villaggio hanno delle bancarelle dove vendono i loro prodotti, e hanno tempo fino all'evento principale di sabato per presentare ai giudici i loro elaborati: in questo modo hanno a disposizione tutta la settimana per scegliere il lavoro migliore, e gli abitanti del villaggio possono assaggiare tutto senza rischiare di finire in coma diabetico, come forse succederebbe se l'evento fosse in una unica giornata. Alla grande festa di sabato, i giudici annunceranno le torte, i biscotti, le crostate e i pasticcini migliori, oltre ad assegnare la corona al miglior pasticcere di Grimdale.

Anche se senza Maggie non sarà la stessa cosa. Vince sempre lei, con i suoi incredibili *scones*, ed è anche il capo del comitato organizzativo. Almeno sarà orgogliosa di sapere che il festival va avanti anche senza di lei, a giudicare dal brulicare di attività nel parco.

Ma lei dovrebbe esserci. Ed è per questo che sono qui. Al lavoro, Bree.

Trovo le tre streghe che fluttuano vicino allo stagno delle anatre dall'altra parte del parchetto. Lottie ha le gonne tirate su e fa penzolare le gambe nell'acqua con un dondolio, fingendo di fare degli schizzi. Le anatre si tengono a distanza di sicurezza. Regola fantasmatica numero diciassette: le anatre hanno una capacità straordinaria di percepire i non morti. Tutti pensano che siano i cani a percepire i fantasmi, ma in realtà sono le anatre.

Credetemi, io queste cose le so.

Edward e Pax si allontanano per ispezionare l'allestimento per il Bake Off nel tendone dietro di noi (cioè: infilano la testa in alcune delle torte). Mary si precipita dietro di loro, strofinandosi la pancia dalla gioia.

Mi siedo accanto ad Agnes e Walpurgis, mentre Ambrose, sopra pensiero, si infila dritto nello stagno. Walpurgis mi guarda, gli occhi pieni di disprezzo felino, come a dire: *Ma quanto stupidi sono questi uomini fantasma?*

Sì. Sì, tanto.

«Per l'amor del cielo, Lottie, smettila» dice Agnes imbronciata mentre Lottie fa oscillare di nuovo le gambe. «Se ci tenessi a soffrire il mal di mare, andrei con Bree su una di quelle orribili giostre.»

Lottie le fa uno sberleffo. «Sei solo gelosa perché le mie caviglie sono più belle delle tue.»

«Puah» sbuffa Agnes. «Con quelle zampe di gallina? Non credo proprio. *Questa* è una vera caviglia da donna.»

Si alza la gonna, rivelando un paio di gambe rinsecchite e delle caviglie magre e ossute che finiscono in un paio di stivaletti di pelle consumati. Io trattengo una risata.

«Bree, la devi risolvere tu questa questione» dichiara Lottie. «Chi ha le caviglie più belle?»

«Ehm...»

«Lasciatela fuori da tutto questo. Guardate come è vestita: con un sacco» esclama Agnes tutta corrucciata, guardando la felpa che indosso. «Non ha occhio per queste cose.»

«Agnes ha ragione. Scusatemi, signore» commento con un sorriso, grata per la via d'uscita che mi è stata offerta. «Forse le potrebbe giudicare Edward, le vostre caviglie. Vi ho portato un regalo dai miei viaggi.»

Le due streghe si chinano in avanti e io prendo fuori un barattolo di sottaceti vuoto che usavo per conservare la scorta che ho comperato ad Amsterdam. L'erba è sparita da tempo, ma il barattolo ne conserva ancora l'odore. Tolgo il coperchio e loro annusano.

«Ooooh!» Agnes si porta una mano al viso. «Questo mi riporta ai miei bei giorni da strega, quando ballavo nuda nei boschi. Ehi, vi ho mai detto di quella volta che ho visto un unicorno...»

«Solo tremila volte» esclama Lottie, e prende a gomitate Agnes perché si scosti e la lasci annusare. «Io non sento nulla, a parte la fame. Forse vado a vedere le torte...»

Allungo un braccio per bloccarla. «Prima, però, mi chiedevo se potessi aiutarmi a fare una cosa. Ho bisogno della tua competenza da esperta.»

Lottie si ringalluzzisce tutta. Si mette a scalciare con più forza e riesce anche a creare un paio di increspature nell'acqua. «Ha a che fare con il nuovo fantasma del villaggio?»

«Come fai a sapere del nuovo fantasma?» Per quanto ne so io, Albert non esce di casa da ieri sera, e di sicuro non era abbastanza in forze per arrivare fino al villaggio. Il che è un bene, perché non volevo che venisse spaventato dalle tre streghe, né da qualsiasi altro strambo abitante post-mortem di Grimdale.

«Eravamo a casa Anderson, a spiare la nuova amante del signor Anderson, quando abbiamo sentito sua moglie e la signora Dewey che parlavano dell'omicidio al cimitero.»

«E della "pazza Mortimer che ha trovato il corpo e parlava da sola sulla scena del crimine". Abbiamo pensato che questo voglia dire che abbiamo una nuova vittima... ehm, un nuovo *amico*.» Agnes si sfrega le dita con gioia. «Chi è? Ti prego, fa' che sia quel vecchio vicario arrogante: ho qualche lezioncina da impartirgli sull'essere un tirapiedi di Satana...»

«No, è Albert Fernsby» mi affretto a dire, prima che possa entrare nei dettagli.

«Oh, che peccato. Povero, dolce Albert» esclama accigliata Lottie. «Ordinava sempre un contorno extra di purè di piselli: proprio il mio tipo. La povera Maggie sarà sconvolta.»

«È più che sconvolta. È in prigione. Pensano che l'abbia ucciso lei, avvelenato.» Abbasso la voce perché non sono dell'umore giusto per affrontare altri abitanti del villaggio che vedendomi parlare con le anatre vadano a spargere in giro la voce che la pazza Bree Mortimer è tornata in città.

Agnes schiocca la lingua. «Quand'è che le donne impareranno? Maggie se ne andava sempre in giro con i suoi rimedi a base di erbe e balsami curativi, facendo intendere a tutti che conosceva le magie delle piante. E poi è stata così sciocca da usare del veleno? Ma che errore da dilettanti! La prima persona che incolpano in caso di avvelenamento è sempre la guaritrice locale. Immagino che avrà tutto il tempo di rimuginare sul suo errore mentre la condurranno all'albero al quale si impiccano le streghe. Se avesse avuto il coraggio di colpirlo con una pietra, ora non sarebbe in questo pasticcio.»

Mi sento sbiancare. A volte Agnes mi fa paura. «Non impicchiamo più le persone perché le consideriamo streghe, Agnes. E non credo che Maggie abbia ucciso Albert. Non la vedo capace di un assassinio a sangue freddo. Erano troppo innamorati. Invece la polizia sembra sicura di avere preso la persona giusta e, beh, ora Albert è un fantasma, e insiste che io lo debba aiutare a scagionare sua moglie. Dani scoprirà da quale veleno è stato ucciso, ma nel frattempo mi chiedevo se magari avete sentito qualcosa in paese. Qualcuno che può avercela con Albert o Maggie?»

«Oh.» Mary si siede dritta. «Sì, a dire il vero abbiamo sentito... ehi! Mmmmmpffff.»

Si dimena, con Agnes che le tappa la bocca con una mano.

«Potremmo essere in grado di aiutarti con il tuo piccolo mistero, cara.» Agnes mi scruta con un luccichio negli occhi. «Ma ti costerà.»

«Miao!» aggiunge Walpurgis.

«Mmmmmff, mmmmmmff» grida Lottie.

Sospiro. «Aiutereste un fantasma a passare oltre. Non vi sembrerebbe una ricompensa adeguata?»

«Sai bene che non lo è. Nell'aldilà nulla è gratuito.»

«D'accordo.» Tiro fuori il telefono. «Quanto fa?»

«Vogliamo un banchetto» dichiara Agnes. «Vogliamo un tavolo con sopra tutti i nostri cibi preferiti, così da annusarli a nostro piacimento. A cominciare da una dozzina di cupcake del mercato.»

«E una Victoria sponge!» grida Lottie.

«E un po' di salsiccia con purè dal Goat» mi dice Mary che mi appare sopra l'altra spalla. Si strofina la pancia per la fame. «E magari anche uno stinco d'agnello. Oh, e che ne dici di una bella fetta di cheddar stagionato?»

«Vorrei anche un bicchiere del miglior sidro» dice Agnes. «E una scodella di *pottage*.»

«Quello non so se riuscirò a procurarmelo» affermo sconsolata, le mie dita praticamente impazzite mentre scrivo la loro lunga lista.

«Oh, certo che lo troverai, il pottage. Altrimenti terremo i nostri segreti tutti per noi» borbotta Agnes. «E anche del merluzzo marinato, grazie.»

«E un muffin al limone!»

«E del gelato ai cookies!»

«Con salsa di pesce sopra!»

«E aggiunta di purè di piselli!»

«Bene.» Mi infilo il telefono in tasca prima che possano aggiungere altro. «Ci vediamo a Grimdale Manor domani sera, alle sei in punto, e farò preparare un banchetto. È bello sapere che la beneficenza parte dai fantasmi.»

18

BREE

La mattina dopo, la sveglia del mio telefono suona tre volte prima che lo lanci disgustata addosso al muro.

A me piace il letto. Non il lutto. Capito? Ah, ah... sono troppo divertente.

Arranco verso la pila dei vestiti e cerco tentoni qualcosa da indossare, e intanto con la coda dell'occhio noto un movimento.

Mi giro di scatto.

La tenda svolazza. La punta di un enorme piede calzato in un sandalo romano scompare al di là.

«Pax?»

Fisso la tenda, il cuore che mi martella nel petto.

Non può essere.

Non può essere ancora...

Da piccola ero terrorizzata dal buio. Quando ti rendi conto che puoi vedere i fantasmi, e che gli altri non li vedono, e che in tutti i libri per bambini che leggi questi fantasmi sono raffigurati come mostri terrificanti che spaventano a morte le persone, sviluppi una paura malsana di altri mostri immaginari che ti potrebbero mangiare nel sonno.

E stare sempre svegli è una gran rottura. Io ero sempre

scontrosa. Scagliavo oggetti, rompevo giocattoli, mi facevo male. Il minimo rumore mi faceva sclerare. Una volta mi sono addormentata nella sabbiera e un insegnante ha dovuto tirarmi fuori prima che gli altri bambini mi seppellissero.

I miei genitori erano sconvolti. Pensavano che la mia mancanza di sonno avesse a che fare con il trauma dell'incidente. In un certo senso, avevano ragione. Mi fecero vedere da medici specialisti del sonno, da psicologi e persino da un sensitivo, per cercare di trovare delle risposte, ma io mi rifiutavo di parlare di ciò che mi preoccupava davvero. Quando ho iniziato a vedere i fantasmi nessuno mi credeva. Gli psicoterapeuti dai quali i miei genitori mi hanno portata mi prescrivevano farmaci che mi facevano rimanere stordita. Allora perché le cose dovrebbero essere diverse adesso?

Ma all'epoca parlavo con Pax, Edward e Ambrose. Erano gli unici che mi capivano.

Ogni sera, dopo che i miei genitori mi davano il bacio della buonanotte, Pax sguainava la sua spada e controllava sotto il letto, nell'armadio e nella cassettiera dei giocattoli, alla ricerca di mostri. Poi prendeva posizione in fondo al mio letto, con la mano sull'elsa della spada e gli occhi grigio acciaio che scrutavano le ombre in cerca di pericoli.

E io dormivo.

Con lui lì, a vegliare su di me, riuscivo finalmente a dormire.

I miei genitori lo definirono un miracolo. Invece era il mio amico Pax che si prendeva cura di me.

Mi sento un groppo in gola. Quante volte, in viaggio, mi sono svegliata nel cuore della notte sudando freddo, terrorizzata da qualcosa che non riuscivo a vedere? Quante volte ho sentito la mancanza di lui lì vicino, che mi facesse sentire al sicuro?

Veglia ancora su di me.

«Pax.» Mi avvicino alla tenda. Le mie dita sfiorano il pesante lino. Io dormo nuda. Avrà...

Avrà visto qualcosa?

Mi sento avvampare. Il pensiero di lui che mi guarda dormire dovrebbe disgustarmi, invece mi fa ribollire il sangue. Tiro la tenda. «Pax, va tutto bene. Puoi uscire adesso. Non sono più una bambina. Non ho bisogno che tu mi protegga dai mostri sotto il letto...»

«Alzati! Alzati! Alzati!»

«Argh! Albert?» Mollo la tenda per portarmi la mano al cuore che batte all'impazzata. «Mi hai fatto venire un infarto.»

«L'iperbole non si addice a una così bella signorina. Sei ancora viva, il che è più di quanto si possa dire di me.» Albert saltella in giro per la stanza. «Risolverai il mio caso e farai uscire mia moglie di prigione. L'hai promesso.»

«Ci penserò questo pomeriggio» gli urlo contro e gli scaglio addosso un cuscino.

Fantasmi. Non si può vivere con loro: non si possono defenestrare.

Trovo dei jeans che non puzzano di aereo o di Nuova Zelanda (devo assolutamente fare il bucato) e vado in cucina. Anche oggi il cimitero di Grimdale è chiuso al pubblico, quindi ho tutta la giornata per creare un bel banchetto da fantasmi.

I tre fantasmi entrano in volo in cucina mentre io cerco qualcosa da mangiare nelle credenze. Pax si rifiuta di incrociare il mio sguardo e io non ho intenzione di sgridarlo davanti a Edward perché è entrato in camera mia. Non voglio che nessuno pensi che faccio favoritismi, soprattutto dopo tutte le cose strane che sono successe.

Albert svolazza impaziente nei pressi della porta. I fantasmi mi preparano una tazza di tè e intanto io do da mangiare a Moon ed Entwhistle e preparo la lista della spesa. La maggior parte del cibo posso ordinarlo al Goat una volta che apriranno la cucina, e i prodotti da forno li troverò al mercatino. Ma per il pottage sarà un po' più difficile.

«Non so nemmeno cosa sia un pottage» esclamo sconfortata, prendendomi la testa tra le mani.

«È quella robaccia che mangiano i contadini» mi spiega Edward con il suo tipico tono altezzoso. «Si tratta di avena, orzo e verdure, tutti mescolati insieme. Se vuoi, noi fantasmi potremmo prepararartene un po', mentre tu procuri i prodotti da forno.»

«Davvero?»

«Penso che ce la facciamo, se tu ci prepari tutti gli ingredienti in fila sul bancone.» Ambrose aggrotta la fronte preoccupato.

«Io mescolo.» Pax fa ruotare la spada.

«E io supervisiono, come mi si addice in quanto principe. Saremo lieti di farlo. Qualsiasi cosa per aiutare Albert a passare oltre.» Edward fa un altro inchino. Io lo studio. Non ho mai visto che pensasse agli altri. «Magari, in cambio delle nostre magnanime abilità culinarie...»

«Ah, lo sapevo, che non avevi un briciolo di altruismo in corpo.»

«Non ho un corpo.» Poi abbassa la voce. «Tranne l'altra sera, quando mi hai toccato...»

Mi sento avvampare. «Sputa il rospo, principe. Quanto mi costerà?»

«Sto solo suggerendo che magari potresti prevedere in questo tuo piccolo banchetto anche alcuni dei nostri piatti preferiti. Non sai quanta voglia mi sia venuta di quaglie brasate...»

«Niente uccellini strani» rispondo io. «Avrai una fetta di Victoria sponge cake, e basta.»

Edward sfodera uno dei suoi sorrisetti diabolici e fa un altro inchino. «Brianna Mortimer, sarò per sempre in debito con te.»

«Non so cosa c'entri tutto questo con la risoluzione del mio omicidio» sottolinea Albert con freddezza.

«Perché ti manca la mia abilità nel risolvere i delitti, Albert» ribatto, e prendo la mia borsa. «Se vuoi, puoi seguirmi fino al villaggio, ma non credo che la tua fantasmaticità ti permetterà di arrivare oltre la fine del vicolo.»

«Albert può venire con te? Ehi, non è giusto. Ci volevo andare io alla fiera» brontola Pax. «Il *Great British Bake Off* è il mio spettacolo preferito di immagini in movimento.»

«Da... davvero?»

Non sapevo che i fantasmi avessero degli spettacoli preferiti. Quando vivevo qui non guardavamo quasi mai la TV, soprattutto perché è molto difficile concentrarsi su un programma con tre fantasmi che bisbigliano tra di loro sottolineando tutte le inesattezze storiche (Ambrose), oppure vogliono accoltellare i cattivi (Pax) o chiedono a tutte le attrici di togliersi la lingerie (Edward).

Pax è raggiante. «Il *Great British Bake Off* è il tipo di battaglia decantato dai poeti, solo che al posto dei cavalli di legno e della decapitazione dei nemici ci sono crema di burro e focaccia con dita. Ci sarà focaccia con dita alla fiera? Per il buco del culo peloso di Giove, mi piacerebbe un sacco provare una focaccia con dita. Chi avrebbe mai detto che le dita potessero essere così sfiziose?»

«Non sono fatte con vere dita, razza di babbeo» esclama Edward con un ghigno. «E no, non puoi andare, perché ci servi qui, per tagliare le verdure per la zuppa.»

«Adesso possiamo andare, per favoreeeee?» implora Albert. «Voglio vedere se oggi la mia fantasmaticità, è più o meno forte. Forse riuscirò ad allenarmi per arrivare fino ad Argleton, così da potere andare a trovare Maggie in prigione?»

«Ne dubito, vecchio mio» dice Ambrose, e flette le dita,

preparandosi a versare l'avena. «Io non sono ancora riuscito a uscire dal villaggio e sono fantasma da molto più tempo di te.»

Tiro fuori gli ingredienti elencati da Edward (per fortuna abbiamo tutto) e li lascio fare, con non poca trepidazione.

Non sono corporei: di sicuro non potranno combinare troppi danni.

Albert mi segue fluttuando mentre mi incammino verso il villaggio, e parla a mille all'ora snocciolando folli teorie su come possa essere stato avvelenato. Per fortuna, arriva solo fino all'angolo dove c'è il Muratore Schiacciato e poi scompare, lasciandomi alla silenziosa beatitudine dei miei pensieri.

Senza il mio solito codazzo di fantasmi, riesco a fare un rapido passaggio al mercato, per comperare il cheddar stagionato, e poi a fare un salto al Cackling Goat con il mio ordine, che chiedo venga recapitato alle cinque e mezzo. Quindi vado alla fiera.

Il tendone è strapieno di persone che emettono gridolini e commentano stupiti tutti i prodotti da forno esposti. I giudici hanno già assaggiato le proposte in gara, quindi ora i pasticceri possono offrire i loro prodotti al pubblico. La gente mi lancia qualche occhiata e poi distoglie subito l'attenzione. Noto Kelly e suo marito accanto alle torte di pan di Spagna. Lei incrocia il mio sguardo e scoppia in una delle sue risate crudeli.

Fantastico. Posso stare via quanto voglio, ma sarò sempre Bree, la bambina stramba che parla con i suoi amici immaginari. E a questo punto si sarà anche sparsa la voce che sono stata io a trovare il corpo di Albert, e che Maggie è stata accusata del suo omicidio. Ora penseranno tutti che sia stata io...

Almeno ho Dani dalla mia parte. E anche i fantasmi.

Mi fermo davanti a un'esposizione di cupcake appetitosi. *Sarebbero deliziosi per il banchetto...*

«Ciao, Bree Mortimer» esclama Linda Bateman

sorridendomi da dietro il suo stand di cupcake. «È così bello vederti di nuovo in paese. I tuoi genitori saranno entusiasti di riaverti a casa.»

«Esatto!» rispondo ricambiando il sorriso, e non mi pare vero di avere una conversazione normale, una volta tanto. «In realtà, al momento sono in Francia, a godersi una meritata vacanza. Sono tornata per fare da cat-sitter a Grimwood Manor per un paio di settimane.»

«È meraviglioso, cara.» Linda fa il giro del tavolo e mi si avvicina per sussurrarmi qualcosa con fare cospiratorio. «Ho sentito che sei stata tu a trovare il corpo del povero Albert al cimitero. È stato tremendo?»

«Già, è stato piuttosto brutto.» Rabbrividisco al pensiero. Nonostante sia stata circondata dalla morte per tutta la mia vita, è difficile trovarsi faccia a faccia con il corpo di un amico, e poi avere lo stesso amico che ti infesta la casa.

«È un vero peccato per Albert» dice Linda scuotendo la testa con tristezza. «Era un uomo così adorabile e così devoto a Maggie. Sai che la polizia l'ha arrestata? Non posso credere che abbia fatto una cosa del genere. Era davvero il cuore di questo villaggio. Aveva sempre una parola gentile per tutti, era a capo di ogni comitato, ed era anche la coordinatrice della mostra annuale dei fiori. E quei suoi burri per il corpo alle erbe! Sapevi che era lei l'organizzatrice principale della fiera? Non c'è da stupirsi che le sue focaccine vincessero sempre. Vabbè, tutto questo dimostra che quando pensi di conoscere qualcuno, poi scopri che in realtà può nascondere sorprese di tutti i tipi. Vuoi un cupcake? Temo che senza Maggie, quest'anno la vincerò io la gara, anche se sarà una vittoria triste. Preferirei di gran lunga riavere il nostro caro Albert e Maggie fuori da quella brutta cella della polizia.»

«Certo. Sì, ne prendo volentieri uno, grazie.» Mordo la combinazione di lamponi e cioccolato fondente che mi porge.

Questo sì che è un cupcake: burroso e friabile, assolutamente divino. «È fantastico. Posso prenderne quattro da portare via?»

Mentre Linda inscatola i miei cupcake, scorgo Dani all'altra estremità della fila di bancarelle, che aiuta la madre nella bancarella del sidro. Mi fa cenno di avvicinarmi e mi porge una tazza di qualcosa che ha l'odore di mele e di carburante. «Tappati il naso e buttalo giù in fretta.»

Io obbedisco e me ne pento subito. Il sidro mi brucia dentro, e non in un modo piacevole. Tossisco e accetto con gratitudine la tazza d'acqua che Dani mi porge. «Ma che cos'era? Sapeva di crumble di mele, e di tristezza.»

Dani ride. «Mia madre ha molti talenti, e la produzione di sidro non è uno di essi. Però sembra avere un certo seguito.»

Scruto i vecchietti brizzolati che si sono messi in fila alla bancarella, davanti a un cartello che recita "Dose massima consentita: quattro bicchieri". Dani porge i primi quattro bicchieri a un signore che li beve tutti davanti a lei, e poi si sposta in fondo alla fila per il giro successivo. Dani mi fa una faccia come a dire *te l'avevo detto,* e io non riesco a non scoppiare a ridere. È così bello averla di nuovo nella mia vita.

«Ecco fatto, cara» esclama Linda avvicinandosi con il pacchetto di cupcake legato con un fiocco rosa. «Dovrebbero essere messi bene, per arrivare fino a casa tua. Spero che resterai nei paraggi per il verdetto finale. Non sai quanto mi dispiace avere una possibilità concreta di vincere.»

E se ne va saltellando. Dani si dà un'occhiata in giro. «È strano essere qui senza Maggie. Era davvero la forza trainante dietro tutti gli eventi originali del villaggio.»

«Speriamo di poterla scagionare e di farla tornare presto a dirigere il tutto.» Le tendo il pacchetto. «Vuoi un cupcake? Li ho presi per i fantasmi, ma tanto non li possono mangiare, quindi anche se ne manca uno non fa niente.»

Dani lo addenta con avidità, gli occhi che le escono dalla testa. «Oh, mio Dio, è *fantastico*.»

«Vero?»

«Allora...» Dani aspetta che sua madre sia occupata con un altro cliente, poi mi afferra la mano e mi tira verso la bancarella che vende formine per la gelatina. «Ho scoperto alcune informazioni interessanti. E senza fare nessuna operazione segreta. Ieri sera al nostro cineclub lesbico di Argleton c'era Jo, l'anatomopatologa. Le ho offerto un paio di birre e lei mi ha raccontato tutti i pettegolezzi. Purtroppo, niente di buono. La polizia ha prove schiaccianti che è stata Maggie.»

«Quali sarebbero le prove? Pensavo che il vantaggio di avvelenare qualcuno fosse proprio che non c'è modo di sapere chi è che gli ha somministrato la dose.»

«Questo è vero, solo che... ti ricordi che ti ho detto che Albert non ha ingerito il veleno? Forse non gliel'hanno messo nel cibo. Pare che l'abbia assorbito attraverso la pelle.»

«È possibile?»

«Certo, se ci si spalma di burro per il corpo fatto con un'alta concentrazione di bacche di belladonna, e poi ci si addormenta.»

Merda.

È... è *orribile*.

Di certo Maggie non avrebbe fatto una cosa del genere ad Albert.

«Quindi non è stato un errore?» Abbasso lo sguardo sui cupcake: all'improvviso ho perso l'appetito. «Un po' di belladonna è finita per sbaglio nell'intruglio?»

«Jo dice di no: è stato intenzionale. Il burro è quello che Maggie ha preparato appositamente per l'artrite di Albert. E Maggie conosce bene le erbe e le piante: è impossibile che abbia usato per sbaglio qualcosa di così velenoso.»

«Allora qualcuno deve aver manomesso una delle bottiglie di Maggie. È l'unica spiegazione...»

«Secondo Jo è possibile, ma improbabile. Tale persona avrebbe dovuto sapere come estrarre il succo dalle bacche e a quale concentrazione mescolarlo. La polizia sta avvertendo tutti i negozi del villaggio di sospendere le vendite dei prodotti di Maggie, nel caso sia avvelenata l'intera partita.»

«Quindi Maggie avrebbe dato ad Albert il balsamo avvelenato, avrebbe aspettato che si addormentasse, poi sarebbe andata al pub per il quiz, sarebbe tornata a casa e lo avrebbe infilato nelle catacombe? Non è che abbia il fisico di una culturista: come avrebbe potuto sollevare il corpo di Albert per metterlo nella nicchia?»

«La teoria per il momento è che l'intenzione di Maggie fosse quella di tornare a casa e lavargli la belladonna dal corpo per poi chiamare l'ambulanza e dire che era morto per un attacco di cuore, il che è tecnicamente vero. La sua morte sarebbe sembrata per cause naturali, e nessuno avrebbe pensato di cercare un veleno. Invece Albert si è svegliato ed è scappato, finendo dritto al cimitero. La belladonna può provocare allucinazioni. Probabilmente è entrato dal cancello aperto e si è infilato da solo nella nicchia.»

«E la versione di Maggie qual è?»

«Corrisponde, abbastanza. Dice che Albert aveva male per l'artrite, quindi gli ha fatto un bagno, gli ha spalmato il balsamo su tutto il corpo e lo ha lasciato a dormire con la porta socchiusa mentre lei andava al pub. Quando è tornata a casa, non c'era più. Ha detto che una delle finestre del piano di sotto era spalancata, ma la polizia ha cercato delle impronte, e ha trovato solo quelle di Maggie e Albert, e alcune tracce di farina. Ma c'è farina in giro per tutta la casa, perché Maggie stava cucinando per la gara della fiera.»

Caspita. Non promette bene.

Dani riprende: «Secondo Maggie, una settimana fa o giù di lì si era accorta che mancava un vasetto del suo balsamo curativo. Poi, però, sembra essere riapparso, e ha pensato di avere solo contato male. La vecchiaia, insomma. Ma ora dice alla polizia che qualcuno ha rubato quel vasetto e poi l'ha restituito corretto con della belladonna. Perché la sua storia funzioni, l'assassino deve essere andato due volte a casa sua nell'ultima settimana.»

«È già qualcosa. Posso chiedere ad Albert. Speriamo che ricordi qualcosa.»

«Potresti anche parlare con quella donna stramba, la proprietaria del Basic Witch, il negozio di cristalli e magia in paese» mi suggerisce Dani. «Vendeva le candele e i balsami profumati di Maggie e potrebbe sapere chi c'è in paese che sa come avvelenare con la belladonna.»

«È una buona idea! E le tre streghe pensano di avere qualche indizio sui nemici di Albert, ma se voglio farle parlare devo preparare loro un banchetto epico.» Mi alzo in piedi di scatto. «Ehi, ti va di venire a casa mia questa sera? Avrò abbastanza cibo da sfamare una legione romana, e andrà tutto sprecato.»

«Sì, mi piacerebbe molto.» Dani fa una pausa. «Potrei... potrei venire accompagnata?»

«Ma certo che puoi!»

Dopo aver visitato qualche altra bancarella, me ne torno pian piano a casa, con la pancia piena di polpette, e carica di tutti i miei acquisti... e di buonumore. Io sarò anche così confusa sulla mia vita sentimentale da desiderare tre fantasmi, ma almeno Dani si sta esponendo. Magari potrei anche rendere la cena un po' più romantica, mettere della musica soft, accendere qualche candela...

No. Penso al povero Albert, che è rimasto vedovo dell'amore della sua vita. *Niente candele.*

Bene. Un baccanale edonistico e zuccheroso.

«Ehi, fantasmini, ho buone notizie.» Spalanco la porta sul retro. «Ho dei cupcake! E abbiamo una nuova pista su Albert...»

Mi blocco.

«Ma che...»

La cucina è un disastro. Ogni pentola, padella e tortiera è stata tolta dagli armadietti e buttata a terra. C'è poltiglia d'avena attaccata al forno, agli sportelli delle credenze, sul pavimento e ci sono perfino degli schizzi sul soffitto. Pax è in piedi sopra il bancone, che sbatte la spada su alcune povere carote indifese con una forza tale che schegge di carota colpiscono le piastrelle. Osservo con orrore il suo braccio che oscilla all'indietro con così tanta forza che la spada si conficca nel muro dietro di lui.

«Pax, fermati!»

«Devo tagliare le verdure a piccoli pezzetti» esclama Pax, fissando corrucciato dei pezzettoni di carota. Poi solleva di nuovo la spada. «Proprio come fanno al *Bake Off.*»

Allungo una mano verso la spada nello stesso momento in cui lui la solleva. La mia mano tocca la sua e un formicolio caldo mi percorre tutto il braccio. Pax fa un balzo indietro, fissandosi la mano come fosse infestata.

«Che cos'è stato?»

«Non lo so. Ma continua a succedere.» Do un'occhiata alla cucina sottosopra e mi torna in mente tutto. La malattia di mio padre. La morte di Albert. Essere tornata a Grimdale. Kelly Kingston che ride di me alla fiera. Vedere di nuovo i fantasmi, e tutte queste nuove e strane sensazioni che ciò comporta.

E ora questa nuova capacità, questa impressione che la distanza tra me e i fantasmi si stia riducendo, che mi abbiano trascinata più a fondo nel loro mondo, e che siano più reali che mai.

È troppo.

Scappo dalla stanza prima che i fantasmi vedano le lacrime che mi scendono.

19

BREE

Dopo un lungo bagno (niente balsami di Maggie e niente interruzioni da parte dei fantasmi) e un'ora di meditazione con le tecniche che ho imparato durante un ritiro di yoga a Bali, mi sento abbastanza calma da poter affrontare il disordine in cucina. Edward e Pax non si fanno vedere, invece Ambrose è seduto a tavola. Io scrosto i fiocchi d'avena dagli sgabelli, e lui mi intrattiene con una delle mie storie preferite dei suoi viaggi: quando ha cavalcato gli elefanti a Ceylon.

Alle cinque e mezzo un colpo alla porta spaventa entrambi. Per un attimo mi ero dimenticata di essere nella cucina di Grimwood. Ero sul dorso di quell'elefante insieme a lui, che veniva sbatacchiato di qua e di là e trascinato nella natura selvaggia senza nessuna speranza di ritrovare la strada. Ambrose ci sa davvero fare con le parole. Con il suo entusiasmo porta in vita qualsiasi cosa. Vorrei troppo avere una copia del suo libro per permettere ad altre persone di vivere le sue avventure, ma purtroppo non ci sono più copie in circolazione.

Apro con fatica la pesante porta d'ingresso. «Preside Gibbons?» grido sorpresa. «Ma cosa...»

169

«*Signor* Gibbons. Ecco il tuo ordine» dice burbero, porgendomi le buste da asporto. Gibbons era il preside del mio vecchio liceo. È una delle figure più in vista della comunità; primo tenore nel coro della chiesa, nonché lanciatore della squadra di cricket. Non lo si vede mai in giro senza il suo immacolato abito con gilet, fatto su misura a Savile Row.

Ma oggi non è in vestito. Indossa una polo con una macchia di salsa di pomodoro sul colletto. Mi mette in mano le buste di carta marrone, come se avesse fretta di andarsene, il che non è insolito, quando qualcuno arriva a Grimdale. Ma comunque... è bizzarro.

«Pres... ehm, *signor* Gibbons... perché fa le consegne per il Goat?»

«Dovevo pur trovarmi un lavoro, no?» borbotta. «Quel maledetto del tuo vicino ha bruciato tutti i miei soldi. Spero che marcisca all'inferno. Niente mancia?»

Mi frugo in tasca e tiro fuori un paio di monete da una sterlina, che lascio cadere nella sua mano tesa. «Grazie. Come si trova in pensione...»

Ma è già scomparso lungo il sentiero. Prende una bicicletta da dietro la siepe e sale in sella, con il suo fisico pesante.

Va in bicicletta? Prima andava in giro con una Bentley d'epoca.

Ed è arrabbiato con Albert perché ha bruciato i suoi soldi. Mmm. Credo di aver trovato un altro sospetto.

Non ho tempo per pensarci adesso. I miei visitatori, spettrali e Viventi, arriveranno da un momento all'altro. Poso il cibo sul bancone e lo distribuisco in ciotole e piatti. Mangeremo in sala da pranzo.

La sala da pranzo formale di Grimdale ha venti posti a sedere ed è la tipica stanza in cui potrebbe dare una cena un vampiro. In pratica, la usiamo solo a Natale. Oppure quell'anno infausto in cui mia madre aveva deciso di ospitare matrimoni a Grimdale.

Apparecchio la tavola con le porcellane più belle. La luce del lampadario è soffusa, così decido che sì, avremo delle candele. Trovo delle candeline decorative in un cassetto e le appoggio alle applique. Noto che mia madre ha un sacco di candele profumate di Maggie, ma dopo tutto quello che mi ha detto Dani, non so se fidarmi.

Io credo nell'innocenza di Maggie.

Davvero.

Però ho visto abbastanza crimini in TV per sapere che il colpevole è sempre la persona più insospettabile.

«Il tavolo è bellissimo» dice Edward mentre i tre fantasmi entrano svolazzando nella stanza, seguiti dopo poco da Albert. Prendono posto su un lato del tavolo. Pax guarda con avidità il piatto di cupcake.

«Non si annusa finché non arrivano gli ospiti.»

«Non sono niente, in confronto agli scones di Maggie» dice Albert malinconico. «Cosa non darei per assaggiare ancora una volta i suoi dolci...»

Alle 17:49 poso l'ultimo piatto di purè di piselli. Mi verso una pinta di sidro. Alle sei in punto le tre streghe attraversano il muro fluttuando, e Walpurgis viene a farmi le fusa intorno alle caviglie. Agnes ispeziona il tavolo e lo giudica *adeguato*. A quel punto, ci sediamo tutti a mangiare.

Beh, io mi siedo. Moon ed Entwhistle si dirigono verso le loro ciotole. Walpurgis infila la testa nella ciotola di panna che gli ho preparato, e i sei fantasmi si tuffano nel cibo.

È molto, *molto* strano sedersi a capo di un tavolo per venti persone e vedere solo sagome flebili e trasparenti di persone che ti fluttuano intorno, annusano il cibo e trapassano i piatti con la faccia. Per quanto io abbia fame e per quanto almeno due terzi del cibo abbia un profumo squisito, non mi servo.

Questo è per loro.

«Allora...» chiedo, una volta che la stanza è piena di disgustosi suoni di annusatine. Edward infila per intero la faccia nella Victoria sponge e la fa traballare. «C'è qualche pettegolezzo su Albert e Maggie di cui vorreste mettermi al corrente?»

«Abbiamo saputo che Albert stava iniziando a seguire nuovi clienti privati e che ha fatto degli investimenti sbagliati» dice Agnes svolazzando dentro e fuori del tavolo, con gli occhi puntati sul cheddar stagionato e sui cracker che avevo preparato.

«Non erano investimenti sbagliati!» tuona Albert. «È un mercato in crescita. Ho imparato tutto da un esperto su YouTube!»

«E cosa ci dici di quel bi-conio? E cosa vorrebbe dire, poi? Bi-monete?» La voce di Mary è ovattata perché ha la testa dentro il cheddar. «Chi potrebbe volere delle monete con due facce uguali?»

«Vuoi dire bitcoin?»

«Boohhh. Non saprei. So solo che se ne parla al Goat. Ci sono persone che hanno perso solo un po' di soldi, ma un paio di tizi hanno perso migliaia di sterline. Albert è entrato nel giro delle bi-monete perché lui e Maggie avevano difficoltà a pagare il mutuo.»

«Hai ancora un mutuo sulla casa?» chiedo sorpresa ad Albert.

«Il costo della vita è così alto di questi tempi!» replica accigliato. «Ma mi sa che ora posso smettere di preoccuparmene.»

«A quanto pare, dieci anni fa avete acceso un'ipoteca sulla casa per pagarvi una crociera intorno al mondo, per le vostre nozze d'argento. Maggie voleva un'auto nuova e ci teneva a ridipingere la camera da letto. E poi a Maggie piace avere un vestito nuovo a ogni evento che organizza in paese. Ah, e anche la macchinetta delle etichette per la sua attività di balsami curativi è costata un bel po'.» Lottie sta cercando invano di leccare la ciotola di purè di piselli. «Ti sei indebitato per finanziare tutto, Albert. Qualsiasi cosa Maggie volesse, tu gliel'avresti pagata, senza fare domande.»

«Amo mia moglie!» esclama Albert gonfiando il petto. «Lei si merita il meglio di ogni cosa.»

«Oh, ma non pensare che io ti stia giudicando. Mi sarebbe piaciuto avere un uomo così, invece del mio ingrato marito che mi ha fatto impiccare proclamando che ero una strega solo perché l'ho lasciato a secco una volta di troppo.»

«Ti ha accusato di stregoneria perché non gli hai procurato da bere?»

«No, non a secco in quel senso.» Lottie fa l'occhiolino.
Che schifo.

«Proprio la settimana scorsa Maggie ha incontrato al Goat un uomo vestito di scuro e hanno esaminato insieme una cosa chiamata *assi cura zoni*» dice Mary passando le dita spettrali nel purè di piselli. «Lei sembrava essere molto interessata a questi *assi cura zoni* sulla vita di Albert. Ha portato la cifra a tre milioni di sterline.»

«Non ci aiuta!» esclamo prendendomi la testa tra le mani. «Tutto questo depone a sfavore di Maggie e la polizia saprà di sicuro della polizza assicurativa. Ho bisogno di qualcosa che provi che lei non può essere l'assassina. In alternativa, mi serve un altro sospettato.»

«E il preside Gibbons? Scommetto tuche la polizia non sa che ha minacciato Albert e Maggie» rivela Agnes con orgoglio.

Io mi rianimo subito. «Davvero?»

«Questa non me la ricordo» dice Albert sconfortato.

«A volte i fantasmi non ricordano le cose che sono accadute vicino alla loro morte» spiega Edward. «Per esempio, io non riesco a ricordare manco morto la poesia che avevo composto sul seno della contessa Marie de Rothschild. Doveva essere il mio capolavoro, ma *puff*, è sparita per sempre.»

Sì, e in più Albert era nelle prime fasi della demenza, quindi questo probabilmente peggiora le cose.

«È successo in piazza, a notte fonda, circa una settimana fa, quando Albert e Maggie tornavano a casa dal pub. Gibbons è saltato fuori da dietro un palo, è arrivato dritto davanti ad Albert e gli ha detto che gliel'avrebbe fatta pagare per avergli rovinato la vita.»

«Vero! Ha detto che Albert ha bruciato tutti i suoi soldi sulle bi-monete e che avrebbe fatto in modo che capisse esattamente cosa si prova a perdere tutto.»

«Grazie, è proprio questo che cercavo.» Penso al signor Gibbons alla porta, con la sua polo macchiata. Ecco perché lavora al Goat: Albert ha speso il suo fondo pensione. È un motivo sufficiente per uccidere.

Ma come ha fatto il signor Gibbons a preparare il balsamo curativo e a farlo entrare in casa?

Mi rivolgo ad Albert. «Il signor Gibbons è venuto a casa vostra?»

Lui strizza gli occhi. «Temo di... non ricordare.»

«Il signor Gibbons è quell'uomo che è venuto prima, a consegnare il cibo?» chiede Pax.

«Esatto.»

Pax batte un pugno sul tavolo. Cioè, ci prova, ma il pugno affonda nel legno e lo trapassa. «Io l'ho visto a casa Fernsby sei giorni fa.»

«Davvero?»

«Il mio compito è quello di fare la guardia, di notare chiunque vada e venga, e di infilzare con la spada chiunque minacci la pace dei cittadini dell'Impero Romano.»

Non è il momento di ricordare a Pax che l'Impero Romano

non esiste più, né di sottolineare che non era un impero particolarmente pacifico. «Cosa faceva?»

«Consegnava cibo da asporto. Si è fermato sulla soglia di casa e ha urlato, agitando un pugno in aria. Stavo per andare da lui e fargli il vecchio saluto romano...» Pax affonda la spada nell'aria. «Ma Maggie lo ha invitato a entrare e gli ha offerto una tazza di tè.»

Quindi il signor Gibbons è entrato in casa. Avrebbe potuto tranquillamente andare in bagno e prendere uno dei barattoli di balsamo. «È passato anche una seconda volta?»

Pax annuisce. «A Maggie piace molto il pasticcio di manzo e rognone del Goat.»

«È vero, lo adora!» interviene Albert, raggiante. «Ha una crosta perfetta e la giusta quantità di ripieno.»

«Ooooh, direi che è delizioso.» Mary si massaggia lo stomaco. «Bree, come mai non ci hai preso un pasticcio di manzo e rognone?»

Sospiro. «E chi altro ha visitato i Fernsby nell'ultima settimana?»

Pax li conta sulle dita. «Uomo con faccia camusa, per consegna pacchi da boutique di Londra. Donne in abiti a fiori per riunioni Bake Off. Uomo con tazza su lungo bastone per disintasare latrina. Donna con capelli biondo ghiaccio e scarpe a punta che chiede informazioni su metri quadrati...»

«Bene, praticamente metà del villaggio.»

«Ricordo la donna con le scarpe a punta» dice Albert. «È Annabel Myers, un'agente immobiliare. Suo marito fa parte dell'associazione degli operatori con metal detector: una volta ha trovato una spilla sassone vicino alla fattoria di Babbage. La stava mostrando al pub, tutto soddisfatto, ma poi ha dovuto consegnarla a Henry Babbage perché l'aveva trovata nel suo campo, dove era entrato senza un regolare permesso.»

«Ma che storia affascinante» dice Agnes, con un tono che lascia intendere il contrario.

«E Annabel?» chiedo ad Albert. «Tu e Maggie avevate per caso intenzione di vendere la guardiola?»

«Oh, no, no, no. Annabel si è presentata alla nostra porta mesi fa, dicendoci quanto avremmo potuto ottenere se l'avessimo venduta. Ma non l'avremmo mai venduta! Maggie la ama così tanto!»

«Beh, tanto quanto ama gli abiti di seta francese» sbotta Agnes. «Perché al pub ha detto alla sua amica Mabel che aveva invitato l'agente per una valutazione della casa, mentre tu eri al bingo. Immagino che ora che sei morto, potrà farne quello che vuole, della casa.»

«Quella non è Maggie!» grida Albert. «Lei non fa le cose alle mie spalle. Tutto questo non ha senso.»

«Solo perché Maggie ha parlato con l'agente immobiliare non vuol dire che sia un'assassina» rifletto io. «Probabilmente l'agente le stava facendo delle pressioni.» Gli agenti immobiliari sono noti per essere degli squali. Ma è comunque strano. La guardiola è molto bella, ma il mercato di Grimdale è in crisi da anni. Maggie non ne ricaverebbe un grande profitto. «Ma troveremo il colpevole. Possiamo istituire una commissione di inchiesta, come fanno nei telefilm polizieschi, e io e Dani...»

«Sai bene con chi dovresti parlare» esclama Agnes. «Con Mina Wilde.»

«Con chi?»

«Con Mina Wilde. Mina è una cara ragazza della tua età che vive nel villaggio dall'altra parte della valle. Gestisce una vecchia libreria polverosa insieme a un uomo scorbutico che ha braccia che sembrano tronchi d'albero, una specie di artista dai capelli scuri e un tipo garbato, alto e tutto tatuato, con una mente fatta per intrallazzi criminali e un corpo fatto per il peccato.»

«Mmm, vero. Morrie. Vorrei arrampicarmi su di lui e aggrapparmici come farei con un albero» dice Lottie.

«Puoi prendertelo. Io prendo quello scuro e scontroso. Proprio un bel bocconcino» esclama Mary leccandosi le labbra.

«Possiamo tornare dove eravamo? Perché dovrei parlare con Mina?»

«È una ragazza stramba.» Agnes dà una profonda annusata al cheddar e poi continua. «Oltre ad avere tre bellissimi amanti e a impelagarsi in tutti gli scandali e omicidi del villaggio, la si vede spesso parlare con un corvo. Se fosse nata ai miei tempi, l'avrebbero impiccata come strega già da un bel po'. Immagino che voi due insieme fareste faville, proprio come una strega sul rogo...»

«Agnes!»

«Sì, sì, scusa. Comunque, credo che Mina possa aiutarti a risolvere il mistero dell'omicidio di Albert. Qualche mese fa abbiamo avuto dei problemini con un vampiro, e se ne è occupata lei. E è sempre impegnata a risolvere omicidi...»

«No, aspetta un attimo, i vampiri esistono davvero?» Faccio fatica a stare al passo con queste tre. Afferro il bicchiere di sidro e me lo stringo al petto come fosse un'ancora di salvezza.

«Non più» commenta Agnes, che annuisce seria. «Ti garantisco che Mina e i suoi uomini sanno come portare a termine un lavoro. Se hai bisogno di qualche consiglio per indagare su questo mistero, faresti bene a consultarti con lei.»

«Non posso avvicinarmi a una ragazza che nemmeno conosco e chiederle di aiutarmi a risolvere l'omicidio di un fantasma» dico, e intanto inizio a riempirmi il piatto di cibo. Cerco di tenermi alla larga dalla ciotola piena di purè di piselli.

Ma le cose che mi hanno detto mi vorticano in testa. Nel

villaggio vicino c'è una ragazza che gestisce una libreria, risolve misteri e parla con un corvo. Una ragazza che ha *tre* fidanzati. Penso a come mi sono sentita io quando ho toccato Edward, e a quando Ambrose mi è finito nella vasca da bagno, e a come Pax stia ancora vegliando su di me, e a quanto mi sento felice, ansiosa e confusa per la loro presenza. E rivedo l'espressione disperata di Albert mentre guardava sua moglie che veniva portata via dalla polizia.

Forse questa Mina può aiutarmi più di quanto pensi.

«Okay.» Stacco una coscia di pollo e la punto in direzione di Agnes. «Le parlerò. Ora, se non avete altri pettegolezzi interessanti, il festino spiritico è finito. Dani sarà qui a momenti, accompagnata, e non voglio che si trovi a dover spiegare perché la sua amica Bree parla con i mobili...»

«Bree?»

Io alzo lo sguardo, aspettandomi di vedere Dani che entra in casa saltellando, con la sua chioma di lunghi capelli biondi. Invece, sulla porta c'è Alice Agincourt, le mani sui fianchi, che mi guarda come se fossi un alieno.

«Ma che fai?» mi chiede in tono di scherno, osservando il tavolo pieno di uno strano assortimento di cibo e la coscia di pollo che sto brandendo. «Che cazzo è tutta questa roba? E con chi stai parlando?»

20
BREE

Io scatto in piedi. «Che ci fai in casa mia?»

«Mi ha invitato Dani. La porta era aperta. Sapevo che non avrei dovuto accettare un invito a Grimwood. Voglio dire, chi è che serve piselli mollicci con il gelato? Questo è un vero inferno gastronomico.» Poi sposta gli occhi su di me. «Ero qui da cinque minuti, che facevo di tutto per farmi vedere, ma tu eri troppo impegnata a parlare con i tuoi amici immaginari dell'*omicidio* di Albert Fernsby. Manco fossi una specie di detective sensitivo.»

Giove, uccidimi ora.

Apro e chiudo la bocca, ma non riesco a pensare a cosa dire, a cosa fare. Gli occhi verdi e crudeli di Alice fissano i miei e io non sono più a casa mia, ma di nuovo nel parco giochi della Grimdale Grammar School con lei e le sue amiche che mi stanno addosso. *Pazza. Fenomeno da baraccone. Mercoledì Addams. Ha ancora amici immaginari. Patetica. Dovrebbero rinchiuderla.*

«Non farti insultare» dice Ambrose. «Tu sei straordinaria, e lo sai.»

«Sventrala con la tua impressionante arguzia!» urla furioso Edward.

«Adesso la trapasso!» Pax salta verso di lei, con la spada sguainata.

«No!» Mi butto davanti a lui. Quando è abbastanza arrabbiato, quella spada può fare danni seri; soprattutto adesso, che questi fantasmi sembrano essere diventati più forti. Non vorrei dover spiegare a nessuno perché Alice Agincourt sia morta nella mia sala da pranzo, colpita da un'arma in disuso da duemila anni.

«No cosa?» Alice indietreggia. La paura le guizza negli occhi. «Che succede, Bree? Ti sta succedendo qualcosa? Devo chiamare un'ambulanza? Un esorcista?»

Io serro i pugni. «Esci da casa mia.»

«Mi hai letto nel pensiero.» Alice afferra la borsa e corre verso la porta.

Un attimo dopo entra Dani. «Perché la moto di Alice si sta allontanando? Hai spaventato la mia accompagnatrice per questa sera?»

Faccio un gesto verso il tavolo. Dani sgrana gli occhi davanti a quella varietà di cibi strani. «Ah, dovevo saperlo, che i fantasmi non avrebbero voluto cose normali.»

«Sì. Avresti dovuto saperlo.» Mi accascio sulla sedia, la testa tra le mani. «Era in piedi sulla porta che mi ascoltava mentre parlavo con i fantasmi dell'omicidio di Albert. Perché hai invitato proprio Alice?»

«L'hai detto tu che potevo venire accompagnata.»

«Esci con Alice?»

«Non ancora. Mi piacerebbe. E credo che anche a lei piacerebbe. È diversa quando la si allontana da Kelly e Leanne. Frequentiamo entrambe un cineclub queer ad Argleton, e di solito ci sediamo vicine e prendiamo in giro quei film pretenziosi, e la settimana scorsa c'è stato questo momento in cui...» Dani si lascia cadere su una sedia e inizia a riempirsi il piatto di cibo. Non mi guarda. «So che al liceo era una vera stronza, ma è cambiata. Ho pensato che magari questa serata avrebbe potuto rompere il ghiaccio tra voi due, e poi avremmo potuto uscire insieme tutte e tre, o qualcosa del genere, e magari avresti visto che non è poi così male. È che non la conosci come la conosco io.»

Emetto un gemito. Non ho nessuna voglia di conoscere Alice Agincourt.

Dani si ingobbisce sul piatto, il viso coperto dai riccioli scuri.

«Mangia come noi» dice trionfante Mary.

«Non sta annusando il cibo» sbotta Agnes. «È solo arrabbiata con Bree.»

«Grazie, Agnes.» Mi sento le guance in fiamme. Non sopporto che Dani sia arrabbiata. «Mi dispiace, amica. Non avevo previsto che la tua uscita romantica potesse diventare più folle del necessario. Dopo cinque anni che manco da Grimwood potrei essere almeno per metà normale, invece da quando ho varcato di nuovo queste porte, sono stata risucchiata nel mondo dei fantasmi e... non so proprio come uscirne. Non so come essere normale.»

«Tranquilla, va tutto bene» borbotta Dani.

«Non va bene per niente. Senti, al liceo Alice è stata terribile con me, ma sarei un'ipocrita se la giudicassi in base a chi era cinque anni fa. Ti prometto che la prossima volta che la vedo le darò una possibilità e cercherò di non fare niente di troppo strambo davanti a lei. Va bene?»

Dani si tende sopra il tavolo e mi abbraccia. «È bello averti a casa, Bree. Mi sei mancata.»

«Anche tu. Però, per quanto mi piaccia questo abbraccio, siamo pericolosamente vicine a questa poltiglia di piselli.»

Dani mi fa un gran sorriso e se ne mette sul piatto

un'enorme cucchiaiata, insieme a un cupcake, un pasticciotto di maiale e di una piccola porzione di pottage. Le racconto tutto quello che i fantasmi mi hanno detto su Albert.

«Molto interessante» dice tra un boccone e l'altro. «Vuol dire che qualcuno potrebbe aver preso un contenitore del balsamo di Albert e averlo sostituito. Il che mi fa venire in mente che...»

Fruga nella borsa e tira fuori un piccolo contenitore, chiuso in un sacchetto di plastica trasparente.

«Se ti lasci sfuggire che hai questo, perderò il lavoro e allora finalmente potrai ballare con Edward perché ti ucciderò, hai capito bene?»

«Capito.» E faccio il segno di sigillarmi le labbra. «Che cos'è?»

«È un po' del balsamo rimasto sul fondo del contenitore che ha ucciso Albert. L'ho rubato dal laboratorio quando sono andata a prendere il suo corpo. Ho pensato che potrebbe esserti utile quando andrai al Basic Witch. Ma non toccarlo e non farlo toccare a quella vecchia strega: quella cosa contiene così tanta atropina che potrebbe abbattere un elefante.»

«Capito.» Prendo il sacchetto e fisso la morbida crema all'interno. Sembra così innocente. Come può qualcuno essere così crudele? «Grazie, Dani.»

«Tranquilla. Magari ti sarà utile. Però non abbiamo ancora capito come Albert sia arrivato alle catacombe quella notte...»

«Io l'ho visto» dice Pax con orgoglio.

«Pax dice di aver visto Albert.» Mi giro di scatto a guardarlo. «E perché non hai detto nulla?»

«Non me l'hai chiesto. Era la seconda notte che eri a casa e io ero alla terza ora di guardia. È uscito dalla porta di casa vestito con la sua toga da notte, ha attraversato il sentiero saltellando e canticchiando una canzone su un coniglietto arrapato, ha baciato la statua di un procione, e poi si è allontanato a passo di danza verso il cimitero.»

«Una vera e propria danza macabra» riflette Edward. «Che poesia.»

«Io ho percorso il sentiero saltellando?» Albert aggrotta le sopracciglia.

«Certo. Così!» Pax inizia a danzare come un matto in giro per la stanza, agitando la spada. Con la punta colpisce la tenda e produce un lungo squarcio. Dani sussulta.

«Bree... quella tenda... si è strappata da sola.»

Merda. Mi stampo un sorriso in faccia. «È stato Pax. Mi sta mostrando cosa ha fatto Albert quella sera... Pax, fermati!»

Troppo tardi. Pax sale sul tavolo e si mette a ballare tra i piatti. Edward si butta sui cupcake per proteggerli.

La punta della spada di Pax intercetta il lampadario e lui viene scagliato all'indietro. Il suo corpo va a schiantarsi sul tavolo: per metà vi rimane sopra e per metà lo attraversa. Il cibo schizza dappertutto. Della gelatina si spalma sul ritratto dei miei nonni sopra il camino. Degli spaghetti arrivano sulle applique e vi rimangono appesi, come tanti festoni. Ora l'antica credenza è decorata di Victoria sponge.

Entwhistle si avventa sulle briciole di cheddar che sono finite sul tappeto, e Moon mi si arrampica sulla schiena e si tuffa tra i miei capelli.

«Ops.» Pax mi fa un gran sorriso imbarazzato.

«Pax!»

«Cazzo.» Dani si toglie uno schizzo di piselli dall'occhio. È pallida quasi quanto i fantasmi. «Ma sono reali.»

«Certo che lo sono!» Il suo commento mi ferisce. «Non è che ho parlato da sola, in tutti questi anni.»

«Lo so. Ti credo, è che...» Dani prende in mano la tenda strappata. «Guarda qua. È un vero taglio di spada. Un conto è sentirti parlare con loro, altro è vederli fare cose. Che significa tutto ciò? Ma da quanto tempo sono in grado di interagire con il mondo dei Viventi?»

Io faccio una smorfia. «Me ne sono accorta quando sono tornata, e sembra che stiano diventando sempre più forti. Ieri Pax è riuscito a muovere oggetti solo con la punta della spada, ma questa volta il suo corpo ha fatto volare cibo ovunque. Non ho idea del perché siano improvvisamente più potenti, ma è spaventoso. Forse questa Mina Wilde potrà aiutarci a capirlo. A quanto pare, ha ucciso un vampiro.»

Dani sgrana gli occhi. «I vampiri esistono?»

«Credo che lo scoprirò domani. La libreria di Mina è ad Argleton e...»

«Oh, stai parlando della Libreria Nevermore?» Dani passa un dito sulla Victoria sponge e lecca la crema. «Ci sono già stata. Ti piacerà. È un'enorme casa antica, piena di libri, e l'altro proprietario è super scorbutico, proprio nel modo in cui ti immagineresti Heathcliff, di Cime tempestose, tutto tetro e cupo.»

Sorrido. «Non vedo l'ora di conoscerlo.»

«Ho sentito dire che ha la peste nera» dice serio Edward. «Non credo che dovresti andarci.»

«Nemmeno io» aggiunge Pax incrociando le braccia.

«Gelosi?» Li guardo con un sorriso.

«Fammi indovinare: i fantasmi non vogliono che tu conosca i bei fidanzati di Mina?» chiede Dani facendo l'occhiolino.

«Non è questo» dice subito Edward. «È solo che...»

«Veniamo anche noi» conclude Ambrose.

«Ma non potete arrivare fino ad Argleton!»

«Non ne siamo sicuri. Se quello che dici è vero e adesso siamo più potenti, forse la nostra fantasmaticità ci consentirà di lasciare il villaggio.» La voce di Ambrose si alza, piena di speranza. «Vale la pena provare.»

«Ma non perché siamo gelosi» specifica Edward. «È solo perché un po' d'aria fresca ci farebbe bene.»

«Se posso lasciare questo villaggio, posso proteggerti ovunque tu vada!» Pax passa la lama della spada sul bordo del tavolo, e vi lascia un profondo solco. Dani scosta di scatto la sedia.

«Cosa dicono i fantasmi?»

Faccio un sospiro. «Dicono che non sono assolutamente gelosi dei bei ragazzi di Mina. Proprio per niente. E che domani andremo tutti in gita.»

21

BREE

Scruto la vetrina della Libreria Nevermore, ma vedo solo scaffali di libri polverosi. Non c'è un'anima in vista. «Ma è aperto?»

«Che noia» si lamenta Edward. «Non posso credere che stiamo sprecando così la nostra nuova libertà, in questo squallido negozio chiuso. Non possiamo andare in un bordello? Oppure... ehi!» grida, quando Pax lo colpisce alla nuca con l'elsa della spada.

«Bree vuole andare in libreria. E noi andiamo in libreria. E se per te è un problema, io ti...»

«...mi legherai per i testicoli all'albero più vicino, secondo la tradizione romana. Lo so, lo so.»

«Penso che questa sia un'escursione meravigliosa» afferma Ambrose radioso. Gonfia il petto e spalanca le braccia. «Sono centoquarantotto anni che non esco da Grimdale. Sono così felice di vivere una nuova avventura. Tutto ha un odore diverso, non credete? E che dire di questi ciottoli? Hanno una forma diversa da quelli di Grimdale. Qualcuno potrebbe fare una piantina del parco del villaggio? Ci sono un sacco di persone: pensate che sia per il festival Shakespeariano? Voglio scrivere

187

un bel po' di pagine sull'avventura di oggi nel mio diario, e mi servirà una mappa. Possiamo fermarci a prendere un gelato? Oh, pensate che questa libreria abbia una copia del mio libro?»

Ha la voce piena di speranza.

«Non so se lo sapremo mai.» Fisso la porta, corrucciata. «Il cartello dice che è chiusa.»

«C'è sempre scritto così» dice una donna che passa di lì e gira il cartello, facendomi l'occhiolino. Anche sull'altro lato dell'insegna c'è scritto CHIUSO. «Heathcliff odia i clienti, ma ha un bel culo, quindi lo sopportiamo. Parlate con Mina se cercate qualcuno che vi aiuti. È la ragazza carina che sta al bancone.»

«Lo farò, grazie.» Ho lo stomaco in subbuglio. Perché sto facendo questa cosa? Perché voglio tormentare una povera ragazza per l'omicidio di Albert? Solo perché un fantasma sostiene che ha ucciso un vampiro?

Entro e mi faccio strada, aggirando un espositore di libri di Shakespeare che occupa praticamente tutto il corridoio. Il villaggio di Argleton sta ospitando un festival Shakespeariano, perché non siamo noi gli unici ad avere tradizioni stravaganti.

Svolto a destra e mi perdo in un labirinto di scaffali, tavoli, cestini e sedie spaiate. Ci sono libri impilati su ogni superficie. Una donna fantasma indossa un corsetto vittoriano dagli splendidi ricami e ha i capelli raccolti da un nastro di velluto in un'acconciatura assai severa. Sta leggendo da sopra la spalla di un uomo e gli borbotta di sbrigarsi a girare la pagina. Una gatta nera si crogiola sopra una pila di volumi del National Geographic. I suoi occhi gialli mi seguono e io mi faccio strada nel negozio, alla ricerca dell'inafferrabile Mina Wilde.

«Questo posto ha un profumo incredibile» commenta Ambrose, che mi segue e annusa ogni scaffale. «Sa di conoscenza, di rigore accademico, di notti tranquille accanto al fuoco...»

«Io direi che puzza come l'interno di un baule» gli fa eco

Edward con una smorfia. «Dov'è la sezione poesia? Voglio vedere se hanno le mie poesie.»

«Non le avranno...»

Ma è già sparito.

Edward ha scritto un piccolo pamphlet di poesie erotiche che è stato pubblicato solo perché qualche editore intraprendente sperava di fare un sacco di soldi con le manie erotiche del principe. Oggi è difficile trovarlo in stampa perché, francamente, è terribile. E immagino sia stato usato come combustibile per il Grande Incendio di Londra. Ma questo significa anche che è diventato un articolo da collezione: Edward è sempre entusiasta di vedere a quanto viene venduto.

A differenza di Ambrose, il cui lavoro non è sopravvissuto.

Non parliamo spesso del motivo per cui i fantasmi non sono passati oltre. Per loro è un po' un punto dolente. Sappiamo che Pax deve ritrovare le sue ossa per avere una sepoltura romana adeguata, ma dato che il cimitero è stato costruito sopra il campo di battaglia, è improbabile che ci riesca. La questione in sospeso di Edward, invece, è un mistero completo, poiché sono abbastanza sicura che durante la sua breve vita abbia commesso ogni immaginabile atto licenzioso e depravato, e quindi non credo abbia lasciato nulla in sospeso.

Ma Ambrose...

Non gliel'ho mai detto, ma credo di aver capito che la sua questione in sospeso riguardi il suo manoscritto. Quando era in vita, il suo contributo all'esplorazione non è mai stato apprezzato, e forse potrà passare oltre solo quando otterrà il riconoscimento che merita. Immagino sia questo il motivo per cui infesta Grimwood Manor invece delle stanze in Siberia dove è stato ucciso: perché è stato qui, nella mia casa, che ha scritto il libro, durante una visita a uno dei miei lontani parenti che la possedevano all'epoca.

Anche se so che non c'è speranza, quando sono in viaggio

cerco sempre nelle librerie di seconda mano e in quelle di libri rari, nel caso in cui una copia del suo libro sia sopravvissuta. Scorro lo sguardo lungo le etichette sugli scaffali, alla ricerca della sezione viaggi, e noto con interesse che tutte le etichette degli scaffali sono scritte anche in Braille.

Bella felpa.

Mi giro, alla ricerca della persona con la voce ricca e gutturale che mi ha fatto i complimenti per la mia felpa con l'immagine di un simpatico spiritello che dice *Sei il mio fantasmino*. Ma non vedo nessuno, a parte i miei fantasmi.

«Edward, sei stato tu?»

«A fare cosa?» Edward storce il naso mentre scruta lo scaffale di Poesia. «Non hanno il mio libro di poesie. Voglio andare via. Mi annoio. Questo posto è polveroso. Il principe vuole un gelato. Perché ci sono così tanti libri?»

«Ehm, perché è una libreria.»

«Ai miei tempi, una libreria non avrebbe sprecato così tanto spazio con i libri. Dove sono i tavoli orientaleggianti e i divani dorati pieni di poeti che fumano oppio e piangono i loro amori perduti?»

Che sfortuna. Proprio l'altra settimana abbiamo eliminato la fumeria d'oppio per far posto a una macchinetta del caffè.

«Ehi, chi ha parlato?» Li fulmino tutti e tre. Ambrose sembra solo confuso. Pax estrae la spada.

Ehiiii. Qui sopra.

Alzo il capo verso il soffitto.

Appollaiato su una stretta sporgenza sopra la porta, accanto a un piccolo trofeo con una testa di topo, c'è un enorme corvo nero.

Salve, Bree. È un piacere fare la tua conoscenza.

«Argh!» Faccio un balzo indietro per la sorpresa. Edward si scansa appena in tempo per evitare che io lo attraversi.

«Cosa c'è che non va?» Pax fissa il corvo e porta la mano alla spada. «Quell'uccello ti sta dando problemi?»

«Ehm... no, no, ma credo che mi stia parlando.»

Certo che sto parlando con te. Io non vedo nessun altro qui in giro con una fantastica felpa e le vene piene di magia, e tu?

Merda. Okay.

Riesco a sentire i pensieri del corvo. È una novità.

«Come fai a sapere il mio nome?» Ho molte, molte domande, soprattutto sulla parte della *magia*, ma questa è la prima cosa che mi esce.

Il corvo inclina di nuovo il capo verso di me, poi emette un suono gracchiante e se ne va.

«Credo che voglia che tu lo segua» dice Ambrose.

«I corvi sono i messaggeri degli dèi» dichiara Pax. «Dovresti vedere cosa vuole, per evitare di far arrabbiare Giove.»

«Io spero che defechi su Giove» aggiunge Edward con un ghigno.

Faccio cenno ai fantasmi di seguirmi mentre inseguo il corvo tra gli scaffali tortuosi fino all'altro lato del corridoio principale, dove un'ampia stanza ospita altri scaffali e un tavolo pieno di libri e con sopra un armadillo imbalsamato. Dietro il bancone, una ragazza che indossa un fantastico vestito con dei teschi sta registrando gli acquisti per un cliente e c'è un cane guida che siede vigile ai suoi piedi.

Un cane guida.

È cieca.

Mina Wilde, la cacciatrice di vampiri che risolve misteri e omicidi, è *cieca*.

Allungo la mano verso Ambrose, e le mie dita attraversano le sue, sfiorandole. Sento una sensazione di calore lungo il braccio.

«Bree? C'è qualcosa che non va?» mi chiede.

Non posso rispondergli, con Mina al bancone e i clienti

presenti nel negozio. Non posso dirgli che qui c'è qualcuno che vive le sue stesse esperienze, e che quindi non è solo.

Devo fare finta di niente. Mi avvicino alla scrivania nell'istante in cui Mina inizia a battere al registratore di cassa una pila di romanzi horror di Stella Mey, per un cliente.

«Quindi sei un grande fan di Stella Mey, giusto?» chiede Mina con un sorriso, mentre inserisce i prezzi. «Anch'io. Adoro il modo in cui ha stravolto la figura del vampiro e ne ha fatto una cosa nuova. Ho adorato *Dusk*.»

«Non l'ho mai sentita nominare.» Gli occhi dell'uomo si accendono di una strana luce.

«Ah. Okay. Bene, ecco fatto. Il totale è di 18,29 sterline.» Mina gli porge una busta di carta con i libri, e anche un opuscolo. «Dato che sei qui in paese, perché non dai un'occhiata al nostro Festival Shakespeariano?»

Il cliente sbuffa. «Non è quel tizio del teatro? Chi è che ha bisogno di queste sciocchezze, ora che abbiamo la televisione?»

«Shakespeare? Quel tipo brufoloso che ha scritto tutte quelle cose per adulare la vecchia zia Lizzie?» commenta Edward con una risatina. «Non è mai stato un granché. Attira ancora l'interesse della gente?»

Mina sembra disgustata.

Dall'ombra dell'ufficio, dietro la scrivania, sento una voce cupa e tenebrosa dire: «Colpisci, uccello.»

Ci penso io.

L'uomo strappa la ricevuta a Mina, borbotta qualcosa che sembra sospetto, tipo *sarà meglio che meriti,* e se ne va infuriato. Il corvo scende in picchiata dal lampadario e lo insegue.

Un attimo dopo, il cliente esclama: «Oh no! Quell'uccello schifoso mi ha cagato addosso!»

Mina si copre la bocca con la mano, ma vedo dagli occhi che sta ridendo. L'uomo fa di nuovo capolino da dietro l'angolo, e ha un'enorme cacca di uccello che gli cola sul lato della faccia.

Il corvo torna dentro svolazzando, e si appollaia sul registratore di cassa, scrutandomi con quegli occhi cerchiati di fuoco.

Beccato, dice l'uccello

Non posso farci niente. Scoppio a ridere. Pax si piega in due dalle risate. Gli antichi romani ridono sempre, quando gli uccelli fanno la cacca in faccia alle persone. Edward ha un'espressione disgustata. Ambrose sembra confuso e io sto ridendo troppo per spiegarglielo. Cerco di nascondermi con un libro in versi di Byron, ma Mina gira di scatto la testa verso di me.

«Posso aiutarti?»

Okay, ormai ci sono.

Sento l'uomo che esce di corsa e la porta che sbatte. Non riesco a smettere di ridere. Mi avvicino al banco con il libro di poesie.

«Non comperare queste sciocchezze» esclama Edward, con superiorità. «Byron non riconoscerebbe un distico nemmeno se gli ingravidasse l'amante.»

A queste parole ridacchio ancora di più. Ormai senza fiato, appoggio il libro sulla scrivania. «Mi dispiace, non volevo ridere, è che... sai, *beccato*, detto da un uccello in volo...»

Mina sgrana gli occhi e so che si sta chiedendo come sia possibile che io senta l'uccello. Strano, me lo sto chiedendo anche io. Non ha riconosciuto né Edward, né Ambrose, né Pax, né nessuno degli altri sei fantasmi che ho visto da quando sono entrata qui dentro, quindi immagino che lei non li veda.

Ovvio. È ovvio che non li vede.

Anche se è una tipa fica che ha un corvo magico che parla e tre fidanzati, non parla con i morti.

Mica è stramba come te.

«Scusami.» Mina muove le mani agitata, poi finalmente

prende il mio libro e lo batte al registratore. «Cose che capitano a noi ciechi. Posso aiutarti?»

«Io voglio dei libri di strategia militare» mi dice Pax. «Con molte immagini di druidi impalati su bastoni appuntiti.»

«Io voglio tutti i libri che ha su di me» afferma Edward. «A iniziare da quella raccolta laggiù: *I grandi poeti inglesi.*»

«Chiedile se ha mai visto un manoscritto passare di qui» esclama Ambrose tutto entusiasta. «Grande più o meno così, con delle righe strane, come se fossero state scritte con un telaio di legno e spago...»

Non ce la posso fare.

Deglutisco a fatica. Non posso chiedere aiuto a questa ragazza. Ma cosa mi è passato per la testa? Mina è il tipo di persona che vorrei come amica. Mica posso trascinarla nel mio caos spettrale. Dani mi conosce da una vita, e nonostante ciò è rimasta terrorizzata quando Pax ha tagliato le tende e lanciato cibo dappertutto. Non sono pronta a terrorizzare anche Mina.

Afferro in fretta un altro paio di libri senza nemmeno guardare le copertine, e li uso per erigere un muro tra me e Mina.

«Va bene se li lascio qui? Voglio andare di sopra a...» mi nascondo «...prendere dell'altro, e questi sono pesanti.»

«Certo» risponde Mina con un gran sorriso. «Fai pure.»

Praticamente le lancio i libri e corro al piano di sopra. Per fortuna, qui non c'è nessuno. Centinaia di lampade punteggiano la stanza qua e là, e gli scaffali sono avvolti da chilometri di lucine scintillanti. Immagino che abbia a che fare con la cecità di Mina. Oppure il tipo sexy e scontroso dell'ufficio al piano di sotto ha una passione per le lucine.

«Perché sei scappata da quella ragazza?» mi chiede Pax davanti agli scaffali di sociologia. Io strascico un piede sul pavimento di legno. Sembrano quasi... segni di gesso. Mi chiedo da dove possano venire.

«Gli scaffali di Poesia sono al piano di sotto» aggiunge Edward. «A meno che non pensi che ci sia un settore speciale, riservato a membri della monarchia con talenti speciali, perché sarebbe di sicuro il posto migliore dove cercare materiale su di me.»

«Non stiamo cercando altri libri sui tuoi numerosi intrallazzi. Stiamo andando nella sezione viaggi, vero Bree? Oppure... magari c'è una sezione dedicata all'occulto? Potrebbe esserci un incantesimo che permette ai fantasmi di allungare la loro fantasmaticità, così magari io e Bree potremmo andare a Parigi a trovare i suoi genitori...»

«Potremmo chiedere a quella ragazza del piano di sotto» dice Edward. «Solo che Brianna ha troppa paura per parlarle.»

«Non ho paura. È che...»

Pax estrae la spada. «Scendo io e la costringo a parlare con te.»

«No, non farlo» dico di getto. «Ho deciso che non ho bisogno dell'aiuto di Mina, e non se ne parla più. Ora, se voi tre volete stare zitti per un attimo, vi troverò dei libri.»

«Ma puoi chiedere del mio manoscritto...»

«Il tuo manoscritto non c'è!» urlo, più forte di quanto volessi.

Ambrose indietreggia come se gli avessi dato uno schiaffo. Assume un'espressione contrita e io mi odio.

«Hai ragione, ovvio» mormora.

«Oh, Ambrose, scusami. Non volevo. È solo che... beh, non è roba da poco, sai? Ho appena scoperto che riesco a sentire i pensieri di quel corvo. E, chiaramente, non è un fantasma. E ha parlato di magia e io... beh, ho bisogno di un momento di quiete, okay?»

Con la coda dell'occhio mi accorgo di un movimento: una sagoma dietro lo scaffale di sociologia. Sarà il corvo? Ma non riesco a sentire la sua voce.

Pax scruta lo scaffale ed estrae la spada. «Stupidi libri, nessuno di voi è bravo come il nostro amico Ambrose.»

«Pax, fermati, ti prego...» Gli afferro il polso prima che possa brandire la spada e far volare libri per tutto il negozio. Le mie dita lo sfiorano, e gli toccano appena il bordo, prima di oltrepassarlo. Ho un ronzio nelle vene e mi sento in fiamme. «Troveremo un libro di strategia militare, te lo prometto. Aspetta un attimo, prima devo controllare la sezione viaggi.»

«Oh, chiedo scusa, signora.»

Mi giro, ma il tizio non sta parlando con me. Sta parlando con Mina, che si alza di scatto da dove era accovacciata, dietro gli scaffali di sociologia. È stata lì ad ascoltarmi per tutto questo tempo?

«Ah, ehm, faccia pure. Io sto solo... ehm... accarezzando questi libri.» Mina infila le mani nello scaffale e inizia a passarle avanti e indietro. È rossa in volto. «Se non gli si dimostra un po' di affetto di tanto in tanto, diventano irascibili.»

«Giusto. Sì.» L'uomo la scruta attraverso gli occhiali con la montatura di tartaruga. «Ho una questione molto importante che ho bisogno di risolvere in fretta. Avete libri di Stella Mey?»

Io ne approfitto per svignarmela, con i fantasmi alle calcagna. La piazza del paese è sorprendentemente affollata, per essere un giorno feriale. Alle bancarelle i venditori sono vestiti con stupidi cappelli, e abiti che sembrano usciti da una fiera rinascimentale.

«E questo cos'è?» Edward si guarda intorno meravigliato. «Sembra Covent Garden di venerdì sera. Ehi, secondo voi troveremo una prostituta che veda i fantasmi? O magari ne procuriamo una a Brianna e noi stiamo a guardare...»

«Allora, è arrivata questa cosa chiamata femminismo, però non ho tempo di spiegarvela, quindi fate silenzio. Questo è il Festival Shakespeariano.» Scruto l'insegna di una piccola libreria accanto al pub Rose & Wimple. «Oh, guarda, questa libreria espone un *First Folio* originale. Peccato che ora dobbiamo andarcene...»

«Perché quell'*attore* impestato si merita un intero festival?» Edward mette il broncio. «E il mio festival dov'è? Brianna, il tuo principe ti ordina di organizzargli un festival, pieno di letture di poesie e oppio gratuito per tutti, e un po' di questo femminismo, perché sembra una cosetta davvero kinky.»

Cerco di rimanere seria mentre attraverso la piazza. Ambrose si affretta a seguirmi.

«Perché ce ne andiamo?» mi chiede. «Pensavo che fossimo venuti qui per parlare con quella ragazza, Mina... ops, ho appena attraversato lo stand del caffè... e tu le hai detto sì e no due parole...»

«Siamo qui per risolvere l'omicidio di Albert» gli dico tra i denti mentre lui barcolla sull'erba, trascinandosi dietro un leggero odore di caffè. «E se vogliamo avere una speranza di riuscirci, dobbiamo arrivare al Basic Witch prima che chiuda e prima che la tua fantasmaticità si esaurisca.»

Basic Witch è il negozio New Age di Grimdale. Ogni villaggio che si rispetti ne ha uno, e il nostro è piuttosto grande. Occupa un grande cottage Tudor in High Street e, sorprendentemente, è uno dei negozi più frequentati della città perché c'è un gran numero di artigiani locali che vi vendono i loro prodotti. Nonostante la statua molto invitante di un orco di fianco alla porta, non vi ho mai messo piede. Già la gente pensa che io sia strana: se mi vedessero frequentare un negozio come questo, non ne uscirei viva.

Ecco perché sono qui che esito, con la mano a mezz'aria,

quando una donna vestita dalla testa ai piedi in abiti firmati si precipita davanti a me e quasi mi travolge.

«Togliti di mezzo» sbotta, brandendo un'enorme borsa Hermes come a cacciare via una mosca fastidiosa. Io mi scanso e la borsa vola in aria, dove solo un attimo prima c'era la mia testa.

La seguiamo ed entriamo nel negozio. Appena i polmoni mi si riempiono di incenso muschiato mi viene un conato di vomito. Pax invece inala una profonda boccata, gli occhi accesi di nostalgia. «Mmm, che buon profumino di villaggi in fiamme, qui dentro.»

Antichi romani. Ma che esserini deliziosi.

Mi dirigo verso un corridoio pieno di cristalli, senza sapere bene cosa fare. La donna dalla borsa Hermes si dirige subito verso il bancone e sbatte una scatola da scarpe sopra l'espositore di santini. «Voi comprate cose strane e vecchie, giusto?» dice rivolta a nessuno in particolare, dato che il bancone è deserto. «Queste sono monete romane. Alcune anche medievali. Si possono bucare e farci delle collane. Quanto mi dareste per tutta la scatola?»

Mi avvicino. Sto guardando qualcuno che parla con un fantasma? Ma poi, dietro il bancone, vedo una testa di capelli grigi che si muove su e giù. Una signora anziana, bassa e gobba, sale su uno sgabello e sbircia con disapprovazione nella scatola.

«Venti sterline» dice la vecchia con una voce dura e gracchiante che mi ricorda troppo Agnes.

«Venti per ogni moneta?» Negli occhi della donna dalla borsa Hermes appare il segno delle sterline.

«No. Venti per tutta la scatola.»

«Ma non è minimamente vicino al loro valore! Queste sono monete magiche. Sono impregnate di, sì, insomma, magia antica e roba del genere. Avrete di sicuro un cliente a cui piacciono le vecchie magie...»

«I miei clienti comprano repliche in peltro per due sterline e cinquanta. Si può accomodare all'uscita.» L'anziana signora scende dallo sgabello e se ne torna zoppicando verso il ripostiglio. La signora dalla borsa Hermes la segue con lo sguardo, borbotta qualcosa di poco signorile, prende la sua scatola e se ne va infuriata.

Non ho il tempo di chiedermi di cosa si tratti, perché Pax sta litigando con una esposizione artistica.

«Niente spade nel negozio.» Allungo una mano e lo blocco prima che si scagli contro un dipinto New Age che raffigura un uomo con una lunga veste fluente e che accarezza un lupo. Il titolo dell'opera è *Il lamento del druido*. Gli sfioro la pelle con le dita e le tengo lì. Ho un sussulto. È quasi come toccare una persona vera, solo che... solo che è *meglio*.

Ma cosa sta succedendo?

Non ha nessun senso. I ragazzi sono rimasti ad Argleton con me per più di un'ora senza che la loro fantasmaticità li tirasse indietro. E ora sto toccando Pax, fisicamente. Gli tengo il polso come se fosse una persona reale sul mio piano di esistenza, e mi sembra di sentire il sole che mi scorre nelle vene.

Perché tutte le regole sui fantasmi stanno cambiando? Perché ora?

«È un falso!» Pax fissa il dipinto tutto accigliato. Non sembra accorgersi che ci stiamo davvero *toccando*. «I druidi non sono così! Dov'è la corona fatta con teschi di bambino? Dov'è la pelle dipinta di guado? Dov'è il corpo nudo che danza, con le mutande in testa?»

«È l'opera di un artista» spiega Edward, accarezzandosi il mento come fa ogni volta che parla di arte. «Hanno romanticizzato il druido, esattamente come io romanticizzo le donne nei miei quadri. Ogni contessa che posa per me vuole essere rappresentata come una Venere.»

«Beh, non ci trovo niente di romantico nel ballare in mezzo a campi infangati con le mutande in testa» brontola Pax.

«Dipende da cos'è che ti eccita» commenta Edward con un sorriso a trentadue denti.

Li lascio lì, che discutono di afrodisiaci druidici e passo davanti una rastrelliera di immaginette sacre per andare dove Ambrose è affascinato da un tavolo rotondo con un'esposizione di bellissime candele a colonna che hanno erbe, petali e persino pietre preziose intrappolate nella cera. Sono opere d'arte e capisco subito che le ha fatte Maggie. Davanti alle candele ci sono file di balsami curativi, oli per massaggi e burri per il corpo, con la caratteristica etichetta *Maggie's Bath and Body*.

«Pensavo che la polizia avesse detto alle imprese locali di non venderle.» Prendo in mano una candela e con un dito sfioro la bella ametista incastonata all'interno.

«Non mi interessa cosa dice la polizia. E quella non fa per te, signorina.»

Mi giro di scatto alla voce gracchiante alle mie spalle. La vecchia befana è riapparsa dal nulla, china su di me da dietro la mia spalla. Si appoggia a un bastone di legno nodoso.

Come ha fatto a raggiungermi così in fretta senza farsi sentire?

«L'ametista favorisce la serenità.» La donna fa un cenno con la testa alla candela che ho tra le mani. «Tu non cerchi la serenità. Non è la pietra che fa per te.»

«Davvero?» Non credo in queste cose, ma chi è questa signora per dirmi che io non voglio la serenità? Onestamente, un po' di serenità mi sembrerebbe una cosa deliziosa.

Lei mi fissa con uno sguardo raggelante che mi blocca la risposta sulle labbra. Scruta lo spazio che mi circonda, e i suoi occhi scendono in picchiata prima di fissarsi sui punti in cui si trovano Edward, Ambrose e Pax. Accanto a me, Ambrose si ammoscia.

«Sta fissando proprio me» sussurra. «È come se mi vedesse.»

Ma è impossibile.

Sono io l'unica che può vedere i fantasmi.

Vero?

L'anziana donna si volta di nuovo verso il tavolo. Sto per allontanarmi in silenzio, con l'idea che la nostra bizzarra conversazione sia finita, ma lei si gira di nuovo e mi porge un'altra candela.

«Questa contiene moldavite. È una lega di cristalli che proviene da un meteorite caduto in Moldavia quasi quindici milioni di anni fa. Ha elevate proprietà vibrazionali.»

Elevate proprietà vibrazionali? Resisto all'impulso di fare una smorfia incredula, ma lei non ha ancora finito.

«Questa pietra amplificherà i tuoi poteri e ti permetterà di andare ancora più in là, oltre il velo.»

Mi mette la candela tra le mani. Sa di lavanda e ciliegia. Passo un dito sulla moldavite che spunta dalla cera, ammirandone il colore cobalto scuro e i riflessi brillanti. È un cristallo bellissimo, a prescindere dalle sue presunte proprietà magiche.

Tenendola in mano non avverto nulla. Nessuna scintilla o luccichio. *Non c'è niente di magico qui, signora.*

«Bene. Credo... che la prenderò.»

Mi stringe le dita sulla candela. «È tua. Maggie vorrebbe che l'avessi tu e io non accetto denaro per questa. Però sarò in grado di rispondere alla tua domanda.»

«Quale domanda?»

«Vuoi sapere se il balsamo che hai in borsa è stato fatto da Maggie.»

«Come fa a...»

«Mostramelo» mi ordina. Non oso esitare. Rovisto nella

borsa alla ricerca della busta della scena del crimine e la estraggo.

«So che non è molto» dico mettendole la busta di plastica nella mano piccola e smagrita. «Ne era rimasto pochissimo nel contenitore prelevato dalla Scientifica per gli esami del caso. Però non dovrebbe toccarlo. È avvelenato di belladonna.»

Lei svita il coperchio e se lo avvicina al viso, poi lo annusa con disprezzo. «Questo non è uno dei lavori di Maggie. Gli ingredienti provengono da un kit economico di prodotti da bagno fai-da-te che si compera a dieci sterline in qualsiasi negozio di artigianato. Maggie non avrebbe mai usato questi ingredienti. I suoi prodotti sono fatti con ingredienti raccolti in natura. In questo vasetto l'unica cosa che arriva da Grimdale è la belladonna.»

Cioè, riesce a capire tutto questo solo annusando? «Quindi questo burro per il corpo l'ha fatto qualcun altro?»

L'anziana donna mi rimette in mano il contenitore. «Dovresti portarti dietro quel cristallo ovunque tu vada. Penso che potresti rimanere sorpresa da ciò che può fare.»

Ma a me non interessa il cristallo. «Grazie.» Infilo il sacchetto nella borsa e mi accorgo che ho un messaggio di Dani.

Dani: Hai incontrato Mina? E come è andata con la vecchia befana?

Sorrido, chiudo la borsa, e mi volto verso l'anziana signora. «Grazie ancora per il suo aiuto...»

Ma è sparita. L'anziana donna è scomparsa.

22

AMBROSE

Il giorno dopo Bree torna alla libreria.

Per lo meno, si racconta che sta andando in libreria. Per tutto il viaggio verso Argleton, sull'autobus, mormora sottovoce che sta andando a dire qualcosa a Mina. Ma quando arriviamo in paese e mettiamo piede nell'animato parco, Bree prende la direzione opposta, le dita intrecciate alle mie, e mi trascina dietro di sé.

Le sue dita sono *intrecciate* alle mie. Come se fossi un umano mortale e corporeo, non un'immagine di una vita scaduta. Come se per lei fossi reale. È una sensazione nuova che abbiamo scoperto solo stamattina, nell'attimo in cui Bree ha allungato una mano per impedire a Pax di inseguire un'anatra. Abbiamo litigato per chi dovesse tenerle la mano, ma ho vinto io, perché Edward stava facendo il porco e Pax non vuole farsi guidare da Bree.

Non ci posso credere. Mai nella mia vita avrei potuto sognare questo momento, mai avrei potuto immaginare che il velo intorno a Bree sarebbe diventato così sottile da poterci toccare attraverso di esso, e che lei sarebbe stata come le prime fragoline di bosco dell'estate, o come il primo paragrafo di un libro che stavi aspettando di leggere.

Non è la stessa cosa di quando si toccano due esseri umani. È meglio, in qualche modo.

«La libreria è da questa parte!» Le dico tirandole la mano. «Lo so anche io che sono cieco.»

Non posso credere che siamo di nuovo qui. Ieri siamo stati ad Argleton per più di un'ora prima che la fantasmaticità iniziasse a trascinarci indietro. Inizia come un mal di stomaco... beh, quello che posso immaginare sia un mal di stomaco, perché sono centoquarantotto anni che non ho uno stomaco. Poi il dolore si trasforma in uno strattone che fa sobbalzare le membra, e poi lo strattone diventa uno strappo, quasi ci fosse un pezzo di sughero che tappa un buco in un otre pronto a scoppiare, e la forza dell'acqua dietro spinge e costringe a uscire. Non sappiamo cosa succede a quel punto, perché quel dolore è così lancinante che alla fine rinunciamo e torniamo a Grimdale.

Prima che Bree tornasse, riuscivo a fluttuare fino alla fattoria dei Babbage, alla periferia di Grimdale, e rimanervi anche per quindici minuti, prima di venire tirato indietro. Pax riesce ad andare un po' più lontano, quasi fino al confine orientale del bosco di Grimdale. Ma va detto che lui è quasi sempre fuori, a uccidere druidi immaginari. Edward riesce a malapena ad arrivare al pub, principalmente perché è troppo pigro per andare in giro.

Invece ieri siamo saliti sull'autobus insieme a Bree e siamo arrivati fino ad Argleton. Non sono mai stato così contento di visitare un pub di paese, una stazione ferroviaria lercia e un parco infestato da piccioni, perché sono completamente diversi dal pub, dalla stazione e dai piccioni di Grimdale. Tutto aveva un odore diverso: persone diverse, torte diverse alla panetteria, una carta diversa per gli avvisi sulla bacheca della comunità.

È stata un'avventura. Per tutta la notte mi sono rigirato nella mia cameretta segreta, pensando a cosa potesse significare. Bree avrebbe potuto farmi salire su un aereo? Sarei stato in grado di volare su uno di quegli aggeggi che gli esploratori dei miei tempi si limitavano a sognare? Io e Bree potremmo vedere Parigi insieme? Scalare insieme le Alpi? O anche arrivare fino alle Americhe?

Al momento, Bree è distratta dall'omicidio di Albert e dalla malattia del padre. Non sta pensando alle cose strane che stanno accadendo. Non voglio forzarla. Quando sarà pronta, esploreremo il nuovo legame che abbiamo con lei e capiremo cosa significa. Ma per ora mi accontento di stare al suo fianco mentre lei...

... lascia la mia mano e scompare.

«Bree, dove sei...» Le parole mi escono in un soffio appena qualcuno mi attraversa. Ahio! È una sensazione terribile, quando non te l'aspetti. Come se qualcuno ti trafiggesse con mille punte di ghiaccio.

«Tutto bene, Robert?» sento una donna chiedere.

«Non lo so...» Robert sbuffa. «Improvvisamente sento freddo e ho i brividi. Forse mi sta venendo qualcosa. Sarebbe un peccato perdermi il festival.»

Anche se dalla sua voce non sembra affatto ritenere che sia un peccato. «Non c'è di che, Robert» mormoro io, e mi muovo piano, usando la punta del bastone sull'erba per tastare le scarpe delle persone. Non voglio altri incidenti.

«Sarò anche un principe viziato a cui interessano solo oppio, arte e sesso, ma avrei giurato che la libreria fosse nella direzione opposta» sento Edward dietro di noi.

«Toh, guarda, c'è quel negozio con il *First Folio* in esposizione! E non c'è nemmeno una coda troppo lunga, in questo momento.» Bree si ferma davanti a me. «E vicino alla porta c'è un banchetto di dolci. Pax, se mi prometti di impedire a Edward e Ambrose di dire qualsiasi cosa sulla Nevermore, ti procuro una fetta di torta al limone.»

«Al tuo servizio» tuona Pax di fianco a me. La lama della sua spada mi sfiora il braccio. Rabbrividisco.

Bree non fa sul serio... spero.

«Tu sei un coniglio» inizia a dire Edward. «Una bestia pelosa che...»

«Sì, sì, va bene» sbotta Bree. «Sono un coniglio e sto solo prendendo tempo. Ma quando mai avrò la possibilità di vedere un *First Folio* originale di Shakespeare?»

«In una latrina pubblica, usato al posto della carta igienica?» suggerisce Edward con una risatina. «I suoi sonetti sono eccellenti per grattarsi il...»

«Sì, può bastare, grazie tante, Edward.»

«È solo geloso» dico, «perché c'è una commedia in cui Shakespeare definisce la nonna di Edward una barbuta sgualdrina con una faccia che farebbe inacidire l'uva...»

«È stato perfido!» reagisce stizzito Edward. «Non è colpa di mia nonna se le donne della mia famiglia hanno quella malattia della pelle.»

«Forse se non vi sposaste sempre tra cugini...»

Bree soffoca le risate. Ormai ha raggiunto il davanti della coda. Paga il biglietto a un tizio che sta all'ingresso, ed entra nel negozio. Gli altri decidono di rimanere fuori: Pax vuole annusare le torte e a Edward non interessa. Io, al contrario, non mi lascerò sfuggire l'occasione di stare vicino a un libro così meraviglioso e interessante.

Seguo Bree senza pagare l'ingresso: uno dei vantaggi di quando si è fantasmi. Nell'aldilà non ci si annoia mai, con spettacoli teatrali, gallerie d'arte e musei tutti gratuiti. È un peccato che a Grimdale il concetto di cultura si limiti a una produzione teatrale locale di *Moose Murders*.

Poso le dita sul gomito di Bree e in qualche modo mi faccio guidare tra la folla. È talmente affollato che vengo attraversato da due persone, e le sento brontolare per le correnti d'aria fredda che ci sono in questo negozio. Una volta giunti all'espositore del *First Folio*, tremo per il dolore.

Ma ne vale la pena. Percepisco Bree che si irrigidisce accanto a me, il respiro che le si blocca per lo stupore. Ovviamente, io non vedo il libro. Ma sentire il suono della sua reazione è più che sufficiente.

«Oh, Ambrose, è bellissimo» sussurra lei sottovoce. «È un vecchio libro rilegato in cuoio screpolato, aperto alla prima pagina di *Molto rumore per nulla*. C'è una bellissima illustrazione di fiori...»

«Con chi sta parlando quella ragazza?» chiede qualcuno dietro di me.

«Non lo so. Ma mi sa che Shakespeare attrae pazzi di ogni tipo.»

Bree si irrigidisce di nuovo, ma questa volta non è timore reverenziale. Vorrei inseguire quelle persone e costringerle a scusarsi con lei, ma non posso.

Invece mi volto di nuovo verso il libro... o dove penso che sia il libro. Con il bastone sento la base dell'espositore. Sono davanti a un *First Folio*. Improvvisamente mi sento così eccitato da riuscire a malapena a parlare. Devo avvicinarmi. Devo conoscere tutti i suoi segreti...

«Ambrose, non farlo» sussurra Bree, stringendomi le dita con le sue. «Non puoi toccarlo...»

Sì, che posso. Sono l'unica persona in questa stanza che può farlo.

Per tutta la vita ho patito per un tremendo senso di impellenza. C'è un mondo enorme e, se non mi affretto a esplorarlo, mi perderò qualcosa. E poi, il mio incubo peggiore:

io, che vengo ucciso dallo zar prima di poter scoprire quanto è grande il mondo.

È per questo che io e Bree siamo così vicini. Finché non l'ho incontrata, non avevo mai conosciuto qualcuno con la mia stessa energia, con la stessa voglia di sperimentare tutto ciò che la vita ha da offrire.

E così, quando infilo la testa nel *First Folio* e annuso l'odore ammuffito e speziato della storia e della letteratura e di tutte quelle cose grandiose, so che Bree è dietro di me, che si sforza di non ridere ma che vorrebbe tanto fare la stessa cosa.

Ritraggo la testa e le sue dita stringono le mie mentre ci allontaniamo. «Io mi sono appena fatta un selfie con il libro, ma la tua storia è molto più bella. Dimmi, che odore aveva?» sussurra.

«Sapeva di vecchio stivale» mormoro, anche se nessuno può sentirmi, a parte gli altri fantasmi.

«Brianna, guarda cosa ho trovato!» grida Edward. Non sapevo nemmeno che fosse entrato con noi nel negozio.

Bree si fa strada tra la folla fino a un angolo meno affollato. Sento che si china per guardare qualcosa in una vetrina.

«È una moneta romana» dice senza particolare interesse.

«Lo so» ribatte Edward. «Ma guarda quanto vale. Una sola moneta! E il cartellino dice che è stata trovata nella foresta di Grimwood, proprio dietro casa tua.»

«Cosa?»

Bree si avvicina di più. «Dice che è stata trovata da un certo Kieran Myers. Perché questo nome mi suona familiare?»

«Myers è il cognome dell'agente immobiliare che ha visitato la casa di Albert» dico io. Sono orgoglioso di dire che, grazie alla mia attività di scrittore di viaggi, ho una buona memoria per nomi e luoghi.

«E suo marito è un cercatore di metalli che è già stato nei

guai in passato per aver sottratto tesori da terreni altrui»
aggiunge Bree.

«E quindi, perché c'è il nome di Kieran Myers su una
moneta romana rinvenuta nel bosco di Grimdale?» chiede
Edward.

«Non lo so, ma lo scopriremo.»

23

BREE

Non vedo l'ora di tornare a Grimdale e scovare questo Kieran Myers, ma prima devo tornare alla libreria.

Mi piace, quella libreria. Contiene un sacco di odori decisi che fanno la felicità di Ambrose: il cuoio vecchio, il sentore legnoso della carta e dell'inchiostro, il lieve odore piumato del corvo, e una cosa che potrei solo descrivere come *uomini sexy che amano leggere.*

E mi piace Mina. Non mi ero resa conto di quanto fossi alla disperata ricerca di amici (nel senso di amici umani, fisici) finché non l'ho vista ieri e ho capito che abbiamo gli stessi gusti in fatto di moda, e che è forte, divertente e cieca, come Ambrose. Le ho detto sì e no due parole, e ho già paura di rovinare tutto.

Ciao, sono Bree e vedo i fantasmi. E uno dei miei fantasmi non può passare oltre finché non risolviamo il suo omicidio e non ci assicuriamo che sua moglie non sia in pericolo. Non è che ci aiuteresti tu?

Ah beh, non sembrerei affatto una psicopatica. Proprio per nulla.

Ma anche se ho comprato ai fantasmi una torta al limone e ho lasciato che la annusassero fino esserne stufi, non mi lasceranno andare via senza aver visto Mina. Così mi trascino su per i gradini della libreria ed entro.

Già tornata? mi saluta il corvo facendo un inchino con un'ala. *Mina è nella sala principale, se vuoi vederla. È un buon momento, perché Heathcliff è uscito per il suo whisky di mezzogiorno.*

Heathcliff. Giusto, il proprietario scorbutico. Uno dei suoi fidanzati.

Chi è che chiama un figlio Heathcliff, al giorno d'oggi?

«Grazie» sussurro al corvo mentre passo davanti al fantasma di uno scriba medievale carico di rotoli di pergamena, ed entro nella sala principale. Mina è di nuovo dietro la scrivania, la testa posata sulle mani in completo relax, ad ascoltare un audiolibro.

Mi schiarisco la voce.

«Salve, hai visto cosa succede nella piazza?»

Mina mette in pausa l'audiolibro e alza lo sguardo. Mi rendo conto che da questa distanza non mi vede, così mi avvicino, fino ad arrivare al cerchio di luce prodotto da un'enorme lampada antica. Nel riconoscermi le si illuminano gli occhi.

«Scusami. Non volevo spaventarti» dico subito, prima di perdere il coraggio. «Mi sorprende che sia tutto così tranquillo qui dentro. Avrei pensato che il festival avrebbe attirato molte persone in una libreria.»

«Anche io.» Mina punta il dito fuori dalla vetrina. «Sono tutti in coda alla Libreria Rasmussen per vedere il *First Folio*. I nostri libri più popolari, nella loro banalità, non possono competere.»

Mi sento arrossire, al pensiero che neanche venti minuti fa ero anche io in quel negozio a guardare Ambrose che immergeva la testa in quel tomo di inestimabile valore. «Se ti può consolare, io ci sono andata, e la vostra libreria è molto più bella. E poi, voi non fate pagare il biglietto d'ingresso, né avete un tizio allampanato che vi segue per tutto il negozio per assicurarsi che non rubiate nulla.»

«Almeno, lasciano fare foto?» chiede Mina, la voce piena di eccitazione.

«Solo se si paga una sterlina in più.» Sollevo il mio telefono. «Che ti posso dire? Mi sono fatta anche io un selfie con il grande e malefico libraccio. Non posso resistere alle foto da postare su Instagram.»

«Posso vedere?»

Le passo il telefono. Lei lo tiene sotto la luce e avvicina il viso così tanto allo schermo che per poco non gira la pagina con il naso. «Ehi, adoro! Dovresti usarla come foto profilo. Tipo: "Attirerà il mio *Folio* giovani virgulti nel mio brolo".»

«E ognun dirà che è più allettante di quello di vossia...»

Mina ride. Ha una risata fantastica. «"Invero, lo è assai di più..."»

«"...Potrei insegnarti, ma ho un tributo da riscuotere"» concludo con una risatina. «A proposito, mi chiamo Bree.»

«Io Mina. E lui è Oscar.» Mina indica il suo cane guida. Lui mi scruta con occhi speranzosi, torcendo il naso: senza dubbio sente l'odore della fetta di torta al limone che è avanzata e che mi sono messa in borsa. Ma so che non si può accarezzare un cane guida se lavora, quindi tengo le mani ferme lungo i fianchi.

Invece Ambrose non si lascia scoraggiare. «Oh, ma chi è

questo bel cagnolone? Ma certo, certo che sei bellissimo...» E affonda il viso nella morbida pelliccia del cane.

Il cane inclina la testa nell'abbraccio di Ambrose. Deve essere in grado di percepire il calore della sua gioia. I cani non vedono i fantasmi, anche se le anatre li vedono di sicuro.

Nel frattempo, Pax ha trovato un'armatura in un angolo e la sta colpendo con la spada, lanciando una serie di insulti rivolti a sua madre (cioè alla madre dell'armatura). Edward è nella sezione di storia, alla ricerca di libri su di sé, nel tentativo di rivivere le storie delle sue sordide vicende...

«Come, scusa?» Mi rendo conto che Mina mi ha detto qualcosa.

«Ho detto che mi ricordo di te. Sei stata qui l'altro giorno.»

«Sì. Vivo a Grimdale, appena oltre la valle. Beh, sono rientrata da poco. Sono cresciuta qui ma ho vissuto un po' dappertutto: Canada, Germania, Vietnam, Nuova Zelanda. Non mi piace rimanere a lungo nello stesso posto, ma i miei genitori mi hanno chiesto di tenere aperta la casa mentre sono in giro per l'Europa a celebrare il loro pensionamento. Grimdale è *noiosa*. È morta. Nel senso di mortalmente morta. Non succede niente. Non abbiamo nemmeno una libreria. E così sono tornata qui anche oggi: ho bisogno di altro da leggere.»

Faccio un respiro. *Smetti di divagare, Bree.*

«Io sono nata ad Argleton» dice Mina con un sorriso sincero. «So bene com'è la vita in un paesino. Forse posso consigliarti qualcosa. Cosa ti piace leggere?»

«Biografie di viaggio.» Ambrose alza di scatto la testa. «E... racconti storici di battaglie famose. Qualsiasi cosa scritta da, o che parli di Giulio Cesare. Lo adoro. E anche qualsiasi cosa su come rovesciare una monarchia.» Fulmino con lo sguardo Edward, che si è posizionato davanti alla copertina di un libro sulla regina Elisabetta II, e sta cercando di capire come starebbe con la sua corona sulla testa.

«Non oseresti mai!» Mi si avvicina furioso, agitando le mani. «Senza la monarchia, chi sarebbe al comando? Questa gentaglia?» agita le mani verso Pax. «Chi è che inaugurerebbe gli edifici pubblici? Chi si farebbe ritrarre sulle monete? Chi darebbe alle contesse malate di sesso tutte le attenzioni che meritano?»

Sbatte il pugno sul tavolo pieno di libri. Io ho un sussulto quando una pila si rovescia. Mi porto una mano in tasca e tocco il cristallo di moldavite che ho estratto dalla candela. Lo sento freddo e duro tra le dita, come un normale cristallo. Non ha nulla di magico.

Non so perché l'ho portato con me. *Non può* essere questo il motivo per cui i fantasmi riescono a toccarmi. Non può essere questo il motivo per cui la loro fantasmaticità sembra essere ancora più forte di ieri.

Ma allora cosa diavolo sta succedendo?

«Voglio dire... *ricamo*» replico pronta, piantando una mano sul petto di Edward per spingerlo indietro, ben felice che Mina non si accorga di come mi sto agitando. Affondo le dita nel petto nudo di Edward. La sua pelle è calda e formicolante, non esattamente viva ma... qualcos'altro. «Vanno benissimo libri sul ricamo.»

«Wow! una gamma di interessi piuttosto ampia.» Mina inclina la testa di lato.

«Sì, beh, mi piace leggere. E, a quanto pare, mi piace anche ricamare.» Faccio una risata assai poco spontanea. «Va bene tutto, basta che metta a tacere le voci che ho nella testa.»

Mina mi indica una pila di libri di viaggio che sembrano fantastici, e un paio di libri di ricamo, che acquisto giusto perché so che faranno arrabbiare Edward. Appena Mina mi passa il sacchetto con i miei acquisti, vedo un poster del Festival Shakespeariano e le chiedo: «Ehi, vai alla cerimonia di apertura stasera?»

«Non me la perderei per niente al mondo. Il mio ragazzo interpreta Macbeth e mia madre è una delle tre streghe.»

«Forte! Stavo pensando di andarci anche io. Non sarà una cosa da via di testa come il *Burning Man*, ma ci sarà da ridere.» Prima di perdere il coraggio, estraggo il telefono. «Ehi, mi dai il tuo numero? Ti mando un messaggio con il mio. Magari potremmo andare a bere qualcosa insieme qualche volta?»

«Mi piacerebbe molto.»

Il sorriso di Mina mi stringe il petto.

«Hai sentito, Bree?» Ambrose si alza e mi stringe la mano. «Le piacerebbe molto. Vedi, anche tu puoi farti degli amici normali.»

Giusto. Amiche che sono investigatrici dilettanti ammazzavampiri, con un harem di fidanzati e un corvo parlante. È del tutto normale. Io e Mina siamo fatte l'una per l'altra.

24
BREE

«È stato meraviglioso» commenta Ambrose che fluttua sopra il sedile dell'autobus. «Argleton ha un profumo davvero diverso, no? Adoro quella vecchia libreria e tutta la folla arrivata per il festival. Ma la mia parte preferita è stata tenere la mano di Bree. Una sensazione straordinaria. Non è stato fantastico, Edward?»

«Non saprei» dice Edward gelido. «Non me ne hai dato la possibilità.»

«L'ho tenuta anche io! Tu ti sei perso l'occasione quando sei andato dietro a quel cane che ti ha fatto la pipì dentro la gamba...»

Mi appoggio allo schienale del sedile, e rimango ad ascoltare solo a metà i fantasmi che litigano. Sono riuscita ad accaparrarmi l'intero sedile posteriore. Anche se l'autobus è affollato, piuttosto che sedersi accanto a un estraneo gli inglesi preferiscono stare in piedi e rischiare di finire a faccia a terra quando l'autista fa una curva stretta. E poi in questo modo i fantasmi possono sedersi accanto a me senza il rischio che qualcuno gli si sieda dentro.

Edward e Ambrose sono gli unici seduti. Il mio fantasma

antico romano si aggira per tutto l'autobus, scrutando gli schermi dei telefoni dei passeggeri, per assicurarsi che non stiano organizzando un complotto per uccidermi. Con la punta della spada sfiora la gamba di un tizio, e lui si gratta in quel punto.

«Maledetti insetti» borbotta, senza mai togliere gli occhi dallo schermo del telefono.

Evidentemente i miei fantasmi sono ancora invisibili agli altri, perché perfino gli inglesi più inglesi oserebbero disturbare un altro passeggero per chiedere conto della presenza di un uomo enorme, che indossa un lenzuolo e un'armatura di cuoio, e brandisce una spada sull'autobus. Ma oggi non è successo niente del genere: solo normali amenità da fantasmi. Abbiamo trascorso due ore ad Argleton e i fantasmi sostengono di non avvertire nemmeno le prime fitte di fantasmaticità. E che dire delle loro dita che si intrecciano alle mie? Che dire di come li sento strani, fisici e meravigliosi?

E se ora potessero toccare anche altri esseri umani? E se questa sensazione non fosse solo per me?

Estraggo la moldavite dalla tasca e la guardo. Non è magica. È solo un pezzo di minerale. Non può essere il motivo di tutto ciò che sta accadendo. Non brilla nemmeno. Se fosse magica, di sicuro brillerebbe, no?

Ma non riesco a togliermi dalla testa la voce di quella vecchia.

Questa pietra amplificherà i tuoi poteri e ti permetterà di andare ancora più in là, oltre il velo.

Sono parole che mi inquietano, anche perché implicano che io abbia dei poteri.

E mi fanno immaginare che il motivo per cui vedo i fantasmi non è che ho avuto un'esperienza di pre-morte il giorno in cui sono caduta dalla bicicletta, ma perché sono *magica*.

Un fenomeno da baraccone.

Non può essere. E poi, durante la mia assenza i fantasmi sono diventati più forti. Se fosse successo anche quando ero piccola e stavo sempre con loro se ne sarebbero di sicuro accorti.

No, le rocce spaziali magiche, le vecchie streghe stravaganti e i superpoteri che piegano i veli non c'entrano niente.

Io non c'entro niente.

Solo che...

Da quando sono tornata, nulla è più come prima. I fantasmi ora sono in grado di interagire più di prima con il mondo vivente, anche senza forti emozioni. Mi hanno perfino preparato una *tazza di tè*. E quando ero piccola, toccarli non mi ha mai eccitata come succede ora. Prima mi sembrava di passare in mezzo a una nuvola di vapore, mentre ora...

Mi volto verso di loro, la mente un turbine di emozioni. Mi piace stare vicino a loro. Mi piace davvero riuscire a toccarli. Sono ossessionata da quella sensazione di vertigine che provo quando siamo insieme.

Anche se siamo stati separati da migliaia di chilometri, li ho tenuti nel mio cuore ogni singolo giorno.

Ogni mattina venivo svegliata dalla gioia di Ambrose nei confronti del mondo, che mi dava la convinzione che la giornata sarebbe stata migliore della precedente. Non ho mai smesso di desiderarlo accanto a me: quando ho visto le Grandi Piramidi, la volta in cui ho percorso il sentiero Inca, o il giorno in cui mi sono persa in un vivace mercato vietnamita. Gli sarebbe piaciuto conoscere tutti gli interessanti fantasmi che ho incontrato in ogni luogo.

Le volte in cui un mio superiore si è rifiutato di pagarmi, o un ostello ha cercato di fregarmi, ho fatto mia la testarda convinzione di Edward, che il mondo dovesse piegarsi alla sua volontà. Ho preso in prestito la sua forza e la sua sicurezza e mi sono costretta a fare tutto ciò che avrei potuto avere troppa paura di fare, e anche a concedermi ogni piacere che potevo permettermi, senza provare mai alcun senso di colpa.

E Pax... dove sarei senza le sue lezioni di autodifesa e il suo amore per i dolci? Mi ha insegnato che dovevo tuffarmi in ogni giornata come se il mio nemico potesse colpirmi alla testa da un momento all'altro. Ogni volta che mi dicevo che non avrei dovuto mangiare quel dolce esotico, o saltare da quella scogliera scoscesa, pensavo a cosa avrebbe fatto Pax, e mi tuffavo subito.

Certo, mi sono cacciata in una buona dose di guai, ma ho anche ritrovato me stessa. Ho scoperto che Bree Mortimer non è solo un fenomeno da baraccone: sa essere coraggiosa e sicura di sé, spericolata e impulsiva, intelligente e selvaggia e molto, molto stupida.

E mi sono divertita. Più di quanto avrei mai potuto immaginare, solo che... avrei voluto condividere tutti quei momenti con i miei amici d'infanzia.

È tutto qui? Questa stretta al petto, questo tsunami che mi sta lacerando le viscere, è semplicemente nostalgia per come eravamo un tempo? Oppure è qualcosa di più?

Una notifica.

Tutti i pensieri sui fantasmi mi volano via dalla testa mentre fisso l'icona di un nuovo videomessaggio di mia madre. Sento quella strana sensazione di eccitazione e al contempo timore che accompagna ogni loro aggiornamento da dove si trovano.

Mi piace vederli che si divertono e si godono la loro seconda luna di miele. Però ogni volta che vedo mio padre, ripenso a tutto quello che ha già perso, e a quanto mi manca.

Faccio clic sull'icona e parte il video. Mia madre e mio padre sono in una birreria in Germania, con una coppia che non conosco, davanti a enormi boccali di birra. I lunghi tavoli sono pieni di persone che fanno puzzle e giochi da tavolo. I miei genitori ridono di gusto mentre cercano di giocare a Scarabeo, ma mio padre non riesce a posizionare le tessere sulla tavola. Continua a farle cadere e a mescolarle.

«Ma questa non è una parola» lo riprende l'amico tedesco, scrutando l'accozzaglia di lettere da sopra gli occhiali.

«È assolutamente una parola» ribatte mio padre. «Guarda che io mi sono formato alla scuola di Scarabeo Pablo Picasso. Significa *lo stato di non riuscire a controllare le mani*, e sento che mi sta venendo di nuovo...»

Spalanca la bocca in un sorriso ancora più ampio, solleva la mano e con lentezza fa un gestaccio all'amico tedesco, e tutti scoppiano a ridere.

Il video finisce e si blocca su un fotogramma di papà che cerca di raccogliere una delle sue tessere. Sta sorridendo, ma i suoi occhi... i suoi *occhi*...

L'orrore che vi vedo mi raggela il sangue.

Conosco quello sguardo, perché è lo stesso che vedevo ogni volta che mi guardavo allo specchio.

È in trappola.

Proprio come me.

Mi sentivo ingabbiata da Grimdale e da tutte le persone come Kelly Kingston. Ero condannata a diventare il mostro che mi accusavano di essere. Però io mi sono liberata. Sono fuggita.

Per un po'.

Mio padre è intrappolato in se stesso. Non riesce a far fare al suo corpo le cose che dovrebbe fare, ed è consapevole di ogni momento perso.

E all'improvviso, il pensiero che la magia possa essere una cosa reale mi sembra meraviglioso. Perché se fossi davvero magica, potrei salvarlo. Potrei restituirgli ciò che la malattia gli ha portato via.

Ma la magia *non esiste*.

E io sono un fenomeno da baraccone.

E mio padre non migliorerà mai.

Edward e Ambrose stanno ancora litigando. Giro loro le spalle e appoggio la guancia contro il vetro. La campagna mi passa davanti: chilometri e chilometri di morbide colline e di pecore soffici come nuvole, interrotte dalla striscia scura del bosco di Grimdale.

Mi scende una lacrima, e mi rotola lungo la guancia.

«Bree?» La testa di Pax fa capolino tra i sedili davanti. «Dopo cena possiamo guardare la scatola animata? Sylvie e Mike guardano sempre *Bake Off* dopo cena...»

Poi si interrompe. «Ehi, stai piangendo.»

«Non è niente. Io...»

Non riesco a finire. Se dico un'altra parola, crollo.

Pax allunga una mano e mi preme un enorme polpastrello sulla guancia, asciugandomi la goccia. Il suo tocco mi brucia dentro e mi sento improvvisamente consapevole di quanto sia vicino e reale, e di come la preoccupazione che gli leggo negli occhi azzurri mi faccia mancare il pavimento (dell'autobus) da sotto i piedi.

«Sto bene» mento. «Ho solo qualcosa nell'occhio.»

«Vero» conferma con un cenno del capo. «Hai della tristezza. Ma troverò un modo per fartela passare.»

25
PAX

Fluttuo sopra il divano, e guardo Nigella Lawson che tira fuori dal forno una Victoria sponge cake. Ambrose fa capolino dal muro. «Pax, puoi abbassare il volume della scatola animata?»

«Non posso. Nigella sta per fare la glassa alla crema di burro.»

«Credo che Bree sia turbata.»

No, non va bene. Bree non può essere turbata.

Fisso il bastone magico con i pulsanti, che sta posizionato sul bracciolo del divano, e con un dito premo il pulsante più grosso, che Bree chiama *tasto di spegnimento*. La scatola animata si trasforma in uno schermo nero, particolarmente adatto al mio umore.

Era già sconvolta sull'autobus, dopo aver visto quelle immagini in movimento di suo padre, e io avevo creduto di averle tirato su il morale. Il che è positivo, perché voglio assolutamente fare qualcosa per lei, per farle capire quanto sia speciale, e anche perché ho una cosa molto importante da dirle. Ma ora la cosa speciale che farò per lei dovrà essere super speciale, e non riesco proprio a pensare a cosa potrebbe essere.

Non sono bravo con le donne. Sono un campione a pugnalare, un cacciatore di druidi di livello mondiale, un brillante attaccabrighe e un passabile tenore. Ma se parliamo di romanticismo, io arrivo direttamente dalla scuola di seduzione *prendile in spalla e scopale finché le loro gambe non diventano di gelatina.*

Edward attraversa il muro, dietro Pax. «Ho appena fatto un passaggio in volo nella stanza di Brianna per vedere se si stava spogliando, ma è sul letto che piange. Dobbiamo fare qualcosa.»

«Hai provato a confortarla?» chiede Ambrose.

«Ma ti prego» replica Edward con un sorriso, sprofondando nella poltrona a dondolo accanto al camino. «Ti sembro un moralista? Quello è più il tuo campo.»

«Io ci ho provato, ma mi ha detto che voleva stare da sola.» Ambrose è così depresso che quando inciampa nell'armadietto dei liquori non rabbrividisce nemmeno. Anche se questo forse ha a che fare con l'essenza che ha assorbito dalle quattro bottiglie di liquori pregiati praticamente nuove. Crolla dentro il camino. «Penso che dovremmo fare qualcosa per tirarla su di morale. Un grande gesto che le faccia capire che non è da sola ad affrontare tutto questo. Che ci siamo noi.»

Ma questa è la mia idea!

Nessuno pensa che io abbia grandi idee, invece le ho!

«Però non siamo qui per lei, vero?» sbotta Edward. È così amareggiato che mi ricorda i Prefetti, quando siamo stati sconfitti da quella banda sgarrupata di Celti ribelli. «Nel senso che, *tecnicamente*, non siamo affatto qui. Cosa possono fare i fantasmi?»

Mi porto una mano al petto. *Ma per l'allegro stelo di mentula di Marte: noi possiamo fare ben più di quanto pensiate.*

E all'improvviso ho un'illuminazione.

«La porteremo a uno di quegli enormi spettacoli di immagini che si muovono» dico. «Un cinematografoooo.»

«Un cinematografo.» Edward si strofina il mento. «Il teatro piatto. È un'idea intrigante. Stamattina l'ho vista davanti al telefono che guardava la pubblicità di un nuovo film di Benedict *Cummerbund*. È un attore che le piace. In circostanze normali, non gradirei che Brianna frequentasse degli attori, ma se lui è dentro quell'apparecchio di immagini in movimento, e lei è con uno di noi, non potrà succederle niente...»

«Ma cinematografo più vicino è a Crookshollow» osserva Ambrose. «È lontano più del doppio rispetto ad Argleton. Anche con i nuovi poteri di Bree, la nostra fantasmaticità ci richiamerà indietro prima che finisca il primo atto.»

«Potremmo fare a turno» suggerisce Edward. «Uno di noi la accompagna al teatro piatto e rimane con lei finché la sua fantasmaticità non lo richiama, poi torna qui, fa un rapido riassunto della trama al fantasma successivo, e questi torna da Brianna prima ancora che lei si accorga che ce ne siamo andati.»

«Non sono sicuro...» commenta Ambrose. «Forse dovremmo convincere Bree a parlare di suo padre...»

«Oh, questa sì che è una grande idea.» Mi batto un pugno sul petto. Certo, che è una grande idea. L'ho avuta io. «Questo è ciò che fanno gli umani quando si vogliono bene. Lo vedo sempre in *The Bachelor*.»

«Bree?» chiamiamo mentre saliamo insieme al piano superiore. «Vogliamo portarti a un cinematografoooo...»

26

BREE

«Quindi, questa sarebbe una sala per immagini in movimento» commenta Pax facendo un fischio di ammirazione appena entriamo nel cinema. Prendiamo posto proprio nelle prime file. Speriamo che il posto non si riempia, e che nessuno si sieda su Pax o così vicino a me da sentire ciò che bisbiglio a mezza voce. «È qui che ci sono gli attori giganti intrappolati in una scatola gigante con dei maghi che li fanno ballare per farci divertire?»

«Certo. Sì, funziona così.» Non so nemmeno da dove cominciare per spiegare a un antico romano come funzionano lo streaming e gli studi cinematografici. Reclino la sedia al massimo e preparo gli spuntini: gelati, ciccioli di maiale, patatine, due tipi diversi di M&Ms e due secchielli giganti di popcorn (uno per me e uno da mettere sul sedile del fantasma perché lo annusi).

Fremo per l'inquietudine. Non avrei dovuto accettare questa idea folle. Andare al cinema con i fantasmi? Tutti mi prenderanno per pazza.

Ma sono così entusiasti e Pax è davvero orgoglioso di aver avuto questa idea. Non volevo deluderli. E poi, desideravo tanto vedere il nuovo film con Benedict Cumberbatch: dicono che sia una pellicola strappalacrime, e mi serviva proprio una scusa per un bel pianto.

Inoltre, è bello uscire di casa per un motivo che non sia aiutare a risolvere l'omicidio di Albert.

È bello fare qualcosa di normale.

Certo. Perché andare al cinema con tre fantasmi è assolutamente normale.

Pax cerca di infilare la testa nei popcorn, ma invece ci sbatte dentro la faccia, e fa volare fiocchi ovunque. Mi guardo intorno, preoccupata che qualcuno possa avere visto i popcorn esplodere da soli, ma le altre tre coppie presenti nel cinema sono impegnate nelle loro conversazioni.

«Nessuno ti sta guardando» mi rassicura Pax con un gran sorriso, leccandosi via il sale dalla faccia.

«Senti il gusto?» gli sussurro e mi sporgo in avanti, sorpresa di essere così curiosa di sapere la risposta.

Questi cambiamenti mi terrorizzano, però mi piacerebbe che i miei fantasmi riuscissero a toccare, assaggiare e sentire il mondo dei Viventi. Voglio più momenti come oggi, in cui vivere avventure insieme e tenerci per mano.

Ma desiderare ciò è troppo vicino a desiderare che siano vivi. E desiderare che i morti tornino a vivere è la ricetta perfetta per un cuore straziato.

Pax scuote la testa. Il suo scudo gli sbatte sulla schiena. «Non sento il sapore. Però averto il sale sulla lingua. Granuloso e familiare. Il cibo romano è molto salato. Magari un giorno cucino per te.»

«Mi piacerebbe.»

«Oh!» Pax si agita appena lo schermo si accende e inizia il film. «È enorme! Sembrano mostri! Riesco a vedere dentro le narici di quell'uomo.»

«Ricorda che sono solo proiezioni. Non possono saltare fuori dallo schermo e farti del male.»

Sposto i popcorn e Pax si siede. Anche se non stavo più nella pelle per la voglia di vedere questo film, passo più tempo a guardare lui che lo schermo. Ogni volta che qualcuno si sporge verso la macchina da presa, lui si scosta di colpo o grida finché l'immagine non si allontana. A un certo punto, il personaggio di Benedict si trova coinvolto in una rissa da bar, e Pax balza in piedi e inizia a tirare pugni in aria.

«Ecco cosa si ottiene se si scherza con *Buffalo Crumperbunts!*»

«Si chiama Benedict Cumberbatch» dico.

Il sorriso di Pax si fa malizioso. «*Benedizio Camperbaccio.*»

«Sei ridicolo.»

«Quel *vappa* ha insultato il suo onore!» Pax balza in piedi. Il secchiello dei popcorn traballa un po', ma credo che nessun altro se ne sia accorto.

«Quello è il suo capo, l'antagonista» sussurro. «È un po' il suo ruolo nel film, quello di...»

«Ma perché quel *Bonkybonky Carpaccione* non prende fuori la spada e non infilza quel demonio?»

«Si chiama Benedict Cumberbatch. E non ha una spada, perché non tutti risolvono i problemi a suon di fendenti.»

«Perché no? È il metodo più efficace. Se si infilza il problema, il problema non c'è più. Vedi?» Pax saltella verso lo schermo ed estrae la spada. «Prendi questo, turpe vappa! Hai l'alito che sa di vino acido! Come osi infangare il nome di *Bendynoodle Carpocchioso?*»

Non posso farci niente. Scoppio a ridere. E una volta iniziato, non riesco più a smettere. Pax interrompe quello che stava facendo e mi guarda, poi butta a terra la spada e inizia a ridere anche lui, e ci sbellichiamo tra le lacrime.

Purtroppo, in questo momento nel film c'è *Bendysnack* – cioè

Benedict – che scopre che sua madre è stata tragicamente uccisa, e io sto ridendo mentre il resto dei presenti si soffia il naso. Sento le occhiate degli altri spettatori che mi perforano la schiena e un tizio due file dietro di me mi grida tra i denti: «Vuoi gentilmente fare silenzio?»

Che in inglese significa *vaffanculo e crepa*.

Mi asciugo le lacrime e in qualche modo riesco a ricompormi. Invece Pax sembra averla presa come una sfida personale e per i dieci minuti successivi continua a ballare davanti allo schermo, fingendo di scoparsi il cattivo ogni volta che viene inquadrato, e pizzica il naso di Benedict Cumberbatch.

Cerco di trattenere le risate, ma riesco solo a piangere e sputacchiare. La fantasmaticità di Pax ha la meglio e lui si leva in volo, salutandomi con una mano. Io sono un misto di tristezza e sollievo. Le sue buffonate mi hanno fatto venire il mal di stomaco. Allungo una mano per prendere le patatine.

Qualche istante dopo, Ambrose appare all'uscita di sicurezza. Anche se, ovviamente, non mi vede. «Bree?» mi chiama.

«Ambrose» sibilo più forte che posso. «Da questa parte.»

Ambrose passa attraverso il tizio che mi ha rimproverato per aver riso. Il tizio si stringe le braccia al petto. «Perché non alzano il riscaldamento qui dentro?» mormora alla sua ragazza.

«Ambrose!» Questa volta lo chiamo a voce più alta, con una smorfia quando mi accorgo che ben cinque persone si voltano a guardarmi. Sprofondo subito nella poltroncina. Per fortuna, pochi istanti dopo, Ambrose trova la strada e mi raggiunge.

«È divertente» dice dopo aver annusato per bene i popcorn e aver accarezzato il sedile in ecopelle. «Ti diverti, Bree?»

«Altroché! Ma immagino che il film sia stato un po' troppo complicato per Pax.»

«Ci credo» dice Ambrose. «Pax mi ha spiegato cosa è

successo, ma sono più confuso che mai. Ma *Butterscotch Crambiebrunch* è il comandante dell'esercito, o l'attaccabrighe da pub?»

«Né l'uno né l'altro.» Mi metto una mano intorno alla bocca e mi avvicino ad Ambrose per sussurrargli la trama all'orecchio. Le mie dita gli sfiorano la guancia e mi manca il fiato.

Sto *toccando* Ambrose.

E sento anche il suo odore: fresco, speziato e pieno di sole. Le mie dita indugiano sulla sua guancia.

Lui si irrigidisce.

Sbatte le lunghe ciglia.

«Bree...» mormora.

Se fossi a un vero appuntamento con un ragazzo vivente, questo sarebbe il momento in cui mi avvicinerei e lo bacerei. Ne ho una voglia matta. Vorrei leccare il sole dalle labbra di Ambrose.

Strappo via le dita.

Voltarmi dall'altra parte, raddrizzarmi e concentrarmi sullo schermo fa male. Un male fisico. Ma devo farlo. Perché sono davvero tentata di vedere fino a dove ci permetterà di arrivare questa nuova e strana connessione tra noi.

Che succede se un umano e un fantasma si baciano?

Niente di buono. Niente di *normale*.

Accanto a me, Ambrose butta fuori tutto il fiato in un lungo soffio. È sollevato? Probabilmente sì. Lo guardo di nascosto. I suoi occhi ciechi sono fissi sul film. Riesce a percepire lievemente la luce, quindi immagino sia in grado di vedere le sfumature di luce e di ombra che si muovono sullo schermo. Si mordicchia un labbro e si concentra sulla storia. È riuscito a mettersi in grembo il contenitore dei popcorn, ma non cerca di mangiarli: si limita a cullare il secchiello in modo goffo, come fa una persona che odia i gatti quando si trova un gatto sulle ginocchia.

Visto? Ambrose non sta pensando di saltarti addosso. Tutto questo fuoco e questo sfrigolio te lo stai immaginando tu.

Torno a guardare lo schermo e cerco di tenere a bada i miei ormoni iperattivi.

Ambrose è incredibilmente bravo a guardare il film. Ascolta con attenzione e coglie la storia. Singhiozza persino un po' quando Benedict fa un emozionante elogio funebre al funerale di sua madre. Non si avvicina mai a me, né cerca di toccarmi.

Nonostante ciò, o forse proprio per questo, sono consapevole di ogni suo minimo movimento e della tensione esercitata dalla sua gamba a pochi centimetri dalla mia. Mi perdo momenti cruciali del film perché continuo a guardarlo, osservando il modo in cui si tormenta un labbro o tamburella le dita contro il secchiello dei popcorn se le cose sullo schermo si fanno tese.

Nemmeno un Benedict a torso nudo che emerge da una cascata riesce a catturare la mia attenzione, con Ambrose al mio fianco.

Mi impongo di concentrarmi sul film. Ci riesco finché non sento un fruscio di popcorn. Mi volto e vedo che Ambrose se n'è andato. La sua fantasmaticità si è esaurita e lui è sparito senza nemmeno salutare.

Oh.

E io...

«Così quello sarebbe *Birbantello Cribboletto*» dice Edward, infilandosi nel sedile vuoto. «Pax ha ragione. Mi assomiglia.»

«Non è vero» dico di scatto, nella speranza che Edward non si accorga del rossore che mi sta colorando le guance. Perché in effetti, con quegli zigomi pronunciati e quella zazzera di capelli scuri, in un certo senso si assomigliano.

«Se qualcuno dovesse impersonare me in un film sulla mia vita, vorrei che fosse lui, anche se dovrà cambiare nome. È passabilmente bello, per essere un attore.» Edward incrocia una gamba sull'altra e tende una mano sul mio schienale. Sento le sue dita che mi danzano sulla spalla e sono attraversata da un'ondata di calore. «Ma dove sono le formose donzelle da taverna promesse da Pax? Vedo solo gente morigerata, vestita di nero. Sembra che siano a una delle mie letture di poesie e che l'oppio sia finito.»

«Puoi stare zitto e guardare il film? Ambrose ti ha aggiornato sulla trama? Quell'uomo lì è il figlio dell'avvocato e lui...»

«Ambrose blaterava qualcosa, ma io non ci ho fatto caso.» Edward solleva una di quelle splendide sopracciglia e mi guarda in un modo che mi fa balzare il cuore in gola. «So che non siamo qui per il film.»

«Io sì, che sono qui per vedere il film.»

«Ma ti prego, Brianna. Non sono così sprovveduto. Il teatro piatto è il posto in cui la gente moderna va a divertirsi commettendo atti lascivi.» Edward si passa la lingua sulle labbra e io non riesco a deglutire. Né a respirare. Mi sento le vene piene di limatura di ferro e i suoi occhi neri come il velluto mi attirano come due calamite accese. «È quello che succede in tutte le immagini in movimento che ho visto. E nell'ultima fila sono passato davanti a una coppietta fortemente coinvolta in uno di tali atti lascivi, anche se credo che io e te potremmo fare di meglio...»

Si china verso di me. Sporge le labbra tanto che la linea del suo labbro inferiore è ombreggiata. Il suo profumo di zucchero tostato e oppio mi attira sotto il suo incantesimo. Si ferma lì, con le labbra a un soffio dalle mie, chiedendo a me di colmare la distanza che rimane, di prendere in mano questa cosa su cui stiamo volteggiando da giorni e di renderla reale.

E io lo voglio. Io voglio lui. Voglio questo principe imbronciato e viziato e tutte le cose malvagie che potrebbe farmi.

Ma...

Sollevo una mano. Gli poso le dita sul petto nudo. Ogni punto di contatto è un piccolo falò che scoppietta e fa scintille. «Edward, non ho intenzione di limonare con te.»

«Perché no?»

«Per... un milione di motivi.»

Appoggia la schiena, con quel braccio irritante ancora posato con disinvoltura sopra il mio, le dita che giocherellano con la mia spalla nuda. Il suo sorriso è una sfida. «Dimmene sette.»

«Sette? Ma che numero è?»

«Hai detto che c'erano un milione di motivi. Beh, te ne chiedo solo sette.»

«Un milione è un modo di dire, come dire che qualcosa è caldo come un forno.» Prendo tempo. È difficile pensare, quando ho le sue dita che mi accendono scintille sulla pelle. «D'accordo, ecco un motivo: tu sei un fantasma e io un Vivente. Non dovremmo nemmeno parlarci, quindi cosa succederebbe se ci baciassimo? Potrebbe esplodere un buco nell'universo.»

«Ma non succederà, perché io *sono* l'universo e non faccio esplodere nulla finché una signora non ha avuto almeno tre orgasmi.» Edward inclina la testa a indicare il suo inguine.

«Edward!»

«Per quanto ne sappiamo, potrebbero anche esserci persone come te che se ne vanno in giro a limonare con i fantasmi.» Edward mi fa l'occhiolino. «Forse è per questo che la bibliotecaria della tua scuola sembrava sempre così felice.»

«Ma che schifo! Non voglio pensare alla signora Potts in questo modo!»

«Signora, mi dispiace molto, ma non è che potrebbe smettere di parlare?» sussurra di nuovo l'uomo dietro di me. «È difficile sentire il film con tutto quel...»

Poi fa una pausa e osserva la sedia vuota accanto a me,

l'enorme montagna di cibo e i due secchielli di popcorn. Edward ne approfitta per avvicinarsi e baciargli il naso, e l'uomo si schiaffa una mano sul viso e torna rapido a sprofondare nella sua poltrona.

«Mi devi altri sei motivi.»

«Bene. Il secondo motivo è che in questo momento sto affrontando la malattia di mio padre e l'omicidio di Albert, e non ho tempo per pensare ad atti lascivi. Il terzo motivo è che non voglio fare favoritismi tra te, Ambrose e Pax, perché siete tutti troppo importanti per me e non voglio rischiare di ferirvi scegliendo uno tra di voi. Il quarto motivo è che non sono assolutamente, minimamente, attratta da te in quel senso...»

Edward solleva un sopracciglio scuro. «Ah, davvero?»

«Davvero! Sei esasperante, lunatico, egoista e... morto! E non ho intenzione di innamorarmi di un ragazzo a cui nemmeno batte il cuore, per poi farmi spezzare il mio quando te ne vai...»

«Adesso basta!» L'uomo dietro di me scatta in piedi. «O stai zitta o chiamo il direttore.»

«Tranquillo» borbotto mentre prendo il cappotto. «Me ne vado. Subito.»

«Brianna?» mi chiama Edward. «Ti prego, parlami. Che cosa ho fatto di male? Brianna?»

Ma io sto già aprendo le porte, mentre mi asciugo con disperazione le lacrime che mi bruciano agli angoli degli occhi.

27

EDWARD

«E questo cos'è?» Svolazzo intorno all'estremità del divano su cui è seduto Pax, incollato alla sua ultima ossessione televisiva.

«È uno show di dating» dice senza staccare gli occhi dallo schermo. «È il modo in cui i Viventi trovano la persona da sposare. In questo show c'è un solo uomo: lui! L'uomo con la faccia che sembra il buco del culo di un druido.» Tamburella con un dito sullo schermo. «E tutte quelle donne fanno a gara per avere la sua mano.»

«Tutte quelle donne?» Mi avvicino a lui, incuriosito. Com'è concepibile che questo sgraziato individuo stia commettendo birbanterie carnali con tutte quelle belle donne, quando Brianna non vuole nemmeno baciarmi? E sono certo che le piacerebbe. «Con una faccia del genere, deve essere di sangue reale, altrimenti perché delle signore così belle e formose gli concederebbero il loro tempo? Un duca, forse? O un conte?»

«È un attore.»

«Un *attore?*» Guardo con sdegno l'uomo sulla scatola animata. «E ha tutte queste donne che si fanno in quattro per sposarlo? Devono aver fatto una scommessa: la prima che non muore di sifilide vincerà una fortuna.»

Questo spettacolo assurdo mi dà un'idea.

Non conosco il motivo che ci sta concedendo la possibilità di interagire di più con il mondo dei Viventi e che ci permette di toccare Brianna in un modo mai visto prima... ma ne voglio di più.

Il mio scettro si agita ogni volta che le sono vicino, ricordandomi che non è una bambina che ha bisogno di un amico. È una donna in tutto e per tutto, bella come una contessa e due volte più seducente. E forse, ma solo forse, posso riuscire a convincerla che anche lei vuole me.

Volevo dirglielo al cinema, ma quei due idioti traslucidi l'hanno turbata a tal punto che, quando sono arrivato al cinema, era già immune al mio fascino.

Devono essere stati Pax e Ambrose a incasinare la situazione ieri sera. Tutto stava andando alla grande. La nostra uscita ad Argleton era stata fruttuosa. Avevo salvato la giornata scoprendo quella moneta, mentre Ambrose era impegnato ad annusare quei vecchi tomi ammuffiti, e poi Brianna era riuscita a parlare con quella libraia, quindi era decisamente più felice. E poi ci siamo dati il turno per tenerle la mano andando in giro per il mercato. Le sue dita tra le mie mi davano una sensazione fantastica.

Come può un tocco così semplice farmi sentire le farfalle nello stomaco, se quella volta che ho fatto un'orgia sopra un mucchio d'oro nella zecca reale non ho nemmeno versato una goccia di sudore?

E poi, per quale motivo è finito tutto così?

Cos'è che ha detto Brianna sul fatto di non voler scegliere tra noi tre? Non c'è niente da scegliere. Sono io che ho l'intelletto superiore, i poteri spettrali più impressionanti, il lato artistico più riflessivo e misterioso, e quello che sa come muoversi con una donna. *Ovvio* che sono io l'unico fantasma che può soddisfarla.

E se riesco ad allontanarla da quell'antico romano babbeo e da quel vittoriano che si agita per niente, glielo proverò.

Poco a poco sento che mi si forma un piano nella mente. Stasera ad Argleton ci sarà quel maledetto Festival Shakespeariano. Magari se Brianna si trovasse circondata da attori, riconoscerebbe che io sono di gran lunga superiore a loro e si tirerebbe su di morale.

Ma chiederglielo significa andare in camera sua, dove si nasconde da quando siamo tornati a casa dal cinema. Ambrose dice che dovremmo lasciarla in pace. Ma io non sono d'accordo. Se si è tristi per qualcosa, come per esempio quando si viene disconosciuti dalla propria famiglia, oppure quel cretino del proprio fratello viene nominato erede unico (per usare esempi del tutto inventati) niente risolleva il morale meglio di una bella festa.

E una festa è ciò di cui Brianna ha bisogno: una notte lontana da questa casa e da Grimdale, dove tutti la conoscono come la pazza Bree che parla da sola.

E magari lascerebbe che le tenessi di nuovo la mano.

O mi lascerebbe fare anche qualcosa di più...

Vale la pena di rischiare di incorrere nella sua ira ed entrare nella sua stanza senza essere stato invitato.

Mi allontano da Pax fluttuando e sbuco dall'altra parte della parete, nella stanza di Brianna. È sdraiata sul letto con il portatile aperto sulle ginocchia, e scorre qualcosa. Sembra ignorarmi. «Albert mi ha dato la password del suo account Facebook» mi dice. «Oltre a diverse decine di messaggi da parte dell'agente immobiliare riguardo alla vendita della casa, c'è il signor Gibbons che gli ha inviato decine e decine di minacce. Alcune sono piuttosto fantasiose. Sembra che il mio vecchio preside sia piuttosto appassionato di metodi di tortura dell'antica Roma.»

«Cos'è un Facebook? Un Faccialibro?» chiedo. «È quella cosa in cui c'è un poeta che legge una sua opera, ed è così terribile che tu gli chiudi il libro sul naso? Non che questo mi sia mai successo, naturalmente. È solo qualcosa che ho visto accadere ad altri poeti meno brillanti di me.»

«Certo» esclama Brianna con un sorriso. Quel sorriso è oppio e sole, è una luce calda, morbida e avvolgente. Ma è troppo breve, perché torna subito a guardare lo schermo. «Volevi qualcosa? Hai bisogno di cambiare il canale della TV?»

«Mi chiedevo se ti andasse di partecipare al festival di Argleton.» Allungo una mano, improvvisamente più nervoso di quanto non mi sia mai sentito tutte le altre volte che ho parlato con una donna. «Con me?»

Lei alza la testa di scatto. «Il principe viziato mi sta chiedendo di uscire?»

«Ti ringrazierei se volessi usare il mio titolo completo: il principe viziato, ma diabolicamente bello e maestosamente dotato» dico deciso. «E sì, te lo sto proprio chiedendo.»

Si acciglia. «Ma mi stai invitando a teatro. A te non piacciono gli attori.»

«Quando ero vivo, no. Forse da allora le loro maniere sono migliorate.»

«Ne dubito.» Brianna fa un sorriso che mi procura un dolore al petto. «Sai una cosa? Certo, mi piacerebbe venire con te.»

«Dove andiamo?» chiede Ambrose passando il muro in volo. Riesce a non inciampare su Entwhistle che dorme sul tappeto, ma cade su una lampada nell'angolo del letto. Invece di attraversare il letto, afferra la testiera di ottone e sbuffa, tutto eccitato. «Ehi, avete visto? Ora riesco ad aggrapparmi. E a inciampare nelle cose! È un miracolo.»

«Grazie, Ambrose» mormoro. «Avvertirò l'araldo reale.»

«Edward mi ha appena chiesto se mi piacerebbe andare a vedere Macbeth al festival Shakespeariano domani sera» dice Brianna entusiasta.

Ambrose si illumina. «Oh, divertente.»

Io gli lancio un'occhiataccia che lui non può vedere. «In realtà, era una proposta solo per me e Brianna...»

«Dovrebbe venire anche Ambrose. Gli piacerebbe vivere un'altra avventura fuori casa.» Brianna si alza in piedi. «E forse dovremmo chiedere anche a Pax se vuole venire.»

«Non vorrà venire» mormoro. «Non ci sono battaglie tra gladiatori, né combattimenti tra bestie feroci. A nessuno vengono tagliate le dita, né...»

Ma lei è già scomparsa lungo il corridoio.

«Pax?» la sento chiamare. «Ti va di andare a teatro domani sera?»

«Solo se posso portarmi la spada.»

Serro le mani lungo i fianchi. Ma rimango calmo. Sono un amante, non un combattente. E così il mio appuntamento romantico con Brianna si è trasformato in un'uscita di gruppo. Ci si può lavorare.

«Non posso credere che siamo bloccati qui, con la plebe.» Fulmino con lo sguardo l'uomo che mi ha appena dato una gomitata dentro le costole. Il teatro è esattamente come lo ricordavo: a differenza dei cinema, dove sia plebe che signori hanno le stesse poltrone imbottite, questo teatro è circolare, con tre piani di posti a sedere disposti in cerchio intorno a un palcoscenico, e un cortile rotondo per la marmaglia, che è il luogo in cui ci troviamo ora, proprio come se fossi un plebeo e non un principe del regno. Indico i palchetti sopra il palcoscenico. «È lì che mi sedevo io, nelle Lord's Rooms: sono i posti migliori di tutto il teatro.»

«Ma non ti faceva male il collo a guardare gli attori dall'alto?» mi chiede Brianna.

«Cara, non si viene a teatro per guardare il palcoscenico. Si viene per fare un cunnilingus a lady Sophia de Winter mentre il marito è impegnato a lisciare prugne nella stanza accanto.»

«Sai essere molto affascinante quando non sei un porco sciovinista» mi dice Brianna.

Io faccio un inchino. «Grazie, milady.»

«Quindi forse dovresti provarci più spesso. Oh, guarda, credo che Mina sia dall'altra parte del palcoscenico, con i suoi ragazzi.» Brianna la saluta con una mano. «Ooh, non avevo ancora incontrato il tizio alto e garbato. E nemmeno l'artista dai capelli scuri. Sono *bellissimi*.»

«Saranno anche *passabili*» concedo con generosità. «Ma sono in grado di scrivere una poesia senza usare la lettera A? Sanno preparare una tazza di tè?»

«Forse sì.» Brianna saluta di nuovo. «Non credo che mi vedano...»

«Bree!» sento una voce familiare. Ci giriamo tutti.

«Dani!» Brianna abbraccia la sua amica. Devo dire che ricordo con affetto Dani dagli anni dell'adolescenza di Brianna: faceva sempre un milione di domande su di noi, e ora in vesti femminili è ancora più affascinante. «Non sapevo che saresti venuta stasera.»

«Stai scherzando? Danno il Macbeth e io lavoro nelle pompe funebri. Tradimenti e morte sono il mio pane.» Dani alza le mani nelle quali tiene due gelati e due enormi panini ripieni di tutto: grasse salsicce, fagioli stufati o qualcosa del genere, petali di pancetta, formaggio, e un milione di altri condimenti. «E poi, il cibo delle bancarelle è delizioso.»

Brianna ammira i panini con due occhi enormi come fanali. Mi avvicino per annusare quella miscela di profumi deliziosi.

«Il mondo ne ha fatto di strada, da quando il mio compagno di bevute, John Montagu, quarto conte di Sandwich, si rifiutò di lasciare il tavolo da poker per andare a nutrirsi» commento, toccando i fagioli con il dito. Traballano un po', ma Dani non se ne accorge. «E allora chiese al suo servitore di portargli una fetta di roastbeef tra due fette di pane, così da poterlo mangiare con le mani.»

Brianna mi ignora. «Non credo che tu stia cercando di battere un record mondiale per avere mangiato tanti panini super imbottiti quanto pesi, quindi immagino tu sia...»

«...qui con Alice?» Il sorriso di Dani si fa un po' incerto. «Esatto. È in bagno. Puoi stare con noi se vuoi. Abbiamo trovato un bel posto vicino ai menestrelli.»

«I menestrelli sono addirittura peggio degli attori» dico a Brianna. Vedo che le si tende un angolo della bocca in un sorriso.

«Grazie, ma no. Non ho intenzione di fare da terzo incomodo, ma se poi voi due andate a bere qualcosa al pub, potrei lasciarmi convincere.» Brianna si china e sussurra all'amica: «In realtà sono qui con i fantasmi.»

«Siamo qui» esclamo mettendomi le mani sui fianchi.

Anche se, tecnicamente, al momento sono l'unico con Brianna. Pax si aggira tra gli spalti, urlando e cercando di aizzare la folla con canzoni romane da osteria. Pensa che siamo ai Giochi Gladiatori. Ambrose è impegnato in una conversazione con il fantasma di un uomo tutto vestito di nero con una maschera bianca che gli oscura metà del volto.

Dani solleva un sopracciglio. «Brianna Mortimer, non mi dire che è un'uscita galante?»

«Sì!» intervengo io. «Ci piace vedere un po' di teatro prima delle nostre orge tra fantasmi.»

«Non è un'uscita.» Brianna arrossisce. È bella da morire quando mente. «È solo una serata con i miei amici spiriti. Edward è qui, adesso. Ha appena detto qualcosa di sconcio e inappropriato.»

«Oh, Edward.» Dani saluta con una mano il punto in cui pensa che io mi trovi, anche se in realtà riesce solo a mettere storta la maschera del fantasma del teatro. «Sei sempre stato il mio preferito. Quindi sei con i fantasmi? Pensavo che non potessero lasciare Grimdale a causa della fantasmaticità.»

Brianna estrae dalla tasca la pietra di moldavite e la porge a Dani. «Da quando quella vecchia strega mi ha dato questa, riescono ad allontanarsi dal maniero se sono con me.»

«Che strano. È solo un sasso, no? Non si dice bibbidi bobbdi bu o...» Dani alza di scatto la testa. «Oh, ecco Alice. È meglio che vada. Ma tu resta nei paraggi, e magari dopo andiamo a bere qualcosa, okay? Voglio sapere della tua visita alla libreria e tutto quanto sulla tua uscita sexy con i fantasmi.»

«È una non-uscita!» Poi Brianna la saluta, e Dani si fa strada tra la folla. A quel punto Brianna si volta verso di me e fa un sospiro. «Adoro Dani, ma vuole che mi lasci alle spalle quello che è successo con Alice, e non so se ce la faccio. Ricordi di quando tuo padre ha cercato di costringerti a sposare una principessa francese? Tu cosa faresti?»

Io le sfioro una guancia con la mano, godendo del calore che al contatto mi si diffonde nel corpo. Sono passati più di trecento anni, ma non ricordo di aver mai toccato donne vive e di avere ricavato questa sensazione di anima in fiamme. «Se sei come me, ti ritiri imbronciata nel tuo maniero in campagna e organizzi un'orgia, cosa che potrei assolutamente aiutarti a fare...»

Brianna ride. I suoi occhi color champagne si accendono di eccitazione... e di un pizzico di paura. «E tu cosa ci faresti, in un'orgia?» mi sussurra.

«Avvicinati e scoprilo da sola.» Le passo un dito lungo la mascella. Lei socchiude gli occhi e prende un respiro affannoso, abbandonandosi alla sensazione del mio tocco.

Poi ride di nuovo, ma la sua risata è più gutturale, le esce dal profondo. Preme la guancia contro la mia mano.

«Mi fai sempre ridere» sussurra, aprendo gli occhi di scatto, con quelle profonde pupille dorate come il miele puntate su di me, come se mi vedesse per la prima volta. «Pensi di essere una persona viziata ed egoista, invece sai essere così... così gentile. E l'altra sera, al cinema, volevo davvero...»

«Dovete prestare attenzione» mi grida Pax all'orecchio. «Lo spettacolo sta per iniziare!»

«Cacchio!» Brianna fa un balzo indietro, portandosi le mani al petto. Io scatto in avanti e la mia mano tesa attraversa la testa di un uomo. Vengo percorso da un brivido, che uccide ogni mia intenzione amorosa, con grande disapprovazione del mio scettro.

«Oooh!» L'uomo si tiene la testa. «Che è questo senso di ghiaccio in testa? Mica ho mangiato gelato!»

«Non riesco a credere che tu l'abbia fatto, brutta faina butterata» mormoro a Pax. Non ha visto che io e Brianna stavamo per lasciarci andare?

Sarei troppo curioso di sapere cosa stava per dirmi.

«Bree? Vorrei stare accanto a te.» Ambrose torna svolazzando e prende posto dall'altra parte di Brianna. Per fortuna, nemmeno lì, nell'arena del teatro, agli inglesi piace stare troppo vicini agli estranei, quindi abbiamo abbastanza spazio intorno, così da non essere costantemente attraversati dalle persone. Brianna si morde un labbro e so che si sente in imbarazzo a essere l'unica spettatrice apparentemente da sola.

Invece non è sola. È accompagnata da un principe di notevole arguzia e intelletto e da un paio di fantasmi di nessuna importanza.

«Silenzio! Silenzio, tutti!» Pax marcia avanti e indietro per l'arena, dando una botta in testa a chi sta ancora parlando. Almeno tre di loro smettono di mangiare il gelato e lo gettano nel cestino dei rifiuti. Le luci si abbassano. Io torno da Brianna e mi avvicino il più possibile. Una luce arancione tremola sotto un calderone e Brianna sussulta alla vista di tre streghe brutte e sgraziate che danzano sul palco.

«Sono contenta che Agnes non sia qui a vedere questa cosa» mi sussurra Brianna. «Lancerebbe maledizioni su tutti i presenti.»

«Ma che noia!» Pax solleva il pugno appena arriva Macbeth. Ruota il pollice verso il basso. «Uccidetelo!»

Brianna gli afferra il pugno e lo tira giù. «Questo non è quel tipo di spettacolo. Ci saranno molte uccisioni più tardi, te lo prometto.»

«Ma che succede?» chiede Ambrose.

«Non mi va di aspettare.» La corta tunica di Pax gli svolazza intorno alle gambe nude e muscolose. «Vado al bar.»

«Qualcuno può far tacere Pax?» implora Ambrose. «Devo ascoltare i dialoghi.»

Un ronzio mi giunge alle orecchie e i miei occhi sono attratti da una piccola scatola a lato del palcoscenico, che deve avere a che fare con l'alimentazione delle luci. Mi viene in mente un'idea audace e sconcia.

Infilo la mano nel pannello e mi aggrappo ai fili, e una scossa di puro piacere mi attraversa il corpo. Il mio scettro è sull'attenti e, con Brianna e la sua strana roccia così vicine, è più bello che mai.

«Aaaaah, ora sì che si ragiona.» Ho la voce che tremola mentre il mio corpo è attraversato dalla scarica elettrica.

«No, sul serio?» sbotta Brianna.

«Certo che sì.»

Vicino al palcoscenico una coppia sta limonando,

completamente ignara della tragedia che viene recitata in scena. Noto che Brianna li osserva, mordendosi le labbra.

Lo vorrebbe anche lei.

Vuole essere toccata da un umano, vuole che la faccia impazzire al punto da desiderarlo ovunque, anche qui, nel bel mezzo di un teatro affollato.

Se lo merita. Merita di essere venerata come una dea, di avere qualcuno che la faccia godere in ogni modo immaginabile...

E io non posso accontentarla. Non come vorrebbe lei. Non posso essere un bellissimo Vivente da prendere sottobraccio.

Ma forse...

«Sai» le sussurro all'orecchio. «Ci sono vantaggi meravigliosi nell'uscire con un fantasma.»

«Con tre fantasmi» dice lei senza smettere di fissare il palco. «E non è un'uscita.»

«Bene, uscire con tre fantasmi.» Estraggo la mano dalla scatola elettrica e le tocco la parte interna del polso. Lei strilla, ma non sposta il braccio. «Peccato che uno di quei fantasmi abbia la testa in una botte di sidro e l'altro sia estasiato dallo spettacolo. Io, invece, avrei in mente una cosina che possiamo fare...»

«Dovremmo guardare la recitaaaahhhh...» Le proteste di Brianna si dissolvono in un basso gemito mentre io le passo le dita lungo l'interno del polso. Almeno tre contesse avevano l'interno del polso particolarmente erogeno. Un bacio in quel punto e cadevano in ginocchio per me.

È interessante che sia lo stesso anche per Brianna.

«Non sembra una scossa elettrica» esclama Brianna ansimando, e si aggrappa con l'altra mano al palco. «È più come... un ronzio...»

«Esatto.» Le faccio danzare le dita lungo il braccio. Lei mi scruta, implorandomi con quegli occhi di miele. Non è più una bambina ma una donna, padrona del suo piacere e sicura di ciò che vuole.

Lei vuole questo.

Lei vuole me.

E io sono sempre felice di assecondare una signora. Le passo le dita sulla spalla, sulla clavicola e poi scendo sul davanti del suo maglione scollato, fino a trovare il minuscolo bocciolo del suo capezzolo.

Brianna trattiene di nuovo il fiato quando glielo pizzico tra le dita e io mi sento attraversato dal ronzio dell'elettricità.

Il capezzolo le si indurisce.

Lo sento.

La sento.

Il corpo della mia Brianna che sboccia sotto il mio tocco, aprendosi come i petali di un fiore.

Oooh, ma che bella frase. La userò in una poesia.

Continuo a roteare le dita intorno al suo capezzolo, dolcemente, facendole sentire la sensazione dell'impulso elettrico che ci attraversa entrambi. E poi, quando la vedo socchiudere di nuovo gli occhi e sprofondare ancora di più in quella sensazione, le afferro il capezzolo e lo pizzico. Non troppo forte, ma abbastanza da farle sfuggire un piccolo gemito dalla gola.

Le passo l'altra mano sulla guancia. «Rimani molto immobile e continua a guardare dritto davanti a te, e nessuno si accorgerà di nulla.»

La mascella di Brianna è rilassata. Penso che stia per dirmi di smetterla, che la nostra amicizia ha dei limiti, e che io li sto calpestando con il mio oppio. Invece lei si morde un labbro in quel suo modo assolutamente adorabile e solleva il mento verso il palco. Posa gli occhi sui miei e persino io posso sentire il calore che brucia nel loro centro di miele fuso.

Lei vuole questo.

Lei vuole me.

Se mi fermo a rifletterci anche solo per un momento, crollo. Mi allontanerò da lei e non tornerò mai più, per non rovinare la nostra bella amicizia.

Ma io sono famoso per fare le cose senza pensarci, e stasera l'unica cosa che voglio fare è stare con la mia Brianna.

Mi metto dietro di lei, e le premo il petto contro la schiena, lasciando che i bordi della mia camicia si aprano un po' in modo che la mia carne nuda di fantasma prema su di lei. È una sensazione incredibile, calda, formicolante e deliziosamente *viva*. Non riesco a credere che dopo tutti questi anni passati ad attraversare oggetti e a fluttuare dentro muri, sia lei che mi fa *sentire*.

Le tolgo la mano da dentro il top e lei emette un mugolio. Le passo le dita lungo un fianco, giocherellando con il bordo del suo maglione. Poi spingo le dita più a fondo dentro la scatola, alla ricerca dell'energia che mi serve per far funzionare questa cosa. Le luci del teatro tremolano, ma il pubblico è troppo preso dallo spettacolo per notarlo.

Un paio di passi e arrivo ad afferrare l'orlo della sua stretta gonna di pelle. Poi faccio scivolare la mano sul suo interno coscia. Brianna trattiene il fiato e le sue dita si aggrappano al bordo del palcoscenico così forte che le sue nocche diventano bianche, quasi luminose. Io faccio danzare le mie dita in intricati ghirigori lungo il suo interno coscia, ben consapevole dei mormorii del pubblico intorno a me.

Lo facciamo qui, in mezzo alla folla, con il povero, caro, ignaro Ambrose proprio accanto.

Mi divertivo un sacco a sditalinare le contesse da sotto il tavolo durante i banchetti di Stato, oppure a fare sesso orale con le duchesse da sotto la scrivania, mentre loro dettavano agli ignari mariti: tutte cose oscene che la gente non sapeva che stavano accadendo proprio sotto il loro naso. E a giudicare dal modo in cui Brianna si contorce e si dimena addosso a me, anche lei lo adora.

Le passo le dita sulle mutandine, stuzzicandola, e percepisco netto il calore del suo pube sul mio palmo. Lei mugola di nuovo. Io aggancio un dito al tessuto e glielo scosto.

Appena entro in contatto con la sua nudità, mi manca il respiro. È rasata, ha la pelle morbida, elastica e umida. Per me. Per *me*.

Vorrei berla tutta, trangugiarla come un buon brandy francese, perdermi nella magia della sua bellezza. Le stuzzico le pieghe, aprendole i petali, memorizzando ogni sua parte segreta per poterla poi immortalare in una poesia.

«Edward...»

«Adoro il suono del mio nome sulle tue labbra...» Le sussurro all'orecchio. Il suo profumo di mandorle e pere mi riempie le narici, facendomi impazzire di desiderio.

Le infilo dentro un dito. È terribilmente bagnata. Faccio fatica a respirare, anche se è solo un riflesso, perché io, in realtà, non ho bisogno di respirare. Ma sono così eccitato, così *euforico* di avere un dito dentro Brianna, di sentire il modo in cui si stringe intorno a me mentre il mio corpo fantasma ronza tutto, per l'impulso dell'elettricità.

Non lo sapevo, ma aspettavo questo momento da più di trecento anni... e ne è valsa la pena, fino in fondo.

«Eeeeeeedwaaaaaard...» Il respiro di Brianna vibra mentre io faccio entrare e uscire il dito. Ne incurvo un altro e tocco quel piccolo bocciolo da cui emana tutto il piacere di una donna. Lo tocco, lo titillo e mi spingo più a fondo. Lei muove il bacino contro la mia mano e io la sento, la *sento*... ed è la donna più bella che sia mai esistita.

Il mio nome le sfugge dalle labbra ripetutamente, in un sussurro sommesso, e faccio del mio meglio per impedire al mio flauto silenzioso di suonare la sua ultima melodia. Non pensavo nemmeno che fosse possibile: la morte dovrebbe renderci impotenti, liberare i nostri corpi dalla linfa dei nostri desideri terreni. Ma in questo momento il mio scettro è molto consapevole dei propri desideri terreni, e devo distogliere per un attimo lo sguardo da Brianna e guardare quel ridicolo soldato romano, per non perdermi del tutto.

«Lasciati andare, Brianna. Mostra a questa plebe indegna come una signora si prende il suo piacere.»

Brianna serra i muscoli attorno al mio dito ed emette un ultimo sussulto. Per fortuna, sul palcoscenico, Macbeth ha appena ucciso Re Duncan, quindi non se ne accorge nessuno. Il suo corpo si accascia addosso a me, ma evidentemente in questo stato di debolezza i suoi poteri sono diminuiti, perché mi accorgo che non riesco ad afferrarla. Le mie mani la attraversano e lei mi trapassa, crollando direttamente addosso al ragazzo alle sue spalle.

«Ahi, e stai attenta.» Lui la fulmina con un'occhiata. «Qualcuno ha bevuto qualche bicchiere di troppo di punch shakespeariano.»

«Scusa, scusa.» Brianna si allontana da lui, il viso rosso come un peperone. Si raddrizza la gonna, tutta agitata.

«Brianna, io...»

«Bree, tutto bene? Che cosa è successo?» le chiede Ambrose girandosi verso di lei. «Siamo quasi alla mia parte preferita dell'opera, quella in cui il senso di colpa di Lady Macbeth ha la meglio. Ti prego, vieni a guardare con me.»

«Certo, Ambrose.» Brianna raddrizza la schiena e appoggia entrambe le braccia sul bordo del palco, avvicinandosi per sussurrare qualcosa ad Ambrose. Evita di guardarmi.

«Eccola! Lady Macbeth!»

Il pubblico si gira mentre Lady Macbeth attraversa in volo le gallerie superiori, torcendosi le mani e ridacchiando selvaggiamente. Si è agganciata di nascosto a un marchingegno e si cala su una stretta piattaforma, proprio sopra le nostre teste.

«Oh, emozionante» esclama Ambrose.

«Vattene, maledetta macchia!» grida Lady Macbeth, e poi scavalca il bordo.

Non so cosa aspettarmi. Ai miei tempi a teatro si usavano altalene, argani e ogni tipo di marchingegno per creare effetti drammatici. Lady Macbeth di solito muore fuori scena, ma questo regista deve essere davvero attratto dal macabro, quindi mi aspetto che volerà in giro come una *banshee*, tutta imbrattata di sangue finto, a piangere per il marito che ha ormai il destino segnato.

Invece non è quello che succede.

La donna precipita giù come un sasso, nell'arena. Tutti si scansano e il suo corpo atterra con un rumore raccapricciante di ossa in frantumi.

Il teatro ammutolisce.

E poi qualcuno inizia a urlare.

«Che cosa è successo?» chiede Ambrose dando una gomitata a Brianna. «Che succede?»

«È solo un trucco di scena» sussurra lei stringendosi il busto tra le braccia. «Da un momento all'altro si rimetterà in piedi e riprenderà a recitare le sue battute.»

«Può darsi» dico. «Ma sono abbastanza sicuro che da quella ferita sul cranio stia sgorgando sangue vero.»

28

BREE

Il volto dell'attrice è bloccato in un'espressione attonita. Una macchia scura si espande intorno a lei, circondandola come un'aureola.

Sì, decisamente sangue vero.

Merda.

Succedono un sacco di cose, tutte insieme. La sua testa crolla di lato e i suoi occhi vitrei si fissano su di me. Tutto intorno la gente urla e si precipita verso le uscite, come se la donna fosse portatrice della peste nera invece di essere vittima di un terribile incidente. E io...

Io sento uno strano strattone al petto, come se il mio cuore fosse attorcigliato in un filo che tira, in un grande e terribile groviglio. Sbatto le palpebre. Non credo a ciò che vedo: una forma inconsistente si solleva dal corpo dell'attrice e fluttua sopra di lei, ancora torcendosi le mani e muovendo le labbra a recitare le battute della commedia.

Un altro fantasma.

Il fantasma mascherato del teatro corre da lei e so che sta cercando di spiegarle dove si trova e perché all'improvviso è in grado di fluttuare. Bene, sono felice che abbia un amico, perché non posso essere io quella che...

«Brianna?» mi chiama con tono brusco Edward. «Perché non scappi anche tu, terrorizzata?»

Domanda eccellente. Apro la bocca per dirgli del fantasma che vedo e di quella strana sensazione di strattone che mi tira verso di lei, ma non esce alcun suono. Vengo scossa e tirata da una parte e dall'altra, e la gente corre per affrettarsi all'uscita. Il burbero fidanzato di Mina si inginocchia accanto al cadavere, mormorandole qualcosa mentre prende tra le mani la testa dell'attrice. Io punzecchio con un dito il nuovo fantasma, mentre Edward si volta a guardare.

Non ho mai visto apparire un fantasma prima d'ora. È *orribile.*

Avverto nelle ossa il distacco della sua anima dal suo legame mortale. La sento fluttuare via. La corda che ho intorno al cuore tira con forza, come se fosse un palloncino catturato dal vento e io dovessi aggrapparmici con tutte le mie forze. Ma perché io? Non conosco nemmeno questa donna. Perché è come se in qualche modo fossimo collegate?

«Brianna...» Edward cerca di strattonarmi il braccio, ma le sue dita mi trapassano. «Dovremmo andarcene.»

Sono bloccata al centro del teatro vuoto. Sento a distanza le sirene della polizia che si avvicinano. So che devo andarmene da qui, per evitare che pensino che io c'entri qualcosa. Ma non riesco a distogliere lo sguardo dal fantasma dell'attrice che fluttua sul palcoscenico, stringendo tra le dita il mantello del fantasma del teatro. Avverto i miei piedi che si muovono verso di lei, trascinati dal filo invisibile che ci lega.

«Ehm... Ciao» mi costringo a dire.

«Ciao?» Mi guarda incredula. «Forse puoi spiegarmi tu cosa sta succedendo. Un attimo fa questo posto era pieno di persone.

Stavo facendo il mio famoso monologo. Perché se ne sono andati tutti proprio durante il mio discorso?»

«Quel simpaticone con la maschera non te l'ha spiegato?»

«Non lo trovo affatto simpatico. Lui...» Si acciglia. «Boh, ha detto delle sciocchezze sul fatto che sono morta.»

«Non so bene come dirtelo, ma... sei effettivamente morta. Durante il tuo monologo. Ti sei lanciata da quella piattaforma lassù, al livello della galleria superiore, ma la tua imbracatura di sicurezza non era attaccata correttamente, o qualcosa del genere, e tu...» Faccio un cenno dietro di me in direzione del suo cadavere tutto accartocciato, non sapendo se sia una buona idea o meno. «Sono scappati via tutti, terrorizzati.»

«Ma... non è possibile.» Si abbassa in volo per ispezionare il corpo. «Abbiamo testato quell'imbracatura centinaia di volte. So di averla indossata a regola d'arte. Deve essere una specie di scherzo di pessimo gusto, ma non pensavo che Rasmussen si sarebbe abbassato a tanto.»

«Rasmussen? Il proprietario di quella libreria in città che se la tira tanto?»

«Esatto, lui!» Si mette a saltare di qua e di là, come una pazza. «È stato lui, la rovina della mia esistenza, lui e il suo *First Folio*. Anche dalla tomba mi tormenta!»

«Come, scusa?»

«Oh, non lo sai? Ieri l'hanno fatto fuori. E meno male, direi. Peccato che io fossi una dei sospetti. Ma quella Mina Wilde scoprirà tutto...»

Mi rivolgo ad Ambrose. «Qualcuno è stato ucciso ad Argleton e noi non ne abbiamo saputo niente?»

Non può essere una coincidenza, vero?

Lui alza le spalle. «Sei stata un po' presa dal tuo omicidio misterioso, Bree.»

«Mistero, mistero...» Gli occhi del fantasma danzano frenetici. «Anch'io avevo un mistero da risolvere. Dovevo fare qualcosa stasera. Era importante. Di vitale importanza! Credo che riguardasse Rasmussen. Ma non riesco a ricordare...»

«È l'amnesia post-mortem.» Viene a tutti i fantasmi, in qualche misura. È per questo che Albert non ricorda né chi lo ha avvelenato, né come è finito nel cimitero. È anche il motivo per cui Pax non ha idea di quale sia il punto esatto del campo di battaglia in cui è morto, o se era sufficientemente amato dai suoi uomini perché decidessero di dargli una degna sepoltura. «Non possiamo farci niente, quindi devi conviverci...»

«È molto importante.» Il fantasma mi afferra il collo. Le sue dita mi trapassano, fredde come il ghiaccio. «Non ricordo tutto, ma ricordo questo. Sono venuta qui stasera per dire qualcosa a Mina. Conosci una donna di nome Mina Wilde?»

«Sì, certo.» *Più o meno.*

«Devi dirle di guardare il giglio.»

«Cosa?»

«Guardare il giglio! Guardare il giglio! È importante, ma non so perché.» L'attrice mi fissa con uno sguardo che mi raggela. «Promettimi che glielo dirai.»

«Te lo prometto.» Annuisco con foga. Tutto, pur di togliermi le sue dita gelide dalla trachea.

«Bene.» Il fantasma ritira le mani. «Mi accerterò che tu lo faccia...»

«Brianna Mortimer?» La voce della sergente Wilson rieccheggia nel teatro vuoto. «Che cosa ci fai, vicino al corpo?»

«Ehm, io...» Mi porto una mano al collo. Ho le dita ghiacciate. Il fantasma dell'attrice si ritira nell'ombra, ma riesco ancora a sentire il filo che collega il mio cuore a lei.

La sergente Wilson mi spinge verso l'uscita. «Esci di qui e aspetta con gli altri, fin che raccogliamo le dichiarazioni. E se scopro che hai manomesso in qualche modo la mia scena del crimine, ti sbatto in galera. Hai capito?»

«Forte e chiaro.» Per metà cammino e per metà corro fino al

parcheggio, dove Dani e Alice stanno aspettando insieme al resto del pubblico. Ci sono anche Mina e i suoi fidanzati. Ho la mente confusa. Non posso credere di aver appena visto una donna cadere e morire. E l'imbracatura che non ha funzionato, in quel modo... sarà stato un sabotaggio? Un altro omicidio?

Perché la morte mi perseguita? Perché il mio cuore è attorcigliato nel filo dell'anima di questo fantasma? Cosa mi sta *succedendo*?

29

BREE

«Non posso crederci. Si è buttata giù da quella piattaforma, davanti a tutti.» Dani ci riempie i bicchieri di sidro, poi si siede sulla poltrona a dondolo e solleva il suo bicchiere alle labbra cremisi. «So che suonerà macabro, ma spero di poter lavorare a questo funerale, perché mi interessa davvero sapere cosa è successo. È stato un suicidio? Un malfunzionamento dell'imbracatura? O è stato...»

«Omicidio!» grida il fantasma dell'attrice, che attraversa di corsa la stanza come un uragano, torcendosi selvaggiamente le mani e rovesciando diversi soprammobili con l'orlo del costume da Lady Macbeth.

«Sabotaggio?» dico io bevendo in un sol sorso metà del bicchiere. Dopo l'interruzione dello spettacolo a causa di quella morte drammatica, Alice avrebbe voluto andare a casa, ma Dani aveva voglia di bere qualcosa e parlarne, così siamo tornate insieme a Grimdale Manor. Naturalmente non eravamo sole. «Il fantasma sembra pensarla così. Pensa che la sua morte abbia qualcosa a che fare con l'omicidio dell'altro proprietario di una libreria ad Argleton, l'altro giorno.»

«Non lo *penso*, lo *so*» sbotta l'attrice, con le mani posate sui

259

fianchi trasparenti. «Sappiate che sono una rinomata studiosa di Shakespeare, e quindi se vi dico che una cosa è vera, allora è vera.»

«Fantasmi: sono tutti così melodrammatici.» Dani fa una smorfia spazientita con gli occhi.

«Non sai quanto.»

«Lo trovo offensivo» interviene Edward dalla sua sedia accanto al fuoco. «Io sono melodrammatico esattamente al punto giusto.»

Evito deliberatamente di guardarlo, perché se sposto gli occhi verso di lui, lo vedrò stravaccato su quella sedia, la camicia bianca aperta a rivelare le linee del petto, una gamba posata mollemente su un bracciolo, e quel suo sorrisetto così fastidioso, che gli increspa le labbra trooooppo carine. Se lo guardo, so che diventerò rossa come un peperone al pensiero di quello che ha fatto... di quello che *abbiamo* fatto... e Dani se ne accorgerà e vorrà sapere cosa è successo e io dovrò dirle che mi sono fatta fare un ditalino da un fantasma...

...e che mi è piaciuto.

E molto.

Da quando la polizia ci ha buttato fuori dal teatro non sono riuscita a fare altro che pensarci, ricordare l'effetto che mi faceva il suo tocco con la corrente elettrica che lo attraversava. Non era una scossa elettrica, come mi sarei aspettata, ma era più come il ronzio di un vibratore... e lui era... e poi, tutte quelle cose sconce che mi sussurrava all'orecchio...

No. Non ci sto pensando. Concentriamoci su Dani e sul possibile omicidio, che è molto, ma molto poco sexy, e su questo nuovo fantasma dell'attrice e sulla strana sensazione di qualcosa che mi tira il cuore, che ancora mi tormenta...

Chiudo gli occhi per resistere al richiamo del sorriso di Edward (un sorriso che percepisco anche se non lo guardo) e cerco di concentrarmi su ciò che dice Dani.

«E cos'è che ti ha detto?»

«*Guarda il giglio*. Ma non capisco.»

«Perché il messaggio non è per *te*.» Il fantasma si torce le mani, esasperata. «E potresti fare a meno di parlarne con cani e porci? Che senso ha che io ti consegni un messaggio in segreto, se poi lo viene a sapere tutto il villaggio?»

«Nessuno lo verrà a sapere. La maggior parte delle persone in questa stanza è tanto morta quanto te.» La guardo. Strano. Non avrebbe dovuto essere in grado di seguirmi fino a casa, la sua fantasmaticità avrebbe dovuto trattenerla nel teatro. Invece è qui, che se ne va in giro per Grimwood Manor, a farsi dare una lezione da Pax su come usare l'armadietto dei liquori.

«Mi dispiace che tu sia morta» dice Dani allo spazio dove pensa che si trovi l'attrice. «Almeno se lasci che il funerale te lo faccia io, potrai uscire di scena con una vera festa. Quindi, consegnerai il messaggio a Mina?» conclude, rivolta a me.

Annuisco. «Se dico a Mina del giglio, allora il fantasma potrà passare oltre.»

«Passare oltre? Non mi piace l'idea.» Il fantasma incrocia le braccia al petto. «Forse tornerò da quel simpatico fantasma del teatro, quello con la maschera bianca. Lui sì che sa come trattare una grande attrice di teatro.»

«In realtà sì, sarei più contenta se tornassi al teatro, grazie mille.» Guardo il nuovo fantasma, poi mi volto verso Dani. «È la cosa giusta da fare, anche se...»

Dani mi guarda sospettosa. «Anche se questo distruggerà una nuova amicizia prima ancora che inizi?»

Maledetta. Mi conosce troppo bene. «Esatto. Insomma, quando ti ho detto che vedevo i fantasmi, ci conoscevamo già da anni. Eppure tu...»

Dani appoggia la schiena alla sedia e si sistema il gilet che si è fatta fare, con un motivo di scheletri danzanti. «Eppure io sono deliziosamente morbosa. Tranquilla, lo puoi dire.»

«Esatto. Tu sei deliziosamente morbosa. Ma Mina non la conosco ancora così bene, e sembra una persona straordinaria, e mi piacerebbe che Ambrose entrasse in contatto con lei in qualche modo, sempre che sia possibile. Ma se entro in quel negozio e le racconto che un fantasma mi ha detto di dirle di guardare un giglio, mi prenderà per pazza, proprio come pensano tutti a Grimdale, compresa la tua ragazza.»

«Alice non è la mia ragazza» dice Dani cupa, e so che sta pensando al suo appuntamento rovinato. «E dovresti dare una chance a questa Mina. Magari ti sorprende. Le streghe non hanno detto qualcosa sul fatto che ha ucciso un vampiro?»

«Stavano scherzando.»

Spero.

«Allora, dove si nascondono i tuoi tre fantomatici non-fidanzati? Pax, Edward, Ambrose?» Dani saluta il caminetto. «Ciao a tutti.»

«Ambrose è sul sedile sotto la finestra. Pax è nell'armadietto dei liquori. Edward è disteso su quella sedia come fosse il dipinto rinascimentale di un principe indolente.»

«Certo.» Dani si toglie gli stivali e si butta sul divano. Fa una smorfia. «Questi mobili antichi sono bellissimi, ma non sono esattamente comodi. Sono fatti per membra esili e per sederini minuscoli e impertinenti.»

«Questo mi offende» esclama Edward. «Il mio contorno è tutt'altro che delicato...»

«Edward dice di essere completamente d'accordo con tutto quello che dici» traduco io.

«Bugiarda.» Dani mi fa un gran sorriso, prende la bottiglia di sidro dal tavolo e riempie i bicchieri. «Allora, se non ti dispiace che te lo chieda, come è andato il tuo non-appuntamento? A un certo punto ti ho guardata e avevi gli occhi chiusi e ti stavi aggrappando al palco.»

CRASH. SBADABAM. BANG.

Fiuuu. Salvata da un'altra calamità.

L'attrice grida e salta in braccio ad Ambrose. «Salvami, salvami!»

Dani alza di scatto la testa verso il soffitto. «Cos'è questo rumore?»

«Oh, succede spesso.» Faccio spallucce. «I miei dicono che in soffitta vive un pipistrello.»

«Un pipistrello!» L'attrice rabbrividisce e crolla tra le braccia di Ambrose. Lui ha un'espressione terrorizzata, e le dà qualche goffa pacca sulla spalla.

«Papà l'ha chiamato Ozzy e mi hanno detto di lasciarlo stare.»

«Perché sono troppo terrorizzati per cacciarlo via» dice Edward con un brivido. «Sono bestie furbe. Per ora Ozzy si è impossessato della soffitta, ma sta facendo delle sortite nelle camere del terzo piano. Presto pianterà il suo stendardo e si insedierà in camera mia, con tanto di famiglia!»

L'ironia di un principe britannico che si lamenta della colonizzazione della casa da parte di un pipistrello mi fa sbellicare dalle risate.

«È meglio lasciare a Ozzy il suo spazio» aggiunge Ambrose dalla finestra, con l'attrice che gli singhiozza su una spalla. Lui guarda preoccupato verso il soffitto, e i colpi e gli schianti si allontanano. Io guardo in direzione di Pax, aspettandomi di vederlo entrare in azione con la spada sguainata. Invece, intravedo il guizzo di un sandalo romano che scompare dietro la tenda.

«Puoi uscire, Pax» dico. «Credo che ora abbia smesso.»

«Sembra che lassù ci sia un Ozzfest in corso» osserva Dani. «Sei sicura che tenere un pipistrello in casa sia igienico o...»

Si sente un forte scricchiolio e lei strizza gli occhi. Pax si rituffa dietro la tenda.

«...idoneo da un punto di vista strutturale?»

«Non ne sono affatto sicura, ma se mio padre ha fatto amicizia con il pipistrello, non sarò certo io a scacciarlo.» Lancio un'occhiata all'angolo della stanza, dove Edward ha raggiunto Pax dietro la tenda. Sono entrambi terrorizzati. «Inoltre, per un motivo o per l'altro, i fantasmi sono sgomenti.»

«Non per *un motivo o per l'altro*» esclama Edward rabbrividendo. «Per un motivo legittimo e *specifico*, di cui possiamo parlarti in modo molto dettagliato ed esplicito...»

«Non stasera, grazie» dico. «Ho bevuto troppo sidro.»

Dani è abituata a vedermi che parlo al nulla, quindi ignora l'intera conversazione e non fa nessun commento. «Ah, volevo dirti che ho delle novità sulla nostra agente immobiliare.»

«Annabel Myers?» Avevo intenzione di indagare su di lei, soprattutto dopo che avevo trovato quella moneta, ma ero stata sempre impegnata a seguire le varie attività dei fantasmi.

«Proprio lei. Dunque, il corpo di Albert è in frigorifero, in attesa del momento giusto per il funerale. Ovviamente, non potrà essere Maggie a occuparsene, dato che è in prigione, quindi sto aspettando che arrivi il figlio dall'Australia. In pratica, è tutto in sospeso. Quindi, immagina la mia sorpresa quando ricevo una visita di questa tizia, che mi chiede informazioni sui preparativi per Albert.»

«Annabel?»

«La Vecchia Scarpe a Punta in persona. Mi ha chiesto se sapevo qualcosa sul patrimonio immobiliare di Albert. Le ho detto che la famiglia non era ancora pronta per il funerale e l'ho indirizzata all'avvocato dei Fernsby, ma lei mi ha detto di avergli già parlato, e che lui non ha voluto dirle nulla. Voleva sapere se la casa era ancora in vendita. È stata molto insistente, ha detto di avere gli acquirenti perfetti, e che non potevano aspettare.»

«E tu che cosa le hai detto?»

«Le ho detto che non potevo rivelare dettagli privati su un cliente. Si è offesa un sacco e se n'è andata.»

«Beh, atteggiamento riprovevole, che però non mi sorprende, da una agente immobiliare. Albert non mi aveva detto che avevano deciso di vendere, anche se potrebbe averlo dimenticato, a causa dell'amnesia post-mortem.»

«O della demenza» interviene Dani sorseggiando il suo drink. «Ho anche spulciato le pagine social del Goat per guardare tutte le foto della serata quiz del pub. Nessuno in questa città sa fare una foto. Ho visto più primi piani di narici di quante se ne possano contare. Ma posso dirti con estrema certezza che Annabel e suo marito Kieran quella sera sono stati al pub fino alla chiusura. Erano in molte delle foto, quasi come se stessero cercando di mettersi in mostra per crearsi un alibi.»

«Però noi sappiamo che Albert è stato avvelenato ben prima del quiz al pub, e Pax l'ha visto che ballava nel cimitero, quindi non serviva che dimostrassero a nessuno che non avevano spostato il corpo.»

«È vero, ma la polizia non sa cosa ha visto Pax. Inoltre, non potevano sapere con esattezza quanto del balsamo avvelenato avrebbe usato Albert, né quando l'avrebbe usato. E Kieran è un capo scout, quindi probabilmente sa tutto sulla belladonna. Ah, e sai chi invece non era presente al quiz? Il preside Gibbons. Mi ha chiamato ieri.»

«Davvero?»

Dani annuisce. «Sua madre è stata molto malata, e ieri sera si è spenta serenamente, nel sonno. Mi ha chiamata per organizzare il funerale. Poveretto, è piuttosto sconvolto. Si è fatto un bel pianto e ha riconosciuto che negli ultimi tempi è stato una persona orribile, e sa di essersi sfogato con Albert e Maggie, ma era preoccupato per lei. Però sua madre gli ha lasciato un bel gruzzoletto, quindi ora si sta dando un gran da fare per il funerale.»

«Non ti pare un po' poco delicato?»

Dani scuote la testa. «Le persone soffrono in modi diversi. A volte, quando si vede una persona cara soffrire, la sua morte può sembrare un sollievo perché si sa che ha finalmente trovato la pace. Con quei soldi ora può onorarla come vuole e può andare avanti con la sua vita senza provare rancore per i Fernsby. Non sta a me giudicare. Io devo solo lasciare alla famiglia lo spazio per elaborare le proprie emozioni. Credo che il suo dolore sia sincero, e penso che dovremmo concentrarci su questi altri due come principali sospettati.»

«Sei troppo brava in questo.»

«Cinque anni nel settore funerario.» Dani sorride. «Ah, e tutti quei podcast di *true crime* che ascolto. Le persone che lavorano nel settore della morte hanno gusti morbosi. E, a proposito di morbosità... Nuovi fantasmi. Omicidi. Attrezzature sabotate. Pettegolezzi di paese. Prodotti da bagno alla belladonna. In questo momento la tua vita è più strana della fiction, Bree.»

Per non parlare di questo qualcosa che mi strattona e della strana sensazione di essere stata messa al corrente di una verità che non avrei dovuto sapere. «Non me ne parlare.»

IL GIORNO dopo devo passare la mattinata a spiegare le regole dei fantasmi a un'attrice sconvolta, e poi a tranquillizzare Albert, ancora più sconvolto perché non ho nuove notizie su Maggie. È tardo pomeriggio quando finalmente piazzo i miei tre fantasmi davanti a un film dei Monty Python e salgo sull'autobus per Argleton per andare a fare una chiacchierata con Mina, con gli altri fantasmi.

La Libreria Nevermore è già chiusa quando arrivo, ma mi ricordo cosa mi ha detto la signora riguardo all'insegna, e provo ad aprire la porta. Si apre senza fatica e mi infilo dentro. Trovo Mina nella sala principale, che sistema dei libri su un tavolo mentre il corvo scruta tutto dall'alto. Alza un'ala verso di me in segno di saluto e io rispondo con un cenno del capo.

«Questo posto avrebbe davvero bisogno di una spolverata» commenta l'attrice storcendo il naso.

«Scusami» dico entrando nella stanza. «Non volevo spaventarti. Devo dirti una cosa.»

Mina alza di scatto la testa. «Sì?»

Mi guardo alle spalle, ma non c'è nessun altro, a parte il fantasma della signora vittoriana che ho visto l'ultima volta, che mi fa un cenno. «Senti, ieri sera ero a teatro. Ho visto cosa è successo a quella povera donna. E ho sentito dire in giro che forse stai indagando in segreto su questi omicidi.»

«Non mi sognerei mai di mettere in difficoltà la nostra polizia» replica Mina con un tono che lascia intendere che sì, ovvio che sta conducendo una sua indagine.

«Non sono qui per criticarti. La polizia non sarebbe in grado nemmeno di organizzare una sbronza in una birreria. Forse potrei aiutarti.»

«Come?»

«Okay, allora.» Alzo il telefono. «Per prima cosa ti ho inviato le immagini che ho scattato del *First Folio*. Potrebbero essere utili... suppongo che ora ce l'abbia la polizia.»

«In realtà, l'hanno restituito oggi» dice Mina, spiegando che il *First Folio* è ora esposto a teatro. «Non so quando potrò vederlo, quindi sì, le foto mi saranno molto utili, grazie.»

«Non c'è di che. E...» *Non posso credere di stare facendo questa cosa.* «Ehm... Non è facile per me e ti prego di non pensare che sia una tipa stramba.»

«Bree, ti garantisco che non puoi essere più stramba di me. Dimmi di cosa si tratta.»

«Okay, diciamo che per puro caso conosco da vicino un... esperto locale del periodo shakespeariano. Qualcuno con cui sono sicura ti piacerebbe molto parlare ma che, per una serie di motivi, non può parlarti.»

Perché è morta.

«Dille che sono una rinomata studiosa!» L'attrice si mette a saltare su e giù. «Non conosce molti studiosi rinomati. Capirà che sono io.»

Mina inclina la testa di lato, interessata. Continuo. «E questo... ehm, rinomato studioso mi ha detto di dirti di guardare il giglio.»

«Cosa?»

«Il giglio!» Il fantasma cerca di battere il piede a terra. «Il giglio! Il maledetto giglio! Non so cosa significa, ma so che è molto, molto importante.»

Non voglio farlo.

Non ci tengo a fare la messaggera per conto di fantasmi, né risolvere omicidi. Né baciare uomini morti nel diciassettesimo secolo. L'unica cosa che desidero è essere una normalissima donna di vent'anni o poco più. Voglio uscite romantiche con persone visibili e andare in giro con i miei amici senza che la gente mi senta parlare da sola.

Voglio mio padre. Che mi abbracci e mi dica che andrà tutto bene.

Ma qualsiasi cosa io desideri nella vita sembra essere fuori dalla mia portata.

Il pezzo di moldavite che ho in tasca pesa un miliardo di tonnellate. Il fantasma dell'attrice ulula, emettendo un suono che sembra quello di una sirena antiaerea in un vecchio film di guerra. La corda che mi avvolge il cuore tira, e poi di nuovo, e ho la sensazione che stia per strapparmi il cuore dal corpo. Mi accorgo a malapena di Mina che, di fronte a me, mi fissa con occhi spalancati e un'espressione preoccupata.

«Il giglio. Devi guardare il giglio. È tutto quello che ti posso dire.» I bordi del mondo si accendono di una brillante luce dorata che diventa sempre più intensa fino a quando non vedo più nulla. Mi sento salire la nausea. Devo lasciare questo negozio, *subito,* prima di vomitare. «Non ho idea di cosa voglia dire, ma a quanto pare pensa che lo capirai.»

«Aspetta. Come fai a sapere...»

«Buona fortuna, Mina.»

Mi giro rapida su me stessa e scappo, in direzione della porta. Sbatto contro il tavolo, e mando a terra una pila di libri. Sopra la mia testa, il corvo gracchia angosciato.

Lo vedi anche tu, sento l'uccello. *Il negozio che si riempie di luce intensa. Il fantasma che svanisce. Il filo d'argento che va da lei al tuo petto...*

In che senso? Non c'è nessun filo d'argento. Ma non abbasso lo sguardo. Non mi porto le mani al cuore, perché lo sento, sento che mi stringe, che tira...

Grido e incespico.

«Torna indietro» urla l'attrice. «Mi sta succedendo qualcosa. Mi sento debole e leggera...»

Non guardare, Bree. Non guardare.

Tolgo di mezzo il tavolo e barcollo verso la porta. Lei grida e, anche se mi copro le orecchie, non riesco a evitare di sentire il suono perché proviene da dentro di me e...

Il negozio esplode di luce. Vado tastoni lungo il corridoio e mi butto fuori dalla porta d'ingresso proprio mentre le urla si placano e la corda intorno al mio cuore si spezza.

La luce scompare.

Il mondo è di nuovo al suo posto.

Io, invece, sono molto, *molto* lontana dall'essere a posto.

Mi appoggio a un idrante e faccio fatica a riprendere fiato.

So esattamente cosa è successo in quel negozio. Il fantasma è passato oltre, perché ho portato a termine il lavoro che aveva lasciato incompiuto. Ho fatto tutto il possibile per il caso di Mina. Le ho consegnato il messaggio che mi aveva dato l'attrice. Il resto ora spetta a Mina.

Quello che non so è da dove provenisse quella luce abbagliante, né perché il mio cuore sia stato stretto dalla corda. Mi è già capitato di vedere fantasmi che passano oltre. Di solito si limitano a sbiadire e poi scompaiono. Questo è stato uno spettacolo così esagerato che se n'è accorto persino il corvo.

Che cosa ha detto del filo d'argento?

E Mina... che cosa penserà di me, che inciampo e borbotto sciocchezze su gigli e fantasmi? Non potrei sopportare un solo momento in più in cui Mina mi guardasse con quell'espressione confusa e un po' terrorizzata che la gente ha sempre nei miei confronti, quella che dice: *Questa ragazza è un fenomeno da baraccone e vogliamo starle alla larga, decisamente alla larga.*

Avrei voluto che Mina fosse diversa. Ma non credo che lo sia. Persino una libraia cieca che risolve crimini, che ha tre fidanzati e un grande gusto per la musica, pensa che io sia eccessiva.

Bene. Raddrizzo la schiena, mi spolvero la gonna e torno verso l'autobus. Ho chiuso con Mina e con le visite alla Libreria Nevermore. Ho fatto quello che mi ero prefissata.

Ho il mio omicidio irrisolto da risolvere e i miei demoni fantasma da uccidere.

30

BREE

Sulla strada del ritorno compro del cibo da asporto e lo mangio su una panchina vicino al laghetto delle anatre, così non devo preoccuparmi dei fantasmi, che sarebbero attratti dall'odore. Appena apro l'ingresso principale ho lo stomaco in subbuglio. So che i fantasmi mi interrogheranno e l'ultima cosa che voglio fare è raccontare loro di come ho visto l'attrice passare oltre, di quella luce abbagliante e dell'inspiegabile strattone che ho sentito al cuore.

Ma non posso rimandare per sempre. È tardi e mi sento in colpa per non aver ancora dato da mangiare a Moon ed Entwhistle. Mi aspetto che mi corrano incontro e mi saltellino intorno alle caviglie non appena varco la porta, invece non si vedono.

L'intera casa è avvolta nel silenzio.

«Moon? Entwhistle? Fantasmi?» Controllo nelle camere degli ospiti, nei cesti della biancheria e nel nascondiglio preferito di Moon, cioè tra i cuscini del divano che le lasciano in vista una sola zampetta rossa. Ma non c'è nessuno, nemmeno i fantasmi.

Ma dove sono?

Sono assalita dal panico, ma poi sento Pax che grida da qualche parte. Seguo il suono fino alla mia vecchia camera da letto. Il rifugio della mia adolescenza. Con cautela, apro la porta. Il cuore mi balza in gola.

C'è Pax, seduto in fondo al mio vecchio letto, che ha un pezzo di nastro legato alla punta della spada. Sta sventolando il nastro di qua e di là davanti ai gattini, che saltano cercando di afferrarlo con le zampe e con i denti. Il suo volto è incantato dalle loro buffonate, e i suoi lineamenti duri e arcigni sono insolitamente sereni.

Solleva lo sguardo verso di me e si fa subito serio, con un'espressione colpevole negli occhi. Ho un'orribile sensazione alla bocca dello stomaco. Pax si sente in colpa per essere qui, in questa stanza, perché sa che io non ci voglio stare. Ma questa è anche casa sua. Non mi va che non si senta libero di andare in giro o di giocare con i gattini.

«Va tutto bene.» Mi avvicino alle finestre della torretta. In basso, il vento sferza il cimitero, facendo frusciare le querce e i ciliegi e proiettando ombre sui volti dei due angeli, così che sembrano parlare tra di loro. *Un tempo questo era un luogo tranquillo per me... ora è un vero incubo. Ma rinuncerei a rivedere i tre fantasmi per riavere la mia tranquillità?* «Non mi dispiace che tu sia qui.»

«Sei tornata.» Pax rimane concentrato sui gattini. La tensione gli irrigidisce le spalle. «Avresti dovuto portarmi con te. Prendermi cura di te è il mio compito.»

Non puoi salvarmi, Pax. Non quando il mio peggior nemico sono io.

«Sono cinque anni che viaggio per il mondo da sola. Penso di farcela, ad andare in una libreria del villaggio vicino senza venire attaccata dai Celti.»

«Se avessi avuto la possibilità di venire con te nei tuoi

viaggi, l'avrei fatto. Ma tu non mi hai voluto. Non hai voluto nemmeno Edward o Ambrose.»

«Vero. Ero giovane e triste, e avevo bisogno di ritrovare me stessa. Avevo bisogno di essere normale per un po'.»

«E adesso?»

Pax continua a non guardarmi, ma riesco a cogliere l'angoscia nella sua voce.

Faccio un sospiro. «Edward te l'ha detto, vero? Di quello che è successo giù, al festival...»

«Non ha mai smesso di parlarne. È davvero fastidioso. Gli ho detto che se dice solo un'altra parola, metterò in atto la mia punizione romana preferita, cioè gli stacco la pelle e...»

Mi volto a guardarlo. «Ehi, io non ho nessun problema se decidi di scuoiare Edward. Probabilmente se lo merita.»

Gli artigli di Entwhistle si incastrano nella tunica di Pax. Con amore e delicatezza, lui li stacca.

«Quindi? Hai scelto lui?»

Il mio sguardo si sposta sui graffiti che ho inciso sull'intonaco. *B + P + E + A = 4EVA.*

La giovane Bree non poteva immaginare quanto complicato sarebbe diventato tutto quanto.

«No. Io... io non voglio proprio scegliere. È questo il punto. Ieri sera ho avuto un momento di debolezza. Edward era lì e si è accorto che avevo bisogno di tirarmi su di morale e... mi ha tirato su. Perché è mio amico ed è questo che fanno gli amici. La verità è che se foste tutti vivi e potessi avere una vera relazione con uno di voi, non ho la minima idea di chi sceglierei. Non vorrei dover scegliere. Peccato che io sia viva e voi siate fantasmi.»

«Non so più cosa sono.» Pax fissa la punta della spada. «Perché sta cambiando tutto? Perché improvvisamente la nostra fantasmaticità va oltre? Perché mi sento così quando ti tocco?»

Mi afferra la mano e me la stringe, portandosela al petto. Io urlo. Ho le api che mi ronzano nelle vene. Trattengo il gemito di piacere che vorrebbe sfuggirmi dalle labbra.

«Lo senti» mi chiede Pax, tenendomi le dita sul suo cuore. «Senti quello che mi fai?»

«Pax, io non...» ma poi sussulto.

Perché ora lo sento.

È così debole che penso di averlo solo immaginato, invece no...

Si sente un battito costante nel petto di Pax.

Un battito cardiaco.

«Non è possibile.»

«Per i poteri pacificatori di Marte, è stata una sorpresa anche per me.»

«Da quanto tempo ce l'hai?»

Si gratta la testa. «Me ne sono accorto un paio di giorni dopo il tuo ritorno. Ho aspettato il momento giusto per dirtelo.»

«Da quando un centurione romano si preoccupa del momento giusto?»

Pax aggrotta le sopracciglia fingendosi offeso, ma i suoi occhi azzurro chiaro mi fissano con uno sguardo intenso, che mi richiama un calore al ventre.

So che dovrei togliere la mano, ma è bello sentirlo, e il modo in cui mi guarda mi blocca. «Che significa?» sussurro.

«Non so cosa significhi, ma è un'agonia.» Pax afferra il bordo della tunica e se lo solleva. «Guarda la mia verpa. Non era più in questo stato da quando ero vivo. Ecco l'effetto che mi fai.»

Abbasso lo sguardo e sussulto di nuovo.

Pax ha l'uccello... ehm, la verpa... esposta. Ed è dura come una roccia.

Ed è... enorme.

Terribilmente *enorme*. Praticamente un tronco d'albero, venoso, gonfio e con l'estremità violacea. Una goccia già gli luccica sulla punta e quello che vorrei fare più di ogni altra cosa al mondo è chinarmi e leccargliela.

E lo faccio.

Perché sì.

Perché è un mio amico e sta soffrendo, e io so come alleviargli il dolore.

Perché non sarò mai e poi mai normale, e forse sono stanca di fingere.

Mi inginocchio sul pavimento della mia cameretta di quando ero piccola e gli metto le mani sotto le cosce per avvicinarmelo. Affondo su di lui, lasciando che mi riempia la bocca. Spalanco le labbra e faccio fatica a prenderlo tutto.

Gli occhi di Pax sono due fiammelle azzurre che ardono solo per me.

Nel corso degli anni ho fatto un po' di pompini in stanze di ostelli che puzzavano di piedi. I ragazzi di solito sanno di erba e di disperazione. Vanno in giro per il mondo in cerca di se stessi, proprio come me. E per una notte o due ci cerchiamo reciprocamente, e in qualche modo finiamo che ci sentiamo più vuoti che mai.

Ma Pax... io con lui non ho mai dovuto cercare me stessa, perché lui mi ha sempre amata per quello che sono. Mi ha sempre protetta. E ora, mentre sono qui che lo prendo in bocca, il più a fondo possibile, fino a rischiare di farmi venire dei conati di vomito, mi rendo conto che non ha lo stesso sapore degli altri ragazzi.

Lui sa di dolcezza, di sangue e di foglie di quercia intrappolate dalla pioggia.

Ha il sapore di casa.

Lo accarezzo, e lungo il corpo mi si diffonde un calore ovattato. C'è sempre qualcosa in lui, in tutti i fantasmi, che non è del tutto umano. C'è una leggerezza, la sensazione che quello che sento quando li sfioro non abbia nulla a che fare con un tocco, almeno non nel modo in cui sono abituata. Sembra che non siano fatti di atomi, ma di piccole melodie luminose che nel buio hanno trovato la loro strada verso di me.

«È una sensazione incredibile» geme lui. «La tua lingua, è come seta...»

La punta del suo sesso mi arriva al fondo della gola, e ne ho preso in bocca solo una parte. Glielo stringo con la mano e lo masturbo, seguendo il ritmo della mia lingua.

«Non fermarti» grugnisce lui. «Guardami.»

Distolgo lo sguardo dalla sua magnifica verpa per portarlo al suo viso, dove bruciano due fiamme gemelle che sciolgono tutti i miei dubbi e le mie paure. Dietro i suoi occhi, leggo le iniziali che ho inciso sul soffitto tanti anni fa.

$$B + P + E + A = 4EVA.$$

«Sei brava» mi dice. «Sei proprio brava.»

Pax dondola il bacino e mi stringe i capelli, e quel dolore mi spinge ad andare più veloce, più a fondo. Poi riversa la testa all'indietro ed emette un grido spettrale che fa tremare le finestre. L'oscura soddisfazione che gli brilla negli occhi mi fa pulsare il clitoride di desiderio.

Pax stringe le dita e mi tira di più a sé. Spinge il bacino un'ultima volta e si libera dentro di me.

Sa di mare. Sa di Pax.

Il mio Pax.

Le sue spalle si rilassano e poi si butta indietro, sul letto. I gattini si sono rifugiati nell'angolo e stanno giocando al tiro alla fune con il nastro.

Pax mi osserva da sotto le palpebre socchiuse, in una sorta

di adorazione. Mi tende una mano. «Vieni qui. Vieni qui con me.»

Mi avvicino a lui. «Mi credi adesso? Mi credi se ti dico che non ho scelto Edward invece di te?»

«Credo a tutto ciò che quelle belle labbra vogliono dirmi. Dimmi che le stelle girano intorno al sole...»

«...lo fanno...»

«...o che i Romani sono deboli, o che gli dèi non esistono, e io difenderò le tue bugie fino al mio ultimo respiro.»

Gli prendo la mano e per un attimo, con le nostre dita che si sfiorano, riesco a vedere il tenue barlume di un filo d'argento che avvolge entrambi. Sento uno strattone al cuore.

Sbatto le palpebre e il filo è sparito.

«Pax.» Il suo nome ha un sapore strano sulla mia lingua. È il nome del protettore della mia infanzia, ma quello che abbiamo fatto stasera non è affatto un gioco da bambini. «Credo... credo che ci sia qualcosa che non va in me.»

«Non c'è nulla di sbagliato in te. Sei perfetta.» Mi prende la mano. «Vieni qui con me e ti mostrerò quanto sei perfetta.»

Scuoto la testa. Non posso farlo. Vorrei, ma... sdraiarmi accanto a lui, vedere fino a che punto possiamo portare questo legame... assomiglia troppo alla fine di qualcosa che non sono ancora pronta a terminare. «Questa notte il fantasma dell'attrice è passato oltre, e io l'ho *sentito*. Nel mio cuore. Ho sentito sciogliersi il filo che legava la sua anima al mondo mortale. Ho sentito che *se ne andava*. E credo... di avere avuto un ruolo anche io.»

Si acciglia. «Ma non è così che funziona. Aveva semplicemente portato a termine il suo lavoro incompiuto e quindi poteva passare. Non hai nessuna responsabilità su di lei, come non ne hai avuta per gli altri che abbiamo visto passare.»

«Questa volta è stato diverso.» Mi porto una mano al petto. «Non so spiegarlo, ma...»

Tap-tap-tap.

Giro la testa di scatto in direzione del rumore. «Che cos'è?»

«Qualcosa che batte alla finestra.»

Tap-tap-tap.

È solo pioggia. Quando ho dato un'occhiata fuori prima, si era alzato il vento, quindi forse stava arrivando un temporale estivo...

No, non sono gocce di pioggia. C'è la luna piena che fa capolino tra gli alberi e proietta un pallido fascio di luce nella stanza. Il cielo è limpido. E quel suono è troppo regolare per essere un fenomeno naturale. È come se qualcosa di duro battesse contro la finestra...

Qualcosa di simile al becco di un uccello.

Mi avvicino guardinga alla finestra e scosto il bordo della tenda di velluto.

Sul davanzale c'è il corvo del negozio Nevermore, gli occhi scuri cerchiati di fuoco arancione. Sollevo la parte inferiore della finestra a ghigliottina e lui svolazza dentro.

In un batter d'occhio Pax è in piedi, e agita la spada come un forsennato, inseguendo l'uccello per la stanza. «Vattene da qui, brutto demonio! Brutto servo di Plutone!»

«Pax, fermo!» Agito le braccia. «Non è una minaccia. È solo un uccello.»

Sono più di un semplice uccello, grazie mille.

Il volatile scruta preoccupato, nascosto dentro il lampadario. Pax indietreggia fino all'angolo e si mette a fluttuare sopra la poltrona a sacco, le braccia conserte e uno sguardo che dice chiaramente: "Una mossa sbagliata e ci ritroveremo con un corvo arrosto per cena."

«Miao!» Entwhistle salta sul bracciolo della poltroncina vicino a lui, con il pelo irto e la coda grossa come quella di una volpe.

Tieni lontano da me quelle tre creature assetate di sangue. Con uno sguardo il corvo fulmina Pax e i due gattini e intanto si posa sul letto. Affonda gli artigli nel copriletto Emily Strange. Io mi lascio cadere di fianco a lui.

«Ciao, di nuovo» dico, sentendomi un po' stupida a parlare con un uccello. «Che ci fai qui?»

Un attimo! Il corvo piega il collo e con la zampa si gratta dietro la testa. *Ecco, così va meglio. Sono venuto a presentarmi.*

La voce dell'uccello mi arriva dritta in testa, come se fosse sempre stata lì.

Mi chiamo Quoth.

«Quoth, eh?» Penso al nome della libreria e alla famosa poesia di Edgar Allan Poe, in cui il verbo arcaico "quoth" (che significa *disse*) viene accompagnato alla parola "corvo". «Appropriato.»

Non sai quanto. La libreria che hai visitato porta in vita personaggi della letteratura. Il burbero proprietario che hai incontrato in realtà è Heathcliff di Cime tempestose. Io sono il corvo della poesia di Edgar Allan Poe, nonché uno degli altri fidanzati di Mina, e non hai ancora conosciuto l'altro coinquilino, il perfido James Moriarty...

Wow... è... *parecchio*, da metabolizzare. «Ah, certo, e allora Mina chi è?»

L'amore della nostra vita.

Ha tutta la mia attenzione. Sì, ho capito che sto conversando con un corvo e che la Libreria Nevermore è magica e dà vita a personaggi dei libri, ma sapere che dall'altra parte della valle, ad Argleton, c'è un'altra ragazza che ama tre ragazzi non proprio umani, è diverso. Forse capirebbe se le parlassi di me e dei fantasmi... «Aspetta, come fai a essere uno dei suoi fidanzati? Sei un uccello.»

Sono un mutaforma. Ho una forma di uomo, ma in genere mi sento più a mio agio come uccello. Di solito. Tranne quando nella stanza ci sono due gatti e un antico romano omicida.

«Perché parli con l'uccello?» chiede spazientito Pax. «Non credere a una parola di quello che dice. Gli uccelli sono degli stronzi. Cagano in volo su noi soldati romani che marciamo, e non possiamo fermarci per ripulirci. Una volta un uccello me ne ha mollata una dritta nell'occhio e per tutta la guardia ho dovuto andare in giro con lo sterco che seccandosi mi ha incrostato l'occhio.»

Era il mio bis-bis-bis-bis zio. Ha sempre avuto una mira eccellente.

A Pax, invece, dice: «Cra.»

Pax agita la spada. «Quell'uccello mi ha appena insultato, vero?»

«Ti prego, lascialo in pace, Pax.» A Quoth dico: «Se sei un mutaforma, allora dimostralo. Trasformati per me.»

Il corvo saltella su e giù. *Hai presente quando nei film i mutaforma appaiono in forma umana, e sono sempre vestiti? Ecco, nella vita reale non funziona così. Non è che ci tenga tanto a esporre le mie parti intime ai tuoi amici artigliati laggiù, e sono certo che tu non vuoi che il tuo amico che se ne sta nell'angolo con la sua lama affilata ti veda socializzare con un ragazzo tutto nudo.*

«Saggio. Però se non ti vedo, penserò di essermi inventata tutta questa conversazione.»

Il corvo sbuffa. Ma dispiega le ali. All'inizio, non mi sembra succeda nulla. Niente scintille né strani rumori tipo *shazam!* Poi però le sue ali si aprono e diventano più grandi.

«Cra!» grida il corvo, muovendo su e giù la testa. Le sue zampe si allungano, il corpo si contorce e il silenzio è rotto dal suono di ossa che scricchiolano e di muscoli che si contorcono.

Dal davanzale il corvo crolla in avanti e finisce a terra. Il risultato è un uomo accovacciato, punteggiato di piume che si ritraggono a rivelare una pelle pallida, ricoperta di complessi tatuaggi artistici. Una cascata di capelli neri e lucidi gli scende sulle spalle. Appena solleva la testa i capelli si scostano, a rivelare lineamenti splendidi, con gli stessi occhi cerchiati di fuoco che mi hanno guardata per la prima volta dall'alto di uno scaffale.

Mina è una donna molto, ma molto fortunata.

«Salve» mi dice.

D'accordo, è un mutaforma.

È vera magia.

Dovrei essere più sorpresa di così. Dovrei essere terrorizzata. Invece non lo sono. Sembra essere una cosa che ho sempre saputo in cuor mio, ma che facevo di tutto per ignorare.

Ho appena fatto un pompino a un fantasma, quindi credo di aver ormai accettato il fatto di essere un fenomeno da baraccone.

Mi sposto verso il letto, tiro via il piumone e glielo lancio. Quoth se lo avvolge intorno alla cintola e si appoggia al davanzale.

«Salve» dico io. «Grazie per aver mutato forma per me.»

«Non c'è di che.» Il suo sorriso è timido e affascinante. «Credo tu abbia delle domande da farmi. Tu puoi abbassare la spada, romano. Non sono qui per fare del male a Bree.»

«Sarò io a giudicare» ringhia Pax, però abbassa un po' la spada.

«Tu vedi Pax?»

«Vedo tutti i fantasmi, come te, ma non li sento. È una cosa recente. Penso che sia perché sono morto qualche mese fa e Mina ha stretto un patto per riportarmi in vita. Da allora, riesco a vedere i fantasmi.»

Proprio come me. Interessante. «Mina lo sa?»

«Non gliel'ho ancora detto.» Quoth mi tende le mani in segno di supplica. «Ti prego, non dirglielo. Sto... sto aspettando il momento giusto. Abbiamo affrontato parecchie sfide ultimamente, e abbiamo ancora l'omicidio di Rasmussen da risolvere... Ma quando ho visto quello che è successo al negozio stasera, ho capito che dovevo parlarti.»

Deglutisco. «E cosa è successo al negozio?»

«Hai aiutato quella donna fantasma a passare oltre. Beh, in realtà quello che hai fatto è stato srotolare la corda d'argento che aveva nel petto e spezzarla, e lei è scomparsa.»

«No, non è vero, non ho fatto nulla di tutto ciò.»

«Sì, invece.»

«No.» E lo fulmino con lo sguardo. Poi faccio un cenno verso Pax, come a indicargli che questa sera mangeremo corvo fritto per cena, se osa contraddirmi. «Non l'ho fatto.»

«Okay, d'accordo, non hai assolutamente usato nessuna potentissima magia su quel fantasma. Su questo siamo più che d'accordo.» Quoth mi strizza l'occhio e subito dopo lascia cadere a terra il piumone, si piega, e si trasforma di nuovo nel suo corvo. Ora l'uccello saltella lungo il davanzale della finestra.

Immagino che non abbia delle bacche per me da qualche parte? Sto morendo di fame... ehi!

Lo afferro e me lo sollevo fino all'altezza del viso. Lui sbatte le ali. «Ora stammi a sentire. Sono a corto di pazienza e forse piena di magia che non riesco a controllare, e nell'angolo ho due gattini e un centurione che amano giocare con il loro cibo. Quindi è meglio che tu mi dica perché sei venuto qui. Che cosa vuoi?»

«Cra!» Il corvo si agita frenetico.

Sono venuto solo per dirti che non sei sola. So che ci si può sentire soli a essere diversi. Ma non sei sola. Mina vuole davvero essere tua amica, e lo voglio anch'io.

Lo lascio andare. L'uccello cade sul piumone, con il petto che si gonfia e si abbassa, e le ali che sbattono in modo convulso mentre cerca di raddrizzarsi. «Grazie, uccellino. Scusa se sono stata un po' brusca. È stata una giornata lunga e strana.»

Capisco. Quoth saltella sul davanzale, spalanca un'ala e

abbassa la testa in un adorabile inchino. Io ricambio con un cenno del capo.

«Ehi, Quoth?»

Sì?

«Potresti fare un lavoretto per me?»

È pericoloso?

Faccio spallucce. «Non lo so. So che la tua Mina sta indagando sugli omicidi di Rasmussen e di quell'attrice. Se hai accesso ai registri di Rasmussen, potresti vedere se ha venduto qualche manufatto per conto di Kieran Myers? Soprattutto se non sono *ufficiali*. E se trovi qualcosa, me lo puoi portare?»

Sarebbe un piacere per me.

L'uccello prende il volo e se ne va. Mentre lo guardo alzarsi dietro gli alberi, verso Argleton e la sua Mina, scorgo un'ombra che si muove ai margini del cimitero.

No, non è un'ombra. Sono tre ombre.

Mi sporgo un po' di più dalla finestra, nel tentativo di udire qualcosa. Riecheggia una risatina. Si sente bisbigliare, poi un tintinnio di bottiglie di vetro.

Qualcuno è entrato nel cimitero.

Non è una cosa insolita. Il cimitero di Grimdale è spesso luogo di incontri poco legali da parte di giovani locali. Nei nostri riti di passaggio goth io e Dani passavamo le notti sulla tomba di Edward, a fumare le nostre prime sigarette e discutere di serial killer. Ma non eravamo gli unici studenti del Grimdale Comprehensive che lo usavano come luogo di incontro, e suppongo che la tradizione sia stata tramandata alla generazione successiva...

Sarà così? Le tre figure si muovono sotto la luce della luna vicino alla tomba di Edward e riconosco Kelly, Leanne e Alice, con le mani piene di bottiglie di alcolici, snack e qualcosa che assomiglia a barattoli di vernice.

«Eccoci qua.» Alice posa la borsa sul basamento della

tomba di Edward. «Mi avete trascinata qui nel cuore della notte. Beviamoci qualcosa, così poi posso tornare a casa da mio padre.»

Pax mi arriva alle spalle, con la spada ancora sguainata. Moon gli gira intorno alle caviglie, e arriccia nervosamente il naso mentre studia la scena là fuori.

«Sono le ragazze perfide della tua scuola» borbotta. «Cosa ci fanno qui? Vuoi che le decapiti?»

«No, non ancora. Prima, scopriamo cosa stanno facendo.» Mi sporgo in avanti, e so che se tengo le luci della camera spente, è impossibile che mi vedano. Socchiudo la finestra di un centimetro per sentire meglio la conversazione.

Kelly rimprovera Alice. «Ma sei diventata una vecchia ciabatta! Perché vuoi andare a casa? Tuo padre nemmeno ti parla. Qui ci divertiremo molto di più. Ricordi le feste pazze che facevamo al cimitero con Riley e i suoi amici?»

«Non siamo più al liceo» brontola Alice. Con un'eccellente mossa di autoconservazione, rifiuta la bottiglia di vodka alla fragola che Kelly le offre. «E qui è appena morto un uomo. Dovremmo avere un po' di rispetto. Ti prego, dimmi che non ti avvicinerai al nastro della polizia. Non voglio rischiare di rovinare le indagini.»

Leanne butta giù una bella sorsata di vodka e fa una linguaccia ad Alice. Non ci vedo, al buio, ma potrei scommettere che sia colorata di rosso. «Che schifo, no. Non ci avvicineremo alla scena del crimine. Ora riprenderemo un'altra delle nostre vecchie tradizioni: dimostrare alla stramba Bree Mortimer che questo non è il suo posto. Ricordate tutte quelle cose che lasciavamo a casa sua? Troppo divertente. La volta che mi è piaciuta di più è stato quando le abbiamo riempito la cassetta delle lettere con assorbenti sui quali avevamo disegnato delle facce di fantasmi. Quando li trovò pianse!» Leanne ridacchia.

«Io invece mi sono divertita troppo quando le hai scritto

tutte quelle lettere firmate dai morti che abbiamo trovato qui, sulle lapidi.» Kelly apre un pacchetto di patatine. «Ti ricordi che andava di corsa alla cassetta delle lettere per vedere se ne riceveva un'altra?»

Le aveva scritte Alice?

Mi sento le guance in fiamme per questa nuova umiliazione.

Le ricordo bene, quelle lettere. Ricordo che ne ricevetti quasi una al giorno, per un paio di mesi. Erano storie deliziose da parte dei fantasmi del cimitero di Grimdale, piene di dettagli storici e di domande sulla mia vita. Erano tutti fantasmi solitari in cerca di amici, e ognuno mi scriveva con la propria calligrafia. Mi dicevano di rispondere e di infilare le mie lettere in una grata del mausoleo di Montgomery. E io lo facevo con estrema diligenza, rivelando a quei fantasmi misteriosi le mie speranze, le mie paure e i miei problemi a scuola, nonostante Edward, Ambrose e Pax dicessero che era una pessima idea. E avevano ragione: Kelly Kingston ne condivise i passaggi più imbarazzanti sui social media e questo non fece altro che aumentare la mia fama a scuola di ragazza strampalata che sussurrava ai fantasmi. Avevo pensato che Kelly fosse andata in giro per il cimitero con il suo ragazzo Riley e si fosse imbattuta per caso nelle lettere, invece in realtà era stato tutto uno scherzo organizzato da Alice.

Mi dispiace, Dani, ma credo che io e la tua amica non andremo mai d'accordo.

«Lo ricordo bene» commenta Alice con un sospiro, poi prende la vodka e ne beve un sorso.

Accanto a me, Pax ringhia, a bassa voce. Io allungo un braccio per impedirgli di saltare fuori dalla finestra e zompare addosso a quelle tre. Mi starebbe bene se le facesse fuori, le stronzette, ma prima voglio sentire cos'altro dicono.

Kelly rovescia il contenuto della borsa sopra il bassorilievo sulla tomba di Edward, che rappresenta un cherubino che copula. «Per stasera ho un piano che è ancora migliore.»

«Cos'è tutta questa roba?» Alice si sporge in avanti.

Kelly solleva un enorme oggetto bianco che viene mosso dal vento. «È un abito da sposa, ci crederesti? L'ho trovato al negozio di beneficenza. Fa molto Miss Havisham. E Leanne ci ha procurato della vernice rossa dal negozio del suo ragazzo. Ho pensato di colorarlo per farlo sembrare tutto insanguinato e poi di appenderlo a questa tomba. Poi con la vernice rossa potremmo scrivere qualche messaggio spaventoso sulla sua staccionata, o magari su quei brutti ornamenti a forma di scoiattolo che ha in giardino. Questa tomba è proprio nel campo visivo di Bree, giusto, Alice? La vedrà e penserà che sia un fantasma. Sono o non sono geniale?»

«Questo non è geniale. È infantile» brontola Alice. «Non lo farò.»

«Ma stai zitta, Alice. Certo che lo fai.» Kelly le porge il manico di una scopa. «Tu tienilo fermo e io appendo il vestito. Poi...»

Alice le strappa di mano il manico e lo scaglia a terra. «Mi avevi detto che saremmo venute al cimitero per rivivere i vecchi tempi. Noi tre, a bere qualcosa, a parlare come facevamo una volta, come vere amiche. Non per fare degli scherzi idioti.»

«Lo dici solo perché sei innamorata della becchina, la stramba amica di Ghost Girl. Beh, notizia dell'ultima ora: non puoi frequentare i fenomeni da baraccone e anche noi» proclama Kelly. «Abbiamo una reputazione da difendere.»

«Voi e la vostra reputazione potete baciarmi il culo. Solo perché io e Dani abbiamo una storia non significa che mi interessi qualcosa di Ghost Girl. Non me ne frega proprio un bel niente di Bree Mortimer. Però non ho intenzione di profanare nessuna tomba solo perché tu ti possa sentire di nuovo la monellaccia che eri ai tempi del liceo. È una cosa stupida.»

«Come vuoi» commenta Kelly con un sorrisetto. Prende il manico della scopa, lo conficca nel terreno e vi lascia cadere sopra l'abito da sposa. Effettivamente, sembra funzioni, con le maniche di pizzo che si agitano al vento. «Vai pure, allora. Forza, Leanne, sistemiamo noi due.»

Alice incrocia le braccia e guarda l'amica. «È un cimitero pubblico. Io resto qui. E se voi fate questa cosa, io la distruggo, e poi chiamo la polizia.»

«Bene.» Kelly lancia un'occhiataccia ad Alice, raccoglie bastone e vestito e si allontana. «Lo metteremo direttamente nel suo giardino.»

Oh no, manco per sogno, cazzo.

«Le crocifiggo!» ruggisce Pax e si tuffa verso la finestra. «Troverò un leone, lo ucciderò e diventerà un leone fantasma. Così poi potrà consumare la loro carne all'infinito e le farà impazzire di dolore...»

«Aspetta, ci penso io.» Scendo di corsa le scale. Apro la porta laterale, prendo la canna da giardino dalla rastrelliera degli attrezzi e vado sul lato della casa, attenta a non farmi scorgere.

Kelly e Leanna hanno scavalcato la bassa recinzione di pietra a cui mio padre ha lavorato per un'estate intera. Tengono tra le mani il loro bamboccio sporco di vernice e iniziano a infilzarlo nell'aiuola del giardino accanto al mosaico con i dodici segni dello zodiaco che mio padre ha realizzato come regalo per la mamma nel periodo in cui andava pazzo per i mosaici. Ridacchiando, Kelly e Leanne mettono in piedi il bianco spaventapasseri, e poi fanno leva sul coperchio di un barattolo di vernice rossa.

Quella vernice sporcherà tutto il mosaico di papà.

Non ci vedo più dalla rabbia. Ora so a cosa si riferisce Pax quando dice che viene preso dalla brama della battaglia, perché io stessa non mi sento più umana, cazzo. Alle mie spalle Pax urla qualcosa, ma io non sento una parola. Mi precipito verso di loro, con la canna sollevata, e non so ancora se le bagnerò o le farò a pezzi con i denti.

«Oh, guarda, c'è Ghost Girl...» Il sorrisetto di Kelly si trasforma in un grido nel momento in cui viene colpita in pieno viso da un potente getto d'acqua. Barcolla all'indietro, agitando le braccia in modo indecoroso, e inciampa nella borsa delle bottiglie, finendo con le sue Louboutin in aria, nell'aiuola delle erbe aromatiche.

«Fuori dalla mia proprietà, subito!» Prendo di nuovo la mira con la canna da giardino. «Avete tempo fino al tre, poi chiamo la polizia.»

«Questa è seta, brutta stronza» balbetta Kelly, scrollandosi la gonna mentre esce a fatica dal giardino. Ha del rosmarino tra i capelli. «Sei tu che la pagherai per averci aggredito con quel tubo di gomma.»

«Uno...»

«Andiamo, Kelly.» Leanne strattona la manica dell'amica. «Non voglio finire nei guai. E Riley ti ucciderà se arriva la polizia.»

«Due...»

«Bene, ce ne andiamo.» Kelly si china per prendere la borsa. Io salgo sul mosaico, tenendo la canna puntata su Leanne, perché penso che sarà lei quella che tra le due prenderà l'iniziativa. Quando mi rendo conto del mio errore è troppo tardi. Kelly afferra il barattolo di vernice che avevano aperto e me lo scaglia contro.

Vengo investita dalla vernice rossa. Ne sento il sapore in bocca. L'acre fetore che emana mi riempie le narici e mi raspa il fondo della gola.

«Bree?» grida Pax alle mie spalle. «Cosa ti hanno fatto?»

Ma non mi preoccupo per me. Abbasso lo sguardo sul magnifico mosaico che mio padre aveva fatto quando riusciva a fare da solo cose del genere: è completamente ricoperto da un fiume di vernice rossa.

No. Ti prego, no.

Le lacrime mi riempiono gli occhi, ma non voglio dar loro la soddisfazione di vedermi piangere.

Inutile che me ne preoccupi.

Kelly afferra il telefono e scatta una serie di foto.

«È esattamente così che vuoi che ti veda il mondo, stramba di una Mercoledì Addams» esclama Kelly con un sorrisetto. «Grimdale stava meglio senza di te. Prima lo impari, meglio è... argh!»

Kelly grida, nel momento in cui Pax la spinge con forza con entrambe le mani. Mi aspetterei che le sue mani la trapassassero, invece con il suo nuovo potere la scaglia in aria. Lei vola dall'altra parte del giardino e finisce a testa in giù nello stagno di carpe koi di mio padre, con un enorme *splash*.

«Ti salvo io, Kelly!» Leanne le corre dietro e cerca di afferrarle il braccio, ma Kelly si agita così tanto che anche Leanne finisce per inzupparsi completamente.

«Evvaiiii!» Pax fa una danza della vittoria, sollevandosi la tunica per sventolare il suo culo (romano) nudo in faccia a Kelly. «Ecco cosa ti spetta per aver fatto del male alla mia Bree.»

Kelly sputacchia e cerca un appiglio sul lato scivoloso dello stagno. «Cosa... cosa mi hai fatto? Ci sono dei pesci viscidi qui dentro! Come hai... come hai fatto a scaraventarmi fin qui?»

«Non ti ha nemmeno toccato» dice secca Alice. «L'ho guardata per tutto il tempo. Era a un metro e mezzo di distanza da te.»

«Forse non sono stata io» suggerisco, tremando tutta per la rabbia e il senso di vittoria «Forse è stato uno dei miei fantasmi.»

«Kelly, andiamo» Leanne trascina sull'erba la sua amica fradicia. «Ho paura.»

«Non la passerai liscia, mostro» sibila Kelly. Lei e Leanne gettano a terra i barattoli di vernice e gli altri oggetti che si erano portate, e corrono fuori dal giardino. Pax urla oscenità in latino, però non le insegue. Mi prende tra le braccia e mi stringe forte.

Alice è in piedi davanti al cancello e posa gli occhi verdi su di me. Poi apre la bocca per dire qualcosa, ma ci ripensa. La chiude di scatto, gira sui tacchi e si allontana a grandi passi.

31

BREE

«Tra tutte le cose puerili che c'erano da fare...» Dani fissa il mosaico rotondo. È arrivata subito con dei prodotti chimici speciali che usa nel laboratorio di imbalsamazione e sono due ore che strofiniamo le pietre, alla luce della luna piena. Siamo riuscite a togliere la maggior parte della vernice prima che si asciugasse, ma il mosaico avrà per sempre una sfumatura rosa.

«Avrei proprio voluto vedere Kelly che si dimenava in quello stagno» commenta Edward soddisfatto.

«Vorrei che potessimo aiutarvi» dice triste Ambrose. Lui, Edward e Albert sono sotto il portico anteriore e ci guardano lavorare. Beh, tecnicamente Ambrose non sta guardando. Pax è partito in direzione del vecchio santuario romano nel cuore del bosco di Grimdale per chiedere a Giove una maledizione per Kelly Kingston.

«No» borbotto mentre Dani strofina la vernice ostinata intorno alla coda del simbolo dei Pesci. Mi fa male la schiena, mi fanno male le braccia e sento ancora il sapore della vernice ogni volta che deglutisco. «Non è vero.»

«Esatto: non parlare a nome di tutti, avventuriero. Io, tanto per dire, non sono fatto per i lavori manuali.» Edward è sdraiato sul dondolo della veranda, uno sguardo intenso sul volto, un braccio che penzola mollemente oltre il bordo, le lunghe dita rilassate. Cerco di non pensare a dove fossero quelle dita solo la sera prima...

«Ehi, hai con te quella pietra?» Dani si siede e si asciuga la fronte. «È appena successa una cosa strana. Credo di sentire Edward.»

«È...» Non posso dire che sia strano perché oggi sono successe davvero tante cose insolite. Credo che vedere un corvo trasformarsi in un ragazzo sexy mi abbia indotta a smettere di cercare di trovare una spiegazione a tutto ciò che è strano. Tiro fuori dalla tasca la moldavite. La piccola pietra verde brilla alla luce. «Interessante. Cosa senti?»

«Non molto, solo un sussurro. Qualcosa che ha a che fare con i lavori manuali.»

Il cristallo mi cade dalle dita e va a sbattere sulle piastrelle del mosaico. Dani riesce a sentire Edward. Non capisco. Io non avverto nulla di strano quando la tengo in mano. Non può essere magica, eppure...

Dani riesce a sentire Edward.

«Tu...» Punto il dito contro Edward, e riprendo in mano la moldavite. «Continua a parlare. E adesso cosa dice?» chiedo a Dani. Edward si mette a pancia in giù e comincia a farneticare.

«Si lamenta che non è più nella posizione di poter infliggere una pena di morte, perché quelle tre meriterebbero la punizione più dura possibile. E ora fa l'offeso perché Ambrose ha detto che se volesse davvero punirle, darebbe loro delle pietre di moldavite e le costringerebbe ad ascoltarlo per ore e ore mentre lui recita le sue poesie...»

«Wow.» Edward fissa Dani con un misto di stupore e sfida. «Riesce davvero a sentirmi.»

«Ma senti solo Edward?» chiedo. «E non vedi né lui né gli altri?»

«No. Sento solo i sussurri del qui presente signor Arrogante McKeats.» Dani cerca di battere il pugno a Edward, ma lui pensa che voglia picchiarlo e solleva le mani in una posizione da pugile.

Piazzo la moldavite sulle piastrelle e mi allontano dal bordo del giardino.

«Io sono migliore di Keats, e prenderò a pugni chiunque affermi il contrario» dichiara Edward.

Guardo Dani.

«Se sta parlando ora, non riesco a sentirlo.»

«Vorrei averlo anche io quel potere!» esclama Ambrose con un sospiro.

«Quindi tu riesci a sentire Edward solo quando io tengo in mano la pietra» dico. «Sei pronta per qualche altro esperimento?»

«E avere la possibilità di conversare con uno spirito da oltre il velo?» Gli occhi di Dani si illuminano per l'eccitazione. «Certo che sì.»

32

BREE

Ci spostiamo all'interno e facciamo un altro paio di esperimenti: Dani tiene in mano la pietra mentre Edward le urla nell'orecchio. Niente. Mettiamo la pietra sul pavimento e lasciamo che i fantasmi provino a raccoglierla, ma non ci riescono. Poi io tengo in mano la pietra e i fantasmi toccano cose e spostano oggetti, e io mi allontano sempre di più da loro finché non riescono più a muovere nulla (sono arrivata quasi in fondo alla casa). Mettiamo via la moldavite e ci riproviamo. Questa volta, arrivo solo alla stanza successiva prima che non riescano più a toccare gli oggetti.

A quel punto, è mezzanotte passata e sono ancora scossa per quello che abbiamo combinato io e Pax, e per Kelly che ha rovinato il mosaico. Dani vede che sbadiglio e dichiara che è ora di andare a dormire.

«Penserò ad altri esperimenti che possiamo fare» dice, stringendosi nel cappotto. «Ma credo che tu debba accettare che qualunque sia la causa dei nuovi poteri dei fantasmi, proviene da te. La moldavite semplicemente la amplifica.»

È di questo che ho paura.

La porta si chiude alle spalle di Dani e rimango sola con i

fantasmi. Alzo una mano. «So che avete tutti delle domande. Anch'io. Ma non posso pensarci adesso, okay? Non posso... Non finché il mosaico non sarà completamente pulito. Mi dispiace, so che è deludente quando si stanno imparando nuovi poteri...»

«Non potremmo mai essere delusi da te» dice Ambrose.

Poi si china in avanti e mi bacia sulla fronte, e poi sulle labbra: lo stesso gesto affettuoso che mi riservava da piccola. Solo che ora, quando le sue labbra mi sfiorano, mi sento invasa dal calore e mi ritrovo a pensare a tutti questi nuovi poteri che i fantasmi possiedono e a come potremmo usarli...

Le labbra di Ambrose indugiano un po' più a lungo di quanto si possa considerare corretto. Quando si stacca, i suoi occhi blu sono luminosi e pieni di sole. Quindi scompare lungo il corridoio, diretto alla sua stanzetta segreta.

Edward si fa avanti, gli occhi scuri e pericolosi. Mi prende la mano e la avvicina alle labbra. I suoi occhi, di solito gelida ossidiana, si infiammano di pagliuzze dorate mentre posa un bacio sulle mie nocche, e mi fa tremare di desiderio tutto il corpo.

«Invitami in camera tua» sussurra, fissandomi negli occhi. «Ti farò dimenticare quello che ti hanno fatto quelle serpi.»

«Per quanto sia allettante» mi attorciglio uno dei suoi riccioli scuri intorno a un dito e gli accarezzo le ciocche setose, incapace di credere a quanto sembri vero, «ho appena saputo che sono io la fonte di ciò che vi sta dando questi nuovi poteri. Non sappiamo cosa sia, né come controllarlo. Potrei farti del male. Potrei...»

...farti passare oltre, come ho fatto con quell'attrice...

E poi rimarrei davvero sola.

Lui fa un passo indietro, con un inchino. Mi scruta il corpo, trattenendo a stento il suo desiderio. «Se cambi idea...»

«So dove trovarti.» Vorrei crollargli tra le braccia.

«Buonanotte, Brianna.»

Il mio nome completo sulle sue labbra è pura poesia.

Pax non dice nulla e mi segue lungo il corridoio fino alla camera degli ospiti. Quando esco dal bagno non lo vedo, ma sotto il bordo della tenda spunta un sandalo romano.

Lascio cadere a terra la vestaglia e mi infilo nel letto, improvvisamente consapevole di essere nuda, sola, con Pax, e quando deglutisco sento ancora il sapore del suo seme sulla lingua.

«Buonanotte, Pax.»

La tenda si sposta leggermente.

«Buonanotte, Bree.»

Tiro su le coperte. Mi accarezzano la pelle nuda, lasciando delle scie di fuoco. So che Pax non vede, ma io ho la consapevolezza della mia nudità.

«Pax?»

Lui fa capolino, il volto acceso in un'espressione di attesa. «Sì?»

«Quello che abbiamo fatto prima... tutta questa eccitazione... voglio solo che tu sappia che...»

«Sono deluso.»

Il mio cuore batte forte. È deluso. Ho fatto qualcosa di sbagliato?

«Eh?»

Odio questa mia vocina.

«Sono deluso» continua. «Mi hai fatto venire con così tanta foga che ho visto gli dèi. Ma quell'uccellino ha bussato alla finestra prima che potessi restituirti il favore.»

Ah.

Ah.

«Non c'è problema» dico in fretta, nelle vene lava fusa al posto del sangue. «Cioè, tanto immagino che non dovremmo farle, queste cose. Stiamo giocando con una magia che non capiamo...»

«Le tue labbra sono magiche. La tua lingua è magica. *Tu* sei magica. La prossima volta» borbotta, «sarai tu a gridare il mio nome.»

Pax sparisce di nuovo dietro la tenda e io mi nascondo nelle coperte, mentre ordino alla mia fica in fiamme e al dolore che sento nel ventre di calmarsi e di lasciarmi dormire.

«Non sembra male» dice Ambrose quando siamo tutti intorno al mosaico dello zodiaco alla luce del sole.

«Non si vede niente» sottolinea Edward.

«Lo so, ma sto cercando di pensare positivo.»

Stringo al petto la mia tazza di tè. In realtà, non è un disastro. Ieri sera io e Dani abbiamo tolto la parte più consistente della vernice. Ne è rimasta un po' intorno ai bordi di alcune pietre e lo stucco rimarrà praticamente tutto rosso, ma non è poi così male.

Tuttavia, mentre osservo il mosaico a cui mio padre ha dedicato un'intera estate durante la sua fase di artigianato artistico, non posso fare a meno di pensare che nulla è per sempre. Pensavo che mio padre avrebbe passato il resto dei suoi giorni a concerti di vecchi rockettari, a infastidire mia madre con infinite domande sul nulla, oppure intento a sperimentare nuovi hobby e a riempire il giardino di casa con strane e meravigliose creazioni.

Erano i piani di mio padre; ciò per cui ha lavorato ogni giorno della sua vita. E ora... tutto deve cambiare.

Il che mi fa riflettere sui nuovi e terrificanti poteri che sembrano provenire da *me*. E se non riuscissi a capire come fare per controllarli? E se facessi del male a qualcuno, vivo o morto? E se per sbaglio cacciassi via i fantasmi?

Nulla è per sempre. Nemmeno la morte.

Una mano calda mi si posa sulla spalla, provocandomi un formicolio lungo la schiena. Mi volto verso Edward, e invece di trovare la sua solita espressione altezzosa, ora mi sembra preoccupato.

«Pagheranno per averti fatto del male» dice, in tono basso e minaccioso, e anche se so che è un fantasma e non ha più poteri nel mondo dei vivi, riesco quasi a credere che potrebbe ordinare di fare infilzare la testa di Kelly Kingston su una picca.

Riconosco che è un'immagine suggestiva.

«Sono abbastanza arrabbiato che potrei riuscire a pugnalarle, ma le pugnalate sono troppo belle per loro» borbotta Pax che cammina intorno al mosaico. «Noi antichi romani abbiamo modi più creativi per i nostri nemici. Abbiamo una punizione in cui infiliamo una persona in un sacco con un serpente e una scimmia, e poi gettiamo il sacco in un fiume.»

«Niente coltellate» dico con fermezza. «E anche se penso che il sacco con gli animali abbia una certa selvaggia poesia, non intendo assolutamente sottoporre alla tortura di Kelly Kingston una povera scimmia innocente.»

Pax scruta sconfortato la sua spada.

«Potremmo provare con un'infestazione» suggerisce Ambrose, il volto acceso dalla speranza.

«Sì!» Edward batte un pugno in aria, poi sembra ricordarsi che dovrebbe essere un principe. E si mette subito a strofinarsi il mento. «Voglio dire: sembra una prospettiva interessante, zotico.»

«No.» Incrocio le braccia.

«Cosa vuol dire infestazione?» chiede Pax.

«Ti ricordi di quello scrittore tetro, Poe, che Bree ha studiato al liceo?» chiede Ambrose. «Ecco: lui era ossessionato dalle infestazioni.»

«Mi rifiuto di ascoltare qualsiasi discussione sulla poesia» dice Pax. «Non esiste nulla che possa essere all'altezza dei tradizionali poemi di guerra romani. "Sul tuo campo di battaglia intriso di sangue, spargerò le ossa tue..."»

Si inginocchia, brandisce la spada in aria e continua a recitare a squarciagola «"...laddove i prodi soldati di Marte affondarono le proprie spade nei nemici e le fecero tremare..."»

«Guarda cosa hai fatto!» urlo ad Ambrose.

«Non volevo!»

«"...ed estrassero loro le budella dal buco del culo..."»

«Oh, questo verso mi piace» esclama Edward. «Ha un bel ritmo. Ora, se potessi gentilmente usarlo per un distico rimato...»

Immagino si accorga della mia espressione, perché piazza una mano intorno al collo del centurione e con l'altra gli tappa la bocca, prima che possa iniziare la seconda strofa.

«Ricordi tutti quei film horror che guardavamo con Brianna? Quelli in cui una innocente famigliola si trasferisce in una casa inquietante e poi i fantasmi la trasformano in una cosa così deprimente che si deve chiamare un prete? Ecco, quella è un'infestazione e le persone erano tormentate dai fantasmi.» Edward si accarezza il mento. «Credo che l'esploratore abbia avuto un'idea interessante. Potremmo andare a casa di questa Kelly Kingston e tormentarla così tanto che poi avrà troppa paura di fare qualsiasi cosa alla nostra Brianna.»

«Ma come possiamo tormentare qualcuno, se non ci vede?» chiede Pax, rimettendosi in piedi.

«Semplice. Bree viene con noi. Si mette nascosta tra i cespugli, con la sua pietra in mano e *boom*, all'improvviso siamo fantasmi da film dell'orrore che possono spostare oggetti e strappare le tende e sussurrare cose spettrali.» Edward sembra estremamente soddisfatto di sé.

«È una pessima idea» dico.

«Non proprio» dice una nuova voce.

Mi giro. Sul vialetto c'è Albert, che fissa disgustato il mosaico. «Ho visto dalla finestra quello che è successo e sono d'accordo con Edward. Tuo padre ha lavorato tanto su questo mosaico e quelle ragazze meritano una lezione. I tuoi fantasmi dovrebbero proprio provvedere con una bella infestazione.»

«Ehi, benvenuto nella squadra "tormenta le stronzette"» esclama Edward con un sorriso.

«È una pessima idea» insisto, intuendo che è una battaglia che sto perdendo. «Vista la mia fortuna, so che la pietra non funzionerà e Kelly mi troverà nascosta tra i cespugli e ciò le darà ancora più spunti per rovinarmi la vita.»

«Non succederà.» Pax mi mette una mano decisa sulla spalla. «Una volta tanto, devi permetterci di risolverti un problema. Per tutta la vita ho cercato di proteggerti, ma non sono mai riuscito a fare nulla quando si trattava di difenderti da quelle ragazze che ti facevano del male. E ora...» flette gli enormi muscoli delle braccia. «Ora sento la sete di sangue che mi scorre nelle vene al pensiero della vendetta. Ora mi sento di nuovo *romano*.»

Sarebbe bello vedere Kelly Kingston spaventata...

Penso a tutti gli scherzi orribili che mi hanno fatto alle medie e alle superiori, a tutte le volte che mi hanno isolata o che mi hanno chiamata Ghost Girl, oppure a quando in classe sghignazzavano ogni volta che alzavo la mano, fino a quando non ho avuto troppa paura di dire qualsiasi cosa. Penso a quanto sola mi sono sentita a causa loro.

Tu non credi ai fantasmi, Kelly. Beh, tra poco cambierai idea.

Cerco di trarre un respiro profondo, ma sento solo il sapore della vernice. «'Fanculo. Andiamo a tormentare le loro chiappe!»

33

BREE

«Non posso credere di essere costretta a perseguitare le bulle della mia infanzia» borbotto, nascondendomi nell'aiuola di begonie sotto la finestra di Kelly. Vive in una piccola dependance vicino alla casa dei genitori di Riley Jenson. I genitori di Riley sono abbastanza ricchi da potersi permettere una casa vittoriana in mattoni all'angolo di Grimwood Crescent ma (per fortuna, direi) non tanto ricchi da potersi permettere delle telecamere di sicurezza.

«Sssssh» grida Pax. «Se ti sentono, la nostra infestazione finisce a gambe all'aria.»

«Il tuo principe ti ordina di tenere ben stretto quel cristallo» aggiunge Edward. Poi cerca di scrocchiarsi le nocche come ha fatto Pax, ma riesce solo a fare una smorfia. «Ahi, fa male.»

«Ma come fa a farti male?» brontolo mentre estraggo la moldavite e la tengo stretta in mano. «Nemmeno le hai, le nocche.»

«Sono davvero entusiasta di tutto questo.» Ambrose si sfrega le mani. «Forza, entriamo. Le sento parlare.»

I tre fantasmi fanno dei respiri profondi e si tuffano dentro il muro, e i loro arti scompaiono subito tra i mattoni. Si sono esercitati a controllare le loro nuove abilità, e ora riescono ad attivare e disattivare a loro piacimento la capacità di toccare le cose, il che è bello per loro, ma in qualche modo anche terrificante, perché non abbiamo ancora idea del perché stia accadendo.

Oggi ho passato metà della giornata a cercare di contattare Annabel Myers al telefono e l'altra metà a cercare su Google le proprietà magiche della moldavite, il che mi ha lasciato più confusa che mai. Tutte le informazioni che ho trovato su internet sono concordi sul fatto che il cristallo in sé non è magico, però potenzia la magia di chi lo usa. Le parole *energia celeste*, *condotto interdimensionale* e *facilita viaggi in altre vite* sono ormai impresse nel mio cervello.

Non voglio essere un condotto interdimensionale, grazie mille. Voglio solo essere una persona normale. Con tre amici invisibili.

Che forse ora sono più che amici.

Forse.

Mi accovaccio nell'aiuola, sforzandomi di sentire cosa dicono, con la piccola pietra stretta al cuore. Le tre streghe ci avevano detto di aver visto le ragazze che pranzavano al pub e che stasera sarebbero andate a bere da Kelly, quindi ero abbastanza sicura che le avremmo trovate qui. Ma sono sollevata quando ne ho la conferma e sento la risata sguaiata di Alice alla storia che le racconta Leanne su una signora del suo club di tennis che sotto la gonna non indossa mai le mutande.

«Ehi, ho un'idea. Andiamo a Londra questo fine settimana.» La voce di Kelly si fa forte, eccitata. Sento la finestra a ghigliottina che scorre verso l'alto e appiattisco la schiena contro i mattoni della recinzione. Il cuore mi batte forte. *È proprio qui sopra.* «Sono anni che non andiamo da nessuna parte, tranne che al pub. Convincerò Riley a darmi la sua carta di credito, così poi possiamo spendere un sacco di soldi in

Oxford Street, prendere un *high tea* al Savoy, e magari andare anche a un centro benessere...»

Non posso credere di essermi fatta convincere da quei fantasmi. Adesso si accorgerà di me. Sta per...

«Questo fine settimana non posso.» La voce di Alice proviene dal fondo della stanza. Almeno, con la finestra aperta, capisco meglio quello che dicono. «Ho promesso a mio padre di portarlo al museo.»

«Tiragli un bidone» replica Kelly con una risatina. «È solo tuo padre, e tu ci lavori in quello stupido museo. Puoi portarcelo quando vuoi. Che noia!»

«Non è uno stupido museo. È il museo dove mio padre ha lavorato per dieci anni come curatore capo della sezione monete romane. Spererei che gli risvegliasse la memoria. Gli ho promesso che l'avrei portato, e non ho intenzione di cambiare programmi. Andate voi a Londra, senza di me.»

«Non sei divertente.» Kelly si allontana dalla finestra. Ha la voce cupa, densa di cose non dette. Evidentemente, è una discussione che hanno già fatto.

Il cuore mi balza in gola. Mi giro con lentezza, nel tentativo di non schiacciare nessun ramoscello, e mi sollevo sulle ginocchia per scrutare il davanzale della finestra.

Kelly è appollaiata su una poltrona Nina Campbell, le lunghe gambe accavallate, una slingback di Prada che le penzola dalle dita di un piede e un bicchiere di champagne stretto tra le unghie smaltate e ben curate. Sembra che stia facendo un provino per la prossima stagione di *Footballers' Wives*. Leanne è sdraiata sul divano, e giocherella con un filo allentato del suo maglione di Alice Temperley, mentre cerca di fare finta che non le importi niente che Kelly sia rossa di rabbia. Alice, inizialmente seduta su un pouf accanto al caminetto, butta a terra la rivista che aveva in mano, si scosta dal viso i morbidi boccoli dorati, e si dirige verso il bar.

«Vabbè. Io prendo un altro drink.»

Alice sbatte i bicchieri sul bancone e prepara del ghiaccio, e una mano spettrale che fuoriesce da un'elegante redingote vittoriana spunta dal mobile, afferra il bicchiere per il bordo e lo fa fluttuare in aria davanti al suo viso.

«E questo cos'è?» esclama Alice indietreggiando dal bar. «Kelly, è una specie di scherzo?»

Il cuore mi balza in gola.

L'infestazione è iniziata.

34

PAX

Ambrose fa danzare il bicchiere intorno alla testa di Alice, buttandole il drink in faccia. Lei urla e si scansa di scatto. Le altre due non hanno ancora notato nulla di inquietante, ma la situazione cambierà tra poco. Io guardo fuori dalla finestra per assicurarmi che Bree stia guardando. Voglio assolutamente che si goda ogni momento di ciò che sta succedendo.

Poi afferro la tenda con entrambe le mani e la scuoto.

«Ehi, Leanne, vuoi chiudere quella finestra?» sbotta Kelly. «Il vento si sta alzando e fa muovere le tende. E Alice pensa di vedere delle cose strane, come bicchieri che fluttuano nell'aria.»

«Non sono io che vedo cose!» Alice allunga la mano verso il bicchiere, ma Ambrose glielo scosta con un gesto brusco. «Se ti girassi a guardare, vedresti anche tu che fluttua.»

«Certo. Io mi giro e tu cosa fai? Mi butti il drink in faccia?» ribatte Kelly sdegnosa. «No, grazie. Io non ci casco in un'altra delle tue storielle sui fantasmi. Ieri sera è stata Bree che mi ha spinta, e non voglio sentirvi dire che non è vero. Forza, facciamo qualcosa. Sono troppo annoiata per stare qui. Persino Bree Mortimer sembra divertirsi più di noi. Vi rendete conto di quanto sia patetico? La nostra vita è di gran lunga migliore della sua, quindi perché mai lei può andarsene in viaggio, e Alice non vuole nemmeno prendere un treno per andare fino alla squallidissima Londra?»

«Beh, andate a Londra senza di me. Problema risolto.» Alice lancia uno sguardo rapido alla porta. Cerca di aggirare il bicchiere, ma Ambrose lo sposta tra lei e l'unica via di fuga. «Credo proprio che dovreste girarvi per vedere...»

«Andare a Londra da soli non è divertente! Chi è che si diverte a farsi fare la manicure o prendere un high tea da sola?»

«La vita non è fatta solo di divertimento, Kelly. Alcuni di noi si preoccupano degli altri, oltre che di se stessi, e hanno delle responsabilità... argh!»

Alice si tuffa verso la porta, ma Ambrose è più veloce. Le lancia addosso l'intero bicchiere, e la vodka mischiata a succo di mirtillo rosso le finisce sul vestito a portafoglio di seta.

«Ragazze, vi prego, non litigate» implora Leanne. Poi si alza e si dirige verso Alice. «Non è stata Kelly a lanciarti il drink. Lei era dall'altra parte della stanza...»

«Allora chi è stato?» grida Alice, scuotendo i capelli fradici. «Perché non me lo sono certo tirata addosso da sola. E perché quella tenda fa così, se non c'è un soffio di vento?»

Punta un dito tremante verso di me. Io smetto di farla danzare, infilo l'elsa della spada nel tessuto e inizio a muoverla di qua e di là.

«Guardatemi!» grido. «Sono un grande fantasma spaventoso! Woooo!»

Ora Kelly sta guardando la tenda. Strizza gli occhi. «No, ma... è un... fantasma arrapato?»

«Sembra proprio un cazzo gigante, in erezione dietro la tenda» commenta Leanne leccandosi le labbra. «Sono sicura che è solo uno scherzo della luce o qualcosa del genere, ma immagina se i fantasmi esistessero e fossero anche dei bei ragazzi sexy? Un fantasma potrebbe leccarmela sotto il tavolo durante una di quelle noiose cene di lavoro di Simon, e lui non lo saprebbe mai.»

«Non le stai spaventando. Le stai *titillando*» esclama Edward spuntando da dietro la libreria e guardandomi tutto torvo. «Lascia che ti mostri io come si fa.»

Attraversa la stanza come una furia e trapassa Kelly Kingston.

«Ufff.» Mi si rivolta lo stomaco solo a guardarlo. Trapassare le persone è terribile. Mi fa stare più male della notte in cui io e Marco Flavio abbiamo deciso di ubriacarci di vino egiziano...

«Ahiaaaaa.» Edward si accascia su se stesso, afferrandosi la testa tra le mani. Ma a me interessa di più Kelly. Lei barcolla, e la sua espressione passa da stronzetta moralista a terrore puro in meno tempo di quanto ci metta un legionario romano a tagliarsi le unghie dei piedi dopo il primo giorno di marcia con i calzari.

«L'hai... l'avete sentito anche voi?» sussurra, stringendosi le braccia al busto. «Fa un freddo polare!»

«Io non sento nulla» dice Leanne.

«L'unica cosa ghiacciata qui è il tuo cuore» grida Edward. Il volto di Kelly ha un tic. L'ha sentito.

«Avete sentito?» Kelly afferra il braccio di Leanne e la scuote. «Qualcuno ha detto che io... che io...»

«Ambrose, vai!» urlo.

Ambrose si mette a percorrere la stanza a grandi falcate, brandendo il suo bastone in ogni direzione. La pallina che ha all'estremità sbatte contro il pavimento e le ragazze urlano e si spostano dal suo tragitto. Lui rovescia pile di libri e una lampada, e fa volare ovunque le bottigliette di pozioni colorate che Kelly usa per dipingersi le unghie. Controllo che Bree stia guardando, e in effetti è lì, con gli occhi spalancati mentre le sue acerrime nemiche si piegano alla nostra potenza.

Io giro la spada e colpisco le tende, riducendole a brandelli. Quando sono ormai praticamente nastri, passo alla poltrona di lusso, e strappo pezzi di imbottitura dal cuscino.

Edward butta giù i libri dagli scaffali. «Chiunque abbia messo insieme questa collezione ha un gusto spaventoso. Byron? Uno scribacchino. Dan Brown? Mai sentito nominare. E che cosa diavolo è un Harry Potter?»

Con la sfera metallica del suo bastone Ambrose prende un bicchiere di vino e lo muove piano in aria, proprio davanti ai loro volti.

«Non è possibile» esclama Kelly con voce tremante. «Alice, fai qualcosa!»

«Perché devo fare qualcosa io?»

«Sei tu quella intelligente, che ha studiato a Cambridge.»

«Non ho studiato Studi Occulti.» Alice raddrizza la schiena e serra le labbra in una espressione risoluta. Poi batte le mani. «Bene, fantasmi. Avete la nostra attenzione. Ora, cosa volete?»

Io faccio un gesto a Edward. Lui si fa avanti e sussurra all'orecchio di Alice: «Lascia stare Bree.»

Alice si irrigidisce.

«Bree?» grida Kelly. «Vi ha mandato Bree Mortimer?»

Davanti alla finestra, Bree scuote freneticamente la testa e si mette le mani sulla bocca per non scoppiare a ridere.

«Sì» canticchia Edward, facendo una vocina tutta vibrata. È davvero spaventoso. «Siamo i servitori spettrali di Bree. Siamo stati noi che vi abbiamo spinto nello stagno l'altra notte, e siamo qui per dirvi di smettere di farle del male, altrimenti...»

Edward infila la mano nella presa elettrica e le luci si spengono.

«Aaaaaaaaah! Fantaaaaasmi!»

Lasciamo le tre ragazze avvinghiate l'una all'altra, che chiamano a gran voce le loro mamme, e usciamo dalla porta d'ingresso (molto più piacevole che attraversare un muro). In strada incontriamo Bree. Ha i capelli pieni di rametti e pezzetti di foglie. Mi abbraccia, premendo la sua figura esile contro di me. Io mi rilasso e lascio che il suo tocco mi pervada. Mi piace sentire come il suo corpo aderisce al mio, il modo in cui il suo cuore le batte contro le costole, il suo dolce seno che si gonfia quando...

Se Bree si accorge del mio soldatino che rizza la tenda sotto la mia tunica, non fa nessun commento: è troppo impegnata a ridere.

«Non posso crederci.» Ride così tanto che le scendono le lacrime. «È stato fantastico. Ma avete visto la faccia di Kelly quando Edward l'ha attraversata? Si stava *cagando* sotto. E, Ambrose, quando hai lanciato quel drink ad Alice... geniale!»

Ambrose fa un profondo inchino. «Ah, di quello sono particolarmente orgoglioso.»

«Ehi» borbotto. «E io? Ero io il comandante di questa sortita in territorio nemico...»

«Non potrei mai dimenticarti, mio Pax» Bree mi scruta con quegli intensi occhi di miele. «Tu mi hai sempre protetta. Credo di non averti mai amato così tanto come nel momento in cui hai strappato le tende...»

...di non averti mai amato così tanto.

Quelle parole mi scaldano come raggi di sole. Mi ci crogiolo: sono le più belle che mi siano mai state dette.

Per anni abbiamo dovuto guardare Bree che sopportava scherzi e prese in giro da parte di Kelly Kingston e non siamo mai stati abbastanza solidi da fare qualcosa. Ma ora Kelly vivrà nel terrore di Bree e dei suoi uomini spettrali, ed è giusto che sia così. Il mondo è risistemato.

E Bree mi ama.

Scruto il suo viso e vorrei dirle che anch'io la amo. Che l'ho amata dal primo momento in cui mi ha teso la sua minuscola mano di bambina. Dal momento in cui mi ha *visto*. Ma ora l'amore che provavo per una bambina spaventata e un'amica in difficoltà è sbocciato in qualcosa di più... e vorrei dirle cosa significa per me sapere che anche lei prova lo stesso, ma non ho parole per l'amore. Non ho parole che rendano giustizia a questa cosa grande, calda, gonfia e gioiosa che è il mio cuore. E mentre cerco di trovare qualcosa da dire, vedo il volto di Bree.

È *terrorizzata*.

«Bree?»

Lei si copre la bocca con la mano, gli occhi spalancati dalla paura.

Mi muovo per abbracciarla di nuovo. «Non devi avere paura. Quelle ragazze non ti daranno più fastidio.»

«Io non...» si allontana di scatto da me e io grido perché l'ho improvvisamente persa. «Non è questo, Pax. È solo che... devo andare.»

«Ma dovremmo festeggiare. Dovremmo andare al pub e annusare un po' di roastbeef. Oppure hai qualche altro nemico da perseguitare?» Prendo la spada. «Abbiamo venticinque anni di vendetta da recuperare. Dovremmo iniziare subito.»

«No, va bene così. Grazie a tutti voi per aver fatto questo per me.» Bree non guarda nessuno di noi in faccia. «È stato molto importante per me. Ma ora devo tornare a casa per un po'. Ci... ehm... ci vediamo tutti più tardi...»

«Bree?»

Lei si gira in fretta e scappa via. Faccio per seguirla, ma Ambrose mi afferra il braccio.

«Fermo» sussurra. «Lasciala andare.»

«Ma ha detto che mi ama.» Mi dimeno per liberarmi.

«Sì.» Ambrose chiude gli occhi. «Lei ci ama, vecchio mio. È questo il problema. Amarci le spezza il cuore.»

35

EDWARD

«Non sei obbligato a farlo se non vuoi» dice Brianna, seduta su una panchina del parco di fronte all'ufficio immobiliare. Si torce nervosamente le mani in grembo. «Non risponde alle mie telefonate, anche se ho lasciato un milione di messaggi alla sua segretaria.»

«Stai scherzando? Lassù ci potrebbero essere traffici illeciti di ogni genere.» Mi sfrego le mani eccitato. «Sono onorato che tu abbia pensato a me per questo lavoro così importante.»

Davvero: sono al settimo cielo che Brianna abbia scelto di parlare con me. Dopo la missione di ieri sera non ci aveva più rivolto la parola. Vorrei tanto parlare con lei di quello che è successo al Festival Shakespeariano, e assicurarmi che sappia che sono pronto per un altro giro quando lo desidera, ma Ambrose è irremovibile sul fatto che dobbiamo lasciarle spazio.

«Bree ha sempre avuto bisogno di stare da sola, per pensare» dice. «Lasciamola riflettere, e quando sarà pronta verrà lei da noi.»

«È un atteggiamento così ottocentesco» lo redarguisco. «Credimi, una donna malinconica non desidera *spazio*. Desidera un uomo raffinato e principesco che le dia una bella ripassata.»

Non sono troppo entusiasta di questo atteggiamento da *aspettiamo e vediamo,* soprattutto perché l'ultima volta che Brianna ha deciso cosa voleva, ci ha bandito e abbiamo dovuto vivere in soffitta per due anni. E poi è scappata.

Ma stamattina mi ha trovato con la mano nel tostapane e mi ha chiesto di accompagnarla in questa missione segreta nell'ufficio di Annabel Myers, e non ho potuto rifiutare.

Attraverso il muro dell'ufficio e trattengo il fiato quando il peso del muro mi grava sul petto. Annabel è seduta alla scrivania e sta mangiando un *wrap* di pollo che non sembra nemmeno abbastanza appetitoso da poterlo annusare. Nel frattempo, scorre gli annunci immobiliari di Santorini online, e parla con uno di quei rettangoli magici da cui i moderni Viventi sono così ossessionati. I suoi caratteristici tacchi a spillo sono stati scalciati via con noncuranza sotto la scrivania.

«...non preoccuparti, tesoro» dice con vocina mielosa al rettangolo magico. «Alla fine, tutto si è risolto per il meglio. Con i due vecchi fuori dai piedi, non dobbiamo nemmeno sprecare soldi per comprare la proprietà: dobbiamo solo aspettare che la vicina di casa scenda al pub, e torneremo a finire il lavoro. Se chiudiamo il buco, nessuno scoprirà che siamo stati lì. La morte di Rasmussen potrebbe rallentare le cose, ma una volta che avremo la roba, potremo trovare un altro trafficante. E poi addio Grimdale e benvenuta Santorini. Aspetta, ti mando questa splendida villa...»

Interessante. Noto alcuni ramoscelli che spuntano dal cestino della spazzatura. Mi chino e do un'occhiata. Ma certo! Nel cestino c'è un bel mucchio di rametti, foglie e bacche di belladonna.

Poi sbircio in giro, stando dietro Annabel. Sulla scrivania di fronte a lei c'è una vecchia brocca di ceramica sbeccata. Annabel la sposta e batte la penna su una stampa della mappa di Grimwood Crescent. Riconosco il cimitero, Grimwood Manor e la casa dei Fernsby, che confina con il bosco. E proprio in mezzo al bosco, al confine tra le due proprietà, c'è una grande X rossa.

Una specie di mappa del tesoro.

Oh, emozionante. È come quando anche io ero un Vivente, e Bunny Westminster lesse in un vecchio libro ammuffito che uno dei miei antenati nascondeva un tesoro dietro uno specchio del palazzo, così andammo in giro a rompere tutti gli specchi e non trovammo nulla, tranne qualche ragno scontento.

A dire il vero, ora che ci penso, potrebbe essere stato proprio per quell'episodio che mi hanno cacciato via dal palazzo...

«Argh!»

Un dolore mi attraversa il corpo.

Abbasso lo sguardo, cercando di capire cosa sia successo. Annabel ha girato la sedia per prendere la tazza di caffè dalla libreria e si è tuffata proprio dentro di me.

Che oltraggio!

Che mancanza di rispetto!

Sono percorso da una nausea terribile che mi manda a sbattere barcollando contro il muro, e poi direttamente al di là, nell'ufficio del suo capo. Immaginate il mio shock quando lo vedo piegato in due sulla scrivania con un uomo corpulento dietro di lui che gli fa cose piuttosto fantasiose con una melanzana.

Questo posto mi ricorda davvero i miei giorni da Vivente.

«Douglas, ti va di alzare il riscaldamento?» grida Annabel dall'altro ufficio. «Ho appena avuto dei brividi.»

«Certo!» gracchia Douglas, che esorta il suo amico a passare al melone. Decido che certe cose non sono proprio fatte per occhi principeschi e mi tuffo di nuovo nel muro, uscendo.

«Tutto bene?» chiede Brianna preoccupata. «Sembri più pallido del solito.»

«Si è seduta *dentro di me*» mormoro, stringendomi lo stomaco. Mi piace quando Brianna si preoccupa per me.

«Oh, povero. Hai trovato qualcosa di buono?»

«Vuoi dire oltre a Douglas e al suo melone?»

Brianna fa una smorfia. «Non voglio nemmeno saperlo. Voglio dire, sui Fernsby?»

«Sono più bravo come detective che come vizioso libertino. Nel cestino della carta straccia ci sono resti di una pianta di belladonna. Inoltre, ho scoperto che Annabel e suo marito stanno scavando alla ricerca di qualcosa nel bosco: un tesoro! Proprio sul confine tra Grimdale Manor e i terreni dei Fernsby. Hanno cercato di comprare la proprietà dai Fernsby per diventare legittimi proprietari del tesoro, ma poi hanno deciso di dissotterrarlo e di portarlo sull'isola di Santorini. Tra l'altro, sembrerebbe un posto che dovremmo valutare, ora che possiamo muoverci, perché ci sono un sacco di belle persone a cui piacciono le pipe d'oppio.»

«Edward...»

Io sollevo un sopracciglio. «Sai, saresti bellissima nel tramonto di Santorini. Affitteremmo una villa sull'oceano e io ti dipingerei in tutta la tua splendida nudità, e poi faremmo l'amore sugli scogli.»

«*Edward!*» Brianna riesce a sembrare allo stesso tempo infastidita e tentata. «Cos'altro hanno detto di questo tesoro?»

«Solo che aspetteranno che tu sia fuori di casa e poi torneranno per "finire il lavoro".»

«Ecco. Kieran faceva sempre passeggiate nel bosco: Albert dice che lo vedevano spesso durante le loro camminate mattutine. Non ha il permesso di cercare metalli nella loro proprietà, e in passato si è già messo nei guai una volta. Quindi, evidentemente, Kieran e Annabel stavano cercando un modo legale per mettere le mani sul tesoro. Qualunque cosa ci sia là, deve valere una fortuna. Hanno detto di cosa si tratta?»

Scuoto la testa. «Sulla scrivania aveva una vecchia brocca

rotta, ma non può essere quella. Non c'era nemmeno niente da bere, dentro.»

«Maggie voleva vendere la casa perché avevano bisogno di soldi, ma Albert non voleva saperne.» Brianna si blocca e trattiene il fiato. «Possono davvero avere ucciso il caro Albert per poter arrivare al tesoro?»

«La gente uccide per molto meno. Mio cugino, il conte di Dorchester, una volta ha decapitato un uomo perché si era soffiato il naso sulle sue tende.»

Brianna fa una smorfia. «I ricchi sono proprio strambi.»

Io agito una mano in aria. «Strambi, certo. Eppure, sempre superiori. In tutti i sensi. Lascia che ti accompagni al maniero. Abbiamo un tesoro da cercare.»

36
BREE

«È difficile averne la certezza, perché sto guardando un disegno che ho fatto sulla base delle informazioni di Edward, che a loro volta si basano su un altro disegno che lui ha visto solo per poco tempo nell'ufficio di Annabel» dico ad Albert, fissando la mappa con le sopracciglia aggrottate mentre esco dal sentiero nel bosco. «Ma immagino che sia proprio qui sotto.»

«Credo che tu abbia ragione. Mi sono appena ricordato di una cosa: sul pendio dove Maggie raccoglieva i fiori di partenio per i suoi balsami contro l'emicrania ci sono delle pietre disposte in un modo strano. Peter Agincourt, l'archeologo del Museo Romano di Grimdale, ci ha dato un'occhiata qualche anno fa, e ha detto che poteva trattarsi di un altare al dio romano della guerra. Pare che gli antichi romani e le tribù celtiche abbiano combattuto un'importante battaglia proprio qui, in questo luogo!» Albert fa un gesto verso gli alberi con uno sguardo lontano.

Io indico gli alberi. «Allora fammi strada, mio signore.»

Albert si avvia tra gli alberi. Ormai ha imparato bene a fluttuare. Lungo il tragitto mi parla di Maggie. Ha passato ogni momento della sua vita ultraterrena a cercare di raggiungerla, o in giro per casa ad annusare le sue cose. Oggi ha accettato di aiutarmi solo perché l'ho portato ad Argleton e sono rimasta fuori dalla stazione di polizia con la mia moldavite per un'ora, in modo che potesse farle visita. Mi ha fatto un rapporto completo sulle dimensioni e sul fetore della sua cella, sulla lucentezza sbiadita dei suoi capelli e sul fatto che Linda Bateman è andata a trovarla e le ha offerto in dono la medaglia del primo premio che ha vinto al Bake Off, ma la polizia non ha permesso a Maggie di portarsela in cella.

Cammino accanto ad Albert e lo ascolto in silenzio. Non parlo, perché il bosco è pieno dell'amore di Albert, e anche perché la collina è ripida e io sono troppo impegnata a cercare di rimanere viva.

Ho lasciato i fantasmi in casa: Pax sta guardando degli episodi di *Bake Off*, Ambrose sta sfogliando con entusiasmo (per la prima volta) le pagine di un diario di viaggio, e l'interesse di Edward per la caccia al tesoro è svanito quando ha capito che si sarebbe dovuto scavare. Quando gli ho chiesto se voleva venire con noi, mi ha risposto con quella sua voce così altezzosa: «Brianna, se proprio sono costretto ad avere a che fare con la natura, come minimo ci deve essere una battuta di caccia. Oppure dovrei essere in un campo di fiori selvatici, a rotolarmi con una bella duchessa nuda.» Così gli ho fatto una linguaccia e l'ho lasciato con la testa nel motore del frigorifero.

So che Pax e Ambrose sarebbero venuti se avessi detto loro cosa andavo a fare, ma ricordo quella moneta nel negozio di Rasmussen con il nome di Kieran Myers. Non sono una sciocca. Immagino cosa possano avere trovato i Myers. Dopotutto, siamo in Inghilterra. Qui non si può toccare neanche una pietra senza scoprire un antico sepolcro o una discarica vittoriana. Comunque sia, di qualsiasi cosa si tratti, deve essere molto antica e preziosa, se qualcuno ha pensato che per essa valga la pena di uccidere.

Ho bisogno di tempo per prepararmi a ciò che potrei scoprire.

Nulla è per sempre. Nemmeno la morte.

«Qui. Il punto è questo.» Albert gira intorno a una bella quercia secolare. Il sentiero e il pendio tra gli alberi verso il canale sono punteggiati da fiori di partenio. «Venivamo spesso qui durante le nostre passeggiate. Maggie amava quest'albero. Caspita, non so quante volte l'ho fatta sdraiare sull'erba e abbiamo fatto l'amore proprio qui.»

Io mi allontano con un balzo, come se l'erba andasse a fuoco. «Che schifo, Albert, non voglio saperlo.»

«Ehm, giusto. Sì.» Improvvisamente, il suo sguardo si indurisce e lui mi indica qualcosa vicino alle pietre. «Guarda. Lì la terra è stata smossa.»

Mi metto in ginocchio e inizio a ispezionare il terreno. Albert ha ragione: è stato sicuramente smosso. Qualcuno ha ricoperto il punto con ramoscelli e foglie morte, per cercare di nasconderlo, ma è ovvio che la terra è stata rivoltata.

Prendo la cazzuola da giardino che ho portato con me e comincio a spostare con delicatezza la terra, come vedo fare a *Time Team*.

Con le dita sfioro qualcosa: una superficie liscia e curva che sembra diversa dalle altre pietre sotto l'albero. Libero l'oggetto e riesco a estrarlo dal terreno.

Si tratta di un vaso tozzo e arrotondato, con un bordo frastagliato in cui manca una sezione triangolare. Sulla parete esterna ci sono delle incisioni: cavalli e uomini con lance, credo.

Scommetto che è simile al vaso sulla scrivania di Annabel.

Lo giro e gratto via lo sporco che ne incrosta la base. Ci trovo una breve iscrizione. Sembra latino.

Latino...

Pax.

Lo stomaco mi finisce sotto i piedi quando mi rendo conto di cosa potrei avere in mano.

La legione di Pax combatté qui un'importante battaglia contro i Celti. Questo potrebbe essere un reperto della sua campagna. Non so nulla di archeologia romana (ho visitato Roma, ma se devo essere sincera, ho passato più tempo a bere grappe con un gruppo di turisti australiani che a guardare musei), però potrebbe trattarsi di un vaso proveniente dall'accampamento dell'esercito, oppure di una sorta di offerta a Marte, il dio della guerra. Oppure... oppure...

Non è una tomba. Non può essere una tomba. Pax dice che lui non ha ricevuto un'adeguata sepoltura. È questa la sua questione in sospeso. È per questo che è ancora qui.

Non saltare alle conclusioni, Bree. Gli antichi romani hanno mangiato, dormito e cagato in giro per tutta Grimdale. Questo vaso potrebbe non avere nulla a che fare con l'unico soldato romano che tu hai accidentalmente...

Mi rigiro il vaso tra le mani. Se adesso porto questo manufatto a Pax, lui si illuderà, come quella volta che mio padre ha demolito un vecchio capanno per gli attrezzi e abbiamo trovato resti di quella che pensavamo fosse una strada romana. In realtà, era solo una parte del barbecue del mio bisnonno. Non posso dirlo a Pax finché non sono assolutamente sicura...

C'è qualcuno che potrebbe fare luce su questo oggetto e sul motivo per cui Annabel potrebbe averlo voluto.

«Hai intenzione di continuare a scavare?» mi chiede Albert.

Io scuoto la testa. «Questo vaso è antico. Non voglio rischiare di danneggiare qualcosa. Inoltre, non voglio portare altro alla luce, per evitare che Annabel lo rubi. Rimani qui e fai la guardia a questo punto preciso. Io torno tra un attimo.»

Mi tolgo la felpa e la uso per avvolgere con cura il vaso. Torno a casa stringendolo tra le braccia. Poi frugo nel capanno finché non trovo la mia bicicletta, le tolgo le ragnatele dal manubrio, metto il vaso nel cestino e mi avvio verso il paese.

La bicicletta è arrugginita e i nastri con cui avevo decorato il manubrio sono diventati di un colore decisamente poco attraente, ma riesco ad arrivare a destinazione senza finire a gambe all'aria. Lego la bici a un albero e salgo le scale del Museo Romano di Grimdale, con il vaso sotto il braccio.

«*Si vales bene est, ego valeo.* Benvenuti al Museo Romano. Se vuoi vedere la mostra sulle toghe, temo che...» Le parole di Alice le muoiono sulle labbra quando alza lo sguardo e mi riconosce. «Bree? Cosa stai... cioè, perché... cioè, posso aiutarti?»

Mi parla con una voce rigida e formale. I suoi occhi si dirigono verso la porta aperta dietro di me.

Ha paura di me.

Bello.

Le poso sulla scrivania la felpa appallottolata.

«Puoi dare un'occhiata a questa cosa e dirmi cos'è?»

«È una felpa di un gruppo goth» dice, sempre con voce tesa.

«Oh, caspita, vedo che i quattro anni di studi a Cambridge hanno dato i loro frutti.» Dispiego la maglia per mostrarle l'oggetto. L'espressione di Alice cambia all'istante. I suoi lineamenti si ammorbidiscono e diventano riverenti. Si avvicina e scosta la felpa per esaminare il vaso da ogni angolazione.

«È un'*olla*» dice. «Un manufatto romano usato per cucinare.»

Mi sento invasa da una profonda delusione. Una pentola? Potrebbe appartenere a chiunque. E non sembra particolarmente preziosa: non capisco perché Annabel avrebbe dovuto comperare una casa per avere questa cosa. «Puoi dirmi qualcos'altro? Per esempio, di che anno è?»

«Non ti so dire l'anno esatto... gli antichi romani non erano così premurosi da scrivere la data su tutto. Ma non essere così amareggiata.» Sbatte le palpebre e storce la bocca come se temesse che, se mi fa arrabbiare, io possa scatenare i miei fantasmi. «Questo vaso è davvero molto interessante, soprattutto per chi ama le cose macabre, e so che a te piacciono. Vedi questo bordo?» Alice indica il pezzo mancante. «Questo non si è rotto nel terreno. È stato colpito con una spada. Questo vaso è stato rotto di proposito. I Romani spesso rompevano gli oggetti in questo modo prima di metterli in una tomba. Probabilmente si tratta di un vaso che un tempo conteneva un'offerta funeraria. Forse per un soldato, a giudicare dalle immagini disegnate.»

Offerta funeraria per un soldato.

Il mio cuore batte forte. Il sangue mi arriva alle orecchie e ci metto un po' prima di capire che Alice mi ha chiesto qualcosa e io non ho risposto.

«Scusa, puoi ripetere?»

Alice fa una smorfia. «Ti ho chiesto se hai trovato qualcos'altro nei paraggi?»

«Non ho guardato bene» dico. «Ma il terreno è smosso e credo che qualcuno abbia già estratto monete e forse anche altri oggetti.»

«Davvero?» Alice si acciglia. «Ma non è sul tuo terreno? Allora è illegale.»

«È la terra di Albert e Maggie, e sì, loro ne erano al corrente.»

«E non hanno mai fatto nessuna denuncia di ritrovamento di monete o altri oggetti d'oro, perché noi saremmo stati avvisati. Anche questo è illegale.» Mi scruta dagli occhi socchiusi. «Non c'entra Kieran Myers, vero? Ogni tanto lo vedo con il suo metal detector sui sentieri pubblici.»

Io inclino la testa di lato e sorrido. «Sei sicura di non aver fatto Studi Occulti a Cambridge? Perché sei una sensitiva.»

Alice impallidisce. E fissa il vaso. «D'accordo, senti... mi dispiace per quello che Kelly e Leanne hanno fatto con la vernice. Non sapevo dei loro piani, altrimenti non sarei andata con loro. E quel giorno che sono venuta a cena, sono stata scortese con te. Solo che a volte sono un po' brusca quando sono nervosa, e tu ti stavi facendo una lunghissima conversazione con il nulla. Comunque, ho sbagliato a dire quello che ho detto, e a scappare via in quel modo.»

Rimango senza parole. «Eri nervosa? Per l'appuntamento con Dani?»

Alice non alza lo sguardo dal vaso. «Ehm, sì. Certo. Ma anche per il fatto di rivedere te, di venire a casa tua e di frequentarti. Avrei sempre voluto essere amica tua e di Dani. Ma credo di aver mandato tutto all'aria.»

Aspetta un attimo... «Amica nostra? Tu, vuoi essere nostra amica? A scuola sei sempre stata perfida con noi!»

«Certo. Kelly aveva deciso che non le piacevi, e Kelly era la mia unica amica, quindi ho dovuto seguirla.» Alice porta lo sguardo su di me e nei suoi intensi occhi ambrati scorgo qualcosa di simile al dolore. «Ero troppo gelosa di te e Dani. Sembravate sempre divertirvi più di tutti gli altri e non dovevate cercare di compiacere costantemente Kelly solo per tenervela buona. A te non importava di quello che gli altri pensavano di te, invece a me è sempre importato troppo.»

Questo non corrisponde affatto ai miei ricordi dei tempi del liceo. Io ricordo bene ogni insulto che mi è stato rivolto, come tante coltellate alla schiena. Ricordo molte notti seduta con Dani sul mausoleo di Edward, che fumavamo erba e imprecavamo contro Kelly, Alice e Leanne per le cose malvagie che avevano fatto, e speravamo di potercene andare via da Grimdale. Soprattutto, ricordo l'espressione audace di Dani, quando prendeva coraggio e indossava l'uniforme femminile, per essere la vera se stessa.

Ripenso che Dani mi ha detto che Alice è diversa quando è

lontana dalle altre. Non le ho mai creduto. Non pensavo che le persone potessero cambiare.

Tutti ci hanno sempre chiamate *strambe*. Fin dai tempi dell'asilo io ero sempre stata Ghost Girl. E adesso, una delle ragazze più crudeli del liceo mi dice che mi invidia? Devo aggrapparmi al bordo della sua scrivania per non crollare.

«Ti avremmo fatta venire con noi» le dico a bassa voce. «Se solo ce lo avessi chiesto.»

Lei scuote la testa. «No, non l'avreste fatto. E non vi biasimo. A proposito, mi dispiace per tuo padre. Volevo dirtelo quando ti ho vista al villaggio. Al quiz del pub mia madre era nella squadra con i tuoi genitori. Mi ha detto lei della sua diagnosi. Era lui che costruiva le scenografie per le recite scolastiche. Era un brav'uomo. Mi dispiace che sia malato.»

Cazzo, adesso è troppo. Le lacrime mi riempiono gli occhi. «Già. Anche a me.»

«Anche mio padre è malato. Demenza. È per questo che sono tornata a Grimdale. Mia madre da sola non ce la fa. Avevo uno stage fantastico al British Museum, ma non potevo lasciarli soli, sai...» Alice si guarda le mani sporche di terra.

«Mi dispiace tanto» dico. «Non è facile.»

«Almeno tuo padre è ancora sano di mente» dice lei. «A volte mio padre pensa che io sia sua madre. Altri giorni pensa che io sia una vecchia insegnante del liceo che odiava. Quei giorni... fanno schifo, cazzo.»

Deglutisco, per non scoppiare a piangere. «A volte... a volte penso che sarebbe meglio, sai, se potesse dimenticare ogni cosa. Per tutta la vita mio padre ha costruito oggetti con le sue mani. Ha suonato la batteria in quella stupida cover band al Goat, ogni venerdì. Ha cercato di imparare la chitarra, cosa che per poco non ha portato mia madre a chiedergli il divorzio. È un uomo divertente, creativo e pratico. E se dovesse perdere tutto questo, e rendersene conto... ho paura che non si ritroverebbe più.»

«Sì» dice Alice. «Capisco bene.»

Entrambe rimaniamo in silenzio per un momento, perse nella nostra infelicità.

Poi Alice fa un sospiro. «Vieni, guardiamo di nuovo da vicino quel vaso.»

Mi chino sulla scrivania mentre Alice lo rovescia. Il suo volto si illumina.

«C'è un'iscrizione sul fondo.»

È strano vederla così, così sinceramente emozionata per qualcosa che non sia tormentarmi. Prende una lente e la usa per esaminare l'iscrizione.

«Sì, come sospettavo, questo proviene dalla tomba di un soldato romano del II secolo d.C., probabilmente dell'esercito di Adriano. Il suo nome era Pax Drusus Maximus, e i suoi amici lo ricordano come un grande combattente e grande bevitore. Il suo corpo fu portato via dal campo di battaglia e gli fu data una degna sepoltura romana.»

Pax.

Ho trovato la tomba di Pax.

Non posso crederci. Neanche in un milione di anni mi sarei mai aspettata che potesse succedere. Non solo ho trovato i resti di Pax, ma scopro che i suoi uomini gli hanno dato una degna sepoltura. I suoi riti funebri erano stati eseguiti come avrebbero dovuto, però il suo spirito non lo sapeva e non poteva trovare pace.

Ora Pax può passare oltre... può...

Può sparire per sempre dalla mia vita...

Un pensiero troppo orribile per prenderlo in considerazione.

«Devo sedermi.»

«Non c'è tempo.» Alice si alza dalla scrivania. «Devi mostrarmi dove hai trovato questo vaso.»

37
BREE

Il cuore mi batte forte in gola mentre mi appoggio alla quercia e guardo Alice che sposta la terra con il pennello.

Questa è la tomba di Pax.

La tomba di Pax.

Se gliela mostro, potrà finalmente passare oltre.

Dopo quasi duemila anni di vita da fantasma, ora potrebbe camminare sui Campi Elisi.

Dovrei fare i salti di gioia. Invece...

...se mostro a Pax questa tomba, sparirà per sempre.

Non starà mai più ai piedi del mio letto a vegliare su di me che dormo.

Non accoltellerà mai più le cose che mi intristiscono, né farà le sue battute sciocche e volgari che mi fanno ridere fino a togliermi il fiato.

Non supereremo mai il punto dove siamo arrivati quella notte nella mia cameretta. Non potrò mai sapere come sarebbe stato...

Non riesco nemmeno a finire il pensiero.

La realtà mi trafigge, e poi di nuovo. A tempo con le meticolose spennellate di Alice. Questa tomba è una bomba a orologeria, che esplodendo causerà la perdita definitiva di uno dei miei amici più cari.

Mi odio per essere così egoista. Ora non si tratta di me. Si tratta di Pax e della sua anima immortale. *Non avrebbe mai dovuto essere qui. Avrebbe dovuto essere nei Campi Elisi, da sempre. Ogni secondo che ho trascorso con lui è stato un dono.*

Devo allontanarmi da Alice per asciugare le lacrime che mi scendono sulle guance.

«Qui c'è sicuramente una tomba, probabilmente di un centurione, perché sembra che tutti i suoi uomini abbiano lasciato un loro contributo.» Alice si passa i capelli dietro un orecchio, lasciandosi una striscia di sporco sulla guancia. «Ci sono molti corredi funerari e alcune monete piuttosto notevoli. Chiamerò la mia vecchia professoressa. È un'esperta della storia romana di Grimdale. Probabilmente vorrà aprire uno scavo.»

«E cosa comporterà?»

«Oh, le solite cose di quando vengono coinvolti gli archeologi. Un sacco di persone con stupidi cappellini che vanno in giro per il giardino e chiedono di usare il bagno.»

Alice si allontana per fare la sua telefonata. Io mi avvicino alla buca che ha scavato. Quando intravedo le ossa scure che spuntano dalla terra rimango a bocca aperta. Sembrano costole e quello è... il bordo di un cranio.

La bile mi risale in gola. Ma so cosa devo fare. Mi chino e tolgo un po' di terra dal punto vicino all'osso della mascella. Strizzo gli occhi e mi avvicino, per frugare nel terriccio finché non sento l'inconfondibile freddezza di un oggetto metallico. Estraggo l'oggetto e lo tengo alla luce.

Una moneta d'oro in bocca.

Il pagamento per il traghettatore che lo porterà dall'altra parte del fiume, fino ai Campi Elisi.

Queste sono le ossa di Pax. Le *sue* ossa. Pezzi di lui che sono stati lasciati nel terreno perché è morto.

È *morto*.

Il mio centurione bellissimo, possessivo, brillante, divertente, patito delle pugnalate, ossessionato dai dolci e leggermente fuori di testa... è morto. È morto quasi duemila anni fa e io mi ero illusa di avere un futuro con lui. L'ho baciato e toccato e ora...

«Bree, tutto bene?»

Sobbalzo quando sento la mano di Alice sulla spalla. Lesta, infilo la moneta in tasca.

«Certo, tutto bene» sussulto. «È solo che... le ossa mi spaventano. Devo...»

Non finisco la frase e corro verso la casa. Prima ancora di salire gli scalini sul retro, mi metto a vomitare tra i cespugli di rose.

Pax è appena tornato nella mia vita e ora... come farò a vivere senza di lui?

38

BREE

evo dirglielo.

Devo.

È la cosa giusta da fare.

La moneta che ho in tasca pesa centomila chili. Mi trascino in giro per la casa con gambe di piombo. Non ricordo di aver preparato una tazza di tè, ma improvvisamente mi rendo conto di essere sprofondata sulla poltrona sotto la finestra del salottino, con una tazza di tè fumante tra le mani. Inzuppo ripetutamente il mio biscotto di pan di zenzero finché non diventa fradicio e molliccio, e intanto guardo Alice che guida lungo il sentiero nel bosco, fino al sito della tomba, un'indianata Jones di archeologi (pare sia questo il sostantivo corretto per un gruppo di archeologi – dimostratemi il contrario).

Come farò a vivere senza di lui?

Come farò senza i suoi abbracci, la sua follia, e i suoi bizzarri nomi inventati?

Grimwood Manor non sarà più la stessa. Ma non è l'unica cosa che sta cambiando. I miei strani nuovi poteri. Questa...

questa cosa, che non capisco cosa sia, tra me e i fantasmi. L'omicidio di Albert. Il Parkinson di mio padre...

Come se chiamato in causa, il mio telefono squilla e il volto sorridente di papà appare sullo schermo. Il cuore mi batte forte nel petto.

Appoggio il telefono alla tazza e premo ACCETTA. «Ciao, papà.»

«Ciao, dolce Bree» dice. «Come vanno le cose?»

Terribili. Uno strazio. Un'apocalisse. Mi limito alla tipica risposta britannica. «Tutto bene. Dov'è la mamma?»

«Oh, tua madre e la sua nuova amica sono andate a fare shopping a Berlino. Mi hanno invitato ad andarci, ma anche qui in continente, le borsette sono tutte uguali.»

Rido. Non riesco a trattenermi. Le lacrime mi escono dagli occhi e mi tolgo dall'inquadratura per asciugarmele senza che mi veda. Ma, ovviamente, è mio padre. Così, non appena rientro nell'inquadratura, lui si avvicina allo schermo, gli occhi densi di preoccupazione.

«Dolce Bree, stai bene? Cosa c'è che non va? Si tratta di Albert e Maggie?»

E così, sono di nuovo la bambina che ero appena dopo l'incidente, spaventata dai fantasmi, che vorrebbe ardentemente le braccia di suo padre stringerla in un abbraccio stretto e sicuro.

«No, non si tratta dei Fernsby, anche se anche quella è una storia molto triste.» Deglutisco, ma non riesco a trattenere altre lacrime. «Papà, e se tu... senti, che faresti se dovessi dire a un amico una cosa che potrebbe renderlo davvero felice, ma lo farebbe sparire dalla tua vita?»

«Glielo direi, naturalmente» mi dice con affetto. «Non spetta a noi decidere il futuro di qualcun altro.»

«Lo so.» Infilo la mano in tasca e sento i bordi della moneta d'oro accanto al cristallo di moldavite. «So che è la cosa giusta da fare. Devo solo trovare il coraggio.»

«Oh, Bree. Sono sicuro che, qualunque cosa sia, questo amico capirà che per te è difficile. Altrimenti non sarebbe un vero amico, no? E mai dire mai. Quando te ne sei andata, tua madre ha pianto per un mese di fila. Era così sicura che non saresti mai tornata a Grimdale dopo tutte le cose orribili che hai passato. Pensava di averti persa per sempre.»

«Davvero?» Non riesco a immaginare mia madre, così forte e risoluta, che piange.

Annuisce. «Non dirle che te l'ho rivelato, ma era sconvolta. Non è facile dire addio a un figlio, soprattutto se sai che con te era infelice e tu non potevi farci nulla. Ci siamo sentiti impotenti quando hai avuto tutti quei problemi dopo l'incidente e avevamo paura di non potere essere presenti, ad aiutarti, se ti fosse successo qualcosa. Ma poi abbiamo iniziato a fare le videochiamate e ti abbiamo vista così felice di vivere i tuoi sogni più sfrenati, ed entrambi abbiamo capito che possiamo amarti anche da lontano, anche se a volte fa male. Dovevamo lasciarti spiegare le ali e sapevamo che una volta pronta saresti tornata da noi. E infatti, eccoti lì, seduta nel salottino di casa come un tempo.»

Nulla è per sempre. Nemmeno la morte.

«E un'altra cosa...» Mio padre abbassa lo sguardo verso la mano, stretta contro il petto: ennesimo sintomo del suo Parkinson. «Avremmo potuto vederti in qualsiasi momento. Avremmo potuto chiudere il B&B per un mese e venirti a trovare in Australia, a Bali o nell'Attica. A volte noi anziani rimaniamo bloccati nelle nostre abitudini e non ci rendiamo conto che c'è un mondo enorme, se solo fossimo abbastanza coraggiosi da abbracciarlo prima che sia troppo tardi.»

Entrambi fissiamo la sua mano.

«Vorrei solo... vorrei solo poter fare qualcosa per te.» Serro i pugni, e sento arrivare un'altra ondata di lacrime. «Da quando me l'hai detto, mi sento inutile e arrabbiata. Non è giusto che tu abbia questa malattia. Non è *giusto*.»

«Tesoro, non piangere.» Piega le braccia e fa finta di guardarmi male. «Ti proibisco di piangere. Io piango?»

«Ma...»

«Senza ma. A volte le cose non vanno come si pensava. È la vita. Quando avevo la tua età, volevo prendere il posto del batterista degli Who, e non è andata esattamente così. Però ho tua madre, e te, e la nostra bella casa, e i miei hobby. E in questo momento sto scoprendo l'amore per i viaggi. Sai perché siamo andati in Francia?»

«Perché la pasticceria francese su High Street ha chiuso e la mamma aveva voglia di un *pain au chocolat*?»

«Perché per cinque anni sono stato a guardare la mia coraggiosa e bellissima figlia che esplorava il mondo, e questo mi ha fatto capire che tutte le cose che volevo fare nella vita sono ancora lì che mi aspettano: devo solo trovare il coraggio di fare il primo passo.» Flette un braccio. Parla a voce sempre più bassa, un altro sintomo comune del Parkinson. «Grazie a te, dolce Bree, non vedo questa diagnosi come la fine di tutte le cose belle. *È quello che è,* e basta. Non me ne starò lì seduto a lamentarmi delle cose che non posso fare. Ho avuto una vita piena e bella, e ho ancora molto da godere.»

Oh, cazzo.

«Papà?» dico, tirando su con il naso.

«Sì?»

«Mi manchi.»

«Anche tu mi manchi, dolce Bree. Ogni singolo giorno. Ma è proprio per questo che so quanto fortunato sono: ho una figlia bellissima, che mi manca.»

Riattacchiamo e io sprofondo sui cuscini, mentre mi ripeto le sue parole nella mente. Mi giro e sento qualcosa di duro che mi si conficca nella coscia. Il cristallo di moldavite. Lo tiro fuori e me lo tengo davanti al viso, osservando il modo in cui la luce gioca con le sue delicate volute verdi.

Scaglio la pietra dall'altra parte la stanza. Va a schiantarsi contro gli scaffali e cade a terra. Entwhistle la lancia sotto il tavolo.

«Non è giusto!» grido, e lacrime mi rigano le guance.

Non è giusto che mio padre abbia questa stupida e terribile malattia. Che abbia lavorato così tanto per tutta la vita e che, proprio quando stava per sistemarsi e godersi la pensione, debba affrontare tutto ciò. Non è giusto che venga privato di tutte le cose che ama.

Non è giusto che Pax sia morto sul campo di battaglia quando era così giovane, e che non abbia potuto trovare moglie, né farsi una famiglia, né deliziare il mondo con la sua meravigliosa... Paxitudine. Non è giusto che abbia dovuto attardarsi qui per duemila anni perché non sapeva di avere avuto una sepoltura adeguata, e che i suoi uomini lo avevano amato abbastanza da onorarlo anche in mezzo alla carneficina.

Non è giusto che dobbiamo dirci addio.

E non è giusto che io possa parlare con i morti, ma non possa salvare le persone che amo.

39

BREE

«Brianna, sei qui? Ti ho cercata ovunque. Ambrose ha trovato un libro in biblioteca con un capitolo su di me, e voglio che tu me lo legga ad alta voce...» Edward attraversa il muro e si butta sul mio letto. Si passa una mano tra i capelli scuri spettinati, scostandoseli dagli occhi, e quando mi vede ha un sussulto. «Brianna? Stai piangendo. Che c'è che non va?»

«Vattene» singhiozzo con il viso nascosto nel cuscino, ben consapevole che mi sto comportando da stupida.

«E lasciarti qui in questo stato? Non essere ridicola. Parlami.»

«Non voglio parlare.»

«Nessun problema. Ci sono tante altre cose che possiamo fare, per distrarti.»

«Ti ho detto di andartene» gli grido, con uno sguardo torvo. «Che fine ha fatto il rispetto dei miei confini personali?»

Edward agita una mano traslucida. «Questa casa è mia. Queste sono le mie mura e se mi va di attraversarle per vedere come sta la mia musa, è proprio quello che farò.»

«Bene.» Mi rigiro nel letto e mi volto verso la parete

opposta. In questo momento non ce la faccio a sopportare le sue assurdità. Ho tante cose di cui dovrei occuparmi. Gli archeologi sono già nel bosco a scavare sul sito della tomba. Dovrei dire ad Albert cosa sta succedendo. Dovrei dire a Dani di andarci piano con il signor Gibbons.

Invece sono stesa a letto, che passo le dita sulla moneta mentre cerco di trovare il coraggio di dire a Pax che può passare oltre.

«Brianna» la voce morbida di Edward mi sfiora il lobo dell'orecchio, insistente. «Di che si tratta? È per tuo padre?»

«Vattene.»

«È per l'omicidio di Albert? Pensavo che avessimo fatto enormi progressi, su quello.»

«Non voglio parlarne.»

«Lo dicevi anche quando eri piccola. Era una bugia, e lo sappiamo entrambi. Quando menti, ti viene un tic il naso. Hai un tic adesso?»

«No.» Mi tocco il naso. *Forse, piccolo piccolo.*

«Lo immaginavo. Allora racconta a Edward di che cosa si tratta, e io ordinerò a Pax di sistemare tutto, così lui infilzerà qualsiasi cosa ti abbia fatto male, fino a quando non ti potrà più fare niente. È bravo a infilzare, sai. E io sono bravo a dare ordini alla gente.»

Pax non può risolvere questo problema. Non infilzerà mai più nulla per me.

«È la stessa storia di sempre.» Mi nascondo il viso tra le mani. «Non voglio altro che essere normale, e invece non lo sarò mai.»

Sento qualcosa che rotola sul letto accanto a me. La moldavite. Sbircio da sopra la spalla. Grosso errore. Così vicini, gli occhi scuri di Edward mi catturano. Il suo labbro si tende da un lato, in quel suo famigerato sorrisetto. Poi solleva una mano e mi accarezza i capelli, e non so come, ma mi fa sentire più tranquilla.

«Ho trovato Entwhistle e Moon che ci giocavano» dice, gli occhi insondabili che brillano maliziosi. «Sono molto risentiti che io abbia rovinato il loro gioco, ma ho pensato che tu la rivolessi.»

«Perché?» Squadro il cristallo con disgusto. «Se è un qualche tipo di magia, è una maledizione. Non ha portato altro che infelicità.»

«Questo non è assolutamente vero.» Mi infila le dita tra i capelli. Poi mi appoggia il palmo di una mano sulla guancia e, mio malgrado, mi abbandono al suo tocco. È così bello. Mi passa un dito sotto gli occhi, asciugandomi una lacrima che minacciava di scendere. «E la sera del Festival Shakespeariano? Quando hai tremato sotto il mio tocco? Non è stato perché eri infelice.»

«Io...»

«E quando hai preso Pax in bocca? E quando hai ingoiato il suo sperma romano?» La voce di Edward si fa più tesa mentre mi accarezza la guancia. «Non eri infelice allora, vero?»

«Come... e tu come fai a saperlo?»

«In quel momento avevo la testa infilata nella lampada a muro. Ho visto tutto.» Edward si avvicina, la bocca leggermente imbronciata. «Quel piccolo e delizioso gemito che ti è salito dal fondo della gola quando lui te l'ha infilato in bocca avrebbe potuto rendere di nuovo mortale un fantasma.»

Devo fare appello a tutto il mio autocontrollo per allontanarmi. «È proprio così. Tu non capisci. Non dovrei fare un pompino a un fantasma, soprattutto se si tratta del mio amico d'infanzia. Soprattutto dopo quello che avevamo fatto io e te... Non dovrei *desiderarle,* queste cose. Non sono normale. Questo potere mi ha fatto qualcosa, mi ha reso ancora più stramba...»

«Certo che non sei normale, Bree Mortimer.» La voce di Edward si abbassa a un tono che mi agita lo stomaco e mi fa arricciare le dita dei piedi. «Non lo sei mai stata. Tu sei straordinaria. Sei notevole. Molto probabilmente fatata. Me ne sono accorto nel momento in cui sei nata.»

«Nel momento in cui sono nata, eh?»

«Beh, forse non proprio nel momento *esatto*. Non sopportavo di stare in giro per la casa con Sylvie in travaglio. Tutte quelle urla. Tutti quei *liquidi*.» Rabbrividisce. «Quella volta io, Pax e Ambrose ci siamo rintanati in soffitta e sono sceso quando lei ti ha consegnato a Mike. Lui ti ha tenuto tra le braccia e ha detto che era un peccato che tu non potessi ancora vederlo, perché era un ragazzo davvero bello. In quel momento tu hai aperto gli occhi e mi hai guardato dritto in faccia. Hai guardato *me*. E mi è sembrato che tu mi vedessi davvero, anche allora.»

La sua voce trema di meraviglia.

Io scuoto la testa. «Non ti vedevo. Era prima del mio incidente. Stavo solo fissando il muro, o qualcosa del genere.»

«Non ne sarei così sicuro.» Edward si sporge di nuovo in avanti e le sue labbra si schiudono leggermente, in uno dei suoi sorrisi migliori, quello che sembra nascondere un segreto che non vede l'ora di svelare. «A volte venivamo a trovarti quando piangevi nella culla. Quando ci chinavamo, tu smettevi di piangere.»

«Non è vero.»

«Oh, sì che è vero. E quando sei diventata più grande, ci porgevi le cose: giocattoli, pezzetti di cibo. Una volta hai lanciato un libro ad Ambrose.»

Ma come... «Perché non me l'hai mai detto?»

«E farti credere che eri una specie di mostro?» Edward si avvicina ancora di più e l'aria tra noi si carica di elettricità. «Ti odiavi già, e vederlo ci spezzava il cuore. Non volevamo contribuire a quel dolore. Ci accordammo tutti sul fatto che non te ne avremmo mai parlato.»

«Ma... ma me lo dici *adesso?*»

«Nella mia vita, ho sempre potuto scegliere le donne che volevo. O gli uomini, quando l'umore mi prendeva. Regine, principesse, attrici, artisti, tutti cadevano ai miei piedi per avere la possibilità di venire a letto con me.» Edward si sistema meglio sul letto. Siamo così vicini che basterebbe un respiro a spingerci l'una verso l'altro. Le sue lunghe gambe penzolano dall'estremità del letto e la sua camicia bianca si apre, a rivelare quel triangolo pallido di pelle liscia. È mio amico. È un'arma. È un coltellino svizzero, con ben sei modi diversi per rovinarmi. «Eppure tu, Bree Mortimer, sei l'unica che abbia mai *desiderato* veramente.»

Mi ha chiamato Bree.

Con un dito Edward mi traccia una linea sotto il mento, lasciandomi una scia di fuoco sulla pelle. Sono in piedi sull'orlo di un precipizio e so che tutto ciò che mi aspetta sul fondo è un disastro, una vera carneficina.

Nulla è per sempre, nemmeno la morte.

Appoggio la testa alla sua mano incredibilmente calda e fisica. Ingoio quel nodo di emozioni confuse. Forse è vero che non può durare. Forse sto per precipitare in un mucchio di dolore. Ma 'fanculo.

'Fanculo fino ai Campi Elisi.

Prendo un respiro, chiudo gli occhi e mi lascio andare. Crollo.

Crollo dentro di Edward. E questo principe viziato e scontroso mi afferra, proprio come ha fatto per tutta la mia vita.

Solo che questa volta sono le sue labbra ad afferrarmi. Mi *catturano.* Mi catturano e mi aprono.

Quando la sua lingua si infila tra le mie labbra sento il sapore dello zucchero caramellato e dell'oppio. Questo è

Edward, che – a dare retta ai libri di storia e alle sue stesse vanterie – ha baciato un migliaio di contesse arrapate, ha istigato orge, ha fornicato nelle sale del trono e ha fatto qualsiasi cosa selvaggia e depravata che si possa immaginare (e anche molte altre che *non* si possono immaginare). E ora sta baciando *me*. Geme dentro la mia bocca, come se fossi speciale, come se fossi tutto ciò che ha sempre desiderato.

Non posso crederci.

Le sue dita si intrecciano ai miei capelli e sembrano dita vere, ma ancora più belle. Più calde, bisognose e sfrigolanti. Edward si china su di me, mi costringe a sdraiarmi e le sue labbra si fanno più urgenti. Mi passa una mano sul corpo, con un tocco leggero come una piuma, per testare, esplorare. Non sappiamo cosa questo potere ci permetterà di fare, ma di certo mi ha permesso di divertirmi un po' con lui e con Pax, e ora sono così confusa e triste che sono pronta a cadere nel baratro con lui.

Con le dita mi accarezza un capezzolo da sopra la maglietta, e lo strofina con il pollice fino a farlo diventare un sassolino duro. Poi lo prende e lo pizzica, un po' troppo forte, ma quella piccola fitta di dolore mi fa sciogliere, desiderandolo ancora di più.

«Posso toglierti i vestiti?» mi chiede, con il suo sorrisetto leggermente sghembo. «Voglio vedere tutta la tua bellezza.»

«Posso farlo io.» Anche se ora i fantasmi riescono a toccare, non sempre sono capaci di motricità fine. Sollevo l'orlo della maglietta e...

La mano di Edward mi serra un polso e lo appoggia con delicatezza sul piumone. «No, no, Brianna» mi rimprovera, gli occhi scuri ora infuocati. «Non privare un principe della gioia di scartare il suo regalo.»

Lavora piano, mi arrotola l'orlo della maglietta e mi bacia e accarezza ogni centimetro di pelle scoperta. Poi mi bacia le braccia, soffermandosi sull'interno dei gomiti e dei polsi fino a farmi rizzare i peli. Mi gira e mi bacia la schiena, poi il retro delle gambe e lentamente mi sfila i jeans. Mi morde il sedere e mi tira il perizoma, ma non lo toglie del tutto.

Mi fa voltare di nuovo. Con le labbra sfiora i bordi del tessuto, e intanto mi bacia e mordicchia il ventre e l'interno delle cosce. Quando la sua bocca calda si avvicina sento il mio cuore che frulla come una girandola.

«Ho desiderato assaggiarti dal momento in cui sei tornata a Grimdale» sussurra, e mi sfila con delicatezza le mutandine.

«Edward, io...»

Qualsiasi cosa stessi per dire mi passa di mente nell'istante in cui Edward si tuffa tra le mie gambe. Il calore della sua lingua mi scioglie non appena trova il punto giusto. Muovo il bacino verso di lui e con un gemito lui mi passa le mani sotto il sedere per sollevarmi.

Come fa? Non dovrebbe essere possibile...

Non mi interessa. Io non...

Quegli occhi neri e insondabili non lasciano mai i miei. Mi guarda mentre io guardo lui che mi mangia, che mi mangia il cuore e l'anima, con le sue labbra e la sua lingua che mi divorano il clitoride.

Non è umano. Questo è ovvio, perché non ha niente a che fare con quel pasticcio umido e goffo a cui mi hanno abituata gli uomini... umani. Non c'è nulla di disperato, di illuso o di smarrito. Le labbra di Edward sono solide, la sua lingua è calda, ma sento ancora dentro di me quel ronzio spettrale che mi brucia, quella carica elettrica che ci attira l'una all'altro, che accende ogni mia singola parte ogni volta che mi è vicino.

Il sesso con un fantasma è molto meglio del sesso normale.

Gli afferro i capelli.

«Così» mi esorta, modificando le sue carezze. «Fammi vedere come ti piace, Brianna.»

«Mi piace quando dici il mio nome in questo modo» gemo.

«È un nome così bello.» Fa qualcosa con la lingua e io mi sollevo dal letto: è terribilmente bello. «Un nome splendido, per una donna straordinaria.»

Mi piace che Edward mi chiami bella. E straordinaria. Mi piace *molto*.

Ma poi mi spinge dentro un dito, e con la lingua fa quella cosa, e io sono raggiante di fantasmaticità, dentro e fuori. Quel dolore caldo e delizioso che mi pulsa dentro da quando l'ho rivisto esplode in una scarica di piacere. Urlo, impreco e grido mentre la sua lingua mi strappa fino all'ultimo tremito. Solo quando sprofondo di nuovo tra le lenzuola, completamente esausta, lui si ritrae e mi mostra quel suo sorriso da principe viziato.

«E ora che ho scartato il mio regalo, ci sono davvero tante cose che sognavo di fare a quel tuo corpo delizioso...»

Edward viene interrotto da un'enorme sagoma che attraversa il muro e gli atterra sopra. Pax lo afferra per il collo e lo sbatte contro lo specchio con una tale rabbia che lo specchio si incrina. Edward fa una smorfia, e la lama di Pax si avvicina pericolosamente al suo occhio.

Non posso urlare, perché Edward mi ha lasciata senza voce. «Pa... Pa... Pax?»

«La stai facendo arrabbiare. L'ho sentita piangere. Strapperò dal tuo corpo ogni tuo non-osso e lo userò per stuzzicarmi i denti...»

«Pax, guardala» esclama Edward ansimando. «Non è affatto turbata, non vedi?»

Pax si gira verso di me. E appena mi vede sdraiata nuda, con le lenzuola tutte aggrovigliate intorno, strabuzza gli occhi. Lancia un'occhiata a Edward e poi di nuovo a me, il pomo d'Adamo che gli va su e giù, mentre mi beve con gli occhi nel suo consueto abbandono selvaggio.

Dovrei schermirmi al cospetto di un simile sguardo, di fronte al bisogno ardente e indomito di un uomo che non tocca una donna nuda da quasi duemila anni. Ma questo è Pax, *il mio* Pax, e sebbene il suo desiderio possa apparire terrificante, so che non mi farà mai del male.

Temo di più la voglia che brucia dentro di *me*.

Pax lascia Edward, che crolla pesantemente a terra, e continua a stare lì, a bocca spalancata, a fissarmi con mille emozioni che gli attraversano il viso.

«Eravamo nel bel mezzo di qualcosa.» Edward si rialza e si sistema la camicia di lino sulla spalla. «Potresti unirti a noi, se Brianna è d'accordo.»

Un milione di avvertimenti mi invadono il cervello ormai in pappa. Io li ignoro tutti. Io voglio entrambi. Voglio tenere Pax per sempre. Voglio troppe cose che non potrò mai avere.

Ma le posso avere questa notte.

Sollevo un pugno. E poi Pax spalanca gli occhi nel vedere che sollevo il pollice. L'antico segno romano dei gladiatori. *Lasciatelo vivere.*

Lasciatelo amare di nuovo.

Il sorriso che spunta sul volto di Pax è così radioso che potrebbe illuminare il mondo intero. Salta sul letto e il suo peso mi solleva dal materasso. Poi mi afferra e mi stringe a sé, e le sue labbra catturano le mie.

Il suo bacio è così diverso da quello di Edward: sono entrambi amanti esperti, ma Edward è tutto preso dal suo piacere, preso nel prolungare il godimento fino a ridurti a una massa di desiderio allo stato puro. Pax, invece, bacia come fa tutto il resto: con ferocia assoluta.

E io sono qui per questo.

Abbassa la bocca sulla mia e mi dà un bacio che mi ruba tutta l'aria dai polmoni. Le mie ginocchia si fanno molli e, se non fossi sdraiata, non mi reggerei in piedi.

Mi sento attraversata da un calore bianco, che cancella ogni dolore del mio cuore. Questa potrebbe essere la mia ultima notte con Pax e, anche se so che lui non ne ha idea, dal modo in cui mi sta baciando sembrerebbe saperlo. Come un condannato a morte che divora il suo ultimo pasto.

È come se fosse determinato a strapparmi un pezzo di anima, da portare con sé per l'eternità.

E glielo darei volentieri. E darei molto di più se solo potessi avere altri baci come questo.

Le sue dita mi afferrano la nuca, con una presa forte e salda come non mai. Anche se devo riconoscere che ogni tocco che condivido con i fantasmi ha una nota di fragilità: in qualsiasi momento potrei tornare a non sentirli.

L'altra mano di Pax si chiude possessiva sul mio fianco, e io mi struscio su di lui, dispiegandomi tutta. I nostri corpi si uniscono, con lui che fluttua sopra di me. Sento bruciare in ogni punto in cui la mia pelle tocca la pelle fantasma.

Le nostre lingue si scontrano furiose l'una contro l'altra, lottando per avere il dominio. Sarei felice di cedere, ma so che ama avere la soddisfazione della lotta. Gli passo le mani lungo la spina dorsale e per la prima volta sento le protuberanze e le creste dei suoi muscoli sodi. La pelle non del tutto umana di Pax brilla sotto le mie dita, e riesco ad afferrarlo e a tenerlo stretto, per quanto si tratti di una connessione tenue e incerta.

Pax interrompe il bacio e quando abbasso lo sguardo vedo tre fili d'argento che mi escono dal petto. Uno entra nel torace di Pax, l'altro serpeggia attraverso la scollatura della camicia di Edward e il terzo si estende fino a entrare sotto la carta da parati...

«Che succede?» grida Ambrose dall'altro lato del muro. «Sento un sacco di rumori strani. Bree sta bene?»

Le labbra di Edward mi lasciano sentieri di fuoco sulla

coscia. Devo essere impazzita perché grido: «Ambrose, ti prego, entra.»

«Sei sicura? A differenza di quei due, io rispetto il tuo spazio personale.»

«Vieni qui, avventuriero, e non provarci, a rovinare questa atmosfera» sbotta Edward.

Ambrose attraversa il muro fluttuando. Io allungo una mano e gli tocco un polso. Al contatto, sento un formicolio alle dita. Lo tiro fino al letto. Lui si inginocchia accanto a me, con un'aria insicura e decisamente troppo vestito, nella sua impeccabile redingote.

«Che succede?» chiede nervoso.

«Che succede? Mio caro amico, ho spogliato Bree, l'ho fatta sdraiare sul letto e ho assaporato la sua squisita fica fino a farla fremere sotto di me» spiega Edward con quel suo tono disinvolto. «E ora, credo che tu e Pax abbiate delle cose da farle.»

Sul volto di Ambrose passano mille emozioni: sorpresa per le parole così grevi di Edward, confusione, preoccupazione (probabilmente per la mia virtù, anche se non ha nulla di cui preoccuparsi: la nave della mia virtù femminile è salpata dal porto parecchio tempo fa). I suoi occhi azzurri si incupiscono e, quando si volta verso di me, riesco a vedere solo un'emozione.

Desiderio.

Tenero Ambrose. Il fantasma che capiva il mio amore per l'avventura, il mio bisogno di correre, la mia mania di essere ovunque, tranne che in questo posto. L'amico che mi ha permesso di sognare un mondo in cui poter essere veramente me stessa, anche se quel mondo non avrebbe mai potuto includere lui.

Ambrose allunga una mano tremante e mi tocca la guancia, e in quel tocco c'è una promessa, un bisogno, un desiderio così puro da strapparmi il cuore.

Giro la testa in modo da sfiorargli le dita con le labbra. «Ti voglio» sussurro. Non credo che molte persone glielo abbiano mai detto. Ambrose chiude gli occhi, sbattendo le lunghe ciglia, e dalle labbra piene gli sfugge un sospiro profondo e denso di desiderio.

«Che...» deglutisce, anche se i fantasmi non hanno saliva. «Che aspetto ha Bree?»

«È la creatura più squisita che abbia mai visto» sussurra il poeta Edward.

«E ha un seno fantastico» aggiunge sollecito Pax.

L'espressione di Ambrose cambia. Con timidezza, le sue dita mi sfiorano la guancia, ma percepisco che sono affamate, disperate. Mi accarezza la mascella e il collo, arrivando a sfiorarmi la clavicola con il pollice in un modo che non dovrebbe essere per niente eccitante, ma che mi fa venire voglia di saltargli addosso e di strappargli via i vestiti.

Emetto un gemito, che spezza qualcosa in lui. Si ritrae, la mano sospesa nell'aria e le labbra dischiuse, incerte.

«Non ho mai...» Chiude gli occhi. Abbassa la testa. È imbarazzato. «Non con una donna.»

Gli afferro il polso e gli riporto la mano alla mia guancia. «Allora lascia che sia io la prima.»

«Può toccarti?» chiede Edward, assumendo il ruolo di regista di questa... beh, di qualsiasi cosa si tratti. Anche se non vanno sempre d'accordo, vivono insieme da più tempo di quanto io possa anche solo immaginare. Si capiscono al volo. Edward comprende che con la sua storia dissoluta può chiedere ciò che Ambrose e la sua sensibilità vittoriana non possono reclamare.

Mi si blocca il respiro. «Può toccare dove vuole.»

Mi sdraio sul letto e Ambrose fluttua su di me. Le sue dita mi sfiorano la pelle, il petto, i seni, le braccia, il viso. Il suo volto è rapito dalla meraviglia mentre mi esplora, mentre mi vede in un modo che non ha mai sperimentato prima: un avventuriero che si addentra per la prima volta in un territorio inesplorato.

Non riesco a descrivere la sensazione della sua esplorazione. Il massimo che posso dire è che è come indossare un vestito di seta, morbido, e leggero, e perfetto sulla mia pelle. Ambrose mi accarezza l'interno delle cosce e il desiderio mi arroventa sempre di più, fino a farmi gemere con voce bassa e roca. Spingo il bacino verso di lui.

«Dovresti baciarla» dice Edward. «Baciala dappertutto. A lei piace, non è vero, Bree?»

«Mi piace molto.»

Ambrose si china su di me, il suo corpo sospeso appena sopra il mio, l'aria tra di noi trasformata in un ronzio di pura energia. Dietro di lui, Edward osserva Pax che si slaccia l'armatura di cuoio e si toglie la tunica. Vedo i tre fili luccicanti che si estendono dal mio cuore al loro. Si tendono un po'.

Non so cosa significhino questi fili, né perché li veda. Ma in questo momento non mi interessa.

Ambrose mi sfiora le labbra con le sue. Il suo bacio è diverso da quello di Edward e Pax. Non è selvaggio o disperato. Non sta giocando, non sta assumendo un ruolo. Ambrose è completamente se stesso, assorto nel momento: eccitato e nervoso, caldo e meraviglioso. Corre e poi rallenta, per godersi ogni nuova sensazione.

Il suo sapore è esattamente quello che mi aspettavo da Ambrose: sa di grandi spazi aperti e di aria fresca, sa della prima pagina di un diario nuovo di zecca... di penne e inchiostro, di mercati di spezie e del sale marino portato dalla brezza. Ha il sapore che ho sentito il giorno in cui sono salita per la prima volta su un aereo, con tutti i miei averi sulla schiena, come se fossi stata in piedi sul bordo di un precipizio, il cuore in gola e le braccia aperte controvento, fiduciosa che il mondo mi avrebbe presa al volo.

Le labbra di Ambrose lasciano le mie ed emetto un gemito di protesta, finché non sento che mi bacia il collo, la clavicola, il seno. I suoi baci tracciano nuovi percorsi sulla mia pelle: lui non segue la strada che gli ha indicato Edward, ma ne crea una propria. Lo guardo, affascinata dalla sua esplorazione, dai suoi occhi spalancati e dalla meraviglia nella sua voce che esclama qualcosa a ogni nuovo punto che esplora.

E quando raggiunge il punto tra le mie gambe, Edward si avvicina e gli mette una mano sulle dita. «Brianna, apri quelle bellissime gambe.»

Io obbedisco. Certo, che obbedisco. Ho così bisogno di Ambrose che vorrei infilargliela io la testa lì sotto.

L'espressione di Ambrose è estasiata, i capelli sciolti gli ricadono sugli occhi. Edward si avvicina e gli sussurra qualcosa all'orecchio. Ambrose arrossisce, ma annuisce, perché ha capito.

Si china tra le mie gambe.

Il primo colpo della sua lingua è delizioso. Edward accarezza la schiena di Ambrose con la mano e gli sussurra parole di incoraggiamento in un modo che sembra quasi perverso.

Mi aspetto che Ambrose lo allontani infastidito, invece lo vedo animarsi sotto le sue istruzioni. La sua bocca sul mio sesso non è più esitante, insicura. È perso nel momento, in questa nuova avventura che condividiamo. Sperimenta diversi colpi: cerchi lenti, colpettini veloci e decisi, piccole leccate con la lingua piatta, che mi fanno digrignare i denti per il desiderio. Poi affonda la lingua, con un gemito di piacere.

«Te l'ho detto, che ha un sapore fantastico, amico» sussurra Edward che con le dita gioca con le punte dei capelli di Ambrose.

Ambrose continua, alternando colpi di lingua più leggeri a colpi più decisi e pesanti, portandomi fino al limite e poi tirandosi indietro in modo che le mie gambe fremano per il bisogno di arrivare al culmine. Non riesco a credere che non l'abbia mai fatto prima.

Soddisfatto che il suo allievo stia seguendo gli insegnamenti, Edward si sdraia accanto a me, e mi prende la guancia con una mano. La sensazione di loro due che mi toccano fa vorticare l'intera stanza. Non sono mai stata con tre ragazzi prima d'ora.

E con tre fantasmi? Anche questa è una novità.

Il loro tocco è caldo e simile a quello dei Viventi, e tuttavia è diverso, qualcosa di più e di meno allo stesso tempo. Formicolio, bisogno, desiderio. Mi ritrovo attratta verso Edward, e mi sento sprofondare in quegli occhi di ghiaccio affamati. «Vogliamo farti stare bene. Vogliamo che tu capisca quanto sei speciale, unica e straordinaria.»

«È quello che vogliamo» mi borbotta Pax all'orecchio.

«Ti piace?» chiede Edward.

Perché essere normali, quando si possono avere tre fantasmi che soddisfano il tuo corpo?

«Ehm, sì.» Alzo gli occhi su di lui. «Mi piace molto.»

Edward si avvicina e mi solleva la testa reclamando le mie labbra con le sue. La sua mano mi sfiora la nuca, in silenzio ma con possesso, e sicura di sé. Non ha bisogno di tenermi ferma: è sicuro che non scapperò, fino a quando farà queste cose così malvagie alla mia bocca e avrò Ambrose tra le mie gambe...

E Pax...

Pax si sdraia dall'altra parte del letto, che cigola. Ora è nudo, la sua spada posata ai piedi del letto, a portata di mano. Le sue braccia forti mi cingono i fianchi e mi tira addosso a sé, pelle contro pelle fantasma. Così stretta a lui, sento quanto sia diverso da un uomo normale. Tutti quei muscoli dovrebbero formare un muro solido, invece in lui c'è una certa elasticità, come se potessi scivolargli dentro, se solo facessi un respiro sbagliato.

Ogni punto in cui ci tocchiamo è in fiamme.

Con le mani enormi mi stringe i seni, e mi sfiora i capezzoli con le dita ruvide. I fili d'argento si aggrovigliano tra le sue dita. Le sue mani, quasi solide, mi proteggono e mi venerano.

E nel frattempo Ambrose continua a dare colpi lenti e sapienti al mio clitoride.

La mia visione vortica, la stanza scompare e, sebbene io sia ancora nel mio corpo e stia ricevendo piacere da loro, vengo trasportata da un'ondata dei loro ricordi. Marcio attraverso terre straniere alla testa di una potente legione. Avvolta da volute di fumo di oppio, discuto sul significato dell'esistenza insieme ai miei compagni libertini. Scendo da un treno in una città lontana e sento per la prima volta l'odore di un posto nuovo ed eccitante.

Sono dentro i loro ricordi. Sento tutto ciò che provano loro: l'eccitazione, l'attesa, la pura soddisfazione della *vita*. E poi vedo me stessa: prima sono una ragazzina, poi un'adolescente scontrosa e vestita di nero, e poi il giorno in cui torno a Grimwood Manor, la testa china e gli occhi spenti. Mi vedo come mi vedono loro, e sento gonfiarsi dentro di me il loro amore nei miei confronti.

La lingua di Ambrose mi riporta al presente. Sbatto gli occhi per cancellare i ricordi mentre lui mi stuzzica con un dito.

«È bagnata» sussurra. «Calda.»

«Aspetta solo di infilarci dentro il tuo uccello fantasma» mormora Edward, che mi mordicchia il labbro inferiore. «Sarà una sensazione incredibile.»

«Ma possiamo farlo?» chiedo. «I fantasmi e i Viventi possono...»

«Lo scopriremo.»

«Prima io» ringhia Pax.

«Perché devi andare tu per primo? Il principe sono io. Dovrei avere io la precedenza.»

«Io non l'ho mai fatto» replica Ambrose. «Dovrei andare io per primo, e voi potrete guidarmi...»

«Io sono il più vecchio» dichiara Pax. «E ho una spada. Sarà difficile che riusciate a compiacere Bree, se vi recido la verpa.»

Edward impallidisce. «Il romano ha ragione da vendere.» Edward mi mette una mano sul ventre, e mi spinge contro Pax. Il soldato mi affonda i denti nel collo e mi gira sulla schiena. Poi mi divarica le gambe, spingendomi all'indietro le cosce per impalarmi...

...impalarmi...

...cosa?

...cosa sta succedendo?

«Non funziona.» La voce di Pax si fa incerta, e mi spinge di nuovo le cosce, perché la punta del suo sesso struscia sul mio clitoride, ma non riesce a entrare. «La mia verpa continua a trapassarti, ma non entra. Non siamo... non siamo abbastanza solidi.»

«Che stupidaggine. Vieni qui, Brianna. Gli faremo vedere noi come si fa.» Edward mi tira sopra di sé. Io pianto le ginocchia sul letto, a cavalcioni su di lui, e lui mi fissa con quegli occhi scuri di ossidiana.

«Abbassati» mi esorta, la voce strozzata dal desiderio. «Piano, piano. Voglio sentire ogni centimetro di me che ti penetra.»

Mi sollevo sui fianchi e poi mi abbasso, ma succede la stessa cosa. Edward non è abbastanza solido. Riesce a strofinarsi contro di me, ma niente di più.

«Non funziona.» La voce di Edward vacilla per l'angoscia.

«Non mi interessa!» dichiara Pax. Poi io grido: mi ha afferrata per la vita e mi ha fatta cadere supina sul letto. «Per le palle eccitate di Giove, sono migliaia di anni che aspetto una donna come Bree. Non sprecherò un solo istante di questa notte a lamentarmi di ciò che non possiamo fare.»

E, con ciò, si tuffa di nuovo tra le mie gambe.

Perdo il conto delle volte che mi fanno venire.

Edward e Pax dimostrano a turno ad Ambrose tutti i loro *trucchetti*. Dal momento che entrambi erano gran donnaioli quando erano in vita, ne conoscono un sacco, di trucchi.

Ambrose impara in fretta.

A un certo punto, verso le tre del mattino, perdo la sensibilità delle gambe. I fantasmi mi preparano la vasca da bagno piena e mi trasportano in bagno. Ci si devono mettere in tre, e devo dire che mi trascinano, più che portarmi: non sono ancora abbastanza fisici per questo tipo di sforzo. Ma apprezzo il gesto. Quando finisco di fare il bagno, mi infilo nel letto tra di loro, e mi sistemano per bene le coperte.

«Vi ricordate quando a volte dormivamo così?» chiede Edward allungando un braccio sul cuscino dietro la mia testa. Le sue dita mi danzano leggere sulla pelle, e quegli occhi color antracite mi guardano curiosi. «Se Brianna aveva una brutta serata, o se fuori c'era uno di quegli orribili temporali, ci raccontavamo storie o barzellette, oppure semplicemente la tenevamo tra le braccia finché il temporale non passava.»

«Non era proprio come ora» osserva Ambrose. «Bree era solo una bambina.»

«Lo so» dice Edward gelido. «Non sono un pervertito. Sto solo dicendo che, anche se alcune cose sono cambiate, altre sono sempre le stesse, e sono cose che mi piacciono.»

«Anche a me piacciono.» Ambrose si accoccola accanto a me. «E mi piacciono anche le cose nude.»

Pax si sdraia alle mie spalle e mi tira a sé, premendomi la

schiena contro il suo petto e schiacciandomi le costole con la forza del suo abbraccio.

«Questa è la parte del sesso che preferisco» mi sussurra all'orecchio. «Questa è la parte che mi è mancata di più. Le coccole. Sono troppo felice di poterti coccolare.»

Trattengo a stento un singhiozzo. Mi stringo alle sue braccia e mi godo il calore del suo corpo spettrale intorno a me, grata per la magia che ha portato tutti e tre i fantasmi nel mio letto e ci ha regalato questa notte insieme.

Glielo dirò domani.

40

BREE

L'indomani arriva. Mi sveglio di soprassalto e vedo Edward che cerca di pettinarsi con il mio pettine. Pax è in piedi alla finestra, gli occhi fissi sul mondo esterno, che scruta la foresta in cerca di predoni Celti. E Ambrose fluttua a un metro dal letto, profondamente addormentato. Alla loro vista sono percorsa da un brivido di calore. Mi sono così familiari eppure, dopo la notte scorsa, mi sembra che abbiamo trovato nuovi lati da esplorare.

Chi avrebbe mai detto che i miei fantasmi fossero capaci di... di tutto ciò?

Poso lo sguardo su Pax. Anche se è in servizio, sta canticchiando una canzoncina sottovoce. Penso al modo in cui mi guardava ieri sera quando mi faceva quelle cose incredibili, come se io fossi una dea e lui si fosse prostrato ai miei piedi per adorarmi, e mi torna in mente tutto.

Devo farlo.

Devo dirgli addio.

Mi mancherà tantissimo, ma mio padre ha ragione. Pax mi ha già fatto il regalo più prezioso che abbia mai ricevuto: la sua amicizia. Il suo amore.

Si merita un regalo, in cambio.

Merita di essere libero, di essere in pace. Ha vegliato su di me per tutta la vita. Mi ha dato la forza di cui ho bisogno per badare a me stessa.

Ma prima c'è un'altra cosa che devo fare.

Scendo dal letto, prendo il telefono e vado in corridoio. Edward mi segue, ma gli faccio cenno di lasciarmi sola. Mi dirigo verso la cassetta della posta e ci trovo una busta, sigillata con una ceralacca rossa con l'impronta di un uccello. All'interno ci sono dei documenti che mostrano centinaia di manufatti che sono passati da Kieran Myers al negozio di Rasmussen: oggetti provenienti da aree di tutta la contea, molte delle quali so per certo che sono terreni privati.

Beccati.

Dalla busta svolazza fuori una cartaccia. Quasi non la raccolgo, ma poi vedo che è accompagnata da un biglietto.

Ho trovato questo nel cestino dei rifiuti dell'ufficio immobiliare, insieme a un mazzo di foglie di belladonna. Se la polizia vuole dare un'occhiata, ce ne sono molte altre. Quoth.

La cartaccia è un pezzo della confezione di un kit artigianale per la creazione di prodotti da bagno.

Chiamo Dani e le racconto di quello che io e Alice abbiamo trovato ieri, e della busta che ho appena ricevuto.

«È quello che ci serve» dichiaro. «Possiamo andare alla polizia e scagionare Maggie.»

«Sì, però non ti fare troppe illusioni, Bree. Questa è la vita reale, non un romanzo di Agatha Christie. Hai solo delle prove circostanziali» dice Dani. «Puoi dimostrare che i Myers hanno rubato artefatti e tesori dalla proprietà dei Fernsby, ma non che hanno ucciso Albert. Anche se dovrebbe essere sufficiente perché Hayes e Wilson decidano di fare un esame più accurato.»

«Certo, capisco. Comunque sia, se vogliamo avere questa

opportunità, devo convincere Alice a parlare con la polizia. Già Wilson è convinta che io sia stramba: senza il parere da esperta di Alice non ho speranze che mi prenda sul serio.»

«Lascia che ci pensi io ad Alice» dice Dani. «Posso riuscire a convincerla.»

«Convincerla fino a farla morire di piacere?»

«Sei disgustosa» dice Dani ridendo. «Precisa, ma disgustosa.»

Chiudo la telefonata e mi dirigo in cucina, da dove sento arrivare un rumore inquietante.

«Ops.» Quando entro Pax mi guarda con un'espressione colpevole. A terra e sui suoi sandali, frammenti di stoviglie rotte. «Volevamo sorprenderti con una tazza di tè, ma la tazza è scivolata dall'estremità della mia spada.»

Fisso quei frammenti floreali dai colori vivaci e tutte le sensazioni positive della sera prima mi abbandonano. Devo mordermi un labbro per evitare di scoppiare a piangere.

Pax ha rotto la tazza preferita di mia madre, ma non è il motivo per cui sono arrabbiata.

Gli sto nascondendo un segreto enorme, e mi sento malissimo.

Insieme a Edward e Ambrose, mi ha regalato il miglior sesso della mia vita. Ieri sera mi hanno mostrato come potrebbe essere la mia vita se accettassi questa strana connessione tra noi, se imparassi a controllare questi nuovi poteri.

Potrei essere la pazza Bree, la zoccola dei fantasmi, con i miei tre amanti... spiritosi.

Comincia a sembrare una buona idea.

Abbasso lo sguardo e mi guardo il petto. I tre fili d'argento sono ancora lì, che si estendono da me a loro. Quello di Pax sobbalza brusco. Mi si stringe il cuore.

La notte scorsa non si ripeterà mai più. Il tempo di Pax sta per scadere.

Nulla è per sempre. Nemmeno la morte.

«Pronti?» chiede Dani mentre corriamo verso la stazione di polizia.

«Se sono pronto a liberare dalla prigionia l'amore della mia vita? Se sono pronto a sapere che con quei feroci assassini dietro le sbarre, la mia Maggie sarà al sicuro?» Albert si batte una mano sul cuore. «Altro che! Sono più che pronto.»

«Non parlava con te» sussurro ad Albert mentre Dani sale i gradini di corsa e va a prendere Alice per mano.

«Ufff. Beh, se non avete bisogno di me, vado in cella a trovare mia moglie.» Albert scompare attraverso il muro di mattoni con un gesto plateale.

«I nuovi fantasmi sono davvero volubili» commenta Edward. Ambrose mi posa la testa su una spalla e mi stringe la mano. Da ieri sera è tutto coccoloso, tende sempre la mano per toccarmi, accarezzarmi una guancia o passarmi le dita tra i capelli. Mi piace il fatto che possiamo coccolarci in pubblico, e che nessuno se ne accorga.

Pax si precipita dietro di noi come retroguardia, con gli occhi che scrutano ovunque, alla ricerca di Celti ninja. Non riesco a guardarlo.

Prima dobbiamo sistemare questa cosa. Poi troverò il modo per dirgli addio.

Tutti e quattro raggiungiamo Alice e Dani sui gradini. Alice ha le guance arrossate per il viaggio in bicicletta da Grimdale. «Non posso credere che mi abbiate convinta a fare questa cosa» dice. «Ho bisogno di bere.»

«Se ce la facciamo, poi, possiamo prenderci un bel sidro al Goat» esclamo. «Offro io.»

Mi fissa con uno sguardo diabolico. «Come si farebbe tra amiche. Ma non pensare che possiamo diventarlo.»

«Oh, lo so. Siamo ancora nemiche giurate.» Faccio spallucce. «Mentre beviamo, alle tue spalle ci sarà il fantasma di un centurione romano, pronto a conficcarti la spada nella pancia se proverai a farmi del male.»

«Sei davvero stramba, Bree Mortimer.» Alice trae un respiro profondo. «Andiamo, allora, e facciamola finita.»

Alice gira sui tacchi e si precipita dentro. Dani la segue con quell'espressione adorante che ricordo dai tempi del liceo. Le do una gomitata e la seguo, con i documenti di Quoth sotto il braccio. Dietro di me, i fantasmi sono tutti accalcati.

All'ingresso, dico all'agente di turno che abbiamo informazioni per il detective Hayes sull'omicidio di Albert. Lui ci dice di aspettare, che va a chiamare qualcuno e, pochi minuti dopo, arriva la sergente Wilson, che ci fa accomodare in una saletta colloqui. Io e Alice ci sediamo, Wilson accende un registratore e inizia a spiegarci che la nostra intervista sarà registrata.

«Non sa nemmeno cosa siamo venute a dire» osservo. Non pensavo che sarebbe stato così... formale. Alice sprofonda nella sedia. Sembra terrorizzata.

Wilson sospira. «Ho sentito parecchie storie su di te questa settimana, Bree Mortimer. Ho la sensazione che avrò bisogno della documentazione. Accetti che questa intervista venga registrata?»

«Pensavo che ci avrebbe intervistato Hayes.»

«Hayes è occupato.» *Hayes è impegnato a seguire piste reali,* non lo dice, ma l'implicazione aleggia. «Allora, sei d'accordo che registri l'intervista?»

«Sì, va bene. Come vuole.» Guardo Alice, che dopo un

attimo mi fa un cenno di assenso. Sono troppo nervosa, così quando Wilson ci chiede di che cosa vogliamo parlare, io non mi trattengo più: «Maggie non ha ucciso suo marito. Noi sappiamo chi è stato. E possiamo provarlo.»

Non avrei dovuto dirlo, perché Dani ha ragione: non possiamo provarlo. Avrei voluto rimanere calma, fredda, in controllo. Avrei voluto avere il portamento di Edward e la compostezza di Ambrose. I tre fantasmi sono in piedi, allineati lungo il muro, e Pax sta infilzando l'aria con la spada, pieno di entusiasmo. Io faccio un respiro profondo, certa che stiamo per essere cacciate via.

Le sopracciglia di Wilson si alzano di scatto. «Vi ascolto.»

Io illustro tutto ciò che ho appreso su Annabel e Kieran, e le presento i documenti che mi ha fatto avere Quoth, spiegando che sono stati infilati in modo anonimo nella mia cassetta della posta, il che è almeno in parte vero. Alice interviene con le prove che ha rinvenuto nello scavo e spiega le leggi che regolano il prelievo di tesori da proprietà private senza il permesso del proprietario.

«Kieran e Annabel sapevano di essere nel torto» spiega Alice. «Kieran è già stato nei guai in passato e questi documenti suggeriscono una lunga storia di vendita di manufatti rubati. I manufatti che abbiamo recuperato dal sito sulla proprietà dei Fernsby non sono semplici corredi funerari: sono statue d'oro, gioielli e monete in offerta al dio romano Marte e al dio celtico Neit. Si tratta di oggetti estremamente preziosi, molto più dell'intera proprietà dei Fernsby. Credo che i Myers abbiano cercato di acquistare il terreno dai proprietari, senza rivelare loro che avevano individuato la tomba. Quando i Fernsby si sono rifiutati di vendere, i Myers hanno deciso di appropriarsi in modo illecito dei beni, ma non avrebbero mai potuto scavare senza che i proprietari se ne accorgessero, soprattutto perché Maggie andava spesso a raccogliere erbe e fiori selvatici vicino a quel sito. E così hanno escogitato questo piano per sbarazzarsi di loro e poi, mentre tutti nel villaggio erano distratti dall'omicidio, portare via di nascosto i tesori, venderli e trasferirsi a Santorini.»

«Scommetto che se controllate tra la spazzatura nell'ufficio di Annabel» intervengo io, «nel suo cestino troverete tracce di belladonna e un kit di prodotti per il bagno. È solo un presentimento, naturalmente.»

Wilson ci lascia in attesa e va a consultarsi con Hayes. Poi arriva anche lui e ci ripete le stesse domande. E mandano alcuni agenti a cercare i Myers. Aspettiamo ancora. Alice è pallida, dello stesso colore del fantasma di un certo nobile libertino del diciassettesimo secolo che non sa di avere seduto accanto, e che si agita nervosamente con la sua scheggia di vetro incastrata nel didietro.

Dopo quella che pare un'eternità, Hayes e la sergente Wilson ci fanno uscire dalla saletta degli interrogatori e ci invitano ad aspettare fuori. Loro vanno a prelevare Maggie dalla sua cella. Quando arriva, non è ammanettata e ha in mano una borsa di plastica con dentro i suoi effetti personali.

«Sono libera! Non posso crederci.» Maggie esce dalla caserma praticamente saltellando. Il fantasma di Albert la segue.

«Ce l'hai fatta, Bree. L'hai liberata!» Cerca di abbracciarmi, ma le sue braccia mi attraversano. È un fantasma recente e credo che nemmeno i miei super-poteri funzionino abbastanza su di lui. «Non posso crederci.»

«Nemmeno io.»

«Bree, non potrò mai ringraziarti abbastanza per quello che hai fatto.» Maggie mi abbraccia, senza rendersi conto di avere appena trapassato suo marito. Mi bacia sulla fronte. «Sai, è strano, ma anche se so che Albert non c'è più, mi sono sentita così tranquilla in prigione, come se lui fosse ancora qui, a vegliare su di me. Ti sembra assurdo?»

«Non è per niente assurdo!» esclama Albert saltellando eccitato. «Sono qui, tesoro mio. Sono stato vicino a te in tutta questa storia. È stata mia l'idea di far risolvere a Bree il caso del mio omicidio. È stato... argh!»

Si interrompe in un accesso di tosse appena un agente di polizia lo attraversa, diretto alla mensa.

«Non è assurdo. Per niente» esclamo, sorridendo a Maggie.

«Beh, mi aspetta una giornata impegnativa.» Guarda l'orologio. «Ho ancora un paio di ore di tempo per presentare le mie focaccine alla giuria del Bake Off. Devo chiamare subito Linda per farmi dare un modulo di iscrizione. Devo iniziare a cucinare!»

«Ecco la mia Maggie!» esclama Albert radioso. «Vincerà quella gara, vedrete!»

«Non così in fretta» dice Wilson. «Prima ci sono un po' di scartoffie da compilare. Poi ve lo do io un passaggio.»

Maggie e Wilson esaminano i documenti e poi Maggie manda un messaggio a Linda Bateman. Nel frattempo vediamo due agenti che trascinano dentro Annabel e Kieran Myers. La sergente Wilson mi guarda e mi fa un leggerissimo cenno di assenso.

Usciamo. Dani e Alice stanno davanti, mano nella mano, e discutono su cosa prendere per pranzo al pub. A quel punto mi rendo conto di una cosa.

«Albert, non sei passato oltre!»

«Cosa?» Sembra confuso. «Passato dove?»

«Tu eri rimasto qui, come fantasma, perché Maggie era in pericolo a causa del tuo assassino.» Mi porto una mano al petto. Dovrei sentire il filo d'argento dentro di me che tira, no? Come è successo con il fantasma dell'attrice. Invece, sento solo Pax. Guardo Albert accigliata. «Abbiamo preso i cattivi. Kieran e

Annabel non potranno più fare del male a Maggie. Allora perché sei ancora un fantasma?»

«Esatto. Dovresti essere a bere vino nei Campi Elisi» dice Pax colpendo l'aria con i pugni. «Gli dèi ti hanno imbrogliato.»

«Forse è perché non voglio andare?» Albert mi guarda supplichevole, come se ci fosse il mio zampino. «Io non voglio lasciare Maggie. Anche se non possiamo stare davvero insieme, voglio starle accanto mentre lei vive il resto dei suoi giorni. Mi sentirò così solo senza di lei, e hai sentito cosa ha detto: avverte la mia presenza! Forse potresti anche insegnarle a vedermi e...»

Io scuoto la testa. «Non è così che funziona. Credimi, ho visto abbastanza fantasmi in vita mia per sapere che non dovresti più essere qui. L'unico motivo perché tu rimanga ancora nei paraggi potrebbe essere che...»

Mi zittisco, quando mi rendo conto dell'orribile verità.

«...che non abbiamo risolto il caso. Pensavamo di doverci concentrare su Albert, invece avremmo dovuto concentrarci su Maggie. Abbiamo preso l'assassino sbagliato. Di nuovo.» Balzo in piedi. «E credo di sapere esattamente chi è il responsabile.»

41

BREE

«Sei sicura che questo sia il posto giusto?» chiede Ambrose, passando la mano sulla staccionata bianca. «Devi esserne certa. Non voglio infestare la casa sbagliata.»

«Ne sono certissima.» Batto con una mano su un cartello di legno attaccato al cancello. «C'è solo una persona in questo villaggio che potrebbe avere un cartello con la scritta 'Kiss the Baker'.»

«Andiamo! Pax è pronto per l'infestazione!» Pax allunga le mani per scrocchiarsi le nocche, ma Edward lo batte sul tempo.

«Ehi!» esclama radioso. «Ce l'ho fatta!»

«E bravo!» Pax gli dà uno schiaffo sulla spalla con una forza tale da far schizzare Edward contro il cancello. «Sei praticamente un antico romano!»

«Piuttosto, la morte!» mormora Edward mentre si spolvera e poi segue Pax e Ambrose zoppicando.

«Sei già morto!» commento io sottovoce. Li guardo scomparire dentro il muro. Estraggo il cristallo di moldavite e lo stringo forte, ma non riesco a pensare ad altro che a quelle ossa nel bosco e quella terribile sensazione del filo d'argento di Pax che mi stringe il cuore.

«Buuuuuu!»

«Uuuuhhhhh!»

Dall'interno della casa proviene un rumore di oggetti che sbattono e di tende strappate. Pochi istanti dopo, Linda Bateman esce di corsa, la camicetta sbottonata a metà, il viso e i capelli coperti di farina, un mazzo di foglie e bastoncini in mano e un'espressione terrorizzata. Le passo davanti come nulla fosse, come se fossi lì per caso. «Signora Bateman, qualcosa non va? Tutto bene?»

«Sono stata io!» Mi prende il colletto della camicia e mi scuote così forte da farmi battere i denti. «Ho ucciso io il buon Albert. L'ho ucciso con questa!»

Io sposto di scatto la testa appena lei mi spinge la belladonna davanti al viso.

«L'ho ucciso, ma è stato un incidente. Volevo uccidere Maggie. Quando abbiamo fatto la riunione per pianificare il Bake Off, ho preso il balsamo sbagliato: non ci vedo più bene come una volta, e ho pensato che fosse quello che Maggie usa per il suo gomito del tennista. Poi, il giorno dopo, quando ho portato i documenti per l'affitto del tendone l'ho rimesso al suo posto.»

E ha lasciato un po' di farina sul davanzale, penso.

«Nei miei piani ne avrebbe usato un po', sarebbe impazzita, e avrebbe preparato delle torte *terribili*. Invece era il balsamo di Albert! Non sapevo che si sarebbe spalmato addosso l'intero barattolo. È che per me era troppo importante vincere.»

«Ora che ricordo, tu non hai mai vinto il Bake Off» commento. «Il titolo se l'è sempre aggiudicato Maggie.»

«Ha vinto per dodici anni di fila! Questo è nepotismo: l'organizzatrice è lei. Non dovrebbe nemmeno essere autorizzata a partecipare. Mi ero stancata di lei e Albert che si comportavano come se fossero un dono di Dio al villaggio. Albert dava a chiunque pessimi consigli sugli investimenti, e Maggie bramava solo la sua personale gloria. Le mie torte sono molto più buone delle sue focaccine.»

«Le tue torte sono squisite» dico, perché lei mi tiene quella belladonna terribilmente vicina al viso e, beh, anche perché è vero.

«Grazie, mia cara. Quest'anno avrei vinto io. Merito io di vincere! Invece ricevo questo messaggio di Maggie in cui mi dice che è uscita di prigione e che si iscriverà al concorso all'ultimo minuto. Così ho capito che devo agire.» Le lacrime le scendono copiose. «Stavo preparando un cupcake speciale alla belladonna, come regalo di bentornata a casa, quando è successa una cosa orribile. Fantasmi! Fantasmi terrificanti e orribili...»

«Lo trovo offensivo. Io sono un fantasma spaventosamente bello» commenta Edward mentre lui e gli altri appaiono intorno a me.

«Andrà tutto bene, Linda.» Mentre parlo, sento una morsa al petto, poi guardo in basso e vedo un sottile filo argentato che mi esce dalla maglietta: non è il cordone di Pax, ma di qualcun altro. Io cerco di afferrarlo, ma mi trapassa le dita, come succedeva con i fantasmi. «Io... io... posso aiutarti...»

Ma lei mi spinge via.

«Togliti di mezzo!» grida, agitando il suo cupcake alla belladonna. Briciole volano da tutte le parti. «Devo andare alla stazione di polizia e confessare il mio crimine! È l'unico modo per salvare la mia anima immortale!»

Un ghigno mi tende un angolo della bocca. «Ah, davvero?»

«Uuuuuuh» le sussurra Edward all'orecchio, con un sorriso maligno.

«Non posso sopportarlo! Non posso sopportare un solo minuto in più di questo orrore!»

Linda corre via e inciampa sul marciapiede. Una donna con un passeggino si ferma per aiutarla, ma lei la spinge via e riprende a correre. Il filo argentato tira con più forza e noi la seguiamo lungo Main Street, chiedendoci se ha intenzione di correre fino alla stazione di Argleton, ma in quel momento passa un'auto della polizia e lei le si tuffa davanti, gridando di voler fare una confessione. I poliziotti sono confusi, ma la fanno salire con il suo cupcake sul retro dell'auto e se ne vanno.

Io guardo i miei fantasmi. «State diventando troppo bravi in questa storia delle infestazioni. Che cosa avete fatto per spaventarla così tanto da farla confessare?»

«Oh, è stato semplice, in realtà» dice Ambrose. «Abbiamo chiesto a Edward di leggere alcune delle sue poesie.»

Edward si batte il petto con orgoglio. «Alcuni dei miei lavori migliori.»

«Perché ti tieni così il cuore?» chiede Pax.

«Non lo vedi?» chiedo, aprendo la mano che reggeva il cavo d'argento luminescente. La mia voce è così tesa che gracchia. È come se mi si chiudesse il cuore.

«Vedere cosa?»

«Il filo d'argento.» Chiudo gli occhi a disagio, poi li riapro quando capisco cosa sta succedendo. «Dobbiamo tornare a Grimdale Manor. *Subito.*»

Corro a casa il più veloce che posso, con il filo d'argento che mi esce dal petto vibrando. I fantasmi mi seguono, tutti eccitati, e sento che si scambiano consigli sulle infestazioni. Spero che non si aspettino che questo diventi una cosa seria. Non dovrei usare i miei amici spiritici o i miei nuovi poteri come armi.

Arrivo proprio nell'attimo in cui Maggie scende dall'auto della sergente Wilson, con le mani libere dalle manette e un ampio sorriso sul volto. Deve aver terminato le pratiche e ora è libera. «Bree! Sono così felice di vederti. La qui presente sergente Wilson mi ha detto che sei stata determinante per il mio rilascio.»

Mi getta le braccia al collo. Sono troppo sconvolta per godermi il calore dell'abbraccio. Mi guardo alle spalle e vedo Albert che esce dall'auto dietro di lei, e Wilson che si allontana. La sagoma di Albert è circondata da una luce brillante e incandescente, e il sottile cordone d'argento attorno al mio cuore arriva fino al suo.

«Albert?» sussurro.

Maggie rabbrividisce. «Lo so, tesoro. Anch'io lo sento con noi. Sarebbe così orgoglioso di te.»

Albert ci fluttua davanti. I suoi lineamenti sfumano, disintegrati dalla luce e sento il filo d'argento che vibra. Mi metto una mano in tasca e stringo la moldavite. «Bree, è la mia ora. Non opporti. Hai sempre avuto ragione. Ora che Maggie è al sicuro, andrò dove devo stare, e la aspetterò. In men che non si dica, saremo di nuovo insieme.»

«A-A-Albert?»

Mi volto a guardare Maggie. È diventata pallidissima e sta fissando il punto in cui aleggia il fantasma di Albert.

«Maggie?» Lui le tende una mano sbiadita.

«Lo vedo» sussurra lei, sollevando una mano. «È Albert. È pallido, ma... è qui. È qui con me.»

«Maggie, tu mi vedi?» chiede Albert con voce tremante. «Tesoro, io sarò sempre con te. Nemmeno la morte potrà separarci. Sarò il tuo uomo per tutta l'eternità.»

Wow.

Mi allontano di un passo mentre i due si guardano. Le loro dita si sfiorano ma non si toccano. L'amore che irradia dai loro volti mi fa stringere ancora di più il cuore. Il filo d'argento vibra.

«Lui...» Deglutisco, cercando di trovare le parole giuste. «È con te da quando è morto. Doveva proteggerti da Linda. Ma ora sei al sicuro e lui deve... deve andare...»

«Grazie» sussurra Maggie. «Grazie Bree, per averci regalato quest'ultimo momento insieme.»

Le lacrime mi rigano il viso. «Mi dispiace tanto, Albert.»

«Non c'è nulla di cui dispiacersi. Mi hai ascoltato quando nessun altro l'avrebbe fatto. Volevo dirti quanto ti sono grato. Il tuo è un vero dono.»

Non lo è affatto. Ma mi stampo un sorriso in faccia. «Sono solo felice di aiutare, Albert. Dove vai? Cosa vedi?»

«Non lo so, ma è una sensazione meravigliosa, come un bagno caldo e una birra fresca allo stesso tempo. Sento... sento mio padre che mi chiama, la risata di mio fratello, è meraviglioso...»

La sagoma di Albert è sparita. Rimane solo un barlume di luce argentea. Si china e posa la sua luce sulla testa della moglie. «Addio, amore mio. Conterò i giorni che ci separano dal nostro incontro.»

«A quando ci ritroveremo.» Maggie gli dà un bacio, il viso bagnato di lacrime.

Sento una stretta al petto quando il filo d'argento si spezza. La luce avvolge completamente Albert.

E poi la luce non c'è più.

«È stato bellissimo» dice Pax, asciugandosi una lacrima dalla guancia. «Ho qualcosa nell'occhio. Un granello di polvere. Davvero fastidioso.»

«Oh, sì, odio quando succede.» Ho la gola secca. Tossisco e mi allontano da Maggie, ma devo aggrapparmi al cancello perché le gambe non mi reggono. «Giusto. Sì. Maggie, ti lascio alle tue cose.»

Mentre percorriamo il sentiero verso la casa, per darle un po' di tempo per metabolizzare ciò a cui ha assistito, dico: «Ambrose, Edward, ci scusate un attimo? Devo mostrare a Pax una cosa nel bosco.»

«Ma non vuoi goderti la tua vittoria?» mi chiede Ambrose. «Hayes e Wilson vorranno senza dubbio farti un sacco di domande. E tu dovresti andare al pub a gongolare e a farti offrire da bere da tutti...»

Io scuoto la testa. «Per quanto bella possa essere la prospettiva, questa è una cosa che non può aspettare.»

42
BREE

«Quanto manca?» chiede Pax lungo il sentiero che conosciamo bene. «Ci stiamo avvicinando al cimitero. Io non ci entro, nel cimitero. È lì che ho perso i miei uomini. È lì che giacciono le mie ossa, dimenticate dal tempo, senza che nessuno mi abbia dato un adeguato funerale romano per farmi attraversare il fiume Stige...»

Io tengo lo sguardo fisso davanti a me. Non voglio che veda le mie lacrime. «So che tu non vai al cimitero. Quello che devo mostrarti è proprio qui, te lo assicuro.»

Esco dal sentiero e mi dirigo verso l'altare. Gli archeologi hanno messo una copertura sulla tomba per proteggerla dalle intemperie, e hanno lasciato alcuni degli attrezzi accatastati contro l'albero. Ogni passo è un'agonia. Sento il filo che tira e vibra, e mi sembra di avere gli organi interni schiacciati contro una grattugia.

Finalmente mi accosto alla tomba. Tremo tutta. Ho il cuore così stretto che non so come faccio a stare ancora in piedi.

«Stai piangendo.» Pax si avvicina, a braccia aperte. «Vieni, te lo faccio passare io.»

Io sollevo una mano e scuoto la testa. «Non puoi. Non questa volta. Senti qualcosa?»

«Se sento qualcosa?»

«Nel tuo corpo.» Mi porto una mano al petto. Il cuore batte forte contro il palmo. Sta per esplodere. Avverto i bordi del filo di Pax, lucente intorno alla mano. Sento il ronzio e il tremolio della magia. «Non senti niente di diverso?»

Mi rifiuto di abbassare lo sguardo. Mi rifiuto di guardare il cavo che si spezza. Mi restano solo pochi istanti con il mio Pax. Voglio godermeli tutti.

Pax aggrotta la fronte. «Mi sento leggermente irritato perché mi sto perdendo il verdetto della giuria della Grimdale Bake Off per starmene qui, sotto un vecchio albero che puzza, accanto a un altare che i Celti hanno rubato al mio dio, e sono anche preoccupato perché sei triste... e io non ne so il motivo... e poi tu non vuoi che ti faccia passare la tristezza.»

«Oh, Pax.» Le lacrime ora scorrono liberamente. Riesco a malapena a parlare, tanto sto singhiozzando. «Sono così triste, ma anche felice. Guarda.»

Abbasso una mano e strappo via il telo, rivelando la fossa che contiene la tomba. Ho un sussulto. Hanno portato alla luce la maggior parte dello scheletro. Dalle ossa capisco che era un uomo gigantesco. Un guerriero. Un centurione. Intorno a lui, altri vasi e altri oggetti. Qua e là il luccichio dell'oro.

«Questa è...» Mi esce un singhiozzo e devo ricominciare da capo. «Questa è la tua tomba.»

Pax fissa la buca. Sento che si irrigidisce. Non dice nulla.

«L'ha trovata Kieran Myers: lui e sua moglie volevano rubare le monete e gli oggetti d'oro per venderli. Per questo stavano cercando di comprare la casa, in modo da acquisire la proprietà di questo tesoro. E quando Albert è stato assassinato e Maggie è finita in prigione, hanno deciso di cogliere l'occasione e si sono messi a scavare. Hai visto gli archeologi che si aggirano per il cortile, no? Beh, stanno mettendo in sicurezza lo scavo e tutti gli oggetti, perché raccontano una storia bellissima. La storia di un amato comandante che è caduto in battaglia e, nonostante il suo esercito sia stato sconfitto e costretto a ritirarsi, i suoi amici e compagni si sono riuniti per dargli il giusto rito funebre e per seppellirlo con onore. L'hanno fatto per te, Pax. Ti volevano bene.»

«Non posso crederci» mormora. «Per tutto questo tempo... per tutti questi secoli... non osavo sperare di poter andare nei Campi Elisi, e invece avevo tutto quello che mi serviva, proprio qui.»

«Pax...» Mi avvicino, allungando una mano verso di lui. Non so quanto tempo abbiamo a disposizione. Estraggo un oggetto dalla tasca e glielo metto in mano. « È la moneta che ti avevano messo in bocca, per pagare il traghettatore. Eccola. Questo è ciò che stavi aspettando. Ora puoi passare oltre. Puoi essere libero. Sono davvero felice per te.»

Lui alza di scatto la testa e i suoi occhi ardono di emozione. Guarda la moneta come se potesse prendere fuoco da un momento all'altro. «Se sei felice, perché piangi?»

«Perché mi mancherai, davvero tanto.» Tendo le braccia, sperando di stringerlo un'ultima volta, anche se mi fa così male che potrei svenire. «E perché non tutte le lacrime sono lacrime di tristezza.»

«No» grida. «Non voglio andare, se tu piangi.»

«Credo che sia troppo tardi, ormai.»

Sento qualcosa che mi si spezza dentro. Vengo invasa da un dolore caldo, che mi sale lungo il petto, fino alla testa, che mi preme il cervello contro le pareti del cranio finché quasi mi sembra che mi esca dalle orecchie.

«Bree?» mi chiama Pax, ma lo sento lontano. Dai suoi occhi, dalle sue narici, dalle sue orecchie esce una brillante luce argentata. È circondato da volute argentee, che brillano sempre di più fino a quando sento la testa che pulsa, ma non distolgo lo sguardo. Ho tante cose da dirgli.

«Spero che, ovunque tu vada, tu possa spezzare il pane con gli dèi. Spero che ci sia vino a non finire, e tante cose da infilzare, e donne con cui fare l'amore e coccolare...»

«C'è solo una donna che voglio» grida lui. E afferra la spada, ma nell'istante in cui la estrae dalla cintola si dissolve in un luccichio d'argento.

Un senso di tormento, che non mi dà pace, mi serpeggia nelle budella. «Sei stato una delle cose migliori che mi siano mai capitate, e mi dispiace tanto per tutti gli anni in cui ti ho costretto a vivere in soffitta, e per tutto il tempo in cui sono stata via. Ti amo, Pax. Non te l'ho mai detto prima, ma è vero. Ti voglio bene e mi mancherai tanto...»

La luce si fa più intensa e il calore del mio amore per lui cresce sempre di più dentro di me, fino a quando ne sono sopraffatta. Finché a ogni respiro che faccio mi sembra di respirare lui. Nonostante la tristezza per la sua perdita, capisco che è così che deve essere.

Pax non avrebbe dovuto essere qui.

Ogni momento trascorso con lui è stato un dono.

Devo imparare a lasciarlo andare.

Non importa quanto faccia male.

«Addio, mio soldato.» Mi avvicino a lui, nella speranza di riuscire a toccarlo un'ultima volta, per quanto non ci siamo mai toccati veramente. Ora Pax è praticamente tutto luce. Mi raggiunge e chiude le dita sulle mie.

Chiude le dita sulle mie.

Dita *fisiche*.

Dita vere, *umane*.

Il mondo intero trema.

«Pax, cosa sta succedendo?» Abbasso lo sguardo sulle sue dita tra le mie. Non è un trucco della moldavite. È tutto vero. Le sue dita sono *reali*. L'intera foresta geme. «Pax, lasciami. Credo che tu mi stia trascinando negli inferi con te.»

Il volto di Pax si contorce per il dolore. «Non riesco. Sei tu che mi stai tenendo.»

«Non è...» ma abbasso di nuovo lo sguardo e vedo qualcosa che mi blocca il cuore.

La luce bianca che lo circonda... non proviene dal cielo, né dall'Ade, da sottoterra, né da qualche luogo profondo dentro di lui.

Viene da *me*.

Pulsa sotto la mia pelle come fosse luce delle stelle. Aleggia intorno al mio petto, al mio cuore. Invece di spezzarsi, il filo d'argento si attorciglia sempre più in fretta, come se il mio cuore fosse un fuso che sta filando altra vita per lui. La luce circonda entrambi, e ha peso, e ha sostanza.

Pax riversa la testa all'indietro ed emette un grido roco. La luce lo prende tutto. Sento il rumore di ossa che si rompono e si rimodellano. Ma è impossibile. Pax non ha ossa.

«Bree?» grida. «Che cosa mi stai facendo?»

Non sto facendo nulla. Cosa sta succedendo?

«Pax?» grido io. «Pax?»

L'unica risposta è un urlo di dolore.

La luce mi afferra, mi preme la pelle contro le ossa, e sento qualcosa che non mi aspettavo di sentire: una meraviglia miracolosa, come quando qualcuno ti regala una pianta e tu ti ricordi di annaffiarla, e questa fa un fiore e tu ti senti un dio.

Sono un dio adesso? Forse sono uno di quegli esseri che vengono puniti per aver usato troppo potere, e vengono trasformati in un'anatra.

La luce comincia a sbiadire. La morsa intorno al mio cuore si allenta e la gola si apre e finalmente riesco a respirare di nuovo.

Sto ancora tenendo la mano di Pax.

Oso sollevare la testa. Ho gli occhi chiusi. Ho troppa paura di ciò che potrei vedere.

«Bree?» sento il sussurro di una voce roca.

Apro gli occhi.

Davanti a me, con le dita ancora intrecciate alle mie, c'è Pax, solido ed enorme, e molto *vivo*.

CONTINUA

Come faranno Bree e i suoi uomini fantasma a risolvere questo mistero? Bree scoprirà qualcosa di più sui suoi strani poteri? Scopritelo nel libro 2, *«Se infesta è una festa.»*

https://books2read.com/grimdale2italian

Che cosa si ottiene quando si incrociano una libreria maledetta, tre uomini sexy di fantasia e un'eroina punk rock con il cuore spezzato? Leggete il primo libro dei misteri della Libreria Nevermore, Una notte morta e tempestosa, per conoscere la storia di Mina e dei suoi fidanzati.

https://books2read.com/adeadandstormynightitalian/

(Gira la pagina per un frizzante estratto).

382

Non ne avete mai abbastanza di Bree e dei suoi ragazzi? Se vi iscrivete alla newsletter di Steffanie Holmes potrete leggere gratuitamente una scena bonus di quando Bree non era ancora partita per il suo viaggio, potrete vedere la sua playlist, e avere altre scene bonus e storie aggiuntive.

https://www.steffanieholmes.com/newsletteritalian

DALL'AUTRICE

Spero che la storia di Bree vi sia piaciuta. È stato un libro molto divertente da scrivere. Sono un po' ossessionata dai fantasmi e dalle infestazioni (e se siete iscritti alla mia newsletter, lo sapete già), quindi è stato divertente creare questo mondo in cui i fantasmi non sono apparizioni che spaventano, ma sono proprio come voi e come me... solo che sono più sexy.

I nostri tre fantasmi sono tutti di fantasia, non sono personaggi storici, anche se i dettagli dei loro costumi e dei loro ricordi sono il più reali possibile.

Il nome di Pax significa *pace* in latino. Non è un nome tradizionale romano, ma ho pensato che fosse troppo divertente per non usarlo. Usa la parola *verpa* che era un termine latino volgare per indicare il pene. E il suo insulto - *vappa!* - significa *feccia*: si riferisce al vino inacidito. Le opinioni sui druidi sono sue, personali, e non condivise dall'autrice.

Ambrose è basato su uno dei miei eroi personali: l'avventuriero vittoriano James Holman. Holman divenne misteriosamente cieco all'età di vent'anni circa e, quando questo gli impedì di portare avanti la sua carriera navale, prima si iscrisse alla scuola di medicina e poi partì per una serie di avventure in giro per il mondo. Era conosciuto come il «Viaggiatore cieco.»

Holman batteva sul suolo con un bastone, e con tale sistema era in grado di scoprire gli spazi intorno a lui attraverso l'ecolocalizzazione. Camminava tenendo in mano una corda, con l'altra estremità legata a una carrozza, in modo da non uscire di strada. I suoi viaggi sono narrati nei libri che scrisse utilizzando il telaio con le corde descritto da Ambrose.

Inizialmente, i libri di Holman furono accolti con entusiasmo, ma poi fu visto più che altro come un personaggio bizzarro, e non fu più preso sul serio come avventuriero. La gente diceva addirittura che non poteva essere veramente cieco. Cavalcò elefanti a Ceylon, combatté la tratta degli schiavi nell'isola di Fernando Po, contribuì a tracciare le mappe dell'entroterra australiano e fu catturato in Siberia dagli uomini dello zar perché sospettato di essere una spia. Non fu ucciso, ma venne espulso alla frontiera con la Polonia.

Il suo manoscritto finale, un'autobiografia che comprendeva tutti i suoi viaggi, non fu mai pubblicato e probabilmente non è nemmeno arrivato ai giorni nostri. Holman morì nell'oscurità ed è sepolto nel cimitero londinese di Highgate, proprio il luogo da cui prende spunto il Grimdale Cemetery. Jason Roberts scrisse una splendida biografia di Holman intitolata *A Sense of the World*, che consiglio vivamente.

Forse non lo sapete, ma io sono ipovedente dalla nascita. A differenza di Ambrose, Mina e Holman, la mia vista non è scomparsa all'improvviso, né è peggiorata nel tempo. Io sono nata con una condizione genetica che si chiama *acromatopsia*, il che significa che ai miei occhi mancano i milioni di cellule coniche necessarie per riconoscere i colori e percepire la profondità. Quindi sono completamente daltonica, sensibile alla luce e con una scarsa percezione della profondità. Per questo strizzo gli occhi e sbatto le palpebre in continuazione e faccio fatica a stabilire un contatto visivo. Sono così miope da essere considerata cieca.

Mi piace l'idea di scrivere storie in cui persone come me vivono le loro avventure, salvano il mondo e scoprono di poter essere sexy e di poter arrivare al lieto fine.

Ci sono tante persone che mi hanno sempre sostenuta e hanno creduto in me, anche quando io per prima faticavo a credere in me stessa. La mia famiglia: mia madre, mio padre e mia sorella Belinda.

Le scrittrici con le quali ho festeggiato e pianto: le amiche di Dirty Discourse, le favolose signore di Romance Writers of New Zealand e di SpecFic Slack, le Badass Authors e le mie ragazze amanti di reverse harem. Grazie per avermi insegnato che il successo di una di noi solleva il morale di tutte.

Ai miei amici, i Bogan, alla mia famiglia allargata, ai miei fratelli e sorelle metal. Mi scuso per usare nei miei romanzi una quantità esagerata delle nostre marachelle. (È una bugia).

Sempre, un grosso grazie al mio irascibile marito batterista, che è tutto, per me. Ogni eroe di cui scrivo è un pezzo di te e di ciò che significhi per me.

E infine, a voi, miei lettori, per aver intrapreso questo viaggio insieme a me. Vi amo più di quanto potrei dire.

Una parte delle royalties derivanti dalla vendita di questo libro viene devoluta al Parkinson's New Zealand. Grazie per il lavoro che fate!

Ogni settimana invio ai fan una newsletter che contiene una storia inquietante su un'infestazione o su uno strano caso criminale che ha ispirato uno dei miei libri, oltre a notizie sulle prossime uscite e a un libro gratuito di scene bonus chiamato *Cabinet of Curiosities*. Per iscriversi alla mailing list basta andare sul mio sito web: https://www.steffanieholmes.com/newsletteritalian.

Sono davvero felice che questa storia vi sia piaciuta! Sarei contenta se voleste lasciare una recensione su Amazon o Goodreads. Aiuterà altri lettori a trovare la loro prossima lettura.

Grazie, grazie! Vi voglio un sacco di bene! A presto.
Steff

Visitate la libreria Nevermore per i libri in edizione speciale, il merchandising e altre chicche

www.nevermorebookshop.co.nz

Volete mettere le mani su libri in edizione speciale, cofanetti, merchandising, opere d'arte e altro ancora, firmati da Steffanie Holmes?

Visitate la libreria Nevermore per ottenere le mie chicche: https://www.nevermorebookshop.co.nz/

Iscrivetevi alla mailing list del negozio per uno sconto del 10% sul primo ordine.

INFORMAZIONI SULL'AUTRICE

Steffanie Holmes è autrice bestseller di *USA Today* e scrive romanzi dark, gotici e peccaminosi. I suoi libri sono caratterizzati da eroine intelligenti e spiritose, società segrete, antiche dimore da brivido e maschi alfa che ottengono *sempre* ciò che vogliono.

Ipovedente dalla nascita, Steffanie ha ricevuto il premio Attitude Award for Artistic Achievement nel 2017. È stata anche finalista del premio Women of Influence 2018.

Steffanie vive in Nuova Zelanda con il marito, la loro collezione di spade medievali e un'orda di gatti irascibili e.

Newsletter di Steffanie Holmes

Iscrivendoti alla newsletter di Steffanie Holmes riceverai una copia gratuita di *Gabinetto delle Curiosità:* un compendio di racconti e scene bonus scritte da Steffanie Holmes, compresa una scena bonus della Libreria Nevermore.

http://www.steffanieholmes.com/newsletteritalian

Segui Steffanie

INFORMAZIONI SULL'AUTRICE

www.steffanieholmes.com
steff@steffanieholmes.com

392